Ricardo
Coração de Leão

Coleção Gandhāra

OBRAS PUBLICADAS:

A História do Mago Merlin — Dorothea e Friedrich Schlegel
Contos do Vampiro — Anônimo
O Romance de Tristão e Isolda — J. Bédier
Contos Paródicos e Licenciosos do Séc. XVIII — Raymonde Robert
Correspondência de Abelardo e Heloísa
Romances da Távola Redonda — Chrétien de Troyes
A Morte do Rei Artur — Anônimo
Perceval — Chrétien de Troyes
As Aventuras de Sindbad, o Marujo — Anônimo
O Romance de Aladim — Anônimo
A Epopéia de Gilgamesh — Anônimo
A Canção dos Nibelungos — Anônimo
Ricardo Coração de Leão — Michèle Brossard-Dandré e Gisèle Besson

PRÓXIMOS LANÇAMENTOS:

Jardim das Carícias — Rejeb ben Sahli
Sindbad, o Terrestre — Anônimo

Ricardo Coração de Leão

História e Lenda

Michèle Brossard-Dandré
Gisèle Besson

Martins Fontes
São Paulo — 1993

Título original: RICHARD COEUR DE LION
Copyright © Christian Bourgois Éditeur, 1989
Copyright © Livraria Martins Fontes Editora Ltda., São Paulo, 1993,
para a presente edição

1.ª edição brasileira: julho de 1993

Tradução: Monica Stahel
Preparação do original: Maurício Balthazar Leal
Revisão tipográfica:
Andrea Stahel Monteiro da Silva
Flora Maria de Campos Fernandes

Produção gráfica: Geraldo Alves
Composição:
Marcos de O. Martins
Antonio Neuton Alves Quintino

Capa — Projeto: Alexandre Martins Fontes

Dados Internacionais de Catalogação na Publicação (CIP)
(Câmara Brasileira do Livro, SP, Brasil)

Brossard-Dandré, Michèle
  Ricardo Coração de Leão : história e lenda / Michèle Brossard-Dandré, Gisèle Besson ; [tradução Monica Stahel]. — São Paulo : Martins Fontes, 1993. — (Coleção Gandhara)

  ISBN 85-336-0217-0

  1. Ricardo I, Rei da Inglaterra, 1157-1199 I. Besson, Gisèle. II. Título. III. Série.

93-1927   CDD-923.1

Índices para catálogo sistemático:

1. Inglaterra : Reis : Biografias   923.1

Todos os direitos para o Brasil reservados à
LIVRARIA MARTINS FONTES EDITORA LTDA.
Rua Conselheiro Ramalho, 330/340 — Tel.: 239-3677
01325-000 — São Paulo — SP — Brasil

Sumário

Introdução 1
Cronologia 11

À guisa de preâmbulo: Lendas de família e profecias 15
Capítulo 1. Sob o reinado de Henrique II 23
Capítulo 2. Ricardo, rei da Inglaterra 49
Capítulo 3. Partida para a Cruzada 61
Capítulo 4. Na Sicília 81
Capítulo 5. Chipre 95
Capítulo 6. A dromunda 113
Capítulo 7. Acre 123
Capítulo 8. A partida de Filipe Augusto 143
Capítulo 9. Conrado de Montferrat 157
Capítulo 10. O fim da Cruzada 171
Capítulo 11. Jaffa 189
Capítulo 12. A trégua 201
Capítulo 13. A volta 219
Capítulo 14. A morte do rei Ricardo 247
Capítulo 15. Coração de Leão 259
Capítulo 16. Protagonistas, parceiros e comparsas 287
Capítulo 17. O reino 319

Conclusão 339
Apêndice 1. Situação geopolítica de 1189 a 1199 347
            Mapas 359
Apêndice 2. Fontes 363
Apêndice 3. Os cronistas 365
Apêndice 4. Índice dos personagens 375
Apêndice 5. Equipe da edição francesa 389

Introdução

Ricardo Coração de Leão, nome lendário e vida narrada como lenda. Como os heróis dos contos de fada, ele é o terceiro filho homem da família. Para os cronistas, os reis não têm infância. Só há registros sobre o nascimento de Ricardo, e o mesmo acontece, aliás, a respeito de seus irmãos e irmãs. Até 1173, ele aparece brevemente nas crônicas, como simples peão no xadrez político de seu pai, Henrique II. Seu primeiro feito autônomo foi, em 1173, a participação na rebelião contra o pai. Nada o destinava a tornar-se rei da Inglaterra; seu irmão mais velho, Guilherme, morreu ainda criança, mas os projetos de Henrique II atribuíam ao segundo filho, Henrique, o Jovem, a coroa da Inglaterra, o ducado da Normandia, o condado de Anjou; a Ricardo, a herança materna, ou seja, Aquitânia e Poitou; a Godofredo, a Bretanha; a João Sem Terra, o condado de Mortain.

Foi outra a decisão do destino: Henrique, "o jovem rei", morreu em 1183 sem deixar filhos; Henrique II morreu em 1189, sem ter conseguido estabelecer novas disposições para sua sucessão; a ordem de nascimento e a vontade de sua mãe, Leonor, fizeram de Ricardo rei da Inglaterra. Para os ingleses, ele era quase um desconhecido. A impressão que se tem a partir da leitura dos cronistas ingleses é de que, até os trinta anos, Ricardo era apenas um coadjuvante da história inglesa. Sua presença é assinalada, às vezes, nas grandes reuniões anuais de família; suas rixas com o pai e suas guerras são evocadas na trama do reinado de Henrique II, rei da Inglaterra; Rogério de Hoveden e Benedito de Peterborough mencionam em algumas palavras seu voto de cruzado em 1187. Ricardo de Devizes representa um caso extremo: começa sua narrativa no momento da coroação; é verdade que a termina no fim da expedição à Terra Santa.

Tornando-se rei da Inglaterra, duque da Normandia, conde de Anjou e do Maine, com a morte de Henrique II, conservando ainda a Aquitânia e o Poitou, Ricardo assumiu o papel principal nas crônicas inglesas durante os dez anos que durou seu reinado. Todo esse período foi ocupado pela expedição à Palestina e pelas lutas que enfrentou para manter seu poder, ameaçado, por um lado, pelo rei da França, pelos barões ingleses e sobretudo, por outro lado, por seu irmão João, sem mencionar as reivindicações de independência da Igreja.

Em sua existência não faltaram momentos intensos: as proezas na Sicília e em Chipre; a Cruzada, a tomada de Acre, Azuf e Jaffa e as derrotas impostas a Saladino, até então invencível; a prisão, o cativeiro e o vultoso resgate; a morte absurda diante de Châlus. Como se os acontecimentos não bastassem, houve também a encenação, pelo próprio Ricardo e pelos que o cercavam, de certos momentos de sua vida: a coroação, comandada por Leonor — a primeira coroação descrita detalhadamente num texto, sendo que seu cerimonial é mantido até hoje, em grande parte, pela família real inglesa; os remorsos espetaculares a que o rei se abandonava e, de modo geral, inúmeras aventuras marcadas pelo exagero que lhe era comum.

Podem-se ler de outro modo os textos que falam de Ricardo Coração de Leão. Às vezes ele aparece como um herói dramático: no casal conflitante constituído por Leonor e Henrique II, os filhos pertencem a um ou outro "lado". Henrique, o Jovem é o filho favorito do rei, vive com ele e é seu herdeiro. Ricardo, a quem se destinam os domínios da mãe, vive longe, em Poitiers; é filho de Leonor, não de Henrique II. Raramente encontra o pai, que não gosta dele e que, após a morte do primogênito, Henrique, o Jovem, faz o que pode para privá-lo do reino da Inglaterra, em favor do filho caçula, João.

Também se lê o drama dessa família como um drama da Antiguidade. A revolta dos filhos contra o pai — sobretudo a de Ricardo, que é particularmente acirrada — é apresentada como a punição dos pecados de Henrique II, a realização de uma profecia de Merlim — portanto a concretização de uma antiga maldição — e também a manifestação de um atavismo maléfico. Assim, Devizes convida-nos a ver nesses comportamentos "antinaturais" uma renovação dos dramas ocorridos em torno de Édipo e seus filhos; Geraldo de Barri também nos conduz nesse sentido. Outros tentam esconder com maior ou menor habilidade uma situação tão escandalosa. O procedimento mais curioso encontramos em Devizes, admirador maravilhado de seu rei: um longo discurso proferido pelo irmão de Saladino, numa visita a Ricardo durante sua doença, contém um elogio entusiástico ao rei Ricardo, modelo de todas as virtudes, entre as quais a piedade filial!

Não quisemos privilegiar nenhuma das leituras, mas simplesmente captar o herói "ao nascer"; por isso nos voltamos aos escritos de seus contemporâneos e, particularmente, àqueles cuja principal tarefa era falar de Ricardo, seu rei: os cronistas ingleses. Ricardo é o personagem central de suas crônicas, seja qual for a visão de cada um a seu respeito, e sua narrativa é organizada em torno dele. Acrescentamos a eles outro súdito do rei da Inglaterra, um cronista normando, Ambrósio, mais poeta do que cronista, apesar do título que lhe é atribuído. Nessa perspectiva, deixamos de lado as variantes romanescas que se desenvolveram nos séculos seguintes — salvo uma exceção: o conhecido episódio da busca de Blondel de Nesles, extraído do menestrel de Reims.

No final do livro, há uma nota a respeito de cada um dos cronistas que citamos. Nesta introdução, portanto, só lembraremos algumas características gerais que possam ter influência sobre o que eles escrevem.

Todos os nossos cronistas são clérigos, o que não é de surpreender. Portanto, também não será de surpreender a grande importância atribuída às relações de Ricardo com a Igreja, a ênfase na participação da Igreja nas despesas da Cruzada e na constituição do resgate, uma sensibilidade particular aos sacrifícios aceitos pelas paróquias e ao seu empobrecimento. Do mesmo modo, não é de admirar que as provações de Henrique II e Ricardo sejam explicadas como castigos de Deus por seus pecados — o assassinato de Thomas Becket por Henrique II, a rebeldia contra o pai por parte de Ricardo.

Deve-se atribuir também à sua condição de clérigos, assim como ao gênero de crônica, a austeridade de todas as obras que tivemos oportunidade de examinar, com exceção daquela de Ambrósio. Não há nenhum retrato físico de Ricardo — a não ser algumas indicações casuais em Newburgh —, nenhum detalhe concreto, nenhum colorido; o calor, a tempestade, os banquetes, as paisagens estrangeiras, as cidades longínquas não dão ensejo a qualquer evocação. Às vezes se descreve o estardalhaço das chegadas da frota real, mas só os prodígios celestes suscitam descrições meticulosas, onde há interferência da cor. O silêncio também é grande quando se trata dos sentimentos dos personagens ou de sua vida privada; vemo-nos obrigados a nos transformar em detetives para "instruir os dossiês". Talvez seja esse "conteúdo" pitoresco que se expresse por compensação na desproporção de algumas descrições de operações militares, particularmente em Coggeshall.

Enfim, tanto o gênero em que se inscreve sua obra como o grupo social a que pertencem os autores explicam a ausência quase total do povo e a raridade de passagens que evoquem uma realidade que não seja a dos grandes em torno dos quais se desenvolve a história.

A situação de nossos autores com relação à autoridade real, seu status, por assim dizer, vai desde a independência absoluta até as funções oficiais no círculo diretamente ligado ao soberano. Um deles, Raul de Diceto, era decano de Saint Paul, em Londres; outro, Ricardo de Devizes, tinha como projeto contar a seu antigo prior, retirado numa cartuxa, os acontecimentos do reino; Guilherme de Newburgh era cônego de um mosteiro, e sua obra se inscreve na historiografia monástica; não podemos considerar esses autores como alheios à influência da corte. Duas outras crônicas, por outro lado, devem-se a personagens importantes do círculo dos soberanos ingleses, fiéis partidários de Henrique II e, com reservas quanto ao segundo, de Ricardo: Rogério de Hoveden e Ricardo Fitz-Nigiel — supondo-se que seja ele o autor da crônica atribuída a Benedito de Peterborough. Alguns relatos, finalmente, provêm de um assíduo freqüentador da corte, Geraldo de Barri, cujos sentimentos a respeito da família Plantageneta evoluem com o decorrer do tempo e de suas ambições eclesiásticas e políticas frustradas. Assim, seja qual for seu grau de independência com relação ao poder real, todos são ingleses e, apesar das críticas que lhe possam fazer, têm muito orgulho de seu rei a partir do momento em que ele se torna seu rei. A atitude apologética está sempre presente em todas as narrativas.

Ora, como o mostram as páginas sobre a situação geopolítica de 1189 a 1199, apresentadas em apêndice, mesmo em seus maiores feitos Ricardo Coração de Leão não está isento de críticas. É certo que se cobriu de glória durante a expedição à Terra Santa, mas aproveitou a oportunidade para resolver seus assuntos pessoais na Sicília, conquistou Chipre, quando ninguém o exigia. Qual foi sua parcela de responsabilidade na partida de Filipe Augusto? Na morte do marquês de Montferrat? No massacre de dois mil reféns pagãos? Por que não tomou Jerusalém? Por que aceitou assinar uma trégua, se era um fim tão brilhante? Por que não foi pessoalmente rezar no túmulo de Cristo, conforme compromisso assumido em seus votos? Sua rejeição das propostas de rendição amigável feita pelas cidades sitiadas, primeiro Acre, depois Jerusalém, seria a recusa de um cristão que não podia aceitar uma conciliação com pagãos? Seu repúdio em aceitar o projeto de trégua com Saladino é um testemunho nesse sentido. Ou seria expressão de seu orgulho de guerreiro que desejava uma vitória completa? Ou ainda interesse de um conquistador que esperava um butim mais rico de uma praça tomada de assalto do que de uma cidade que propõe condições de paz? Todas essas perguntas que se podem fazer e que são implicitamente respondidas pelas considerações sobre a perfídia do rei da França, a vilania do imperador de Chipre, a deslealdade dos sarracenos que não respeitaram os termos do tratado, não devolvem a cruz verdadeira nem os cristãos escravizados, e ainda por cima engolem todo o seu ouro, privando o rei de um rico butim. Essas explicações não constam de apenas uma narrativa; estão dispersas, citadas por um ou outro, e, quando não há uma boa razão a ser afirmada, a glória militar serve de anteparo e responde a tudo.

O conhecimento dos cronistas a respeito dos acontecimentos que narram apresenta a mesma diversidade que sua situação. Rogério de Hoveden e o autor da obra atribuída a Benedito de Peterborough estiveram envolvidos na vida política de seu tempo, assim como Geraldo de Barri. Raul de Diceto foi informado por testemunhas diretas e tinha inúmeros documentos. Coggeshall cita uma testemunha ocular, mas seus excessos lançam dúvida sobre a credibilidade da testemunha ou sobre a utilização de seu testemunho. As fontes de Devizes são desconhecidas, no entanto é ele que oferece as descrições mais ricas... Por sua própria situação, Guilherme de Newburgh certamente trabalha a partir de fontes de segunda mão, mas evoca testemunhas, enfatizando sua integridade. Seu distanciamento e sua independência com relação à corte talvez expliquem por que suas afirmações se distinguem daquelas dos outros cronistas: é de se pensar que ele seja o eco do que se dizia fora da corte, refletindo o julgamento da opinião pública.

Todos esses cronistas ingleses escrevem em latim. A leitura de suas obras informa-nos sobre seus modelos, os historiadores latinos clássicos. Seguindo-os, todos adotam mais ou menos estritamente o método "analístico"*: o relato, ano a ano, de todos os acontecimentos que se desenrolam na parte do mundo cuja história resolveram contar.

A unidade de lugar está totalmente ausente, a cronologia é a única regra de organização, o que tem como conseqüência a falta completa de unidade temática. Os acontecimentos referentes a um mesmo assunto estão dispersos e são evocados por si mesmos, sem referência ao que os precede ou ao que se segue a eles.

Paralelamente, num plano formal, a crônica se caracteriza pela freqüência das indicações temporais: expressão precisa da data (segundo o calendário romano, ou por referência ao santo do dia ou ainda da numeração cristã das "férias"), ou indicações temporais como "no mesmo dia", "pouco depois" (nunca antes!), "nesse meio-tempo" ou "enquanto isso". Também notamos, após o relato de cada ano, a presença de um catálogo de acontecimentos menores, sendo que o único vínculo entre eles é o ano em que se produziram.

Os textos que selecionamos para serem traduzidos referem-se todos aos atos ou aos momentos surpreendentes, incomuns, a partir dos quais se construiu a figura de um herói. É evidente que não encontramos o personagem lendário que procurávamos no relato das intrigas e das guerras incessantes, mas nos episódios referentes ao destino do herói: o acesso ao poder; seus feitos, o tempo da Cruzada; suas provações, a escravização; sua morte. O conjunto desses textos reconstitui a história de Ricardo, herói lendário, mas não tentamos fazer uma obra de historiador. Desse ponto de vista, como dissemos, a história que propomos é incompleta. Ela deixa de lado toda a atividade política de Ricardo na Inglaterra antes e depois da Cruzada, seus conflitos com o irmão, com Filipe Augusto, com os barões que tentavam

---

* No francês, *annalistique*, de *annales* (anais). (N. T.)

subtrair-se à sua dominação, e todas as intrigas que ocorreram em seus domínios e em toda a Europa. Quando fazemos alusão a isso, é quase fora do contexto histórico, e apenas para destacar um traço de caráter ou um comportamento típico de nosso herói. Também não quisemos fazer uma leitura crítica dos cronistas que citamos. Examinamos suas obras e selecionamos para tradução as passagens em que melhor apareciam as características e as proezas de Ricardo; mas não tentamos construir um retrato contraditório confrontando as imagens que os cronistas ingleses deram de seu rei com as que nos possam ser oferecidas pelos historiógrafos de seus adversários.

Numa primeira parte, reunimos textos que narram a vida de Ricardo seguindo uma ordem cronológica. Não citamos *in extenso* todos os textos de todos os cronistas sobre cada episódio, pois são muito repetitivos. Resolvemos reconstruir a partir desses textos uma trama da vida do rei da Inglaterra tal como é contada ao longo de suas obras, reproduzindo os relatos mais pitorescos, mais detalhados, mais bem construídos e mais vivos. Com textos de origens tão diversas, tentamos, em cada capítulo, reconstituir uma unidade narrativa e colocamos em nota textos parcialmente redundantes mas que tragam elementos interessantes. Além disso, citamos o cronista Ambrósio no final do capítulo, quando seu relato dos acontecimentos difere sensivelmente, quanto à forma ou ao conteúdo, da versão dos cronistas ingleses.

Numa segunda parte, invocando o testemunho de todos os cronistas, apresentamos retratos dos protagonistas: o próprio Ricardo, seus parentes, amigos, seus adversários, inimigos, e fornecemos os raros textos que evocam a vida na Inglaterra fora do âmbito do rei ou dos grandes.

Algumas palavras sobre a tradução: tentamos estabelecer uma tradução o mais exata possível quanto ao sentido, é claro, mas também quanto à retórica dos autores. Muitas vezes a tradução literal resultava em textos muito monótonos em francês. Tomamos a liberdade, então, de cortar as frases latinas, freqüentemente muito longas, de substituir as subordinações por advérbios lógicos, de maneira a deixar intacto o raciocínio do autor. Na medida do possível, tentamos não fazer uma tradução uniforme, mas reproduzir o estilo de cada autor latino. Isso nos levou, no caso de Ricardo de Devizes, a adotar procedimentos de escrita que pertencem à reportagem de imprensa, o que nos pareceu convir melhor ao tratamento que ele dá a certos relatos. Sem dúvida, não conseguimos escapar totalmente ao defeito da uniformização, mas a propósito disso convém sublinhar que nossos próprios cronistas, com exceção de Devizes, apresentam certa uniformidade, na medida em que seguem, nitidamente, os mesmos modelos latinos e se inspiram em sua retórica. Finalmente, quanto aos textos em versos, tomamos as liberdades exigidas pelo texto francês.

Os cronistas utilizam citações freqüentes: autores latinos antigos, textos bíblicos. Na maioria das vezes elas não têm maiores implicações do que aquilo que é dito; nesses casos, limitamo-nos a indicá-las através de aspas. Quando nos pareceu terem sido utilizadas para exprimir, em razão de seu contexto original, aquilo que o autor não podia permitir-se dizer, nós o assinalamos através de uma nota; procedemos da mesma maneira com respeito às referências muito eruditas.

Para todos os excertos que compõem os capítulos desta obra, uma inicial entre parênteses indica o autor do trecho citado. Designamos os autores não por seus nomes, mas pelo nome do lugar ligado a cada um deles, pois isso nos permitiu obter iniciais bem diferenciadas:

(B) Geraldo de Barri,
(C) Raul de Coggeshall,
(D) Ricardo de Devizes,
(Di) Raul de Diceto,
(H) Rogério de Hoveden,
(P) Benedito de Peterborough.

Os textos de Ambrósio, citados à parte, são sempre precedidos pela menção completa de seu nome.

Quando nos pareceu necessário introduzir episódios através de um resumo, situá-los ou datá-los, recorremos aos caracteres itálicos. Também os utilizamos para todas as explicações inseridas entre colchetes no texto.

Tentamos utilizar uma ortografia homogênea para os diversos nomes próprios, salvo no caso de Ambrósio, ao qual reservamos uma ortografia próxima do francês medieval.

Cronologia

1157. Ricardo nasce em Oxford, de Leonor de Aquitânia e Henrique II Plantageneta.

1161. Segundo Hoveden, Ricardo fica noivo de Alais, filha caçula do rei Luís VII, da França. O mesmo acordo concede a Henrique, o Jovem a filha mais velha, Margarida, com a qual ele se casa imediatamente. A jovem Alais é confiada à guarda da corte da Inglaterra. O acordo assim concluído reconhece ao duque da Normandia a propriedade das praças-fortes de Gisors e Neauphle. O casamento de Ricardo e Alais nunca se realizou, a jovem princesa permanecerá "sob a guarda do rei da Inglaterra" com seu dote... até 1195, data em que Ricardo a devolverá a seu irmão Filipe Augusto, com o dote. Em 1191 ele se casa com Berengária de Navarra.

1170. O rei Henrique II, gravemente doente, divide seu reino e suas terras entre os filhos que lhe restam, sendo que Guilherme, o primogênito, morreu muito jovem:
— a Henrique, nascido em 1155, filho mais velho, dá a herança de Godofredo de Anjou, pai de Henrique II: o reino da Inglaterra, o ducado da Normandia, o condado de Anjou e do Maine;

— a Ricardo, dá a herança de Leonor: o ducado da Aquitânia e as terras vizinhas (e, podemos acrescentar, a pretensão sobre o condado de Toulouse);
— a Godofredo, nascido em 1158, dá em casamento a filha e única herdeira de Conan da Bretanha e, assim, o condado da Bretanha;
— a João, nascido em 1166, dá o condado de Mortain; é uma parte muito pequena, em comparação com a de seus irmãos, o que lhe vale o nome de João Sem Terra.

1173. Surge a primeira rebelião dos filhos contra o pai. Com a participação mais ou menos declarada de Luís VII e, depois, de Filipe Augusto, com rompimentos e redistribuições de alianças, a luta entre os membros da família Plantageneta dura até a morte de Henrique II, em 1189. No mesmo ano Ricardo é armado cavaleiro pelo rei da França.

1183. Henrique, "o jovem rei", morre sem deixar filhos.

1184. Monta-se um novo projeto de casamento para Ricardo, desta vez com a filha de Frederico Barba-Roxa, imperador da Alemanha, mas ela morre em seguida.

1186. Morre Godofredo, conde da Bretanha, deixando um filho póstumo, Artur.

1188. Ricardo pronuncia o voto de cruzado, sem esperar pela opinião nem pelo consentimento do pai. Segundo Raul de Diceto e Geraldo de Barri, ele é o primeiro senhor da França a dar esse passo.

1189. Ricardo sucede ao pai e acrescenta seu reino aos domínios que já possuía. Faz-se coroar no dia 3 de setembro em Westminster. Aumenta as possessões de seu irmão João e dedica-se a preparar sua partida na Cruzada.

1190. Recebe em Tours o cajado e o alforje de peregrino; no dia de São João, reencontra-se com Filipe Augusto em Vézelay e de lá parte na direção de Marselha. Chega à Sicília viajando por etapas ao longo da costa, ora de barco, ora a cavalo. Chega a Messina em 23 de setembro.

Acerta seus assuntos de família com Tancredo, sucessor de Guilherme, o Bom, que se casara com Joana, uma das filhas de Henrique II e Leonor. Passa o inverno na Sicília.

1191. 30 de março — Filipe Augusto parte para Acre, depois de chegar a um acordo com Ricardo quanto ao destino da jovem Alais e de seu dote. No mesmo dia, Leonor chega a Messina em companhia da filha do rei de Navarra, Berengária, com quem Ricardo se casará no final da quaresma.
10 de abril — Ricardo deixa Messina, acompanhado, apesar da interdição pontifical, de duas mulheres, sua irmã e sua noiva.
Maio — Conquista de Chipre.
12 de maio — Casamento em Limassol.
8 de junho — Chegada a Acre.
12 de julho — Rendição de Acre.
· 31 de julho — Filipe Augusto deixa a Terra Santa, voltando à França.

1192. Até o final de setembro — Operações militares na Terra Santa e conclusão de uma trégua com Saladino. Jerusalém não é reconquistada, mas os peregrinos podem entrar na cidade.
Outubro — Partindo de Jaffa, Ricardo resolve voltar à Inglaterra atravessando a Alemanha; é preso pelo duque da Áustria, cujo amor-próprio ele ofendera durante a Cruzada.

1193. Janeiro — Ricardo é entregue ao imperador da Alemanha, que o mantém prisioneiro. São empreendidas várias ações diplomáticas: por parte dos partidários de Ricardo, para reencontrá-lo e obter sua libertação; por parte de seus adversários, principalmente de seu irmão João e de Filipe Augusto, para impedi-lo de voltar.
Junho — É estabelecida uma quantia para seu resgate.

1194. Janeiro — Libertado, Ricardo volta à Inglaterra.
20 de março — Chegada a Sandwich.
23 de março — Entrada em Londres.
Maio — Ricardo concede o perdão a seu irmão João.

De seu retorno até sua morte, durante cinco anos, toda a atividade de Ricardo se concentra na defesa de seus territórios contra a ambição dos barões e de Filipe Augusto, e também na organização da administração do reino.

1199. 6 de abril — Ricardo morre em Châlus, no Limousin.

À guisa de preâmbulo
Lendas de família e profecias

(B). O pai da rainha Leonor era o conde de Poitou, que roubou a mulher do seu fiel vassalo visconde de Châtellerault, apelidada La Maubergeonne*, e a desposou *de facto*. Um santo eremita, que diziam enviado pelo Senhor, veio imediatamente a seu encontro para lhe proibir em nome de Deus, de quem afirmava ser mensageiro, casar-se com a mulher de outro, principalmente sendo esse outro seu vassalo; não seria um casamento, mas um adultério manifesto e abominável. Mas o conde, persistindo em seu erro, respondeu-lhe não acreditar que ele fosse mensageiro de Deus, e que não tinha contas a lhe prestar. Então disse o santo homem: "Sou mensageiro de Deus e o senhor não acredita em mim, tanto isso é verdade que os filhos que tiver com essa mulher, assim como os descendentes desses filhos, jamais porta-

---
* Recebeu esse nome por ter sido instalada na torre de Maubergeonne, no próprio palácio do conde de Poitou, logo depois de raptada. (N. T.)

rão frutos fecundos!" O bispo Hugo de Lincoln, de boa e santa memória, contava sempre essa história, dizendo que a ouvira do rei Henrique II, na época em que seus filhos o perseguiam.

Sabe-se qual foi a conduta de Leonor, primeiro rainha da França, nas longínquas regiões da Palestina; sabe-se como se comportou, ao voltar, com respeito a seu primeiro marido, e depois ao segundo; e como seus filhos [*mais velhos*], que tanta esperança deram na flor da idade, desapareceram sem deixar frutos. Entre suas filhas, a rainha da Sicília e a duquesa de Saxe morreram, uma sem filhos, a outra sem alegria, uma sem frutos, a outra com dor. Quanto aos outros filhos (não os passarei em revista um a um, pois certamente seria fastidioso), o futuro dirá se os ramos espanhol e germânico, assim como os ramos armoricano e irlandês, deixarão frutos e como terminarão. Pode-se todavia nutrir alguma esperança quanto ao ramo espanhol: da feliz união dos dois esposos talvez saia, com a ajuda de Deus, algo de bom. Cabe ainda mencionar as duas filhas que a rainha Leonor tivera do rei Luís, da França. Uma se casou com o conde Henrique de Champagne e outra com seu irmão, o conde Teobaldo de Blois; sabe-se que as duas perderam, na Palestina e na Grécia, o fruto de seu ventre.

Da parte do rei Henrique, a cepa da linhagem também era viciada. É preciso saber, com efeito, que o imperador Henrique, que desposara a filha do rei Henrique I [*mãe de Henrique II*], Matilde, tomado pela ambição terrena, mandara prender e manter acorrentado primeiro seu pai carnal, depois seu pai espiritual, o papa Pascoal, antes de tomar a decisão de abandonar o império e se recolher a um eremitério da região de Chester, no extremo oeste da Grã-Bretanha, onde, até a morte, penitenciou-se em santidade e devoção. A imperatriz, por sua vez, voltou à corte da Inglaterra e, enquanto o marido ainda estava vivo, foi dada em casamento, por seu pai, ao conde Godofredo de Anjou, que a desposou e teve filhos com ela: dois deles, em quem se depositavam grandes esperanças, ao atingirem a maturidade pereceram brutalmente, sem deixar frutos; e o terceiro teve um início mais elevado do que seu fim.

Além disso, o conde Godofredo de Anjou, na época em que era senescal da França, fora amante da rainha Leonor. Muitas vezes alertou o filho Henrique e tentou de todas as maneiras — segundo o que se conta — dissuadi-lo de se aproximar daquela mulher, em primeiro lugar por ela ser esposa de seu suserano, depois por ter sido amante de seu pai. Por cúmulo de pecado e abominação, apesar disso o rei Henrique II ousou seduzir a rainha da França e ter com ela uma ligação adúltera. Roubou-a de seu suserano e a desposou *de facto*. Como, pergunto-lhes, poderia nascer de tal união uma descendência feliz?

O caso do conde Godofredo de Anjou, que se enfureceu contra o santo bispo Geraldo de Seez e mandou castrá-lo, colocando sua mão sanguinária sobre o sacerdote do Senhor, e o do rei Henrique, digno herdeiro do crime de seu pai, que ousou desencadear sua loucura contra o bem-aventurado mártir Tomás, são histórias bem conhecidas, para a honra eterna de sua estirpe.

Finalmente, uma condessa de Anjou, de magnífica beleza mas de origem desconhecida, fora desposada por um conde apenas pela graça de seu corpo. Raramente ela ia à igreja e, quando lá estava, manifestava pouca devoção, até mesmo nenhuma. Nunca esperava pela consagração, sempre saía apressada depois do evangelho. Seu comportamento acabou por atrair as suspeitas do conde e de outros barões. Certo dia em que fora à igreja e estava prestes a sair no momento costumeiro, viu-se detida por quatro cavaleiros por ordem do conde. Desvencilhou-se do manto pelo qual a seguravam, abandonou os dois filhos menores que protegia sob o pano direito do manto e, pegando os outros dois — que estavam à sua esquerda — debaixo do braço, saltou pela janela da igreja, diante dos olhos de todos. Assim aquela mulher, cujo rosto era mais belo do que a fé, desapareceu levando dois de seus filhos, e nunca mais foi vista. O rei Ricardo contava essa história com freqüência, dizendo que não era de surpreender que, procedendo de uma tal origem, os filhos não parassem de combater os pais e de brigar entre si; de fato, todos provinham do diabo e retornariam ao diabo. Como então uma raça portadora de frutos ou de virtudes poderia nascer de uma cepa tão corrompida?

Encontramos uma confirmação suplementar de tudo isso no seguinte episódio: durante a grande guerra que o rei da França, Luís [VII], travou contra o rei da Inglaterra, Henrique [II], um clérigo de muito espírito e eloqüência, Godofredo de Lucy, que foi depois promovido ao arcebispado de Winchester, foi enviado pelo rei Henrique a seu filho Godofredo, conde da Bretanha armoricana. Transmitiu fielmente o que o pai lhe ordenara dizer ao filho e esforçou-se, por todos os meios, para fazer voltar ao pai o filho que, naquela guerra, tomara firmemente o partido do rei da França. Suas palavras persuasivas, no entanto, não conseguiram seu intento. Finalmente, o conde, que era um homem esperto e muito eloqüente, olhando para ele, ao que lhe pareceu, estranhamente lançou-lhe estas palavras ameaçadoras: "Pergunto-me que espécie de temeridade, de vontade cega e insensata o terá levado a entrar em minhas terras e colocar-se sob o meu poder para tentar me deserdar com tanta obstinação."

Diante dessas palavras, o clérigo encheu-se de medo e confusão. Protestou e afirmou sob juramento que só fora até lá pela honra do conde, não para o humilhar ou prejudicar. Então este lhe disse, de certo modo esclarecendo o enigma contido em suas palavras: "Então não sabe que nossa natureza, legada e inculcada como que por direito de herança por nossos ancestrais, quer que nenhum de nós ame o outro e que sempre o irmão lute contra o irmão, o filho contra o pai e o pai contra o filho, com todas as forças? Não nos prive, portanto, desse direito hereditário e não tente inutilmente dissipar a natureza."

São bem conhecidos, na Inglaterra e na França, o desenrolar dos acontecimentos e seu desfecho: o reinado dos tiranos normandos, que depois de ocuparem a ilha exerceram sobre ela um poder que não era natural nem legítimo, mas resultava de uma espécie de *hystéron-protéron*[1], e por isso poucos deles — ou até mesmo nenhum — conheceram um fim honroso; o fim miserável dos irmãos de Henrique I e de Henrique II, que morreram antes de chegar à maturidade; as revoltas dos filhos de Henrique II contra o pai, a quem perseguiram — como já se disse — até a morte; o castigo divino ao qual não conseguiram escapar e que os levou rapidamente deste mundo. Assim, portanto, uma ou outra de suas ações pode ter agradado a Deus, que se serviu deles como instrumentos de Sua vingança, mas sua intenção mesma certamente Lhe desagradara em todos os aspectos, e eles foram, cada um por sua vez, punidos de maneira semelhante pela vingança divina.

Visões vêm corroborar as ameaças resultantes do passado da estirpe.

Certo dia, deitado em sua cama, um monge pensava nos filhos do rei Henrique, nos admiráveis cavaleiros que eram os três mais velhos, e também no quarto, que era mais jovem. Dizia a si mesmo que não havia príncipe na terra que pudesse vangloriar-se de tal prole, e perguntava-se sobre qual seria seu fim. Absorto nesses pensamentos, acabou por adormecer. Então pareceu-lhe ver quatro aves pousadas na margem de um rio, todas elas patos machos. Refletia que aquelas aves eram representantes magníficos de sua espécie, quando uma voz fez-se ouvir: "Está vendo essas aves? São os filhos do rei Henrique em quem você pensava. Quer ver seu fim? Pois então veja." Ele olhou e viu uma ave, chamada falcão, voando alto no céu, a grande velocidade; e no mesmo momento os quatro patos, como que assustados pelo falcão, mergulharam um após o outro na água do rio, e não voltaram a aparecer. A voz continuou: "Quer saber quem é a ave que está voando no céu? É Filipe, filho do rei da França."

Já vimos, em dias recentes, que os três mais velhos foram roubados às coisas humanas por uma morte súbita e prematura, e foram, por assim dizer, tragados pelas ondas do século; isso aconteceu quando Filipe era vivo, ou sob seu reinado, estivesse ele ou não na origem de sua morte. O quarto filho de Henrique ainda vive, que Deus o conserve por muito tempo, pela paz dos povos e pela liberdade da Igreja.

Veja, leitor, como essa interpretação está ligada à época em que o autor a escreveu. No momento em que está sendo publicada uma nova versão desta obra, o quarto filho já começou, como os precedentes, a se apagar e a desaparecer, sob o reinado do rei Filipe da França e — é de se pensar — pela mão de seu filho.

Julguei conveniente inserir aqui uma visão de São Goderico, o famoso eremita, cuja vida e cuja presença no norte da Inglaterra, em nossos dias, fizeram a glória do país, por lembrar em parte a precedente.

Certo dia, ao entrar numa igreja, ele acreditou ver o rei Henrique e seus quatro filhos prosternados diante do altar. Depois se levantaram e começaram a limpar a pala e as toalhas que cobriam o altar, tirando-lhes a poeira. Em seguida subiram até o altar e limparam os pés e as pernas do crucifixo, cobertos de poeira. Então escalaram o crucifixo e lá ficaram sentados por alguns momentos. Finalmente — é horrível dizer — sujaram todo o altar com urina e excrementos. Logo depois, viu o rei e dois de seus filhos, Ricardo e João, despencarem ao pé do altar com grande barulho. Contemplou horrorizado seus corpos despedaçados e miseravelmente sem vida, ao passo que os dois outros filhos desapareciam de sua vista.

O santo homem interpretou ele mesmo sua visão: as preces e a limpeza do altar e da representação do Cristo significavam os esforços dos príncipes para preservar a paz sobre suas terras para os pobres. A escalada do altar e do crucifixo simbolizavam a opressão da Igreja — passada e futura. A queda do rei e dos dois filhos que reinaram depois dele manifestaram a vingança do Senhor. O santo homem viveu até o martírio do bem-aventurado

Tomás e ainda mais; quando teve notícia dele, disse: "Esse rei, que exerce tão grande tirania sobre a Igreja de Cristo, desmoronará com todo o seu peso, conforme a visão que tive.

"E seus filhos, principalmente os dois que reinarão depois dele, seguirão o pai no erro e no castigo."

NOTA

1. *Hystéron-protéron (literalmente "último primeiro") é uma figura de retórica que consiste em inverter a ordem normal dos fatos. A expressão, aqui, é metafórica: o poder dos Plantagenetas deriva não de uma herança, mas de uma conquista; a legitimação foi posterior, e não anterior, ao exercício do reinado.*

CAPÍTULO 1

Sob o reinado de Henrique II

Este primeiro capítulo abrange um longo período cheio de dissensões e peripécias; não entra propriamente no tema que nos propusemos a tratar, pois Ricardo, na época, desempenhava apenas um papel coadjuvante — ainda não era rei e nem mesmo herdeiro designado da coroa da Inglaterra, uma vez que seu pai nunca aceitou considerá-lo como tal. Para evocar esse período das "origens incertas", decidimos dar a palavra a Geraldo de Barri, que, fazendo um trabalho de síntese, mostra-se, no caso, mais comentarista do que cronista.

As notas remetem a textos de outros cronistas, relacionados aos acontecimentos narrados por Barri; elas são abundantes e constituem, de certo modo, "peças do dossiê".

Parecia então que a profecia de Merlim se cumprira:

"Os filhotes do leão despertarão e deixarão o bosque para vir caçar dentro dos muros da cidade; farão um terrível massacre daqueles que se interpuserem em seu caminho e cortarão a língua dos touros; colocarão correntes no pescoço dos leões e farão renascer os tempos ancestrais."

Esta foi a predição de Merlim a respeito dos filhos do rei Henrique; chamava-os filhotes do leão para dizer que se levantariam contra seu pai e senhor e guerreariam contra ele.

Peterborough, p. 42, t.1

(B). [*1183*] Quanto mais o rei Henrique se afastava do Senhor por suas más ações, mais a bondade divina convidava-o com insistência a se arrepender, enviando-lhe alternadamente os tormentos de Seus flagelos e Seus benefícios. Seu filho Henrique[1], depois de uma discórdia ocorrida entre ele e o irmão, conde de Poitou — na época apoiado pelo pai —, retomou as hostilidades contra o pai e ocupou uma grande parte do Poitou. Conduzia um exército onde se encontravam os barões de sua região, que o seguiram em grande número, jovens cavaleiros franceses e também um outro cavaleiro admirável, seu irmão, conde Godofredo da Bretanha. Este último, sempre pronto a malfazer, escoltado por uma tropa de bretões, hostilizava as fronteiras da Normandia e de Anjou com forças numerosas. O rei preocupou-se com esses graves distúrbios imprevistos, reuniu grandes exércitos e acorreu a Limoges em socorro do conde Ricardo. Mas não muito longe, em Martel, Henrique, o jovem rei, reunira em pouco tempo uma imensa massa de soldados, como jamais o fizera um homem desprovido de terras e riquezas.

Era iminente o dia do grande confronto que iria resolver o conflito, e o partido do pai estava em desvantagem mais no coração das pessoas do que no campo de batalha; de fato, o filho era o mais popular dos homens, ao passo que o pai era tão odioso e detestado por todos que, se os dados de Marte tivessem sido lançados, ele teria — como ficou claro mais tarde — sido feito prisioneiro de seu filho já no primeiro combate. Mas naquele momento o filho foi acometido por uma doença mortal, e em alguns dias, infelizmente, o conflito foi resolvido por seu desaparecimento[2]: aquele homem, de valor invicto, morreu por volta das calendas de junho [*1º. de junho*], vencido por uma morte prematura que suscitou grande dor nos dois exércitos. Porém, mais do que todos os outros, seu pai padeceu uma tristeza sem igual. Foi tomado por uma dor tão intensa e desmesurada, que recusava qualquer consolo e dizia que, entre dois males, teria de longe preferido ver o filho vencê-lo a ver a morte vencer o filho.

[*1186*] Alguns anos depois, Henrique conheceu o cúmulo do tormento e da dor. Pouco a pouco o tempo lhe atenuara o sofrimento e a tristeza; sua inquietação e sua angústia gradualmente se apaziguaram e ele começava a respirar um pouco, quando (pois nenhuma tranqüilidade terrena é duradoura e sempre um sofrimento antecipa o fim de uma alegria) o ilustre conde da Bretanha armoricana, Godofredo, depois de discórdias implacáveis ocorridas, como as anteriores, entre ele e seu irmão Ricardo, conde de Poitou, abandonou pela terceira vez — pois anteriormente seguira o irmão mais velho — o partido do pai, passando-se para o filho do rei Luís, Filipe, que já reinava na França em lugar do pai.

O rei Henrique era tão perverso que suscitava e fomentava discórdias entre os filhos com a única finalidade de obter paz e tranqüilidade para si mesmo. Ora, o conde Godofredo atraíra a graça do rei Filipe e de todos os barões franceses, que até o fizeram, por voto unânime, senescal da França. Tornou-se íntimo do rei e adquiriu grande influência. Era extremamente eloqüente e sedutor, e incitava o rei da França e a França inteira contra o pai e o irmão, com as mais persuasivas palavras; assim, preparara-lhes problemas que certamente teriam sido os mais graves que jamais conheceram, se não tivessem sido prevenidos por sua morte. De fato, as manobras já se traduziam militarmente, as hostilidades estavam firmemente decididas e quase iniciadas quando o conde Godofredo foi acometido, como o irmão, por uma doença aguda, uma febre alta da qual viria a morrer. Em apenas alguns dias, para grande dor da França inteira e principalmente do rei, foi levado das coisas humanas em Paris, por volta das calendas de agosto [1º de agosto]. Essa morte mergulhou o rei Filipe em profunda aflição e grande desespero. Ele quis mandar celebrar as obséquias do conde, em sinal de homenagem e de amor, na igreja catedral de Paris — a da bem-aventurada Virgem —, diante do altar principal. E, ao final do funeral solene, quando o corpo descia à cova fúnebre onde permaneceria sepultado para sempre sob a terra, o rei, de desespero, ter-se-ia jogado com ele dentro da tumba escancarada, se os amigos não o tivessem segurado vigorosamente.

Mas, além de todas as dores, a dor do pai era incomparável. Nenhum sofrimento era semelhante ao seu. A dor reavivou a que lhe causara a morte do primeiro filho, e que o tempo havia aplacado; os ferimentos que o tempo cicatrizara voltaram a sangrar. Muitas vezes, um novo golpe, pela dor que causa, reabre chagas antigas; a lembrança volta a irritar a ferida da alma que o tempo e a razão haviam curado.

Assim, ficou claro que aquele que havia pouco não conseguia viver com os filhos recusava-se doravante a viver sem eles. Oh, como é duro e cruel o destino de um pai a quem os objetos de sua afeição só podiam oferecer tristeza por sua morte ou tormento por sua vida! Não lhes caberão estas palavras de Oséias:

"Se eles gerarem filhos, privá-los-ei de pai"?
e mais adiante:

"Se lhes nascerem filhos, farei morrer o fruto precioso de suas entranhas"?

[*1187*] Enquanto o exército do rei da Inglaterra estava em Châteauroux, e o do rei da França ocupava Issoudun, o rei Henrique empregou seus estratagemas de sempre. Fez chegar ao rei da França, através de mensageiros, uma carta que o instava e o estimulava a estabelecer a paz com ele, nos seguintes termos: a irmã do rei da França, que se encontrava havia muito tempo em mãos do rei da Inglaterra, seria dada em casamento a seu filho caçula, João, com os condados de Poitou e de Anjou, assim como todas as terras do rei da França que estavam em mãos do rei da Inglaterra, com exceção apenas da Normandia, que ficaria com o herdeiro do reino. Era próprio do homem sempre odiar seu sucessor...

Assim que tomou conhecimento dessa carta, o rei Filipe recusou a oferta e a fez chegar ao conde de Poitou, Ricardo, que se encontrava no exército do pai e o servira até então com fidelidade, de acordo com seu dever. A leitura da carta provocou violenta indignação e alimentou intenso ressentimento por parte do conde. Desde então, suspeitou que o pai sempre quisera deserdá-lo em favor do irmão caçula, e tomou-se de ódio por ele.

Nessa época, em Châteauroux, um braço do Menino Jesus carregado ao colo por sua mãe — representação tradicional em pintura e em escultura — foi quebrado com um golpe por um blasfemador que morava na cidade; sob os olhos espantados dos dois exércitos, o braço começou a sangrar, e sangrou durante vários dias, e no mesmo momento o blasfemador expirou miseravelmente. Na ocasião desse milagre tão grande e espantoso, ao qual acorreu gente dos dois lados para vê-lo, decidiu-se fazer uma trégua de alguns dias.

Depois disso, por instigação de Ricardo, conde de Poitou, que desde a ofensa anteriormente descrita preocupava-se menos com a honra do pai e recusava-se a se expor aos perigos da guerra por ele ou com ele (pois "todo reino dividido será arruinado e nada convém menos aos que preparam grandes empreendimentos do que a trapaça e o logro"), uma trégua de um ano foi estabelecida entre os reis, estipulando que o Auvergne, que fora ocupado pelo rei da França, permaneceria durante esse tempo pacificamente em seu poder.

Nesse momento ocorre no Ocidente a nova tomada de Jerusalém.

Assim que a notícia dessa desgraça chegou aos ouvidos do conde de Poitou, com fervorosa devoção ele recebeu a cruz em Tours, das mãos do bispo da região, para vingar a ofensa feita a Cristo. Através dessa corajosa iniciativa, dava aos príncipes do norte dos Alpes o exemplo de uma nobre audácia...

Com isso, o nobre conde Ricardo de Poitou, digno não de buscar mas de dar um exemplo, quis, assim como fora o primeiro a fazer voto de cruzado, ser o primeiro a partir na Cruzada e, mais do que isso, comandá-la. Foi humildemente procurar o pai para lhe pedir duas coisas necessárias para empreender uma expedição tão longa, mas não as obteria. Pedia-lhe ou que lhe emprestasse dinheiro sobre o condado de Poitou até o termo da peregrinação, ou que lhe permitisse emprestar de outro, fiel tanto ao pai quanto a ele, sobre hipoteca, entre mãos seguras e honestas, e confirmar o empréstimo através de um título. Às vésperas de empreender uma viagem tão longa e tão perigosa, pedia-lhe também que o autorizasse a receber o juramento de fidelidade dos barões do reino da Inglaterra e das terras de além-Mancha que lhe pertenciam por direito de herança — entendendo-se que isso não colocaria em questão o juramento de fidelidade prestado e devido a seu pai; não queria que intrigas desleais o prejudicassem durante uma ausência tão longa.

O rei concordou em ouvir, mas não em atender às duas solicitações; ocultou o plano pérfido concebido em seu espírito sob esta resposta: "Meu filho muito querido, iremos juntos; empreenderemos juntos, e não separadamente, esta viagem tão grande; e partilharemos naturalmente o dinheiro, mas também tudo o que for necessário à jornada. Nada poderá lhe faltar que me seja supérfluo, porque só a morte — que não sabe poupar

— nos separará um do outro." De fato o pai tinha ciúmes do filho; invejava-lhe os preparativos de tão grande expedição, as premissas de tão nobre empresa, a glória imensa da viagem, e uma vitória — se porventura a obtivesse — tão ilustre. No entanto a glória do pai, como diz Salomão, é a virtude do filho: se Ricardo tivesse sorte e sucesso, se os favores da Fortuna lhe dessem em caminho ainda maior glória e sucesso, Henrique julgaria que sua própria glória também estaria maior.

O conde estava perfeitamente consciente desse ciúme e dessa malignidade. Não conseguindo obter resposta diferente, o filho deixou o pai e rompeu todas as relações com ele. Voltou ao Poitou, onde apressou o quanto pôde os preparativos e despachou mensagens ao rei da Sicília, seu cunhado, para acelerar a navegação; de fato, queria empreender a viagem no verão seguinte, sem falta. Ao saber disso, o rei não conseguiu dissimular seu ciúme e recorreu aos estratagemas sutis que lhe eram costumeiros. Enviou ao filho uma grande soma de dinheiro, maior do que seria de esperar, mas ao mesmo tempo incitou às escondidas os grandes barões do Poitou e da Gasconha, assim como Raimundo, conde de Saint-Gilles, a se sublevarem contra ele. Era mais uma maneira de tentar desviá-lo do serviço a Cristo, que ele desejava cumprir o mais depressa possível, conforme seu voto. Esquecia completamente, ou antes desprezava, a sentença de excomunhão solene e geral pronunciada — em sua presença — contra aqueles que, de alguma maneira, atrapalhassem os homens que tinham sido chamados e se tinham feito cruzados para servir a Cristo.

Avisado das intrigas, o conde, que era um guerreiro bravo e valente, reuniu tropas e marchou primeiro contra os barões do Poitou que se haviam rebelado contra ele. Conseguiu cercar os cabeças do levante dentro do castelo de Taillebourg, diante do qual estabeleceu o sítio. Depois de alguns dias, obrigou-os a se renderem e a aderir à Cruzada: recusava qualquer outra forma de resgate, embora se tratasse de mais de sessenta senhores poderosos de alta estirpe. Depois de pacificar o Poitou com tal rapidez e render pela terceira vez o castelo de

Taillebourg, outrora inexpugnável, dirigiu-se, sem demora e sem se deixar deter, à frente de uma tropa de valentes cavaleiros, para a Gasconha, onde em pouco tempo restabeleceu o que parecia destruído ou degradado. Imediatamente depois invadiu a região de Toulouse e se apoderou de numerosas fortalezas — algumas das quais foram abandonadas —, e as outras lhe foram entregues. Aproximava-se de Toulouse, sobre a qual pretendia ter direitos através de sua mãe, e preparava-se para tomá-la de assalto, quando viu chegarem mensageiros do rei da França, despachados atendendo à demanda do conde de Saint-Gilles. Ordenavam-lhe em nome do rei que renunciasse a seu projeto e comparecesse à corte da França para fazer valer seus direitos e receber a justa reparação das ofensas que lhe haviam sido feitas. Viu chegar também, igualmente enviados pelo rei da França, os senescais da Normandia e de Anjou, que o rei encarregara de levar o conde de volta o mais depressa possível, ou não mais se fiarem nas tréguas concluídas entre ele e o rei da Inglaterra. Mas o conde, que forçava o destino e avançava de sucesso em sucesso, não foi desviado de sua nobre empresa, nem pelas ordens e repetidas ameaças do rei da França, nem pelas súplicas dos senescais, nem pelas injunções de seu pai — que, na Inglaterra, já estava a par de tudo. Pois, do mesmo modo como sua coragem e sua audácia o impeliam a empreender, sua tenacidade e sua perseverança o impeliam a concluir.

Embora ambos também tenham feito votos de cruzados, Filipe Augusto e Henrique II da Inglaterra prosseguiam sua luta; o rei da França retomou Châteauroux.

Henrique atravessou o mar da França e percorreu às pressas a Normandia e o Maine para chegar a Châteauroux, com um grande exército. Seu filho, o conde de Poitou, já voltara de Toulouse e veio pouco depois a seu encontro. O rei da França viera a Châteauroux com uma numerosa companhia. O rei da Inglaterra, conforme era seu hábito, fez várias diligências junto a ele por intermédio de mensageiros, mas foram todas em vão. Finalmente marcou-se a data de um encontro. Houve muitas altercações que não transpiravam nem paz nem concórdia. Então o conde de Poitou, que não conseguia obter do pai através de suas súplicas, nem mesmo nas circunstâncias presentes, o juramento de fidelidade dos barões, e que adivinhava sua maldade de se empenhar, por ciúmes de seu sucessor, em favorecer injustamente os caçulas em detrimento de seus herdeiros, passou, sob as vistas do pai, para o lado do rei da França, e o presenteou imediatamente com todas as terras continentais que lhe pertenciam por direito de herança. E, entre os juramentos de aliança recíproca que prestaram, o rei comprometeu-se a ajudar o conde de Poitou a conquistar as terras de além-mar contra seu pai. Daí nasceu a discórdia inexorável e a dissensão implacável que perseguiram o pai até seu último dia cheio de perturbações. (...)

Seguiu-se a essas negociações uma trégua de ambas as partes durante o frio do inverno até a Páscoa do ano seguinte. Decidiu-se que as terras e os castelos ocupados permaneceriam pacificamente com o rei da França durante esse tempo, e cada um voltou a sua terra...

Depois que passou o inverno, em março, o rei da Inglaterra, acometido, em conseqüência de uma inflamação dos humores, por um tumor nas partes vergonhosas, já transformado em fístula, acamou-se em Le Mans, gravemente doente.(...)

Mas a vontade de Deus era que ele se curasse dessa doença e se reservasse para maiores provações, para dar a todos os reis da terra um exemplo terrível. Entre a Páscoa e Pentecostes, durante os meses de abril e maio, fomos várias vezes — na época eu seguia a corte — a entrevistas entre o rei e o conde Ricardo, que não tiveram resultado. Henrique teve destino semelhante ao rei Senaquerib da Assíria: este, conforme se lê no Livro dos Reis, escapou do massacre de cento e oitenta e cinco mil homens perpetrado pelo Anjo durante o cerco de Jerusalém, e foi reservado, por sua maldade, ao assassínio cometido por seus filhos.

No início do mês de junho, por vontade de Deus, que queria acelerar o castigo, todas as conversações de paz e as entrevistas entre o rei da Inglaterra e o conde de Poitou tiveram como resultado não a concórdia, mas um ódio implacável; o rei da França e o conde de Poitou, depois de mandarem suas tropas destruir vários castelos do Maine, chegaram com seus dois exércitos diante de Le Mans[3]. Os habitantes saíam, os exércitos inimigos dispunham-se a atacar em todas as frentes e, embora ainda não estivessem totalmente organizadas para a batalha, as tropas realizavam escaramuças que eram, de certo modo, as preliminares do combate, quando o rei da Inglaterra, que sempre fazia o possível para evitar os confrontos armados, fez seus homens voltarem ao interior dos muros e deu ordens para que se incendiassem os arrabaldes. Não queria que estes, que quase igualavam a cidade, se não em prestígio pelo menos em importância e em abundância de bens, pudessem coagir os que estavam dentro dos muros ou ajudar o inimigo. Mas o vento, que antes vinha da cidade, virou bruscamente — como acontece com freqüência — e começou a soprar mais forte, empurrando as chamas vorazes para dentro dos muros. Logo o fogo se propagou por várias partes da cidade com tanta violência, que o rei e sua gente foram obrigados a sair e abandonar Le Mans, com a qual perderam, na pressa, grande quantidade de bens.

O rei fugiu da cidade, perseguido pelos franceses e por seu filho. Já percorrera mais de duas milhas quando, no alto de uma colina, de onde se avistava a cidade em chamas, virou-se e voltou a proferir — com o mesmo despudor da primeira vez — palavras de apóstata: "Deus, já que hoje, para levar ao cúmulo minha vergonha e aumentar minha desonra, tiraste de mim a cidade que mais eu estimava no mundo, a cidade onde nasci e cresci, onde meu pai está enterrado e onde seu corpo repousa na igreja de São Juliano, podes ter certeza de que me retaliarei, tirando de ti o que mais estimas em mim." Afirmou ainda outros propósitos, que convém silenciar e deixar de lado.

A perseguição acabou sendo interrompida devido a uma queda do conde de Poitou, cujo cavalo foi trespassado pela lança de um cavaleiro. O rei passou a noite em La Frenaye e de manhã partiu para Anjou. O exército adversário, depois de submeter o Maine, invadiu a Touraine e, num assalto violento, forçando o destino e avançando de sucesso em sucesso, tomou pelas armas a famosa cidade de Tours.

Depois disso, foi marcada uma entrevista entre os reis perto de uma pequena cidade da Touraine, Azay[4]. Na sexta-feira em que a reunião deveria acontecer em Azay, o rei da Inglaterra acamou-se, abatido pela febre aguda que o levaria à morte. O rei da França e o conde de Poitou não acreditaram na doença. Mais ainda, imaginando que Henrique, como de hábito, estivesse simulando ou tentando ganhar tempo, no dia seguinte cercaram a cidade com forças imensas. O rei da Inglaterra quis então mais uma vez tentar obter as vantagens de uma paz, e mandou chamar ao castelo o bispo de Reims, Guilherme, os condes Filipe de Flandres e Teobaldo de Blois — todos seus parentes —, e mais alguns outros. Mas o rei da França, vendo que Deus e a Fortuna propícia haviam colocado o inimigo entre suas mãos, não quis ouvir falar em paz antes que o rei da Inglaterra ficasse inteiramente à sua mercê. Este prometeu fazê-lo, se ele salvasse sua honra assim como a coroa e a dignidade de seu reino. O rei da França disse-lhe que se rendesse pura e simplesmente, sem condições, e que só salvaria o que, em sua misericórdia, ele bem entendesse salvar. No fim, depois de numerosas altercações e idas e vindas de mensageiros — pois a necessidade não tem lei —, Henrique cedeu, não sem se lamentar muito e indignar-se intimamente, o que agravou seu mal.(...)

Terminadas as negociações, concluiu-se uma paz entre os príncipes, cujos termos consagravam a vontade do rei da França, o triunfo do conde de Poitou, a vergonha e a derrota do rei da Inglaterra. Foi lavrada por escrito e levada ao rei Henrique, para que tomasse conhecimento dela. O primeiro ponto estipulava que ele se submeteria à mercê do rei e do conde. O segundo, que todos aqueles que tivessem tomado o partido do conde contra seu pai passariam a dever suas obrigações feudais e sua homenagem* apenas ao filho, e não mais ao pai, a não ser que desejassem, voluntária e livremente, voltar para junto deste último. Seguia-se a lista de seus nomes, registrada numa folha à parte. Quando Henrique ouviu o primeiro, que era o de seu filho João, ergueu-se bruscamente no leito onde estava deitado, fora de si e perturbado, e olhou desesperadamente à sua volta:

"É verdade que João," disse ele, "meu coração, meu filho que mais estimei e por cujo interesse suportei todos esses males, me abandonou?" Quando viu com certeza que era verdade, deixou-se cair de novo na cama, voltou o rosto para a parede e queixou-se em voz alta: "Aconteça o que acontecer quanto ao resto, já não me importo nem comigo nem com o mundo." Os que se achavam presentes puderam testemunhar que nada exasperou mais a gravidade e a violência de seu mal, nem acelerou mais a sua morte, do que aquela dor súbita e inesperada.

Fora estipulado no tratado que o rei deveria dar o beijo de paz em seu filho, o conde de Poitou, e banir do coração qualquer cólera e qualquer indignação a seu respeito. Assim foi feito — ou antes, simulado — e o beijo foi dado, mas ao partir o conde ouviu o pai proferir com voz abafada: "Que Deus me conceda não morrer antes de lhe dar a vingança que você merece!" O conde saiu do castelo e foi contar ao rei da França e a toda a corte como fizera as pazes com o pai e as palavras que se seguiram, provocando riso e espanto ao mesmo tempo.

Ao terminarem essas formalidades, o rei fez-se transportar ao castelo de Chinon. Lá, na quinta-feira, seu estado piorou. Era o sétimo dia desde que se acamara, mortalmente atingido, dia "crítico" segundo os médicos.

---

* À homenagem era o ato pelo qual o vassalo se declarava homem de seu senhor, prometendo-lhe fidelidade e devoção absolutas. (N. T.)

Agonizou em meio a um dilúvio verbal, repetindo e ruminando palavras que arrancavam a seus pensamentos moribundos a violência do mal, mas também a dor e a indignação. Entre tudo o que oprimia seu coração, sua boca não parava de dizer: "Vergonha, vergonha sobre o rei vencido." Ao final, em meio a tais lamentações, chantre de sua própria humilhação, ele expirou. Pereceu sufocado e oprimido, mais do que se extinguiu por morte natural. Esse fim mostra claramente que, quanto mais alguém se eleva aos cumes da prosperidade, mais brutalmente se precipita no abismo.

Exporemos primeiro os acontecimentos notáveis que envolveram a morte de um príncipe tão poderoso e que nos parecem capazes de fornecer um terrível exemplo a todos os grandes. Passaremos em seguida aos sinais que anunciaram sua morte, às visões e revelações diversas.

O primeiro fato notável que vem ao espírito é que, enquanto durante quase todo o ano havia com ele dois ou três arcebispos e cinco ou seis bispos que seguiam sua corte, no final ele não pôde contar com um só conselho nem com o menor consolo de um prelado. De fato, aqueles que respeitam a Igreja de Deus e Seus ministros, eleitos para abraçar a vida religiosa, recebem, em seus últimos momentos, a recompensa por esse respeito e são apoiados pelo consolo dos padres. Os que agem de outro modo e se comportam como filhos indignos da Igreja são no final, com freqüência, privados desse apoio.

O corpo foi exposto num pátio. Foi despojado de tudo — como freqüentemente acontece em tais circunstâncias —, por todos os que se achavam presentes, com tal rapacidade que por um bom tempo permaneceu nu, sem qualquer vestimenta. No fim, um jovem acorreu com seu casaco de pele — um casaco bem curto e fino, como os que os jovens usam no verão, que mal cobre os joelhos — e com ele cobriu como pôde a nudez do corpo. Assim justificou-se, conforme se vê muitas vezes, o apelido que lhe fora dado em sua juventude, quando ainda não era rei, mas apenas duque: era comumente chamado, então, *court-mantel*, porque nos primeiros tempos em que estivera na Inglaterra vestia os casacos curtos do Anjou, ao passo que, desde os tempos de seu avô Henrique I, os ingleses vestiam casacos longos até o chão.

Quando foi preciso transportar o corpo de Chinon até Fontevrault, foi difícil encontrar gente para lhe confeccionar uma mortalha, para arranjar cavalos e atrelá-los aos varais, para seguir o cortejo fúnebre e executar o serviço e a cerimônia devidos aos despojos. Estes foram transportados até a grande igreja das monjas.

O rumor, que com suas asas ligeiras atravessa as fronteiras, conduziu rapidamente o conde de Poitou aos funerais do pai. Ele entrou na igreja e aproximou-se do corpo. À sua chegada, o sudário foi levantado e o rosto de seu pai descoberto. Pareceu então a todos tão colorido e marcado por sua ferocidade natural, que ao vê-lo o conde não conseguiu reprimir um frêmito de horror. Tomado por uma dor natural, ajoelhou-se diante do altar e permaneceu em prece por um breve momento, o tempo justo de um Pai Nosso. Mas, no instante em que ele entrara na igreja — conforme relataram os que lá estavam e o viram —, as narinas de seu pai começaram a verter sangue, e esse sangramento só cessou com sua saída. Também os que o velavam e executavam o serviço fúnebre tiveram muita dificuldade para enxugar e limpar sua boca e seu rosto com o sudário[5]. Que o leitor atento, uma vez que os indícios convidam a isso, procure por si mesmo o que possa exprimir ou pressagiar esse prodígio, e leve sua busca ao ponto de pedir aos médicos a explicação sobre o influxo que produz tais fenômenos.

No dia seguinte, na hora de sepultar o corpo diante do altar principal, foi difícil arranjar um anel para pôr em seu dedo, um cetro para colocar entre suas mãos, uma coroa para sua cabeça, conforme o devido — tirou-se uma de um antigo ornato —, e algumas insígnias reais que foi preciso mendigar e que estavam no limite da decência. A maior infelicidade é ter sido feliz: por cúmulo de adversidade, aquele príncipe que possuía as mais imensas riquezas, tanto na Inglaterra como nos territórios do outro lado do mar, morreu pobre. Com seus vastos Estados, havia amontoado tesouros em torres altas e subterrâneos profundos, ignorando para quem os acumulava. Deixava-os, cheios de ouro e de prata, para o homem que mais odiava no mundo. Pelas sutilezas da justiça divina, o instrumento de seu castigo e o autor da sua morte sucedeu-lhe em tudo, ao passo que ele, novo Tântalo, não podia, em meio às riquezas, escapar aos males da pobreza. Não há pior infelicidade do que não ter recursos em meio à profusão de bens e sentir os males da indigência em meio à abundância. Por isso um poeta escreveu:

"É preciso esperar sempre pelo último dia: nenhum homem deve ser chamado feliz antes de ter deixado a vida e recebido as honras supremas."

Pode-se notar ainda, entre outras coisas, que foi na abadia onde tanto desejara encerrar a rainha Leonor, tentando de todas as maneiras fazê-la tomar o hábito de monja, que, por uma reviravolta do destino e uma forma de castigo divino, ele próprio mereceu ser encerrado para ser sepultado sob a terra última e voltar à poeira; e que naquele lugar escuro, indigno mesmo de sua grandeza, Leonor iria viver e sobreviver a ele muito tempo depois. (...)

AS PEÇAS DO DOSSIÊ

Os textos que seguem esclarecem o relato de Geraldo de Barri e são apresentados como notas, com remissões ao texto. A primeira nota, muito longa, contém oito textos diferentes.

1. BARRI, *De Principis instructione* (II,4)

[*1173*] Henrique, que era o mais velho entre os filhos que lhe restavam, e que já havia recebido por seus cuidados a coroa do reino, desertou: abandonando o partido de seu pai sob os olhos deste último, passou para o lado de Luís, rei da França, seu padrasto, com dois de seus irmãos, os condes de Poitou e da Bretanha; tinha além disso numerosos aliados e partidários entre os ba-

rões da Inglaterra e dos territórios ingleses de além-Mancha...

Havia já muito tempo Henrique II procedera a uma divisão de sua herança entre seus três filhos mais velhos.

HOVEDEN, pp. 5-6, t. 2
[*1170*] O rei foi à Normandia e caiu gravemente doente perto de Mote de Ger; então dividiu assim seu reino entre os filhos: ao filho Ricardo deu o ducado da Aquitânia e todas as terras que a rainha Leonor, sua mãe, trouxera por ocasião do casamento; ao filho Godofredo deu a Bretanha e Alais, filha do conde Conan, que pedira para esse filho ao rei da França, Luís; e ao filho Henrique, o jovem rei, deu a Normandia e todas as terras que haviam pertencido a seu próprio pai Godofredo, conde de Anjou. Além disso, fez os três jurarem homenagem ao rei Luís. A seu filho João, ainda muito pequeno, deu o condado de Mortain. Entrando em convalescença muito tempo depois, partiu em peregrinação a Sainte-Marie-de-Rocamadour.

A partilha que acaba de ser exposta deixava de lado o terceiro filho do rei, João Sem Terra, então com quatro anos de idade. Nos anos seguintes, e até sua morte, Henrique procurou contemplá-lo. Em 1177, deu-lhe o reino da Irlanda, que acabava de conquistar; antes disso, pensou num casamento vantajoso com a filha do conde de Maurienne. Ora, para que esse projeto se realizasse, seria preciso que João levasse um "dote", e Henrique II só poderia constituí-lo em detrimento dos dois filhos mais velhos, a quem atribuíra todos os seus bens.

HOVEDEN, pp. 45-7, t. 2
[*fevereiro de 1173*] O conde de Maurienne foi a Limoges e quis saber quais possessões o rei [*da Inglaterra*] tencionava dar a João. O rei queria dar-lhe os castelos de Chinon, de Loudun e de Mirebeau. Mas o jovem Hen-

rique não aceitou de modo algum conceder seu acordo e não deixou a coisa se fazer; de fato, não suportava o pai não ter concordado em lhe dar como bem próprio uma terra onde pudesse morar com sua esposa; Henrique, o Jovem, pedira, com efeito, que o pai lhe desse ou a Normandia, ou Anjou, ou a Inglaterra, pedido feito por instigação do rei da França, condes e barões da Inglaterra e da Normandia, que detestavam seu pai. E a partir desse momento o jovem rei procurou razões e uma oportunidade para romper com o pai. E tanto fechara o coração às vontades do pai, que já não conseguia conversar com ele sem brigar.

Uma vez encontrados o lugar e o momento favoráveis, o jovem rei deixou seu pai e foi para junto do rei da França. Mas Ricardo Barre, seu chanceler, Guálter, seu capelão, ..., seu camarista, e Guilherme Blunt, chefe de seu exército, voltaram para junto do rei seu pai. (...)

Logo depois da Páscoa todos os barões da França, o jovem rei da Inglaterra, seus irmãos Ricardo, conde de Poitou, e Godofredo, conde da Bretanha, e quase todos os condes e barões da Inglaterra e da Normandia, da Aquitânia, de Anjou e da Bretanha revoltaram-se contra o rei da Inglaterra e devastaram todas as suas terras a ferro, fogo e pilhagem; sitiaram seus castelos, tomaram-nos de assalto e apoderaram-se deles; não havia ninguém para ajudá-lo...

HOVEDEN, p. 53, t. 2
[*setembro de 1173*] Para terminar, entre Gisors e Trie, encontro do rei da França, Luís, acompanhado pelos arcebispos, bispos, condes e barões de seu reino, levando com ele Henrique, Ricardo e Godofredo, filhos do rei da Inglaterra, com o rei da Inglaterra Henrique II, pai deles, acompanhado por arcebispos, bispos, condes e barões de suas terras. Houve então conversações de paz entre ele e seus filhos no sétimo dia antes das calendas de outubro, uma quinta-feira [*25 de setembro*]. O rei da Inglaterra oferecia ao filho, o jovem rei, a me-

tade dos rendimentos de seus feudos na Inglaterra e quatro belos castelos naquele país, ou, se o filho preferisse ficar na Normandia, o pai oferecia metade dos rendimentos da Normandia e todos os rendimentos das terras do pai dele, o conde de Anjou, e três belos castelos na Normandia, um em Anjou, um na região de Le Mans, um na Touraine. A Ricardo oferecia também metade dos rendimentos da Aquitânia e quatro belos castelos naquele país; a Godofredo, oferecia as terras que cabiam por herança à filha do conde Conan da Bretanha se pudesse desposá-la com o consentimento do papa... Mas não estava entre as intenções do rei da França que os filhos do rei concluíssem aquela paz com seu pai.

HOVEDEN, p. 55, t. 2
[*1173*] No mesmo ano o rei da França armou Ricardo cavaleiro. [*O próprio Henrique II armara cavaleiros pelo menos dois de seus filhos, Godofredo e João*].

HOVEDEN, p. 66, t. 2
[*agosto de 1174*] Chegando a Gisors, o rei da França e o rei da Inglaterra não puderam estabelecer um acordo por causa da ausência de Ricardo, conde de Poitou, que estava então em Poitou, tomando de assalto os castelos de seu pai e suas guarnições. Decidindo um novo encontro no dia de São Miguel entre Tours e Amboise, estabeleceram uma trégua sob a condição de que o conde Ricardo fosse excluído dela e de que nem o rei da França nem o jovem rei lhe prestassem qualquer ajuda.

Tomadas essas decisões, o rei partiu para Poitou com seu exército. O conde de Poitou, seu filho, não ousou esperar sua chegada e fugiu de um lugar para outro. Quando soube que o rei da França e o rei seu irmão o haviam excluído da trégua, ficou revoltado e veio lançar-se chorando aos pés de seu pai, pedindo perdão...

HOVEDEN, p. 67, t. 2

[*setembro de 1174*] Em seguida, os dois partiram para a entrevista que deveria ocorrer entre Tours e Amboise na véspera das calendas de outubro, uma segunda-feira, no dia seguinte a São Miguel [*30 de setembro*]. O jovem rei e seus irmãos, Ricardo e Godofredo, conformando-se aos conselhos e desejos do rei da França e de seus barões, fizeram as pazes com o pai.

Depois de um período de paz relativa, eclode um novo conflito familiar, provocado por Henrique II, que desejava que os dois filhos mais novos reconhecessem a suserania de Henrique, o Jovem.

PETERBOROUGH, pp. 291-3, t. 1

No ano da graça de 1183, Henrique, rei da Inglaterra, estabeleceu sua corte na Normandia, em Caen, no dia de Natal, que caía num sábado. À festa assistiam seus filhos, Henrique, o Jovem e o conde Ricardo de Poitou, assim como o duque de Saxe e a duquesa, que era a filha do rei Henrique; havia também Ricardo, arcebispo de Canterbury, João, arcebispo de Dublin, e muitos outros senhores, tanto bispos como condes e barões.

Depois disso, o rei pôs-se a caminho de Angers com seus filhos. Chegando a Le Mans, decidiu que seu filho Henrique deveria receber a homenagem de Ricardo e de Godofredo por seus feudos. Por instância de seu pai e senhor, o jovem rei recebeu a homenagem do irmão pelo condado da Bretanha, mas, quando chegou a vez de Ricardo, este respondeu que não faria homenagem ao irmão porque era tão célebre quanto ele e nascido de estirpe igualmente nobre. Pouco depois, quando por conselho do pai, Ricardo aceitou fazer homenagem ao irmão, este último recusou. Em seguida a essa controvérsia, depois de muitas discussões, o conde de Poitou, deixando atrás de si apenas insultos e ameaças, apressou-se em voltar a suas terras e fortificou seus castelos e cidades.

Quando os habitantes de Poitou tiveram notícia dessas disputas, alegraram-se muito e enviaram mensageiros ao jovem rei; faziam-no saber que era ele que devia ser seu senhor, por direito hereditário; se quisesse, devolver-lhe-iam todos os castelos, todas as guarnições e cidades, respeitariam seu juramento de obediência a ele contra todos e o seguiriam aonde quisesse, enquanto vivessem. Não queriam estar por mais tempo em terras de Ricardo, pois era mau para com todos, pior para com os seus e pior ainda para consigo mesmo: com efeito, roubava as mulheres, as filhas e as parentes dos homens livres e fazia-as suas concubinas; depois de apaziguar nelas o ardor de seus desejos, entregava-as a seus cavaleiros para servirem a seus prazeres. Tais eram, entre outras, as exações a que submetia seu povo.

O jovem rei, filho do rei da Inglaterra, recebeu garantias oficiosas dos condes e barões de Poitou de que lhe obedeceriam como a seu suserano e não deixariam de lhe servir. Imediatamente enviou o irmão Godofredo à Bretanha e dirigiu-se o mais depressa possível a Poitou, onde lhe foram entregues inúmeras praças. Seu irmão Godofredo reuniu um grande exército, composto de brabanções, outros mercenários e também de soldados de suas terras, e eles invadiram as terras de seu irmão Ricardo, incendiaram tudo à sua passagem e carregaram butins. O conde Ricardo fazia o mesmo nas terras deles; e quem quer que fosse encontrado de um lado ou de outro, qualquer que fosse seu partido, era decapitado.

O rei seu pai deixou-os lutar entre si durante algum tempo. Mas viu então que, se não lhe desse ajuda, o filho Ricardo perderia todas as terras, e temia que ele não saísse vivo se caísse nas mãos dos irmãos.

Extremamente atormentado por essas preocupações, reuniu um grande exército e foi até Limoges para ajudar o filho Ricardo. A cidadela de Limoges, de fato, já passara às mãos de Henrique, o jovem rei, que a fortificara o melhor possível. O rei seu pai o sitiou...

2. A morte de Henrique, o Jovem

HOVEDEN, p. 278, t. 2

[*maio de 1183*] O filho do rei, Henrique, o Jovem, precisando de dinheiro, dirigiu-se a Sainte-Marie-de-Rocamadour, despojou de seus ornamentos o cofre de Santo Amadour e apoderou-se dos tesouros da igreja.

PETERBOROUGH, pp. 300-1, t. 1

Tendo cometido esses horríveis pecados, não pôde, conforme desejava, opor-se a seu pai. Por causa dos maus sentimentos que lhe ocupavam o coração, sucumbiu a uma grave doença em Martel, perto de Limoges. Primeiro foi acometido por uma febre forte, em seguida por um fluxo de ventre; abatido pela doença, enviou mensagens ao rei seu pai pedindo-lhe que o fosse ver.

O rei seu pai recusou-se a ir, temendo uma cilada de sua parte, e enviou-lhe um bispo para trazê-lo de volta aos bons sentimentos. Quando o bispo chegou, encontrou-o em estado desesperador, suplicando que seu pai e senhor fosse misericordioso para com os barões de Poitou, que recompensasse seus cavaleiros e sua gente pelos serviços prestados a ele e que lhe perdoasse os maus sentimentos. Ao voltar, o bispo relatou ao rei as palavras de seu filho. O pai respondeu que recompensaria cada um segundo seus méritos. Mas, antes que o mensageiro do rei voltasse para junto de Henrique, o Jovem, este já estava morto. O pai não pôde acreditar nas notícias. No entanto, ao saber com certeza que o filho expirara, desmaiou três vezes; soltando gritos aterradores, vertendo torrentes de lágrimas, deixou escapar brados fúnebres e abandonou-se ao luto além de toda medida.

3. A morte do rei Henrique II

NEWBURGH, pp. 277-8

O rei da França, acompanhado pelo conde de Poitou, entrou com tropas imensas nas terras do rei da Inglaterra, sem encontrar resistência, e dirigiu-se para Le Mans, onde estava o rei da Inglaterra com seu exército. Informado disso, o rei Henrique deu-se conta de que não tinha forças para enfrentar o combate com as tropas de que dispunha e temeu ver-se novamente sitiado na cidade; assim, resolveu fugir depois de incendiar a cidade e de se desvencilhar de grande parte de sua bagagem, chegando a lugares mais seguros; mas o exército que parecia segui-lo debandou. Então João, seu filho mais jovem, aquele a quem estimava mais ternamente, abandonou-o; não queria que o julgassem diferente dos irmãos e menos fraternal do que eles. Os inimigos se apoderaram de Le Mans e de sua fortaleza; depois, prosseguindo o ataque, tomaram Tours e sua fortaleza; pensavam em também atacar Angers. O rei da Inglaterra sentiu-se arrasado diante de tantos males e, principalmente, com o coração ferido pela deserção do filho caçula — no entanto, por cercá-lo de demasiada afeição e por se empenhar sem conta em aumentar sua herança, ele irritara o mais velho. Então, instruído pela provação, compreendeu que a mão de Deus levantava-se contra ele e que fora Ela que provocara subitamente ao seu redor tão grandes perturbações, para puni-lo pelo mal que havia feito.

Toda aquela tristeza provocou uma febre violenta; a febre piorou e, alguns dias depois, ele morreu em Chinon.

4. HOVEDEN, pp. 366-7, t. 2

Enquanto os reis conversavam frente a frente [*entre Tours e Azay*], o Senhor trovejou e um raio caiu entre eles sem lhes causar mal algum; aterrorizados, separaram-se, e todos os assistentes foram tomados de espanto, pois ouvira-se o trovão bruscamente sem que antes o céu tivesse escurecido. Pouco depois, os reis voltaram a se encontrar para conversar, e mais uma vez ouviu-se um trovão, mais forte e mais terrível do que o primeiro, ao passo que o céu permanecia sereno. O rei da Inglaterra ficou profundamente perturbado e teria caído do cavalo se os braços daqueles que o cercavam não o tivessem segurado. A partir daquele momento, cedeu inteiramente à vontade do rei da França e aceitou as condições de paz propostas, pedindo que lhe fossem comunicados por escrito os nomes de todos aqueles que o haviam deixado para se enfileirar do lado do rei da França e do conde Ricardo.

Feito isso, encontrou o nome de seu filho João encabeçando a lista. Espantado além de qualquer expressão, foi para Chinon e, trespassado pela dor até o fundo do coração, maldisse o dia em que nascera, invocou para os filhos a maldição de Deus e amaldiçoou-os também ele mesmo; os bispos e todos os religiosos muitas vezes o aconselharam a retirar aquela maldição, mas ele não quis.

Como fora atingido por uma doença mortal, fez-se levar até uma igreja, à frente do altar, e lá recebeu devotamente a comunhão do corpo e do sangue do Senhor, confessou seus pecados, recebeu a absolvição dos bispos e do clero e morreu no trigésimo quinto ano de seu reinado, oito dias antes do dia de São Pedro e São Paulo, uma quinta-feira. Reinara trinta e quatro anos, sete meses e quatro dias. Com sua morte, todos o abandonaram e pilharam seus bens como as moscas fazem com o mel, os lobos com os cadáveres, as formigas com o trigo. O interesse de toda aquela multidão não era por um homem, mas por uma presa.

Seus servidores acabaram por voltar e lhe render as obrigações devidas a um rei.

5. PETERBOROUGH, p. 71, t. 2

No dia seguinte à sua morte, ao ser levado para a sepultura, ele jazia vestido com o traje real, levando uma coroa de ouro na cabeça, luvas nas mãos, seu anel de ouro no dedo, sapatos bordados de ouro e esporas de ouro nos pés; portava o gládio na cintura e tinha o rosto descoberto. Quando anunciaram sua morte ao conde Ricardo, seu filho, ele se apressou em tomar a frente do cortejo e, assim que chegou, começou a escorrer sangue do nariz do rei morto, como se sua alma se indignasse com a chegada daquele homem. Então o conde, chorando e se lamentando, avançou ao lado do corpo do pai até Fontevrault, e lá mandou sepultá-lo.

CAPÍTULO 2
Ricardo, rei da Inglaterra

(P). Morto e enterrado o rei [*Henrique II*], seu filho João foi para junto do conde Ricardo, seu irmão, recebendo dele uma acolhida cheia de atenções; fora ele, no entanto, o responsável e até mesmo a causa principal da morte do pai, pois, enquanto ele estava em guerra, abandonara-o depois da perda da cidade de Le Mans, reunindo-se a seus inimigos.

O conde Ricardo voltou à Normandia e foi à cidade de Rouen; no dia de Santa Margarida, uma quinta-feira, décimo terceiro dia antes das calendas de agosto [*20 de julho*], recebeu o gládio dos duques da Normandia no altar de Santa Maria de Rouen, na presença de Guálter, arcebispo da cidade, dos bispos da Normandia, dos condes e barões do ducado e de todos os bispos. Em seguida recebeu a homenagem do clero e do povo do ducado...

(H). Em seguida, foi à Inglaterra e deu a João, seu irmão, o condado de Mortain, os condados da Cornualha, de Dorset, de Somerset, de Nottingham, de Derby, de Lancaster e os castelos de Malborough e de Ludgershall com as florestas e todas as suas dependências; os feudos de Walingford, Tikehil, Eye; o condado de Gloucester com a filha do conde, com quem o fez casar-se imediatamente, apesar da oposição de Balduíno, o arcebispo de Canterbury, por eles serem parentes de quarto grau. Deu-lhe além disso Pec e Bolsover. Mas manteve em seu poder praças e feudos dependentes de seus condados.

(Di). A rainha Leonor, submetida durante longos anos aos rigores de uma prisão severa, recebeu do filho o direito de tomar as decisões que quisesse no reino. Fez-se saber, através de recomendações aos príncipes do reino e por assim dizer por um edito geral, que tudo deveria ser feito conforme sua vontade[1]. Foi nessa época que veio à luz o sentido da profecia, até então dissimulada pela obscuridade das palavras:

"A águia de aliança rompida alegrar-se-á com sua terceira ninhada."

A águia designa, evidentemente, a rainha, pois ela abriu suas asas sobre dois reinados, a França e a Inglaterra. Foi separada dos franceses por seu divórcio por consangüinidade, e dos ingleses ao ser afastada do leito conjugal por uma prisão que durou, esclareço, dezesseis anos. Assim, pelos dois lados foi ela "a águia de aliança rompida". Pode-se entender assim a continuação: o filho primogênito de Leonor, Guilherme, morreu quando criança; Henrique, o segundo filho da rainha, que alcançara a realeza e só podia então chocar-se contra o pai, chegou prematuramente ao fim da existência. Ricardo, seu terceiro filho, designado por "terceira ninhada", aplicava-se em exaltar o nome de sua mãe em todas as coisas. Como resistia ao pai e parecia favorecer nitidamente o partido dos franceses, que se opunha ao dos normandos, percebeu que sua reputação estava manchada junto às pessoas de bem. Para resgatar tão grandes perdas, cuidou de manifestar à mãe todo o respeito possível, de modo que a revolta contra o pai foi compensada pela deferência para com a mãe. (...)

Obedecendo a uma piedosa intenção, a rainha Leonor deu os cavalos do rei Henrique, que eram alimentados nas cocheiras das abadias. Reprimiu a violência dos xerifes e dos couteiros, ameaçando-os de pesadas penas.

(H). Quando o duque e João, seu irmão, que o acompanhava, chegaram à Inglaterra, todo o reino rejubilou-se com sua chegada, pois esperava-se, graças a eles, uma melhoria da situação. Alguns, em pequeno número, é verdade, estavam aflitos com a morte do rei, seu senhor, mas deu-lhes grande conforto ouvir estas palavras:

"Cantarei maravilhas: o sol se pôs, nenhuma noite se seguiu."

Nenhuma noite, é verdade, seguiu-se ao pôr do sol. Pois, se um raio de sol ocupa o trono do sol, espalha uma luz mais generosa e brilhante do que o sol seu pai: quando o sol desce de seu trono e mergulha no chão, seu raio sobe diretamente ao céu, sem conhecer eclipse nem declínio; separa-se bruscamente do corpo do sol; reflete-se inteiro em si mesmo; preservado da alteração ou do véu de qualquer nuvem, é um novo sol, muito maior e muito mais brilhante do que o sol de que era raio. E o leitor, para que nada lhe fira o espírito escrupuloso, poderá melhor apreciar a imagem graças a este verso:

"O pai é o sol, e seu filho, o raio."

Assim o filho, elevando-se na imensidão, ampliou as belas realizações de seu pai, mas suprimiu as más. De fato, aqueles que o pai deserdou tiveram seus direitos anteriores restabelecidos pelo filho; aqueles que o pai exilou o filho chamou de volta; aqueles que o pai prendeu o filho soltou, sãos e salvos; aqueles a quem o pai infligiu castigos diversos em nome da justiça foram reabilitados pelo filho em nome da caridade.

(P). O conde Ricardo de Poitou manteve a seu lado com honra todos aqueles que estavam a serviço do rei seu pai, os que sabia fiéis e que haviam servido fielmente ao pai; deixou-lhes os cargos que haviam ocupado durante o longo reinado do pai, a cada um segundo seus méritos.

Quanto aos que se haviam ligado à sua pessoa depois de abandonar seu pai, fossem clérigos ou leigos, tomou-se de horror por eles e afastou-os.

Assim, quando Guido de Valle, o Jovem, Raul de Fougères e Godofredo de Mayenne, que se haviam ligado à sua pessoa depois de abandonar seu pai, pediram-lhe suas terras e suas cidades fortificadas como recompensa por seus serviços, Ricardo devolveu-lhes tudo o que reclamavam, ou seja, o que o rei seu pai lhes tirara em vida por terem cometido perfídias, e no mesmo instante desapossou-os de tudo o que ele mesmo acabava de lhes entregar; acrescentou que os traidores que abandonavam seus senhores na necessidade e que prestavam ajuda a outros contra seus senhores não deviam receber recompensa diferente.

(D). Estêvão de Marzai, dignitário poderoso e particularmente cruel, que dominava seu soberano e era senescal de Anjou sob o rei que acabava de morrer, foi acorrentado e arrastado até Winchester, onde foi exibido aos anjos e aos homens. Reduzido pela fome a um estado lastimável, alquebrado pelo peso dos ferros, foi forçado a resgatar sua liberdade pagando trinta mil libras angevinas e prometendo pagar outras quinze mil[2].

Randolfo de Glanville, mordomo do reino da Inglaterra e "olho do rei", que só ficava a dever a Estêvão de Marzai em crueldade e riquezas, foi demitido de seu cargo e colocado sob vigilância. Só pôde resgatar sua liberdade de movimentos pelo preço de quinze mil libras de prata; e, embora o nome Glanville tivesse sido tão célebre na véspera — nome acima de qualquer outro, que valia a quem o portasse pela graça de Deus o direito de falar com os grandes e a adoração do povo —, do dia para a noite não se encontrava mais ninguém que o quisesse portar. O que prejudicou esses dois personagens e milhares de outros antes deles, e poderá prejudicar muitos outros ainda no futuro, foi a suspeita que fazia pesar sobre eles sua familiaridade com o antigo senhor.

(Di). Por convocação do arcebispo de Canterbury, os sufragâneos da igreja de Londres reuniram-se no terceiro dia antes das nonas de setembro [3 de setembro] para a coroação do novo rei, ao mesmo tempo que os abades e os priores dos conventos. A rainha Leonor, sua mãe, ocupou-se de convocar os condes, os viscondes, os barões. Preferiu-se guardar silêncio sobre o número e os nomes dos bispos. Quanto aos arcebispos, os de Canterbury, de Rouen, de Trier, de Dublin vieram cada um de sua diocese.

Foi assim que Ricardo, conde de Poitou, que iria tornar-se rei por direito hereditário, foi proclamado rei solenemente, segundo as leis, pelo clero e pelo povo, e se comprometeu através de um triplo juramento: faria tudo o que estivesse em seu poder para proteger a Igreja de Deus e o povo cristão; proibiria o roubo; faria reinar a justiça e a misericórdia nos tribunais.

O arcebispo de Canterbury realizou os ritos sagrados e, como na época a diocese de Londres não tinha bispo, Raul de Diceto, decano dessa diocese, assistiu o arcebispo na unção com o óleo sagrado e na crisma.

A COROAÇÃO

(H). Em seguida, Ricardo, duque da Normandia, foi para Londres; os arcebispos, bispos, condes e barões, assim como uma multidão de cavaleiros, reuniram-se para ir até ele. Depois de solicitar a opinião e obter o acordo deles, no terceiro dia antes das nonas de setembro [3 de setembro], um domingo, aniversário da ordenação do papa São Gregório, mas também dia de mau agouro, Ricardo foi sagrado e coroado rei da Inglaterra, em Londres, na igreja de Westminster, por Balduíno, arcebispo de Canterbury, assistido no ofício por Guálter, arcebispo de Rouen, João, arcebispo de Dublin, Formal, arcebispo de Trier, Hugo, bispo de Lincoln, Hugo, bispo de Durham, Guilherme, bispo de Worcester, João, bispo de Exeter, Reginaldo, bispo de Bath, João, bispo de Norwich, Sigefredo, bispo de Chichester, Gilberto, bispo de Rochester, Pedro, bispo de Saint-David no País de Gales, os bispos de Asfath e Pangor no País de Gales, Albino, bispo de Ferns na Irlanda, e Concors, bispo de Enaghdum na Irlanda; quase todos os abades, priores, condes e barões da Inglaterra estavam presentes.

Eis qual era a ordem do cortejo. Antes vinham os clérigos cobertos com seus ornamentos e trazendo a água benta, as cruzes, os círios e os incensórios. Em seguida vinham os priores, depois os abades, finalmente os bispos. No meio deles caminhavam quatro barões, carregando quatro candelabros de ouro. Depois vinham Godofredo de Lucy, carregando a mitra do rei, e a seu lado João, o Marechal, carregando duas pesadas esporas de ouro; em seguida vinham Guilherme, o Marechal, conde de Striguil, carregando o cetro real de ouro, em cuja extremidade havia uma cruz de ouro, e a seu lado Guilherme Fitz-Patrick, conde de Salisbury, segurando o bastão de ouro encimado por uma pomba de ouro. Vinham depois Davi, irmão do rei da Escócia, conde de Huntingdon, João, conde de Mortain, irmão de Ricardo, e Roberto, conde de Leicester, levando três espadas reais do tesouro do rei, cujas bainhas eram inteiramente revestidas de ouro; o conde de Mortain caminhava entre os outros dois.

Depois vinham seis condes e barões, trazendo sobre os ombros um grande tabuleiro[3], no qual estavam colocadas as insígnias e vestimentas reais.

Em seguida vinha Guilherme de Mandeville, conde de Aumale, trazendo a grande e pesada coroa de ouro toda cravejada de pedras preciosas.

Finalmente vinha Ricardo, duque da Normandia; à sua direita caminhava o bispo Hugo de Durham, e à sua esquerda Reginaldo, bispo de Bath; quatro barões carregavam acima deles um dossel de seda, sustentado por quatro longas lanças; toda a multidão de condes, barões, cavaleiros e outros, clérigos e leigos, seguiu até o adro da igreja, e os do clero entraram com o duque até o coro.

Quando o duque chegou diante do altar, na presença dos arcebispos, dos bispos, do clero e do povo, ajoelhou-se e jurou sobre os santos evangelhos e as relíquias de inúmeros santos que durante todos os dias de sua vida faria respeitar a paz, a honra e a dignidade devidas a Deus, à Santa Igreja e àqueles que pertenciam a ela. Em seguida jurou exercer sua justiça e sua eqüidade para com um povo que lhe era confiado. Jurou destruir as leis nefastas e os costumes perversos, se fossem introduzidos em seu reino, estabelecer leis corretas e respeitá-las sem logro nem intenção maligna.

Em seguida tiraram-lhe as roupas, com exceção da camisa e dos calções, mas sua camisa foi descosturada nos ombros.

Colocaram-lhe então sandálias tecidas em ouro. Depois Balduíno, arcebispo de Canterbury, derramando óleo sagrado em sua cabeça e pronunciando as palavras rituais, ungiu-o rei tocando-lhe a cabeça, o peito e os braços, que representam a glória, a coragem e a sabedoria. Depois o arcebispo pôs sobre sua cabeça o véu de linho consagrado e, por cima, a mitra trazida por Godofredo de Lucy. Foi vestido então com as vestes reais, a túnica e a dalmática, e o arcebispo entregou-lhe a espada do reino, destinada a destruir os inimigos da Igreja. Dois condes amarraram-lhe as esporas de ouro trazidas por João, o Marechal, e depois foi coberto com o manto. Foi conduzido então ao altar, onde, em nome de Deus Todo-Poderoso, o arcebispo conjurou-o a não aceitar o encargo se não tivesse a intenção de respeitar sem fraquejar os votos que acabava de pronunciar; ele respondeu que, com a ajuda de Deus, respeitaria sem falhar tudo o que havia prometido.

Em seguida ele mesmo pegou a coroa no altar, estendeu-a para o arcebispo, que a colocou sobre sua cabeça: dois condes a sustentavam por causa de seu peso.

O arcebispo colocou-lhe o cetro na mão direita e o bastão real na mão esquerda, e o rei, assim coroado, foi conduzido a seu assento pelos bispos de Durham e de Bath; à sua frente caminhavam os carregadores de círios e os que seguravam as três espadas.

Começou então a missa dominical. Na hora do ofertório, os bispos o conduziram até perto do altar e ele ofereceu um marco do mais puro ouro; o rei, com efeito, deve fazer essa oferenda quando é coroado; depois os bispos levaram-no de volta a seu assento.

Celebrada a missa e cumpridos todos os ritos, os dois bispos, precedidos de todo o cortejo e colocados um à sua direita e outro à sua esquerda, conduziram o rei da igreja até seu quarto, levando a coroa na cabeça, o cetro na mão direita e o bastão na mão esquerda.

Em seguida o cortejo voltou ao coro e o rei tirou

a coroa e as vestes reais; colocou uma coroa e roupas mais leves e, com essa coroa, veio tomar sua refeição; os bispos sentaram-se com ele à mesa, cada um segundo sua ordem e dignidade. Os condes e os barões forneceram a comida na casa do rei, conforme exigia sua posição. Os habitantes de Londres encarregaram-se da copa, os de Winchester da cozinha[4].

(P). No dia seguinte o rei recebeu a homenagem e a fé dos arcebispos, bispos, abades, condes e barões de suas terras.

Os primeiros atos de Ricardo depois da coroação foram manifestações de liberalidade com respeito a seu irmão, João Sem Terra, e a sua mãe.

(D). João, irmão do rei, único sobrevivente, com ele, dos filhos da rainha Leonor, sua mãe, já recebera de presente do pai o condado de Mortain; além disso, graças ao rei seu irmão, achava-se tão bem instalado e refestelado em seus bens que, segundo o que muitos diziam em particular e publicamente, o rei não pensava em voltar a seu reino, pois o irmão tornara-se poderoso demais e, se não refreasse sua inclinação natural para o poder, não hesitaria em se aproveitar da ausência de Ricardo para expulsá-lo do trono.

O dote da rainha Leonor foi reconhecido por juramento através de todas as terras do rei e lhe foi conferido; assim, ela que antes vivera das rendas da coroa pôde passar a viver de seus próprios bens.

NOTAS

1. *Peterborough e Newburgh também citam o fato com considerações ligeiramente diferentes:*

PETERBOROUGH, p. 74, t. 2: A rainha Leonor, mãe do duque da Normandia, por uma ordem que seu filho mandou do continente, foi libertada dos cárceres do marido, onde fora feita prisioneira havia muito tempo. Levando com ela uma corte real, partiu para ir de cidade em cidade, de castelo em castelo, conforme seu bel-prazer. Enviou a todos os condados da Inglaterra gente de bem, tanto clérigos como leigos, para executar as instruções de seu filho Ricardo: que fossem libertados todos os prisioneiros de suas masmorras ou de suas prisões, pois ela provara por sua própria experiência que o cativeiro era penoso para um ser humano e que sair dele era um grande reconforto.

NEWBURGH, p. 293: Ricardo, após os funerais do pai, ocupou-se de sua herança de além-Mancha e foi recebido pelos votos e demonstrações de alegria dos nobres e do povo; tomou rapidamente as disposições necessárias nessas regiões e, após uma travessia favorável, chegou à Inglaterra, onde era esperado com impaciência. Por ordem sua, todos os prisioneiros, através de toda a Inglaterra, foram libertados, para que houvesse júbilo geral com o advento do novo príncipe. Nessa época, de fato, as prisões regurgitavam de uma multidão de acusados que esperavam seu julgamento ou seu suplício; mas, quando Ricardo assumiu o poder, aqueles que mereciam a forca puderam sair graças à sua clemência, prontos para depois vagabundear mais ainda.

2. PETERBOROUGH, pp. 71-2, t. 2: Assim que o rei foi sepultado, o conde de Poitou mandou prender Estêvão de Tours, senescal de Anjou; depois de mandar jogá-lo na prisão, reclamou do senescal, acorrentado com pesadas peias nos pés e algemas de ferro, as cidades fortificadas e os tesouros do rei seu pai, os que ele mantinha sob seu cuidado pessoal.

Quanto à esposa do filho de Estêvão, forçou-a a separar-se do marido, alegando a conduta infame deste último, e mandou que fosse dada a outro, ameaçando usar seu poder, conforme lhe autorizavam as leis, para pôr fim a tais uniões, ou seja, de nobres moças ou viúvas casadas com homens infames...

3. *Trata-se, sem dúvida, de uma espécie de bandeja, semelhante à mesa usada para as contas do tesouro.*

4. *Variante em Peterborough:* Os condes, os barões e os cavaleiros sentaram-se em outras mesas e receberam um esplêndido banquete.

CAPÍTULO 3
Partida para a Cruzada

(Di). Ricardo, conde de Poitou, filho do rei da Inglaterra, foi o primeiro dos barões do reino da França a receber a cruz das mãos de Bartolomeu, arcebispo de Tours; não esperara para saber a opinião ou as intenções de seu pai.

Esse voto foi pronunciado em 1187, mas não se sabe precisamente em que momento. No ano seguinte, no final do mês de janeiro, Henrique II e Filipe Augusto também receberam a cruz.

(H). O arcebispo de Tiro assistiu a esse encontro[1]; habitado pelo espírito de sabedoria e inteligência, pregou maravilhosamente a palavra de Deus diante dos reis e dos príncipes e levou seus corações a receberem a cruz. Os que antes eram inimigos, por efeito de sua prédica e com a ajuda de Deus, tornaram-se amigos naquele dia e de sua mão receberam a cruz; no mesmo momento uma cruz apareceu acima deles no céu. Em vista desse prodígio, uma multidão de gente precipitou-se em fileiras cerradas para pegar a cruz. Ao mesmo tempo, para reconhecer seus súditos, os reis escolheram uma marca fácil de ser reconhecida por eles e seus soldados: o rei da França e seus súditos tomaram cruzes vermelhas; o rei da Inglaterra e seus súditos, cruzes brancas; o conde Filipe de Flandres e seus súditos, cruzes verdes; cada um voltou então a seu país para preparar o que fosse necessário a seu sustento e a sua viagem.

A expedição foi adiada por causa do conflito que provocou a morte de Henrique II. Ricardo, coroado rei, viu-se duplamente empenhado em cumprir o voto: ele mesmo recebeu a cruz e, em meio à herança de seu pai, recebeu também o seu voto de cruzado. Logo depois dos funerais empreendeu os preparativos e obteve os fundos necessários efetuando vendas de todos os tipos.

(Di). No entanto, como depois de se tornar cruzado tomara armas contra o pai, foi preciso que obtivesse a absolvição dos bispos. (...)
Depois do dia em que o rei recebeu a cruz, um dízimo geral foi cobrado em toda a Inglaterra para ajudar a Terra Santa, e foi recolhido por meios tão violentos, que o clero e o povo se assustaram, pois a esmola oferecia um pretexto para o roubo.

(H). Dois dias depois de sua coroação, Ricardo, rei da Inglaterra, recebeu homenagens e juramentos de fidelidade dos bispos, condes e barões da Inglaterra. Depois da cerimônia, o rei colocou à venda todos os seus bens, castelos, fazendas e domínios. Assim, Hugo de Durham comprou do rei sua bela casa senhorial de Sadberge com os feudos dos cavaleiros por seiscentos marcos de prata sem usufruto, inalienável e inconteste; depois o rei confirmou esse ato por um título.

(D). O tempo apressava o rei Ricardo a efetuar sua Cruzada, se não quisesse ser o último a partir, ele que fora o primeiro dos príncipes cisalpinos a receber a cruz. Digno do título de rei, deixou seu reino para servir a Cristo já no primeiro ano como se estivesse partindo para nunca mais voltar. Como era grande a devoção do rei, que correu, o que digo, que voou sem demora, tão pronta e rapidamente, para vingar os ultrajes feitos a Cristo! Quando a preocupação mais importante que ocupava seu espírito lhe permitia, dava então alguma atenção ao governo do reino: tendo recebido do soberano pontífice o poder de dispensar quem quisesse do voto de cruzado para garantir a administração do Estado, nomeou Hugo de Puiset, bispo de Durham, grande justiceiro para todo o reino, e fez bem, era esse o pensamento geral. De bispo, que ele já era, tornou-o conde de Northumberland e, deixando-lhe os rendimentos de todos os castelos que desejasse, arrancou-lhe dez mil libras.

Godofredo Fitzpeter, Guilherme de Brewer e Hugo Bardolfe, que ele dispensara dos votos de cruzados, foram autorizados a permanecer em suas casas, e o tesoureiro real entregou ao fisco as somas que recolhera junto aos três, uma miséria.

Todos os xerifes do reino que se viram cair em desgraça pelo primeiro pretexto surgido, sendo privados de seu poder funesto, só foram autorizados a reaparecer diante dele mediante quantias fabulosas.

Randolfo de Glanville, com quem ninguém rivalizara em eloqüência durante o tempo que permanecera no auge do poder, ficou tão abatido pela dor ao ver-se reduzido à condição de simples particular, que seu cunhado Rodolfo de Ardennes perdeu por sua culpa tudo o que ganhara graças a ele. O dito Randolfo, que era velho e não suportava a fadiga, facilmente conseguiria ser dispensado das provações da Cruzada, se aceitasse dar graciosamente ao rei o que ainda permanecia em sua posse. (...)

Guilherme de Ely, depois de dar três mil libras de prata, tornou-se chanceler, embora Reginaldo da Itália tivesse oferecido mil libras a mais. (...)

Godofredo, nomeado bispo de Winchester, não esqueceu suas promessas e empenhou-se em recuperar os bens roubados de sua igreja; ninguém tinha o direito de disputar com a igreja de Winchester duas de suas casas senhoriais, Meones e Wargraves; foi necessária no entanto uma decisão judicial para que ele as visse lhe serem outorgadas, depois de fazer passar secretamente às mãos do rei três mil libras de prata. Como homem prudente, não esqueceu de pagar ao rei, de uma só vez, a taxa pelo tesouro da igreja, por seu próprio patrimônio, pelo condado de Hampshire, pelas obrigações dos castelos de Winchester e Porchester. Mas chegou o momento de dar todo esse dinheiro: não era possível deixar passar o dia marcado para o pagamento sem colocar em questão o acordo inteiro e, como não havia junto dele ninguém que pudesse ajudá-lo, tirou a contragosto do tesouro da igreja, mas assumiu o compromisso de que a soma seria restituída por ele e por seus herdeiros; deu garantias ao convento assinando um quirógrafo marcado com sua chancela. Era um homem tão bom e tão moderado que, mesmo tomado de cólera, nunca fez nada a seus súditos que não fosse marcado pela gentileza. Era verdadeiramente da família e da estirpe daquele de quem se diz: "Viver sob seu reinado é reinar."

O rei passou a deleitar-se em aliviar de seu dinheiro todos aqueles que o tinham em excesso, vendendo a seu bel-prazer os cargos e as propriedades a quem quisesse. Um dia, quando gracejava à vontade com as pessoas que o cercavam, deixou escapar estas palavras: "Eu teria vendido Londres, se tivesse encontrado um comprador."[2] Se estas palavras lhe tivessem escapado antes, muita gente poderia ter evitado conhecer a sorte do mercador do provérbio inglês que aprende a ser prudente vendendo a um soldo e meio o que comprou a doze soldos.

Ao mesmo tempo, desenrolavam-se conversações entre os reis da França e da Inglaterra, que preparavam sua partida comum. Hoveden narra essas conversações, Diceto oferece os textos que resultaram delas.

(H). No mesmo mês, Rotrou, conde de Perche, assim como outros embaixadores de Filipe, rei da França, vieram à Inglaterra para fazer saber ao rei Ricardo que o rei da França, em assembléia plenária em Paris, prestara juramento sobre os santos evangelhos, e com ele todos os príncipes de seu reino que se haviam feito cruzados; se Deus o quisesse, estariam sem falta em Vézelay no domingo depois da Páscoa, prontos para partir para Jerusalém. Para obter dele o mesmo juramento, o rei da França enviou ao rei da Inglaterra uma carta que levava sua chancela: pedia-lhe que ele próprio, seus condes e seus barões lhe garantissem pelas mesmas vias que estariam em Vézelay na mesma data. Assim Ricardo, rei da Inglaterra, seus condes e seus barões que se tinham feito cruzados reuniram-se em assembléia plenária e prestaram juramento sobre os santos evangelhos: com a ajuda de Deus estariam sem falta em Vézelay no domingo depois da Páscoa, prontos para partir para Jerusalém; o conde de Perche e os outros embaixadores do rei da França fizeram o mesmo juramento em nome do rei da França na presença do rei da Inglaterra; por ocasião dessa assembléia, Guilherme, o Marechal, com outros cavaleiros, prestou juramento em nome do rei da Inglaterra diante dos embaixadores do rei da França numa assembléia idêntica, depois enviou ao rei da França uma carta que levava sua chancela.

É este o texto da carta do rei da França:

(Di). "Filipe, rei da França pela graça de Deus, a Ricardo, rei da Inglaterra, seu amigo, vassalo e irmão, a quem ele saúda e atesta seu amor.

Você bem sabe, irmão querido, que ardemos de impaciência por levar socorro ao reino de Jerusalém e que todos os nossos desejos voltam-se para o cumprimento na Terra Santa da promessa que fizemos a Deus. Suas próprias palavras, em tempos recentes e, agora, a mensagem de seus embaixadores fizeram-nos entender que você tinha a intenção e o firme projeto de ir a Jerusalém. Queira portanto em resposta certificar-nos, por intermédio de nossos mensageiros, da realidade de suas intenções e de seus projetos a esse respeito, e confirmá-los por carta oficial.

Feito no mês de outubro do ano da graça de 1189."

(H). Depois do Natal, Ricardo, rei da Inglaterra, e Filipe, rei da França, tiveram uma entrevista no vau de Saint-Rémi; lá estabeleceram compromissos de paz entre eles e seus Estados, registraram seus compromissos por escrito, garantiram-nos por juramento e apuseram sua chancela no dia de São Hilário. Os arcebispos e os bispos empenharam sua palavra, os condes e os barões dos dois reinos juraram por sua vez que respeitariam lealmente a paz e não atentariam contra ela. Eis os termos desse compromisso de paz: cada um respeitaria o reino do outro, asseguraria lealmente a proteção de sua vida, da integridade de seu corpo e de seus feudos. Além disso, nenhum deles faltaria ao outro em suas empresas. Assim o rei da França ajudaria o rei da Inglaterra a defender seu reino como defenderia sua cidade de Paris em caso de sítio, e o rei da Inglaterra ajudaria o rei da França a defender seu reino como defenderia sua cidade de Rouen em caso de sítio. Os condes e barões dos dois reinos juraram não desencadear a guerra em suas terras enquanto os reis estivessem em peregrinação. Os arcebispos e os bispos se comprometeram solenemente a lançar o anátema contra aqueles que transgredissem a paz assim convencionada. Os reis decidiram ainda que, se um deles morresse durante a peregrinação a Jerusalém, o outro teria os bens e as tropas do falecido para servir a Deus. Como não poderiam estar prontos na Páscoa, adiaram a partida para o dia de São João, declarando que estariam sem falta em Vézelay.

(Di). "Filipe, rei da França pela graça de Deus, e Ricardo, rei da Inglaterra pela graça de Deus, duque da Normandia e da Aquitânia, conde de Anjou, a todos os seus vassalos que receberão esta carta, saudações.

Todos sabem que estabelecemos entre nós formalmente e decidimos segundo conselhos dos prelados e dos barões de nossos reinos que faríamos juntos, guiados por Deus, a viagem a Jerusalém, e que nos comprometemos reciprocamente a respeitar as regras da lealdade e da amizade: eu, Filipe, rei da França, para com Ricardo, rei da Inglaterra, meu amigo e meu vassalo; e eu, Ricardo, rei da Inglaterra, para com Filipe, rei da França, meu suserano e meu amigo. Decidimos então que, a não ser os que permanecerão por nossa ordem ou com nossa concordância, todos os de nossas terras partirão antes de nós ou ao mesmo tempo que nós, no domingo depois da Páscoa. Os que ousarem ficar em outras condições serão excomungados e seus bens serão submetidos a interdição pelos prelados dos dois reinos. Queremos, decidimos e ordenamos que aqueles que estiverem à frente de nossos reinos se prestem, em caso de necessidade, ajuda mútua.

Os bens dos que viajarão antes de nós ou conosco não deverão sofrer, assim como os nossos, nem ultraje nem dano. Se alguém ousar atentar contra sua integridade, nossos juízes e nossos bailios deverão exigir reparação, conforme é o costume dos nossos reinos. Se alguém ousar guerrear contra nós em alguma de nossas províncias em nossa ausência ou guerrear contra algum de nossos vassalos e não se submeter à justiça, será primeiro excomungado e, se nos quarenta dias seguintes à excomunhão não oferecer reparação, decidimos que ele e seus herdeiros serão desapossados de seus bens para sempre. Os feudos de quem for desapossado por essa razão tornar-se-ão propriedade do senhor vizinho, que exercerá seu poder sobre eles. Quem cometer um crime dentro do reino de um de nós dois e não quiser oferecer reparação não encontrará asilo no reino do outro. Se lá for encontrado, será entregue aos juízes do reino de onde tiver desertado. Queremos e ordenamos que nossos juízes e nossos bailios se comprometam e se obriguem mutuamente a aplicar estas disposições até nossa volta, em cumprimento ao juramento de fidelidade que nos prestaram.

Feito em Nonancourt em 30 de dezembro."

No que diz respeito à peregrinação, Ricardo estabeleceu uma verdadeira legislação, editando um regulamento das Cruzadas; esse texto foi completado em Messina, alguns meses depois, por um segundo regulamento editado em comum pelos reis da Inglaterra, da França e da Sicília e por uma carta sobre os naufrágios.

(H). "Ricardo, pela graça de Deus rei da Inglaterra, duque da Normandia, duque da Aquitânia e conde de Anjou, dirige sua saudação a todos os seus súditos que irão a Jerusalém por mar. Saibam que, seguindo o parecer unânime de nossos sensatos conselheiros, editamos as seguintes leis:

Quem matar um homem num navio será amarrado ao morto e lançado ao mar. Se o culpado cometer o assassínio em terra, será amarrado ao morto e enterrado vivo.

Quem for reconhecido culpado por testemunhas dignas de fé por ter tirado o punhal para golpear outro ou fazer correr sangue terá o punho cortado.

Quem golpear com a mão sem fazer correr sangue será mergulhado três vezes no mar.

Quem proferir injúrias ou insultos contra um companheiro ou blasfemar o nome de Deus deverá pagar uma onça de prata cada vez que for reconhecido culpado dessa transgressão.

Todo ladrão reconhecido como culpado de furto terá a cabeça raspada à maneira dos lutadores, sobre sua cabeça será vertida pez fervente e serão jogadas as penas de um travesseiro para que seja reconhecido; depois será abandonado na primeira praia onde se atracar.

Executado em minha presença em Chinon."

Em seguida o rei ordenou, em outra carta, que todos os seus súditos que partissem por mar obedecessem às ordens e aos regulamentos dos comandantes de sua frota. (...)

Em 8 de outubro [1190], o rei da França e o rei da Inglaterra, na presença de seus condes, de seus barões, do clero e do povo, juraram sobre as relíquias dos santos que durante aquela peregrinação, na ida e na volta, proteger-se-iam mutuamente com toda a lealdade; os condes e os barões juraram fazer o mesmo, sem falta nem exceção. Em seguida os reis, respondendo ao pedido e aos conselhos de todo o exército dos peregrinos, estabeleceram as seguintes disposições:

"Todos os peregrinos que morrerem no caminho durante a peregrinação legarão conforme lhes aprouver todas as suas armas, sua montaria e as roupas destinadas a seu uso próprio; disporão também conforme sua vontade da metade do que trouxerem para a peregrinação, contanto que não mandem nada de volta à sua pátria.

Os clérigos ordenarão o que desejarem quanto aos ornamentos litúrgicos, aos objetos de culto e a seus livros. A outra metade dos bens será confiada às mãos de Guálter, arcebispo de Rouen, de Manessier, bispo de Langres, dos grandes mestres da ordem do Templo e do Hospital, de Hugo, duque de Borgonha, de Raul de Coucy, de Drogon de Merlou, de Roberto de Sablé, de André de Chavigny e de Gilberto de Vascoeuil; esses homens gastarão esse dinheiro para ajudar a terra de Jerusalém quando lhes parecer necessário...

Em todo o exército, ninguém jogará nenhum tipo de jogo a dinheiro, salvo os cavaleiros e os clérigos, que não poderão perder mais de vinte soldos em um dia e uma noite. Se jogarem mais de vinte soldos em um dia, todas as vezes que ultrapassarem os vinte soldos darão cem soldos ao arcebispo, ao bispo, aos condes e aos barões previamente designados, que conservarão essa quantia para que venha se acrescentar às outras já recebidas.

Os reis jogarão à sua vontade.

Se o permitirem, seus servidores poderão jogar até vinte soldos no quartel dos dois reis.

Na presença dos arcebispos, dos bispos, dos condes e dos barões, seus servidores poderão, se lhes permitirem, jogar até vinte soldos.

Se servidores, marinheiros ou outros valetes forem encontrados jogando sem autorização, os servidores e valetes serão despidos e três dias seguidos passarão pelas chibatadas de todo o exército, caso se recusem a pagar a multa fixada pelos homens anteriormente designados. Os marinheiros, uma vez por dia durante três dias seguidos, serão jogados ao mar do alto de seu navio, segundo o costume dos marinheiros, caso se recusem a pagar a multa fixada pelos homens anteriormente designados.

Se um peregrino pedir dinheiro emprestado depois de sua partida na peregrinação, pagará sua dívida, mas não será obrigado a responder pelo dinheiro emprestado antes da peregrinação.

Se um marinheiro contratado, um servidor ou qualquer outro, com exceção dos clérigos e dos cavaleiros, abandonar seu patrão durante a peregrinação, ninguém deverá recebê-lo sem concordância do patrão. Quem o receber apesar da recusa do patrão anterior receberá uma punição infligida pelos homens já designados.

Quem tiver a imprudência de contrariar estas decisões solenes deverá saber que estará se expondo à excomunhão dos arcebispos e dos bispos de todo o exército; todos os contraventores ver-se-ão infligir, conforme o caso, os castigos anteriormente definidos.

Além disso, foi estabelecido pelos reis que nenhum mercador poderá comprar pão no exército para revendê-lo, tampouco farinha, a não ser que tenha sido trazida por um estrangeiro que dela tenha feito pão; tampouco trigo, a não ser que dele tenha feito pão ou o tenha conservado para a travessia. A compra de pastelaria é absolutamente proibida no interior da cidade [*de Messina*] e dentro de uma légua ao seu redor.

Quem comprar trigo e com ele fizer pão não poderá ter por doze litros de grãos um ganho que ultrapasse um grama de ouro; também terá a sêmea. Os outros mercadores, sejam quem forem, não poderão ter um ganho de mais de dez por cento.

É proibido fazer soar as moedas* cunhadas com a efígie do rei, a não ser que sua borda esteja danificada.

É proibido a qualquer pessoa comprar carne para revender, ou animais vivos, a não ser que os abata nos limites do campo.

É proibido a qualquer pessoa vender seu próprio vinho mais caro depois da promulgação deste edito.

É proibido a qualquer pessoa fazer pão para vender, a não ser que o venda por um dinheiro; todos os mercadores devem saber que Faro[3] está compreendido dentro do perímetro de uma légua.

Em todas as transações, um dinheiro de moeda inglesa equivale a quatro dinheiros de moeda angevina.

---

* Faziam-se soar as moedas para verificar se eram boas para circular. Daí o termo moeda sonante. (N. T.)

Saiba-se que tudo isso foi decidido pela vontade do rei da França, do rei da Inglaterra e do rei da Sicília." (...)

Depois o rei da Inglaterra, pelo amor de Deus, pela salvação de sua alma e pela salvação de seus parentes, mandou proclamar que renunciava para sempre ao direito real sobre os naufrágios, em todo o seu território, de uma parte e de outra do mar. Decidiu que todos os náufragos que conseguissem chegar à terra sãos e salvos conservariam todos os seus bens livremente, sem serem perturbados.

Se alguém morresse no barco, seus filhos ou suas filhas, seus irmãos ou suas irmãs herdariam todos os seus bens depois de provarem ser seus herdeiros mais próximos.

Caso o morto não tivesse nem filho nem filha, nem irmão nem irmã, o rei herdaria todos os seus bens.

Ricardo, rei da Inglaterra, mandou proclamar essa renúncia ao direito real sobre os naufrágios e a confirmou através de uma carta, no segundo ano de seu reinado, no mês de outubro, em Messina, na presença de Guálter e Geraldo, arcebispos de Rouen e de Auch, de João e de Bernardo, bispos de York e de Bayonne, e de numerosas testemunhas, homens da casa real, tanto clérigos como leigos. Essa carta foi entregue nas mãos de Rogério Maupetit, vice-chanceler do rei.

Ricardo toma medidas para garantir seu poder na Inglaterra durante sua ausência; sua frota deixa a Inglaterra para esperá-lo em Marselha, e ele também parte. Passa por Tours, Vézelay, Lyon, Marselha, e chega a Messina.

(D). O rei Ricardo fez prestarem juramento seus dois irmãos, João, seu irmão legítimo, e Godofredo, seu meio-irmão bastardo: não entrariam na Inglaterra durante os três anos que duraria sua expedição, os três anos sendo contados desde sua partida de Tours; entretanto, cedendo aos pedidos da mãe a propósito de João, permitiu-lhe ir à Inglaterra, se o chanceler concordasse, sob condição de que se submetesse a suas decisões e permanecesse no reino ou o deixasse conforme a vontade deste último...

A frota do rei afastou-se da costa de seu reino, contornou a Espanha, entrou pelo estreito da África no mar Mediterrâneo, mais adiante chamado mar Grego, e foi conduzida a Marselha para lá esperá-lo.

(H). Em seguida o rei foi para Tours e lá recebeu das mãos de Guilherme, arcebispo de Tours, o alforje e o cajado de peregrino. Quando o rei se apoiou no cajado, este se quebrou.

O rei da Inglaterra e Filipe, rei da França, encontraram-se então em Vézelay, onde repousa o corpo de Santa Maria Madalena. Lá permaneceram dois dias. Uma semana depois do dia de São João, deixaram Vézelay. Estavam chegando a Lyon, à margem do Ródano, e atravessavam o rio por uma ponte com a maior parte de sua gente quando a ponte desmoronou sob o peso dos homens e das mulheres, causando dano à maioria deles[4]. Naquele mesmo lugar, os reis se separaram, por causa da multidão de homens que os seguia. De fato, um único e mesmo lugar não poderia recebê-los. O rei da França dirigiu-se para Gênova com seu séquito, o rei da Inglaterra para Marselha.

(D). O rei da França e o rei da Inglaterra encontraram-se em Tours e depois novamente em Vézelay, confirmaram o tratado que existia entre eles e entre seus reinos; então, quando tudo estava organizado e ordenado conforme sua vontade de uma parte e de outra, separaram-se, cada um levando seu exército; o rei da França, sujeito aos enjôos de mar, chegou à Sicília por terra; o rei da Inglaterra, que deveria viajar por mar, foi a Marselha para se encontrar com sua frota.

Balduíno, arcebispo de Canterbury, e Huberto Walter, bispo de Salisbury, os únicos a respeitar seus votos de cruzados entre os portadores de mitra de toda a Inglaterra, seguiram o rei à Sicília e o precederam na ida à Judéia. (...)

Os navios que o rei encontrou perto da costa, já prontos para partir, eram em número de cem; havia também catorze barcos de transporte, embarcações de alta tonelagem, de uma rapidez espantosa, embarcações sólidas e em muito bom estado; seu equipamento e sua enxárcia eram constituídos da seguinte maneira: o primeiro navio tinha três lemes sobressalentes, treze âncoras, trinta remos, duas velas, três jogos completos de cordames; além disso, tudo aquilo de que um navio pode precisar havia em dobro, exceto o mastro e a chalupa. A direção do navio era dada a um só piloto muito competente, e colocavam-se a seu serviço catorze homens do país, escolhidos com cuidado. Nesse navio foram embarcados quarenta cavalos valiosos, treinados para o combate, e armas de todos os tipos, para o mesmo número de cavaleiros, quarenta soldados de infantaria e quinze marujos. Ele carregava também os alimentos necessários, para um ano inteiro, a todos os homens e todos os cavalos. O carregamento de todos os navios era o mesmo; mas cada navio de transporte recebeu o dobro de equipamento e o dobro de carga. O tesouro do rei, enorme e inestimável, foi distribuído entre os navios e os barcos de transporte; assim, se uma parte se visse em perigo, o resto seria salvo. Tomadas essas disposições, o rei com seu próprio séquito e os chefes do exército acompanhados por seus servidores partiram, à frente da frota em suas galeras e parando todas as noites nas cidades costeiras. Chegaram sem incidentes a Messina; grandes naus e barcos de transporte mediterrâneos juntaram-se a eles. Tão grande era a glória daqueles que abordavam, tão grande o fragor e o brilho das armas, tão grande o barulho das trombetas e das cornetas, que a cidade vibrou e se assombrou; toda a população veio ver o rei, multidão incalculável que se admirava e proclamava que o rei desembarcara com mais glória e com um aparato bem mais terrível do que o rei da França, que chegara com suas tropas seis dias antes dele[5].

LAMENTAÇÃO DA VIAGEM A JERUSALÉM

Hoveden transcreveu esta lamentação, sem dar o nome de seu autor, no momento em que os reis partiam para a Cruzada.

Pesados são para nós os dias que se passaram, ai!
Dias que nenhuma pedra branca irá marcar.
Jerusalém sofreu: os males que padeceu
Encheram nosso coração de pranto e pesar.

Quem não choraria tantos santos massacrados,
Os templos do Senhor tantas vezes profanados,
Dioceses destruídas, príncipes aprisionados,
Aos pés de seus súditos tantos nobres lançados?

Mas nada escapará a quem tem olhos para ver!
Deus, que vê tudo, viu o mal nos comover,
Ouviu gemer todo esse povo inocente,
Desceu para triturar a cabeça da serpente.

Os príncipes dos cristãos usando sua força
Pelo Deus dos hebreus foram levantados.
Vingarão o sangue dos santos assassinados,
Os filhos dos mártires serão por eles ajudados.

Milhares de soldados marcham atrás dos reis,
O ilustre rei inglês e também o rei da França.
Glorioso espetáculo: a tropa dos senhores
Tendo em mãos a cruz e a espada de justiça.

Melhor ainda: de mesma fé um companheiro,
Imperador Frederico, senhor do Santo Império,
O inimigo da Cruz combate a qualquer hora
Para dar a seu país a glória de outrora.

Seguindo a Cruz, marcham para o Oriente,
Levando com eles os povos do Ocidente:
Soldados de língua, rito e roupas diferentes,
São vários os costumes, mas igual a fé ardente.

Imploremos ao Senhor: que voltem vencedores os seus
E que arrebatem da terra Canaã;
Que expulsem de Jerusalém os jebuseus,
Brandindo o troféu da glória cristã.

(AMBRÓSIO). Em Vézelay, onde se encontravam, os dois reis prestaram-se juramento: fosse qual fosse a fortuna encontrada, um não deveria ter nada a temer do outro, e o que conquistassem juntos deveria ser partilhado lealmente. Assumiram ainda outro compromisso: aquele que chegasse primeiro a Messina, quaisquer que fossem as circunstâncias e o momento, deveria esperar o outro. Foi isso que combinaram. Partiram de Vézelay: os dois reis cavalgavam à frente conversando sobre sua expedição, e, onde quer que parassem, manifestavam-se grandes sinais de honra. O exército avançava em tal união, que não se ouvia qualquer reclamação. Fui testemunha de nobres comportamentos que não devem ser silenciados: ao longo da estrada que o exército seguia, viam-se jovens rapazes, mulheres e moças, com belas taças, com moringas, baldes e bacias, trazer água aos peregrinos. Vinham direto à estrada, segurando as bacias nas mãos, e diziam: "Deus, rei do céu, de onde vem tanta gente? O que será isso? Onde nasceu tão bela juventude? Vejam seus rostos coloridos! Como devem estar tristes agora as mães, os pais, os filhos, os irmãos, os amigos, os aliados de todos estes que vemos passar por aqui!" Recomendavam o exército a Deus e choravam depois de sua passagem.

Rezavam a Deus por eles, em voz baixa, e pediam-lhe do fundo do coração que os conduzisse a seu serviço e que por favor os trouxesse de volta. Levados pela graça de Deus, de quem tinham o favor — e possam tê-lo sempre —, em grande alegria e júbilo, sem tristeza nem furor, sem repreensão nem zombaria, andaram de modo a chegar a Lyon sobre o Ródano.

Quando o exército ficou sabendo que os reis se punham a caminho, alguns se levantaram antes de clarear, e os outros o mais cedo que puderam, para atravessar o Ródano; os que se levantaram antes de clarear não tiveram dificuldades: atravessaram a ponte facilmente e sem incidentes; mas os que atravessaram de manhã e que se amontoaram sobre a ponte correram grande perigo, pois um arco da ponte cedeu, por causa da água, que estava excessivamente alta e perigosa. Havia mais de cem homens sobre o arco, que era de abeto; era uma carga pesada demais: o arco desmoronou e eles despencaram. As pessoas começaram a gritar e a chamar; na ignorância, cada um acreditava ter perdido tudo o que tinha de mais caro, seu filho, seu irmão ou seu parente; mas Deus interferiu, pois de todos os que caíram só dois pereceram, pelo menos foi o que se conseguiu encontrar, mas ninguém ousaria se certificar, pois aquela água é tão forte e tão veloz que quase tudo o que cai nela não consegue escapar. Se aqueles se perderam para o mundo, estão diante de Deus puros e sem mácula; tinham partido para Lhe servir; é justo que tenha piedade deles.

O arco da ponte estava quebrado, e todas as pessoas perdidas: não sabiam para que lado andar, em montante ou em jusante. Não havia esperanças quanto à ponte; não se encontrava nenhum operário, e no Ródano não havia navios nem barcos suficientemente grandes e largos, de modo que não podiam seguir para se juntar aos que já tinham atravessado. E, não vendo outra medida a ser tomada, fizeram o melhor que puderam: atravessaram em pequenos barcos muito estreitos, onde se amontoaram com a maior dificuldade; mas assim faz quem labuta por Deus.

A travessia durou três dias, que eles passaram apertados uns contra os outros. Todos se dirigiram então para o lugar de seu embarque.

NOTAS

1. *Entre o rei da França e o rei da Inglaterra em 21 de janeiro de 1188, em Gisors.*

2. *Citação adaptada de uma frase de Jugurta ao deixar Roma, onde ele acabava de comprar os sufrágios dos senadores encarregados de julgá-lo: "Urbem venalem et mature perituram si emptorem invenerit!" — Cidade a ser vendida e fadada a logo desaparecer se encontrar um comprador. (Salústio,* Guerra de Jugurta, *XXXV).*

3. *Nome dado ao estreito de Messina.*

4. *Os trabalhos de perfuração realizados para a construção de uma linha de metrô em Lyon deram de encontro com os pilares de madeira dessa ponte, fossilizados por uma permanência de oito séculos sob a terra, tornando-se duros como diamante. (Le Monde, 21-22 de julho de 1985)*

5. AMBRÓSIO: O rei da França chegou primeiro a Messina, e muita gente acorreu para vê-lo; mas as pessoas nem viram seu rosto, pois ele só tinha um navio e, para evitar a multidão que se comprimia na orla, desembarcou diretamente no palácio.

Quando o rei Ricardo atracou, houve também muitas pessoas, tanto os sensatos como os jovens, que vieram se aglomerar na orla, pois nunca o tinham visto e queriam vê-lo por causa de sua valentia. E ele vinha com tal pompa que o mar todo estava coberto por suas galeras cheias de hábeis guerreiros, de altivos combatentes de rostos altivos, carregando pendões e bandeiras. Assim o rei Ricardo chegou à orla, e seus barões foram ao seu encontro, levando-lhe seus belos cavalos, que tinham vindo antes dele em suas dromundas. Montou a cavalo com toda a sua gente, e os que viram o cortejo diziam que era mesmo a entrada de um rei feito para governar a terra.

## CAPÍTULO 4

Na Sicília

Então se cumpriu a antiga profecia que fora encontrada, havia muito tempo, gravada em placas de pedra perto do domínio do rei da Inglaterra chamado Here, que Henrique, rei da Inglaterra, legara a Guilherme, filho de Estêvão. Nessas terras Guilherme mandou construir uma nova residência; no alto do telhado mandou colocar a efígie de um cervo. Tudo isso foi feito, acredita-se, para que se cumprisse a seguinte predição (Hoveden, p. 67, t. 3):

> "Quando se vir em Here um cervo erigido, então os ingleses serão divididos em três povos:
> O primeiro irá à Irlanda para abrir caminho.
> O segundo rapidamente se instalará na Apúlia, com esplendor.
> O terceiro no fundo do seu coração se enregelará."

(P). Em 23 de setembro [*1190*], o rei da Inglaterra chegou a Messina, na Sicília, e, com todos os seus imensos barcos, grandes naus e suas galeras, fez uma entrada tão triunfal, em meio a toques de trombetas e de cornetas, que todos os que estavam na cidade tremeram. O rei da França e os seus, os senhores de Messina, o clero e o povo estavam na orla, cheios de admiração pelo que viam e haviam ouvido dizer a propósito do rei da Inglaterra e de seu poder. Ele atracou, saltou à terra e conversou com o rei da França. Depois dessa conversa, desejoso de voltar ao mar naquele mesmo dia, o rei da França saiu do porto com sua frota; mas logo o vento lhe foi contrário. Aflito, voltou ao porto, a contragosto.

Enquanto isso, acolhido na maior alegria pelos barões e cavaleiros de seu reino que o esperavam com impaciência, o rei da Inglaterra foi à casa de Reginaldo de Muhec; lá haviam preparado um alojamento para ele nos arrabaldes, fora dos muros de Messina, no meio das vinhas.

Em 24 e 25 de setembro, o rei da Inglaterra foi até o rei da França para falar com ele, e no mesmo dia o rei da França retribuiu sua visita. Parecia haver entre eles tão intensa afeição que nada jamais poderia romper seu amor, nem atentar contra ele.

(D). O rei da França, ao saber da chegada de seu amigo e irmão, correu a seu encontro e, entre seus abraços e amplexos, suas demonstrações de afeição mal conseguiam exprimir o quanto cada um se alegrava com a presença do outro. Descanso para os exércitos, congratulações, conversas, como se um só coração, uma só alma habitasse aqueles milhares de homens. Aquele dia de festa transcorreu até a noite nesse deleite; os reis separaram-se "fatigados mas não saciados"[1], e cada um voltou para seu acantonamento.

No dia seguinte, o rei da Inglaterra mandou erguer uma forca fora do acampamento, para nela mandar enforcar ladrões e piratas. Os juízes não consideravam nem sexo nem idade; a lei e o castigo eram os mesmos para os estrangeiros e para a gente da terra. O rei da França dissimulou e se calou sobre todos os danos que os seus causavam ou sofriam; o rei da Inglaterra, sem se preocupar com a origem das pessoas implicadas na acusação, considerando que todos dependiam dele, não deixou impune qualquer ultraje. Foi assim que os *griffons*, ou seja, os gregos da Sicília e da Itália do sul, chamaram um de Cordeiro e o outro recebeu o apelido de Leão. (...)

O rei da Inglaterra enviou mensageiros ao rei da Sicília, Tancredo, reclamando sua irmã Joana, em outros tempos rainha da Sicília, e seu dote, assim como um trono de ouro e tudo o que o falecido rei Guilherme, esposo de Joana, legara a seu sogro, Henrique II, ou seja, uma mesa de ouro de doze pés de comprimento, uma tenda de seda, cem excelentes galeras com tudo o que lhes era necessário por dois anos, sessenta mil medidas de trigo, sessenta mil de cevada, sessenta mil de vinho; vinte e quatro taças de ouro e vinte e quatro pratos de ouro. O rei da Sicília, fazendo pouco caso dos pedidos do rei da Inglaterra, e sem levar em conta suas exigências, devolveu-lhe a irmã apenas com o que ela trouxera ao casamento; dera-lhe no entanto, em respeito a sua dignidade real, mil milhares de moedas de ouro para suas despesas[2].

(P). No dia 28 de setembro, o rei da Inglaterra saiu, foi ao encontro de Joana, sua irmã, que no mesmo dia chegou de Palermo com algumas galeras; levou-a ao hospital São João, onde um alojamento fora preparado para ela.

No dia 29 de setembro, dia de São Miguel, o rei da França foi ao rei da Inglaterra e conversou com ele. Em seguida foram visitar a irmã do rei da Inglaterra, e o rei da França estava com uma fisionomia tão alegre que o povo dizia que ele iria desposá-la. No dia 30, o rei da Inglaterra atravessou o estreito de Messina e tomou um lugar muito bem fortificado: Bagnara, onde monges consagravam-se à adoração perpétua. Depois levou a irmã a esse lugar muito bem fortificado e, deixando-a em companhia de numerosos cavaleiros e soldados, voltou a seu acampamento em Messina.

(D). Quanto aos gregos que haviam resistido [*durante uma escaramuça*], entregou-os a seus homens para que se divertissem, e eles foram submetidos impiedosamente a todos os tipos de torturas...

Os *griffons*, antes da chegada do rei Ricardo à Sicília, eram mais fortes do que todos os senhores da região; além disso, sempre odiaram tudo o que viesse do norte; assim, já irritados por derrotas que para eles eram novidade, inflamaram-se ainda mais e, respeitando a paz para com aqueles que reconheciam o rei da França como senhor, tentaram uma vingança completa dos ultrajes cometidos pelo rei da Inglaterra e seus soldados "de rabo"³; de fato, os gregos da Itália e os sicilianos chamavam todos os que seguiam esse rei de "anglos bárbaros" e "homens de rabo". Proibiram então, através de um edito, todos os habitantes de comerciarem com os ingleses; de dia e de noite, matavam todos os ingleses que encontravam sem armas, abatendo quarenta ou cinqüenta deles por dia. Em sua loucura, planejavam exterminar ou expulsar todos eles.

Exasperado com essas desordens, o rei da Inglaterra, como um leão aterrador, soltou um rugido assustador, manifestando uma cólera digna de um coração tão grande. A violência daquele furioso assustou seus amigos mais próximos, e a corte se reuniu. Ao redor do trono sentaram-se os chefes do exército que ele convocara, cada um em seu lugar; se alguém tivesse ousado levantar os olhos para seu rosto, teria podido ler facilmente na fisionomia do rei tudo o que, sem dizer uma palavra, ele tramava em seu espírito. Depois de um longo momento de absoluto silêncio, o rei explodiu em palavras indignadas:

"Ó, meus soldados, coroa de meu reino, vocês que correram mil perigos comigo, vocês que por suas forças submeteram a meu poder tantos tiranos e tantas cidades, vejam que insultos nos inflige uma multidão sem coragem! Esmagaremos os turcos e os árabes, seremos o terror dos povos mais invencíveis, nossa mão direita, seguindo a cruz do Cristo, abrir-nos-á um caminho até os confins da terra, restauraremos o reino de Israel, se fugirmos diante dos *griffons*, povo desprezível e afeminado? Vencidos aqui, a dois passos de nossa pátria, continuaremos avançando para que a covardia inglesa seja a fábula do universo? Não terei, meus amigos, uma nova e justa razão para me afligir? Creio perceber que vocês poupam deliberadamente suas forças para um dia atacar Saladino com mais vigor. Mas eu, seu senhor e seu rei, que os estimo e me preocupo com sua honra, digo-lhes e repito incansavelmente: se vocês partirem assim, sem se vingar, a história de sua fuga vergonhosa os precederá e os acompanhará. Contra vocês levantar-se-ão as velhas e as crianças, a audácia dará duas vezes mais forças a cada um de seus inimigos contra os fujões que serão vocês. Bem sei que salvar um homem a contragosto é tão grave quanto matá-lo; o rei não reterá nenhum homem contra sua vontade, não quero obrigar nenhum de vocês a ficar comigo, não quero que na luta o medo de um quebre a confiança do outro. Cada um seguirá o caminho que escolher; quanto a mim, ou morrerei aqui, ou vingarei os ultrajes que sofri, como vocês. Se sair vivo, Saladino só me verá vencedor. Quanto a vocês, fujam, abandonem-me, e estarão me enviando sozinho à luta, eu, seu rei."

Mal o rei terminara seu discurso, todos aqueles homens urraram de coragem viril, preocupados apenas por ver que seu senhor desconfiava deles. Promessa unânime: obedeceriam de boa vontade a todas as suas ordens, dispostos a transpor montanhas e sólidas muralhas. Que o rei abandonasse aquela expressão sombria: se desse ordens, submeteriam a ele toda a Sicília, com a força dos punhos; se quisesse, iriam até as colunas de Hércules, num banho de sangue. Assim que os brados cessaram, sufocados pelo rosto severo do soberano, ele disse:

"O que ouço me agrada, vocês reaquecem meu coração, dispostos a rejeitar a vergonha que os constrange. E, como é sempre ruim deixar um projeto para depois, não nos demoremos. Assim nossa decisão se beneficiará do efeito de surpresa. Tomarei primeiro Messina. Os *griffons* pagarão seu resgate ou serão vendidos como escravos. Se o rei Tancredo não me der rapidamente uma satisfação quanto ao dote de viúva de minha irmã e ao legado do rei Guilherme que me cabe, quando seu reino for arrasado será obrigado a me dar o quádruplo de tudo. Cada um deverá pegar tudo o que lhe cair nas mãos. Só ao rei da França, meu suserano que permanece em paz na cidade, e aos seus deixaremos tranqüilidade absoluta. Que se preparem, em dois dias, cerca de dois mil dos melhores de todo o exército, homens de muita coragem, e mil arqueiros a pé. Que a lei seja aplicada sem fraqueza: o homem de infantaria que fugir perderá uma perna, o cavaleiro será privado de seu boldrié. Que cada um se coloque na frente de combate segundo as regras da arte militar; em dois dias, quando a trombeta soar, que todos me sigam quando eu iniciar a marcha rumo à cidade, à frente do exército."

A assembléia separou-se em meio aos mais intensos aplausos; o rei, abandonando seu ar severo, parecia agradecer todo aquele ardor através da própria serenidade de seu rosto. Por um maravilhoso acaso, mesmo seu inimigo não poderia alegar que a causa do rei fosse injusta. Dois dias depois [*4 de outubro*], no momento em que o exército deveria pôr-se em marcha, bem de manhãzinha, Ricardo, arcebispo de Messina, o arcebispo de Monreale, o arcebispo de Reggio di Calabria, o almirante Margarit, Jordão du Pin e muitos outros senhores da casa do rei Tancredo vieram respeitosamente falar com o rei da Inglaterra para lhe oferecer plena reparação em resposta a todas as suas queixas; vinham acompanhados por Filipe, rei da França, pelo bispo de Chartres, pelo duque da Borgonha, pelos condes de Nevers e de Perche e muitas pessoas do séquito do rei da França, assim como pelos arcebispos de Rouen e de Auch, pelos bispos de Evreux e de Bayonne e por todos aqueles a quem se atribuía alguma influência junto aos ingleses. O rei, longa e abundantemente solicitado, deixou-se dobrar pela insistência de tão elevadas personalidades e teve o cuidado de estabelecer as condições de paz para aqueles mesmos que tinham vindo trazer-lhe suas súplicas. Eles que avaliassem com justiça o que sofrera e cuidassem para que ele não julgasse o preço da reparação inferior ao peso do ultraje. Dar-se-ia por satisfeito com o que a opinião geral julgasse suficiente, sob condição, todavia, de que a partir daquele momento nenhum *griffon* pusesse as mãos em sua gente. Os que tinham vindo falar com ele espantaram-se e se alegraram muito com uma resposta cuja moderação ultrapassava suas esperanças; deram-lhe imediatamente satisfação quanto ao último ponto, depois sentaram-se fora de sua presença para debater sobre os outros pontos. O exército do rei (que ainda na véspera sofrera as mesmas perdas de sempre), armado diante do acampamento desde o levantar do sol, esperava num silêncio pesado a proclamação do arauto.

· Os negociadores agiram sem pressa e fizeram as coisas arrastarem-se até perto de dez horas da manhã; e eis que subitamente um imenso grito fez-se ouvir claramente diante das portas:

"Às armas, soldados, às armas, Hugo le Brun foi surpreendido e está sendo atacado pelos *griffons*; estão lhe tomando tudo o que tem e seus homens estão sendo massacrados!"

Com esse grito, que anunciava a ruptura da paz, houve confusão na conferência de paz.

"Por minha fé," gritou o rei da França, "Deus odeia esses homens e endureceu seu coração para que eles caiam nas mãos do carrasco!"

Ele voltou depressa com todo o seu séquito ao pavilhão do rei da Inglaterra e encontrou-o vestindo de novo a armadura; disse-lhe brevemente: "Testemunharei diante de todos o que aconteceu; não será culpado se doravante usar suas armas contra esses *griffons* malditos." Disse-o e se foi, seguido pelos que tinham vindo com ele, e juntos retiraram-se para a cidade. O rei da Inglaterra avançou com suas armas; à sua frente ia seu estandarte, o dragão aterrador; os toques das trombetas fizeram vibrar o exército atrás do rei. O sol refletia-se nos escudos de ouro, que faziam cintilar as colinas; avançavam com prudência e ordem, e ninguém se divertia.

Os *griffons*, à frente, tinham mandado fechar as portas da cidade; mantinham-se armados sobre as muralhas, ainda sem qualquer temor, e lançavam incessantemente suas setas sobre os inimigos. O rei, que, melhor do que qualquer outra coisa, sabia tomar as cidades de assalto e invadir as fortalezas, deixou-os antes esvaziar suas aljavas, e só então ordenou o primeiro ataque a seus arqueiros, que marchavam na frente. O céu cobriu-se de uma grade de flechas, mil traços trespassaram os escudos erguidos sobre as muralhas, nada podia salvar os rebeldes do choque das armas. As muralhas foram abandonadas sem defensor, pois era impossível olhar para fora sem no mesmo instante receber uma flecha no olho.

Com isso, eis que o rei avançou até as portas da cidade com seus cavaleiros, sem encontrar obstáculos, com toda a liberdade, como que de pleno direito. Mandou aproximar o aríete; os portões voaram pelos ares em menos tempo do que se leva para dizê-lo; introduzido seu exército na praça, tomou todas as obras de fortificação da cidade, até o palácio de Tancredo e os alojamentos dos francos em torno do alojamento de seu rei, mas poupou-os em consideração a seu suserano, o rei da França[4]. Os estandartes dos vencedores foram fincados nas torres em toda a volta da cidade, o rei confiou cada parte das defesas que se tinham rendido a um chefe de seu exército e mandou que seus dignitários fossem alojados na cidade.

Tomou como reféns os filhos de todos os nobres da cidade e da província para que fossem resgatados pelo preço que ele estabelecesse (senão todo o país seria entregue sem combate) e para que Tancredo, seu rei, satisfizesse a suas exigências.

O rei da Inglaterra empreendera o ataque à cidade por volta das onze horas e apoderou-se dela por volta das quatro horas; então chamou seu exército e retornou vitorioso ao acampamento. Assustado com as afirmações daqueles que lhe contavam o resultado dos acontecimentos, o rei Tancredo apressou-se em dar fim às suas divergências com o rei da Inglaterra, enviando-lhe vinte mil onças de ouro para pagar o dote de sua irmã, outras vinte mil onças de ouro para pagar o legado do rei Guilherme e garantir uma paz definitiva para ele e seus súditos. Aceitou-se de má vontade e com indignação uma quantia tão pequena, os reféns foram devolvidos e os chefes das duas partes juraram um ao outro uma paz duradoura.

O rei da Inglaterra, que não tinha grande confiança na gente daquele lugar, mandou construir uma nova torre de madeira, muito sólida e muito alta, perto dos muros de Messina; para zombar dos *griffons* chamou-a Mategriffons. "Louvada foi a força do rei, e ao vê-lo a terra silenciava." (...)

A rainha Leonor, mulher incomparável, bela e honesta, forte e modesta, humilde e sutil — coisa rara nas mulheres —, que vivera anos suficientes para ter dois reis como maridos e dois reis como filhos, que ainda não mostrava fadiga diante de nenhuma tarefa e cujos poderes seus contemporâneos puderam admirar, foi ao encontro do rei, seu filho, acompanhada pela filha do rei de Navarra, donzela mais inteligente do que bonita; veio enquanto ele ainda se demorava na Sicília e, ao chegar a Reggio, cidade cheia de todos os tipos de bens e que oferecia bom asilo, lá esperou pelas ordens do rei com os legados do rei de Navarra e a jovem. Muitos sabem o que nenhum de nós deveria saber: a rainha estivera em Jerusalém no tempo de seu primeiro casamento. Ninguém diga mais nada; também eu o sei, mas me calo...!

(P). Em 1º de março [*1191*], uma sexta-feira, Ricardo, rei da Inglaterra, ouvindo o conselho do rei da França, deixou Messina para ir falar com Tancredo, rei da Sicília. Dois dias depois chegou a Catânia, onde repousa o corpo da bem-aventurada Ágata, virgem e mártir.

Quando Tancredo foi informado de sua chegada, foi ao seu encontro até cerca de cinco milhas da cidade; viu-o de longe e, sem esperar que ficassem frente a frente, cada um desceu de seu cavalo e, correndo um para o outro, abraçaram-se ardentemente, trocando saudações e beijos. Depois voltaram a montar em seus cavalos e entraram na cidade; o clero e o povo foram encontrá-los, bendizendo a Deus, entoando hinos e cânticos. O rei da Inglaterra orou junto ao túmulo de Santa Ágata depois entrou no palácio do rei Tancredo, onde permaneceu em sua companhia durante três dias, tratado com toda a honra que cabe a um rei.

No quarto dia, o rei da Sicília ofereceu ao rei da Inglaterra muitos presentes magníficos — cavalos e peças de seda —, mas este, a quem tudo isso não faltava, só quis receber um pequeno anel, que aceitou como sinal de afeição mútua. Por sua vez, deu a Tancredo a magnífica espada de Artur, célebre rei bretão de outrora, espada que os bretões chamavam Escalibur. Tancredo deu também ao rei da Inglaterra quatro grandes navios para carregar cavalos e quinze galeras; quando este último se foi, acompanhou-o durante dois dias, até Taormina.

(D). O rei da Inglaterra, pronto para deixar a Sicília, ordenou que se desmontasse a torre que mandara construir e que o material fosse colocado em seus navios para que o levasse. Tinha então à sua disposição em seus navios todas as máquinas próprias para executar as operações de cerco e todas as armas que o espírito humano foi capaz de imaginar. (...)

Reconduziu ao navio, com grande pompa, a rainha sua mãe, que acolhera com grande honra, conforme convém, e depois de ternos abraços fê-la partir de volta com o arcebispo de Rouen; manteve a seu lado a donzela que ela fora buscar e a confiou à sua irmã, que viera a seu acampamento para encontrar a mãe. (...)

Ricardo enviou uma carta à Inglaterra para dar seu adeus a todo o reino e relembrar claramente que todos deviam respeito e obediência ao chanceler; equipou uma frota mais extraordinária pela qualidade do que pelo número e, acompanhado por seu corajoso exército de elite, por sua irmã Joana e pela jovem que viria a desposar, suprido de tudo o que poderia ser necessário a pessoas que partiam para o combate e a viajantes, abriu suas velas ao vento no quarto dia antes dos idos de abril [*10 de abril*].

GENEROSIDADE DE RICARDO E FESTA EM MATEGRIFFONS

(AMBRÓSIO). Os cavaleiros que tinham passado todo o verão naquele lugar se lamentavam, queixando-se das despesas a que tinham sido obrigados. As queixas chegaram a tal ponto, proclamadas e sussurradas, que chegaram ao rei Ricardo, e ele disse que lhes daria uma tal quantia que pudesse satisfazer a todos. Ricardo, que não era mesquinho nem avaro, deu-lhes tão ricos presentes, taças de prata, copos de ouro que eram levados em abundância aos cavaleiros, conforme sua posição, que grandes, médios e pequenos louvaram-no por suas dádivas; e foi para com eles tão pródigo de seus bens que até mesmo os que estavam a pé receberam pelo menos cem soldos. E às mulheres deserdadas, que tinham sido expulsas da Síria, e também às donzelas deu grandes presentes em Messina; também o rei da França fez donativos generosos à sua gente. Todo o exército rejubilou-se por tanta honra e liberalidade e pela paz que fora feita. Houve uma grande festa no dia da Natividade; o rei Ricardo mandou anunciar que todos poderiam ir e festejar com eles, e conseguiu fazer o rei da França comer com ele. A festa foi em Mategriffons, na sala que o rei da Inglaterra construíra para manifestar seu poder, em despeito aos habitantes do lugar. Nessa refeição eu estava na sala: não vi uma toalha manchada nem qualquer taça ou escudela de madeira; mas vi uma baixela tão rica, com cinzeladuras aplicadas e imagens fundidas, enriquecidas de pedras preciosas, que nada tinha de mesquinho, e um serviço tão nobre, que todos estavam satisfeitos. A festa foi bela e correta, como convinha a um dia como aquele, e creio que nunca vi dar de uma só vez tantos presentes como o rei Ricardo deu na ocasião ao rei da França e aos seus, em baixelas de ouro e de prata.

NOTAS

1. *Juvenal, Sátiras, VI v. 130; a expressão se aplica a Messalina deixando o prostíbulo.*

2. *Quarenta e duas mil onças de ouro.*

3. *Ingleses de rabo, zombaria muito comum na Idade Média, e que parece remontar a uma lenda contada por Wace em O Bruto (1155). Santo Agostinho, enquanto evangelizava a Inglaterra no final do século VI, chegou certo dia a Dorchester. Os habitantes não prestaram nenhuma atenção à sua pregação, e prenderam caudas de arraia às suas costas antes de expulsá-lo da cidade. O santo implorou ao Senhor que aquele povo ím-*

pio carregasse para sempre a marca daquele ultraje, e a partir de então todos os seus descendentes passaram a nascer com rabo (ed. I. Arnold, v. 13713-44). A lenda, ligada a Dorchester, difundiu-se por outras regiões da Inglaterra, e acabou chegando à França. Provavelmente circulou antes pelos meios estudantis, onde a expressão "inglês rabudo" seria empregada para zombar dos estudantes ingleses, e depois estendeu-se ao conjunto da nação inglesa, e teve grande sucesso. Mais tarde deixou de ser compreendida, mas não foi abandonada.

Ambrósio dá detalhes suplementares sobre as humilhações infligidas aos ingleses pelos griffons: *Os burgueses da cidade, mistura de gregos e despudorados, gente provinda dos sarracenos, escarneciam de nossos peregrinos. Para nos insultar, enfiavam os dedos nos olhos e nos chamavam de cães fedorentos. Todos os dias nos insultavam e matavam peregrinos, que jogavam nas fossas de esgoto.*

4. *Hoveden insiste na insatisfação do rei da França, invejoso da glória daquele que passa a surgir como seu rival, p. 58, t. 3:* No entanto, depois de se desdobrar em esforços, os homens do rei da Inglaterra concentraram suas forças, quebraram as portas da cidade, escalaram as muralhas por todos os lados, entraram na cidade e a tomaram. Imediatamente fincaram os estandartes do rei da Inglaterra em torno de toda a muralha. O rei da França indignou-se intensamente com isso, ordenou que se tirassem os estandartes do rei da Inglaterra e no lugar deles fossem colocados os seus. Mas o rei da Inglaterra recusou. No entanto, para satisfazer ao desejo do rei da França, o rei da Inglaterra mandou tirar seus estandartes e confiou a cidade à guarda dos hospitalários e dos templários, até que ele obtivesse tudo o que exigia de Tancredo, rei da Sicília.

CAPÍTULO 5
Chipre

(N). Chegou enfim o mês de março, há tanto esperado; o mar serenou, o sol sorri. A imensa tropa dos cristãos embarca com júbilo e alegria. Os reis levantam âncora com seus exércitos.

(D). A frota compreendia cento e cinqüenta e seis naus, vinte e quatro barcos de transporte e trinta e nove galeras, ou seja, um total de duzentas e dezenove embarcações. (...) Chegou ao largo e estava disposta da seguinte maneira: na primeira fila iam apenas três grandes naus; numa delas estava a rainha da Sicília e a filha do rei de Navarra, que [*Ricardo*] talvez ainda não tivesse feito sua mulher; nas outras duas uma parte do tesouro e armas do rei; em cada uma das três, iam homens de armas e víveres. Na segunda fila, entre grandes naus, barcos de transporte e dromundas, havia treze navios. Na terceira, catorze; na quarta, vinte; na quinta, trinta; na sexta, quarenta; na sétima, sessenta. Na última fila vinha o próprio rei com suas galeras. O espaço entre os navios e também sua velocidade tinham sido estabelecidos tão judiciosamente, que de uma linha a outra era possível comunicar-se através da trombeta, e de um navio ao outro através da voz[1].

Enquanto os navios avançavam uns atrás dos outros na ordem indicada, dois dos três primeiros, impelidos pela violência do vento, arrebentaram-se contra os recifes, perto do porto de Chipre[2]; o terceiro, mais rápido do que esses dois, voltou para alto-mar, escapando do perigo. Entretanto, quase todos os homens que estavam nos dois barcos chegaram vivos à costa, mas os habitantes da ilha de Chipre precipitaram-se sobre eles, matando muitos e prendendo um certo número, ao passo que outros, que tentaram refugiar-se dentro de uma igreja, foram cercados. Todos os bens que estavam nos navios e que foi possível tirar do mar foram saqueados pelos cipriotas.

[*O imperador*] ordenara que todos os homens de armas que foi possível convocar vigiassem a orla, para proibir o desembarque do resto da tropa e impedir que o rei Ricardo recuperasse o que lhe fora roubado. Acima do porto havia uma cidadela e, sobre um rochedo natural, uma fortaleza alta e bem equipada. Todo aquele povo era belicoso e acostumado a viver de pirataria. Para bloquear a passagem, os habitantes da ilha haviam colocado na entrada do porto vigas, portas e obstáculos, e toda a região preparava-se com fervor para combater os ingleses. Deus quis que aquele povo maldito recebesse o pagamento por seus erros das mãos de um homem que não conhecia a piedade. A terceira nau inglesa, na qual estavam as mulheres, ancorara ao largo e esperava, vigiando tudo o que havia à sua frente, para contar o acontecido ao rei: desejava-se evitar que, se por acaso não estivesse informado sobre o dano e a afronta que lhe tinham sido feitos, o rei seguisse seu caminho sem se vingar.

(H). Depois da tempestade, o rei enviou galeras à procura do barco em que estavam a rainha da Sicília e a filha do rei de Navarra, e elas o encontraram na entrada do porto de Limassol. No naufrágio, muitos soldados e servidores da casa do rei tinham se afogado, entre eles, infelizmente, o mestre Rogério Maupetit, vice-chanceler do rei, e foi encontrada a chancela do rei que ele trazia pendurada no pescoço. O imperador de Chipre, Isaac, apoderara-se dos bens dos náufragos, prendera todos os que haviam escapado ao naufrágio e tirara-lhes o dinheiro. Pior ainda, levado por uma crueldade extrema, não deixara entrar no porto o navio em que estavam a rainha da Sicília e a filha do rei de Navarra[3].

Quando contaram isso ao rei da Inglaterra, ele se apressou em sair em socorro da rainha da Sicília e da filha do rei de Navarra com muitas galeras e uma grande frota; encontrou-as na entrada do porto de Limassol, expostas ao vento e às ondas.

Muito irritado, enviou seus mensageiros ao imperador de Chipre uma vez, depois duas, e depois três. Pedia ao imperador em termos suplicantes que, pelo amor de Deus e em respeito à cruz da salvação, soltasse, sem lhes fazer mal, seus companheiros que prendera; pedia também que restituísse seus bens e que lhe desse os bens dos que se tinham afogado: seriam consagrados ao serviço de Deus pela salvação das almas deles. O imperador respondeu com arrogância, dizendo que não devolveria nem seus companheiros, nem os bens dos afogados[4]. Quando o rei soube que o ímpio imperador não atenderia a nenhuma de suas solicitações se não o forçasse a isso, ordenou a todos os seus homens que tomassem de suas armas e o seguissem, e disse-lhes: "Sigam-me e vinguemos os ultrajes que esse imperador desleal infligiu a Deus e a nossa gente, prendendo a ferros nossos companheiros, contrariando a lei divina. Não temam esses homens, pois não têm armas e estão mais dispostos a fugir do que a lutar, ao passo que nós estamos bem armados e 'quem ignora o direito entrega tudo a quem tem o gládio'.

Devemos lutar com valentia para livrar o povo de Deus da perdição, sabendo que devemos vencer ou morrer. Confio em Deus: hoje ele nos dará a vitória sobre esse imperador desleal e sobre seu povo."

Nesse ínterim, o imperador ocupara toda a orla do mar com os seus, mas poucos estavam armados e quase nenhum era treinado para combater. No entanto, estavam na orla com espadas, lanças e bastões; tinham à sua frente, para servir de proteção, vigas, bancos e armários.

Uma vez armados, o rei da Inglaterra e seus homens deixaram seus grandes navios, embarcaram nos barcos e galeras, e dirigiram-se à terra remando com todo o vigor; os arqueiros iam à frente, abrindo caminho para os outros.

Atracaram, tendo o rei à frente, depois atacaram todos juntos o imperador e seus *griffons*; as flechas caíam sobre os combatentes como chuva na relva.

Depois de um longo combate, o imperador pôs-se em fuga com seus homens; o rei da Inglaterra perseguiu-o de espada em punho; massacrou os que se encontravam em seu caminho, fez muitos prisioneiros e, se a noite não tivesse chegado tão cedo, talvez tivesse capturado o imperador naquele dia. Mas o rei e sua tropa combatiam a pé e não conheciam os caminhos montanhosos por onde o imperador e seus homens haviam fugido. Assim, voltaram a Limassol, que os *griffons* haviam abandonado; carregavam um enorme butim e na cidade encontraram trigo, vinho, óleo e carnes em abundância.

No mesmo dia, após a vitória do rei da Inglaterra, sua irmã, a rainha da Sicília, e a filha do rei de Navarra entraram no porto de Limassol com o restante da frota do rei. O imperador reuniu seus homens, que se haviam dispersado pelos matagais das ravinas e, na mesma noite, ergueu seu acampamento a cerca de quinze milhas do exército do rei da Inglaterra, jurando que no dia seguinte lhe daria combate. Informado por seus espiões, bem antes do amanhecer o rei mandou sua tropa se armar, armou-se ele mesmo e avançou sem fazer barulho até a tropa do imperador, encontrando seus homens adormecidos. Emitindo clamores aterrorizantes, entrou em suas tendas; arrancados ao sono, os soldados do imperador ficavam como mortos, sem saber o que fazer nem para onde fugir, pois os soldados do rei da Inglaterra marchavam contra eles como lobos vorazes; houve um grande massacre.

O imperador escapou com um punhado de seus homens, nu, deixando atrás de si seus tesouros, seus cavalos, suas armas, suas tendas magníficas e seu estandarte real todo bordado de ouro, que o rei da Inglaterra ofereceu imediatamente a Santo Edmundo, glorioso rei e mártir. Depois dessa imensa vitória, o rei da Inglaterra voltou a Limassol, magnífico vencedor de seus inimigos.

Dois dias mais tarde, chegaram a Chipre, e foram para junto do rei da Inglaterra, Guido, rei de Jerusalém, e seu irmão Godofredo de Lusignan, Onofre de Toron, Raimundo, príncipe de Antioquia, Boemundo, conde de Trípoli, e Leão, irmão de Rupin de la Montagne. Ofereceram seus serviços ao rei, tornaram-se seus vassalos e lhe juraram fidelidade contra todo o mundo.

No mesmo dia, o imperador de Chipre, vendo-se completamente privado de ajuda por parte de sua gente e não podendo contar com sua coragem, enviou ao rei da Inglaterra uma embaixada que, suplicante, levava-lhe propostas de paz: daria ao rei vinte mil marcos de ouro para compensar o dinheiro perdido pelos náufragos; libertaria aqueles que havia capturado, devolvendo-lhes seus bens; iria pessoalmente com o rei à terra de Jerusalém, onde ficaria a serviço de Deus e do rei com cem cavaleiros, quatrocentos cavaleiros turcópolos[*] e quinhentos soldados de infantaria bem armados; além disso, daria ao rei, como refém, sua filha e única herdeira, e lhe entregaria suas fortalezas como penhor; jurar-lhe-ia fidelidade eterna e seria seu vassalo.

Sobre essas bases estabeleceu-se um acordo entre as duas partes: o imperador apresentou-se ao rei da Inglaterra e, na presença do rei de Jerusalém, do príncipe de Antioquia e dos outros barões, tornou-se vassalo do rei da Inglaterra e jurou-lhe fidelidade. Jurou também que não o deixaria enquanto não fossem cumpridas todas as condições estabelecidas. O rei, por seu lado, devolveu as tendas ao imperador e à sua gente e colocou junto deles, para guardá-los, cavaleiros e homens de armas.

---

[*] Filhos de pai turco e de mãe grega. Havia um corpo de cavalaria turca formado com esses homens. (N. T.)

No mesmo dia, depois da refeição, o imperador lamentou ter concluído o caso com o rei daquela maneira e, enquanto os soldados encarregados de guardá-los faziam a sesta, afastou-se deles furtivamente e mandou dizer ao rei que não respeitaria nenhuma paz, nenhum acordo com ele, sobre nenhum ponto. Aparentemente, aquilo agradou ao rei.

(P). Confiou grande parte de seu exército ao rei Guido, ao príncipe de Antioquia e aos outros príncipes que tinham vindo até ele, dizendo-lhes: "Persigam-no e capturem-no se forem capazes. Quanto a mim, contornarei a ilha de Chipre com minhas galeras e colocarei meus guardas ao redor da ilha para que esse traidor não me escape por entre os dedos." Assim ele falou; fez então o que dissera: dividiu suas galeras em dois grupos, deu uma parte a Roberto de Turnham e ficou com a outra. Subiram em suas galeras e contornaram a ilha, ele por um lado e Roberto pelo outro; tomaram todos os navios e todas as galeras que encontraram no circuito.

Quando os *griffons* e os armênios que tinham a guarda das cidades, das fortalezas e das obras de defesa do imperador viram chegar tantos homens armados e tantas galeras, abandonaram tudo e fugiram para as montanhas. O rei e Roberto tomaram todas as fortalezas, todas as cidades, todos os portos que encontraram vazios, supriram-nos de homens, armas, víveres e galeras, e voltaram a Limassol.

(H). Quanto ao rei Guido e aos que foram enviados com ele, voltaram até onde estava o rei sem terem feito coisa alguma. Enquanto isso, os súditos do imperador afluíam para junto do rei da Inglaterra, tornavam-se seus vassalos e dele recebiam suas terras. E certo dia, quando o imperador estava sentado diante de sua refeição com seus amigos, um deles disse: "Senhor, aconselhamos a que faça as pazes com o rei da Inglaterra para evitar que todo o seu povo desapareça." O imperador, cheio de irritação por causa dessas palavras, golpeou o homem que lhe dissera aquilo e cortou-lhe o nariz. Depois da refeição, aquele que fora golpeado foi ter com o rei da Inglaterra e ligou-se a ele.

No mês de maio, no quarto dia antes dos idos [*12 de maio*], um domingo, dia de São Nereu, Santo Aquiles e São Pancrácio, mártires, Berengária, filha do rei de Navarra, uniu-se a Ricardo, rei da Inglaterra, na ilha de Chipre, em Limassol; Nicolau, capelão do rei, celebrou o sacramento; no mesmo dia, o rei fez com que fosse coroada e consagrada rainha da Inglaterra por João, bispo de York, assistido no ofício pelos arcebispos de Apaméia e de Auch e pelo bispo de Bayonne.

Em seguida, depois da celebração de seu casamento, o rei voltou a partir com seu exército, e a célebre cidade de Nicósia rendeu-se a ele. E, chegando ele com seu exército perto de uma fortaleza muito bem defendida, chamada Cerin, onde estava a filha do imperador, esta veio à presença do rei, deixou-se cair a seus pés encostando o rosto no chão e entregou-lhe a fortaleza, pedindo clemência. O rei teve piedade dela e mandou levá-la para junto da rainha. Continuou a avançar e tomou as fortalezas de Baffes e de Buffevent, assim como Deudeamos e Candeira. Em seguida todas as cidades e todas as defesas do império renderam-se a ele.

O infeliz imperador estava escondido numa abadia muito bem fortificada, chamada Santo André. Quando o rei chegou para capturá-lo, o imperador apresentou-se diante do rei, prosternou-se a seus pés e entregou à misericórdia dele sua pessoa e sua vida, sem fazer menção a seu reino. Com efeito, sabia que tudo já estava nas mãos e sob o poder do rei; pediu apenas que não o prendessem a ferros. O rei atendeu à reivindicação: entregou-o à guarda de Raul, filho de Godofredo, seu camarista, e ordenou que se fizessem peias de ouro e de prata para prendê-lo. Tudo isso aconteceu na ilha de Chipre, no mês de junho, no primeiro dia desse mês, sábado, véspera de Pentecostes. Depois disso, o rei enviou o imperador com seus guardas a Trípoli e confiou a ilha de Chipre a Ricardo de Camville e Roberto de Turnham[5].

Aqui estão os mesmos acontecimentos na "reportagem" de Devizes:

(D). O rei saltando primeiro, armado com sua galera, desfere o primeiro golpe da guerra, mas antes que possa desferir o segundo surgem a seu lado três mil de seus homens que golpeiam também. Demolição imediata de todas as construções de madeira transversais ao porto; homens corajosos, tão mansos quanto geralmente é uma leoa de quem se arrebatam os filhotes, sobem rumo à cidade. Resistência corajosa dos habitantes; de ambas as partes tombam os feridos; nos dois campos os gládios embriagam-se de sangue.

Derrota dos cipriotas, tomada da cidade e da fortaleza: o vencedor leva o que lhe agrada e o chefe da ilha em pessoa é feito prisioneiro e levado à presença do rei. Súplicas do imperador, que implora sua graça e a obtém; propõe fazer homenagem ao rei, o que é aceito, e jura, sem que lhe seja pedido, que doravante considerará a ilha como sendo o rei da Inglaterra seu chefe legítimo, abrir-lhe-á todas as fortalezas de sua terra, devolvendo-lhe o que perdeu e dando-lhe presentes retirados de seus próprios bens. Deixam-no ir depois desse juramento e ele recebe ordens para cumprir as cláusulas do contrato no dia seguinte de manhã.

Aquela noite, o rei repousou em seu acampamento; e aquele que se comprometera com ele por juramento empreendeu a fuga, recolheu-se a uma outra fortaleza e mandou ordens a todos os homens de suas terras que pudessem carregar armas para que se juntassem a ele. Assim se fez.

O rei de Jerusalém, na mesma noite, desembarcou em Chipre para apresentar-se ao rei e cumprimentá-lo; desejara sua chegada mais do que a de qualquer outro homem do mundo. No dia seguinte, quando se teve notícia do chefe de Chipre, descobriu-se que ele fugira. O rei, vendo que fora enganado, indagou sobre o lugar onde estava o outro, e ordenou ao rei de Israel que perseguisse o traidor por terra, com metade de seu exército;

por sua vez, levou a outra metade à água e contornou a ilha, para lhe interceptar o caminho e impedir que ele fugisse por mar.

Encontro das duas tropas perto do lugar onde o imperador se refugiara; este último investe contra o rei e trava batalha contra os ingleses; combate acirrado dos dois lados.

Os ingleses, naquele dia, teriam sido vencidos se não estivessem lutando sob as ordens de Ricardo. Vitória a preço muito alto!

Fuga do cipriota e tomada de seu acampamento. Os reis partem em sua perseguição, como da primeira vez, um por terra, outro por mar. O imperador é cercado em outra fortaleza. As balistas* giratórias que defendem suas muralhas lançam pedras enormes; no entanto, ele é encurralado e promete render-se desde que não seja preso a ferros. Magnanimidade do rei: cede às súplicas do vencido e manda fazer para ele peias de prata. Depois de prender o príncipe dos piratas, o rei percorre toda a ilha, faz-se senhor de todas as fortalezas, coloca em cada uma delas seus próprios guardas, estabelece prebostes e governadores e toda a região fica submetida a ele em tudo, como a Inglaterra.

Fica com o ouro, a seda e as pedras preciosas extraídas do tesouro e dá ao seu exército o dinheiro e os víveres. Outorga muito generosamente uma parte de seu próprio butim ao rei de Jerusalém.

O COMBATE DE LIMASSOL

(AMBRÓSIO). Toda a costa estava cheia daquele povo selvagem. Era de se ver aquele ataque audacioso e aquela gente habituada à guerra! Quando o rei viu seus companheiros lutarem para atracar, saltou de seu barco

---

* Máquinas de guerra destinadas a lançar projéteis pesados, como flechas, pedras, etc. (N. T.)

ao mar, avançou sobre os gregos e os atacou, e todos os outros saltaram atrás dele. Os gregos defenderam-se, mas os nossos percorriam a orla golpeando-os vitoriosamente. Era de se verem as lanças voando e os gregos morrendo em massa! Os nossos os rechaçaram, empurrando-os para dentro da cidade. Atacavam como leões, golpeando os homens e os cavalos.

Diante da valorosa nação latina, os gregos e os armênios fugiam. Nossos homens os perseguiram até no campo, tão rudemente quanto deram caça ao imperador, pondo-o em fuga. O rei o perseguiu apossando-se de um cavalo ou de uma égua, não sei bem, que tinha um saco amarrado atrás da sela e rédeas de corda. De um salto ele montou na sela e disse ao pérfido e covarde imperador: "Ei, imperador! Venha justar comigo!" Mas este não lhe deu ouvidos. À noite, sem mais demora, o rei mandou desembarcar todos os cavalos que estavam nos navios; o imperador não sabia que ele os trazia. Os cavalos foram levados a passear, pois estavam entorpecidos, atordoados e estafados por terem permanecido um mês no mar sem poderem se deitar. Sem lhes dar maior repouso, embora tivessem direito, o rei, empenhado em sua empresa, fez com que fossem montados no dia seguinte. Bem perto, num bosque de oliveiras ao longo da estrada, havia gregos com bandeiras e pendões. O rei os desalojou; pôs na cabeça o elmo de aço[6] e seguiu-os a grande velocidade. Era de se ver a valentia deles! Aqueles dentre os nossos que estavam à frente puseram os gregos em fuga; uns fugiam, os outros atacavam, até o momento em que os nossos viram o grande exército dos gregos: então pararam. Na perseguição, os gregos gritavam e urravam tanto (segundo contaram aqueles que os ouviram), que o imperador escutou-os de sua tenda, a mais de meia légua. Retirara-se para lá, jantara e estava dormindo; mas o barulho o despertou. Com sua gente, montou a cavalo e subiu ao alto das montanhas para ver o que fariam seus homens, que só sabiam lançar flechas. Eles giravam sempre gritando em torno dos nossos, que não saíam do lugar. Então um clérigo armado veio ter com o rei — chamava-se Hugo de la Mare — e disse-lhe baixinho: "Senhor, vá embora, eles têm forças enormes." "Padre," disse o rei, "cuide de seus escritos e afaste-se da batalha, em nome de Deus e de sua mãe, e deixe-nos a cavalaria!" Aquele e outros diziam-lhe isso por causa do número de inimigos que viam, e ao lado do rei, naquele momento, não havia mais de quarenta cavaleiros, no máximo cinqüenta; mas o grande rei lançou-se contra o inimigo, mais veloz do que o raio quando cai, mais direto do que o falcão quando se precipita sobre a cotovia (os que assistiram a essa carga muito se admiraram). Lançou-se no meio daqueles gregos perversos, desorganizou suas fileiras e impediu-os de refazê-las. Entretanto seus homens chegavam, e, assim que se viram em número suficiente, mataram e prenderam tantos inimigos, sem falar dos que fugiram vergonhosamente, que nunca se soube da conta dos mortos; os que estavam a cavalo fugiram por montes e vaus, e os pedestres, a gentalha, foram mortos ou presos. Foi uma batalha violenta. Era de se verem os cavalos caídos ou cambaleando com sua carga, as lorigas, as espadas, os pendões e as insígnias! O imperador viu que seus homens não agüentariam e que os nossos eram cada vez mais numerosos. Fugiu para as montanhas com seus gregos e armênios, deixando sua terra para nós. Quando Ricardo o viu fugir assim, abandonando sua gente, golpeou aquele que levava a bandeira do imperador, apoderou-se dela e ordenou que fosse bem guardada. Vendo o desnorteamento dos inimigos que fugiam como um turbilhão, com o corpo e a cabeça cheios de ferimentos, mandou cessar a perseguição pois não seria capaz de alcançá-los, e nossos bravos francos já os haviam perseguido por duas léguas. Voltou sobre seus passos; mas os combatentes não desistiram assim: pegaram peças da bela e excelente baixela de ouro e de prata que o imperador deixara em sua tenda, sua armadura, sua própria cama, tecidos de seda e de púrpura, cavalos e mulas carregados como que para um mercado, lorigas, elmos, espadas que os gregos haviam lançado, bois, vacas, porcos, cabras ágeis e ariscas, carneiros, ovelhas, cordeiros, éguas, pintos gordos e bonitos, galos, galinhas, frangos, jumentos gordos com o lombo carregado de almofadas bem bordadas e de roupas belas e preciosas, e bons cavalos, que valiam mais do que os nossos, já cansados. Pegaram também o intérprete do imperador, que ouvi chamarem João, e tantos gregos e armênios que chegavam a obstruir o caminho, tantos vinhos e víveres, que se perdeu a conta. O rei mandou proclamar um decreto garantindo a livre circulação de todas as pessoas daquelas terras que não quisessem a guerra; quanto aos que não quisessem a paz, não teriam da parte dele nem paz nem trégua. (...)

PERIPÉCIAS, FUGA DO IMPERADOR
E TOMADA DE NICÓSIA

No mesmo dia em que se estabeleceu a paz, havia com o imperador um cavaleiro caluniador. Chamava-se Pagão de Caifas; era pérfido e pior do que um cão: persuadiu o imperador de que o rei queria enforcá-lo, mas era mentira. O imperador montou imediatamente em seu cavalo veloz, chamado Fouveiro; simulou que iria passear e fugiu, deixando bagagens e tendas, como um homem que perde a cabeça, e dois cavalos de batalha fortes e velozes. Foi-se o mais depressa que pôde. O rei ficou sabendo que ele fugira, mas não permitiu que o perseguissem, pois não queria infringir a trégua e, aliás, cavalo nenhum conseguiria alcançá-lo. Mas, diante dessa fuga, não quis deixá-lo desobrigado, e resolveu encontrá-lo, por mar ou por terra. (...)

Partiu com seu exército e marchou direto para Nicósia; cada um levou suas provisões e tudo o que fosse necessário para a guerra. O imperador, escondido perto dali, espreitava-o. O rei marchava com a retaguarda, para que não houvesse ataque pelas costas. Subitamente o imperador saiu de sua emboscada com cerca de setecentos homens, cuja covardia os tornava impotentes. Foram lançar flechas na linha de frente, e deixaram que se aproximassem. O imperador atacava o exército pelos flancos, como um turcópolo, até chegar à retaguarda, onde ia o rei, e lançar-lhe duas flechas envenenadas. O rei saiu das fileiras, avançou, e pouco faltou para se vingar do perverso imperador; mas este estava montado no cavalo Fouveiro, que, veloz como um cervo, levou-o, cheio de pesar e despeito, a seu castelo de Candária. Quando o rei percebeu que não o apanharia, dirigiu-se para Nicósia. Nossos homens haviam obtido bons cavalos, além de maltratar e prender muitos gregos que se aproximaram demais de nós. Seguiram o rei, nada mais tendo a temer. Chegaram de manhã a Nicósia. Os burgueses da cidade não esperaram: vinham de todos os lados receber o rei, considerando-o seu senhor e pai. O rei mandou-os raspar a barba. Quando o imperador ficou sabendo, ficou tão furioso que achou que fosse perder o juízo, e maltratou seus homens e os nossos; aos dele que acabavam de se entregar a nós quando conseguia pegá-los, e aos nossos que conseguia apanhar, mandava (não podendo vingar-se de outro modo) cortar os pés e os punhos, furar os olhos ou amputar o nariz. O rei recebia as homenagens dos mais sensatos e dos melhores, que abandonavam de boa vontade o imperador, que eles odiavam. (...)

Quando o rei se apoderou de Chipre para servir a Deus, a quem a oferecia, quando tomou os castelos e as fortalezas de onde expulsara os gregos infames, encontrou as torres todas cheias de tesouros e de riquezas: panelas, caldeirões e grandes vasilhas de prata, taças e escudelas de ouro, esporas, freios, selas, pedras preciosas, tão eficazes contra doenças, tecidos de escarlate e de seda (nunca vi iguais), e muitos outros objetos semelhantes que convêm aos grandes senhores. O rei da Inglaterra conquistou tudo isso para servir a Deus e à libertação de sua terra. Enviou o exército a Limassol, pedindo a seus companheiros que apressassem a partida e a da frota, sem perder mais um momento. Encarregou o valente rei Guido da guarda do imperador. Sua filha, que era muito bela e ainda menina, foi enviada à rainha para que recebesse uma boa instrução.

NOTAS

1. AMBRÓSIO: O rei Ricardo, cujo coração estava sempre pronto para as boas ações, fez uma notável. Quis que todas as noites se acendesse em seu barco, dentro de uma lanterna, um grande círio que emitia uma luz muito clara. Ardia a noite toda, para mostrar o caminho aos outros; e, como o rei tinha bons marinheiros, hábeis e experimentados em seu ofício, todos os outros acompanhavam a chama do rei e não a perdiam de vista. E, quando a frota se dispersava, ele esperava generosamente. Dirigia assim a pomposa expedição como uma galinha leva seus pintinhos para ciscar: mostrava desse modo sua sabedoria e nobreza de caráter.

2. NEWBURGH, p. 350: Mas a Providência divina, em seus sábios desígnios — isso apareceu depois —, fez erguer-se uma tempestade que forçou a frota maltratada a se desviar para Chipre, onde esperava ser acolhida e reconfortada pela hospitalidade e pela ajuda leais e certas dos habitantes cristãos da ilha. Enfrentaram maior tormenta no porto de seu sonho do que sobre as vagas atormentadas. O tirano que esmagava a ilha sob uma cruel dominação havia três longos anos e arrogara a si o título de imperador firmara um acordo com Saladino, inimigo dos cristãos, e, embora se dissesse cristão, mostrava-se mais fiel àquele homem do que a Cristo.

3. AMBRÓSIO: Na ilha de Chipre vivia um tirano inclinado ao mal, mais traidor e desleal do que Judas ou Ganelon. Abandonara os cristãos e era amigo de Saladino: dizia-se até que, para se aliarem, tinham bebido o sangue um do outro, e depois isso se confirmou. Fez-se assim imperador, ou melhor, piorador, pois ele mesmo piorava. Sempre que possível, não deixava de fazer e suscitar o mal e de perseguir os cristãos de Deus.

4. AMBRÓSIO: O rei designou um mensageiro e o enviou à terra para pedir cortesmente ao imperador que devolvesse os bens aos náufragos e reparasse os erros que cometera para com os peregrinos, que haviam custado lágrimas a muitos órfãos. Este zombou do mensageiro até perder a razão; não conseguiu moderar sua cólera, e disse ao mensageiro: "Tprut, senhor!" E não quis dar uma resposta mais honesta, mas começou a resmungar, caçoando. O mensageiro voltou pronta-

mente e contou ao rei. Ao ouvir a resposta humilhante, o rei disse a seus homens: "Armem-se!" Assim eles fizeram imediatamente, sem perda de tempo. Precisaram entrar armados nas chalupas de seus navios. Entraram bons cavaleiros e besteiros. Os gregos também tinham balestras* e seus homens estavam prontos na orla, com cinco galeras armadas; mas, quando viram nossas armas, não se sentiram seguros.

5. PETERBOROUGH, p. 168, t. 2: Na quinta-feira depois de Pentecostes, o rei da Inglaterra deixou Chipre com suas galeras, levando com ele o rei de Jerusalém, o príncipe de Antioquia, o conde de Trípoli e todos os príncipes que tinham vindo encontrá-lo em Chipre.

6. *Trata-se evidentemente de aço natural, tal como é extraído de minerais especiais, produzido nas forjas catalãs.*

---

* Arma de guerra formada de arco, cabo e corda, com que se disparavam setas. Também chamada besta. O besteiro era o soldado armado de balestra. (N. T.)

CAPÍTULO 6
A dromunda

A caminho de Acre, Ricardo avistou um barco sarraceno, atacou-o e o afundou. O episódio foi banal e pouco glorioso; terminou com uma vitória, decerto, mas poderia ter sido de outro modo? A frota do rei da Inglaterra era composta por treze barcos de transporte, cem navios de carga e cinqüenta velozes galeras, e transportava o grosso do exército inglês; na sua frente, um grande navio sarraceno, sozinho, sem escolta.

As evocações da escaramuça variam da simples menção ao relato épico. Sua leitura é menos interessante pelo conhecimento da personalidade de Ricardo Coração de Leão, audacioso capitão, do que pela oportunidade que oferece de se observar a construção da lenda em torno de um acontecimento intensamente simbólico: embora suas conseqüências tenham sido importantes para o cerco de Acre, trata-se antes de tudo do primeiro confronto entre Ricardo e o inimigo sarraceno, e de sua primeira vitória.

Resolvemos dar todas as versões do acontecimento — classificando-as por ordem crescente de enriquecimento —, para que o leitor observe por si mesmo os sucessivos ornamentos de que se beneficiou o relato, mesmo enquanto seu herói ainda era vivo; ampliação da importância do adversário com referência à Bíblia, multiplicação das peripécias, traição do adversário, lances de bravura por parte dos ingleses, com nova alusão à História sagrada: o esquema tradicional dos combates maravilhosos se estabelece progressivamente, e não é indiferente que o texto mais "rico" seja o do poeta, o cronista Ambrósio.

(C). Enquanto Ricardo e sua frota navegavam na direção de Acre, avistaram um navio muito grande, chamado dromunda. Vinha de Beirute e estava cheio de riquezas imensas, que levaria aos sitiados que se encontravam dentro da cidadela de Acre; nele encontravam-se setecentos jovens guerreiros de elite. A frota inglesa cercou-o por todos os lados com seus barcos munidos de esporões, mas só com muita dificuldade conseguiu-se perfurar seu casco e fazê-lo ir ao fundo; oitenta homens foram capturados vivos.

(H). No dia seguinte, sexta-feira da semana de Pentecostes, o rei da Inglaterra fazia-se à vela rumo a Acre quando viu no mar à sua frente uma grande dromunda, cheia de homens armados, que ostentava bandeira francesa e aliada. Enviou para perto deles duas galeras para perguntar a quem pertencia o navio e de onde haviam partido. Responderam que estavam a serviço do rei da França, que tinham partido de Antioquia e que pretendiam chegar ao sítio de Acre. Os mensageiros levaram a resposta ao rei da Inglaterra. Mas este lhes disse: "Tenho certeza de que mentiram: o rei da França não tem dromunda como essa. Se estão a serviço do rei da França, digam-lhes que parem e venham falar comigo." Os mensageiros partiram mais uma vez. Mas os homens da dromunda, que não tinham a consciência tranqüila porque eram pagãos, armaram-se e receberam muito mal os enviados do rei, a golpes de lança e de fogo grego*. Ao ver aquilo, o rei chegou mais perto e disse a todos os que estavam com ele: "Persigam-nos e detenham-nos. Se eles escaparem, vocês perderão meu amor para sempre; se forem pegos, serão de vocês todos os seus bens." Então todos, num mesmo ímpeto, atacaram a dromunda, perfuraram-na por todos os lados com os esporões das galeras, e a água, entrando pelas brechas, levou-a ao fundo. Os pagãos começaram a submergir: lançaram então

---

* Substância inflamável, assim chamada por terem sido os gregos os primeiros a usá-la. (N. T.)

suas armas ao mar, jogaram o fogo grego depois de quebrar os recipientes que o continham e, abandonando o navio, mergulharam nus no mar. Mas os marinheiros do rei mataram muitos deles e fizeram inúmeros prisioneiros. Havia na dromunda mil e quinhentos pagãos, que Saladino escolhera entre todos os pagãos para enviá-los à cidadela de Acre. Depois que foram vencidos ou mortos, o rei distribuiu todos os bens deles a seus marinheiros.

(D). Encontrou no caminho um navio de transporte muito grande, enviado por Saladino aos sitiados, cheio de víveres e de soldados armados; era um navio admirável, maior do que todos aqueles de que se fala nos livros, com exceção da Arca de Noé. Aquele homem vigoroso, que sempre se alegrou ao encontrar oportunidade de exercer sua valentia, mandou as outras galeras se aproximarem da sua e foi o primeiro a travar o combate naval contra os turcos. O navio era equipado com torres e máquinas de guerra, e seus ocupantes, reduzidos a uma situação extrema, combatiam como loucos porque o "único meio de salvação para os vencidos é não esperar salvação alguma". Feroz foi o ataque e dura a defesa; mas o que é suficientemente duro para não se deixar domar por aquele homem duro feito para ser duradouro? Derrota dos habitantes de Mossul; aquele navio desmantelado, o rei dos navios, desapareceu nas águas bravias, e afundou como chumbo: pereceram a carcaça e a carga.

(Di). Ricardo, rei da Inglaterra, tinha com ele treze grandes navios de transporte que fendiam as ondas com suas três fileiras de velas desfraldadas; havia também cem outros navios de carga e cinqüenta galeras com três filas de remos. Fez-se ao mar em Chipre e, enquanto navegava, avistou por puro acaso um barco com todas as velas içadas; Safadino, irmão de Saladino e senhor da Babilônia do Egito, armara o barco com grandes despesas para levar socorro aos sarracenos sitiados em Acre; carregara-o com todos os tipos de víveres e equipara-o com armas adequadas a todos os tipos de batalhas: dizia-se que continha grande número de recipientes cheios de fogo grego e de serpentes de fogo[1]. Um contingente de mil e quinhentos homens garantia sua proteção. Num piscar de olhos estavam prontos para o combate e as galeras de todos os lados atacaram furiosamente o barco, que se imobilizara por falta de vento. Foi então que um dos remadores, inspirado, segundo dizem, no exemplo de um pássaro chamado mergulhão, aproximou-se do barco nadando sob a água e furou seu casco com um florete. Talvez tenha ouvido contar que, no tempo dos macabeus, Eleazar esgueirou-se por baixo de um elefante, pressionado por todos os lados pelos combatentes, e matou-o abrindo-lhe o ventre. Ele morreu, mas salvou os judeus. Quanto ao remador, que tinha Cristo no coração, voltou são e salvo a sua galera e a seu remo.

Em pouco tempo, a água infiltrou-se no barco e cobriu as pontes, tirando qualquer esperança de salvação dos ocupantes, que antes tinham depositado sua confiança em seus armamentos. Ricardo, rei da Inglaterra, mandou jogar mil e trezentos deles ao mar, e ficou com duzentos. Isso aconteceu no sétimo dia antes dos idos de junho [6 de junho].

(AMBRÓSIO): Diante de Saette, perto de Beirute, o rei avistou uma embarcação cheia de homens de Saladino. Saladino a carregara e enchera com os melhores turcos que conseguira encontrar. Não puderam entrar no porto de Acre e só faziam dar voltas, esperando uma oportunidade. Mas seu desígnio se desmontou. O rei mandou remar sua galera rapidamente para os alcançar: ao chegar perto do navio, notou-o grande, largo e alto. Tinha três grandes mastros e via-se que não fora construído às pressas. Os infiéis o haviam coberto com um feltro verde de um lado e com um feltro amarelo do outro; assim paramentado, parecia obra de uma fada; e estava cheio de provisões de todo tipo, em número e quantidade inestimáveis; e alguém que o sabia, que estivera em Beirute ao se carregar o navio tão vergonhosamente descarregado, contou que vira serem levados cem carregamentos de camelos de boas armas afiadas, arcos, dardos, setas, balestras de torre, de roda e de mão, oitocentos turcos de elite diabólicos, munições e provisões incalculáveis, e fogo grego em frascos, de que se falava muito; dentro do navio colocaram-se também duzentas serpentes negras horripilantes (é o que contam a história escrita e quem ajudou a colocá-las), que eles pretendiam soltar em meio a nosso exército, para causar dano a nossos homens. A galera do rei chegou tão perto do navio, que quase o tocou. Nossos remadores saudaram os turcos, sem saber quem eram, e perguntaram-lhes de onde vinham e quem era seu senhor. Eles tinham um intérprete que falava francês e responderam que eram genoveses e pretendiam ir a Tiro. Nesse momento soprou um vento de Arsuf, que os afastou da galera. Um marujo observara com atenção o navio e os que estavam dentro dele, e que queriam se distanciar. Ele disse ao rei: "Senhor, ouça-me! Mande me matar ou enforcar se aquele barco não for um barco turco." O rei disse: "Tem certeza?" "Claro, senhor, absoluta! Mande imediatamente outra galera atrás deles, e que ninguém os saúde; verá o que farão e a que fé pertencem." O rei assim ordenou: a galera aproximou-se deles, mas não os saudou, e eles, que não se importavam com nossa abordagem, começaram a atirar com arcos de Damasco e balestras. O rei e sua gente estavam prontos para o ataque e, ao vê-los atirar sobre os nossos, assaltaram-nos vigorosamente. Eles se defendiam muito bem e lançavam suas setas mais maciçamente do que granizo. A luta começou dos dois lados. O navio tinha pouco vento para avançar e os nossos o atingiam com freqüência, mas não ousavam empreender a abordagem e não conseguiam fazê-lo. Então o rei jurou que mandaria enforcar os homens das galeras se esmorecessem e deixassem os turcos escapar: eles tomaram impulso, mergulharam de corpo e cabeça, passaram por baixo do navio e, voltando à tona do outro lado, amarraram cordas aos lemes do navio dos sórdidos turcos, para atrapalhá-los, travá-los e parar o navio. Finalmente avançaram e subiram de modo a se jogar diretamente dentro do navio. Os turcos, que eram violentos, lançaram-se sobre eles para os massacrar. Nossos homens, experientes nesse tipo de luta, tomaram a ponte de assalto; os inimigos cortavam-lhes os pés e os punhos e os torturavam; mas os homens das galeras os perseguiram até o porto. Os turcos, que temiam a morte, defendiam-se rudemente. Subiam à ponte por pelotões previamente ordenados: incessantemente novos homens, bem armados com belas armaduras; os dois lados se golpeavam e se derrubavam dentro do navio. Finalmente os sarracenos conseguiram rechaçar nossos homens.

Estes voltaram às galeras e ao ataque. O rei mandou que batessem contra o navio até quebrar-lhe o casco. Avançaram e bateram de modo a quebrá-lo em vários lugares e assim o afundaram. Terminou a batalha. Os sarracenos, desencorajados, saltavam no mar às dezenas, e cada um dos nossos matava quantos conseguia. Era de se ver o rei Ricardo, com golpes ferozes, matar mais de um inimigo! Deteve trinta e cinco que mandou conservar vivos, hábeis comandantes e construtores de navios. Os outros, turcos, persas e renegados, foram afogados. Se aquele navio tivesse entrado no porto, Acre nunca teria sido tomada, tantos eram os meios de defesa que ele levava; mas Deus, que pensa nos seus, impediu que o fizesse, e também o bom rei da Inglaterra, que gostava das empresas audaciosas. Os sarracenos postados no alto da montanha viram tudo. Cheios de despeito e cólera, contaram-no a Saladino. A notícia causou-lhe grande dor; puxando três vezes a própria barba, disse como que enlouquecido: "Deus! Perdi Acre, e meus homens, com quem eu contava. Quantas desgraças me deste!" No exército dos pagãos, conforme contaram os que o viram, o desespero foi tanto que os turcos cortavam suas tranças e rasgavam suas roupas, por causa de seus amigos e de seus senhores mortos no navio.

NOTA

1. *Esse episódio, assim como a menção que Ambrósio faz a ele, provavelmente é uma reminiscência ou a repetição de*

um ardil empregado por Aníbal — também ele símbolo da perfídia bárbara — durante uma batalha naval contra Eumeno, rei de Pérgamo: ele mandara encher vasos de argila com serpentes venenosas, para enviá-los aos barcos inimigos. (Cornélio Nepos, Aníbal, par. 1)

CAPÍTULO 7

Acre

Venit, Vedit, Vicit

(Di). O rei, retomando seu caminho a grande velocidade, aproximou-se do porto ao qual se dirigia. Então o soar estridente das trombetas, o estrondo dos trombones e o alarido impressionante das cornetas tomaram conta da orla. A terra inteira ressoou, anunciando que um grande príncipe chegara; aquilo reanimou a coragem dos cristãos e inspirou profundo terror aos sarracenos sitiados. O rei entrou no porto de Acre no sexto dia antes dos idos de junho [*8 de junho*][1].

(D). Ele chegou ao cerco de Acre e foi acolhido pelos sitiados com tanta alegria, como se fosse o Cristo voltando à Terra para restabelecer o reino de Israel. O rei da França chegara a Acre antes dele e conhecera grande sucesso junto aos habitantes do lugar; mas, com a chegada de Ricardo, embaciou-se e perdeu a fama como a lua perde o brilho ao levantar do sol. Henrique, conde de Champagne, foi ter com seu rei; não tinha mais nada do que trouxera em víveres e dinheiro. Pediu uma ajuda; seu rei e patrão ofereceu-lhe cem mil libras, todavia sob condição de que lhe desse a Champagne como penhor. A isso, o conde respondeu: "Fiz o que devia, agora é preciso fazer o que me é imposto, queria combater por meu rei mas ele só me aceitou em troca de meus bens. Vou ter com aquele que me aceitará e que está disposto a dar mais do que a receber." O rei da Inglaterra, Ricardo, deu quatro mil tonéis de trigo, quatro mil peças de toucinho e quatro mil libras de prata a Henrique, conde de Champagne, que viera a ele.

Então, diante da notícia de tão grande generosidade, todo o exército dos estrangeiros que, vindos de todas as nações cristãs que se estendem sob o sol, se reuniram para sitiar Acre tomou Ricardo como chefe e como senhor; os franceses, que haviam seguido seu próprio senhor, permaneciam sozinhos com seu pobre rei da França.

Dois dias depois de sua chegada, o rei da Inglaterra, que não perdia tempo, mandou montar e erguer sua torre de madeira, aquela que fora fabricada na Sicília e que ele chamara Mategriffons.

Ao amanhecer do terceiro dia, o engenho erguia-se encostado às muralhas de Acre, e do alto de sua grandiosidade desprezava a cidade que se estendia a seus pés; sobre a torre havia arqueiros que, desde o levantar do sol, lançavam incessantemente suas setas sobre os turcos e os trácios. Além disso, os pedreiros[*] colocados nos pontos estratégicos lançavam muitas pedras e destruíam os muros. Mais temíveis do que eles, os sapadores[**], abrindo caminho sob a terra, minavam os alicerces das muralhas; havia também homens de infantaria que, protegidos por seus escudos, apoiavam escadas nas muralhas e tentavam passagem através das defesas. O próprio rei galopava de um grupo para outro, determinando a localização de uns, dispensando elogios ou repreensões a outros; estava em todos os lugares ao mesmo tempo, e as proezas de cada um contavam como seu sucesso. O rei da França também não poupava esforços; conduziu seu ataque do melhor modo possível perto da torre da cidade chamada Torre Maldita.

---

[*] Peça de artilharia que lançava projéteis de pedra. (N. T.)
[**] Pessoa que executa trabalhos de sapa, isto é, abertura de fossos ou trincheiras. (N. T.)

(H). Quando os pagãos que estavam na cidadela de Acre ficaram sabendo que os homens da dromunda, com quem eles contavam, tinham sido afundados, e que o rei da Inglaterra, magnífico vencedor, acabava de chegar ao sítio, tiveram muito medo. Dia após dia, procuravam uma oportunidade para lhe entregar a cidade se ele consentisse em lhes deixar a vida a salvo, sem lhes infligir mutilações. (...)

Saladino, príncipe do exército dos pagãos, enviou muitas vezes aos reis da França e da Inglaterra pêras de Damasco e uma grande abundância de todos os frutos que tinha, com outros pequenos presentes, para levá-los a fazer a paz com ele. De fato, fez a eles freqüentes propostas de paz e de entendimento, por causa do temor que lhe inspiravam os filhos de Nuredin: reclamavam todas as terras do pai, ocupadas por Saladino. Apoiados pelo senhor de Mosul, seu tio, entraram nas terras de Saladino com um grande exército e ocuparam todas elas, até o Eufrates. Saladino também queria libertar seu povo sitiado na cidadela, mas não queria dar satisfação aos reis. Queria, de fato, conservar em seu poder Jerusalém e o krak* de Montreal na Palestina [*Shobek*]. Os reis recusaram o entendimento com ele. (...)

Na cidadela de Acre havia um amigo da verdadeira fé, mas que o escondia por medo dos pagãos. Muitas vezes fez passar ao exterior, para o exército cristão, cartas escritas em hebraico, em grego e em latim, graças às quais informava os cristãos sobre a situação e os planos dos pagãos. Mas o que afligia os cristãos era não conhecer aquele homem, nem mesmo saber seu nome. De fato, ele jamais quis dizer seu nome, mas em todas as cartas que fez passar declarou que era cristão e começava todas dizendo: "Em nome do Pai, do Filho e do Espírito Santo, amém."

---

* Conjunto fortificado construído pelas Cruzadas na Palestina e na Síria (do árabe, *Karak*). (N. T.)

O mais surpreendente é que nem antes nem depois da tomada da cidade ele tenha se dado a conhecer aos cristãos.

(P). No mês de junho, os cristãos preencheram uma grande parte dos fossos. Quando os pagãos que estavam dentro da cidadela o viram, ofereceram a cidadela de Acre aos reis cristãos, com suas armas e seus víveres, se os reis os deixassem sair sãos e salvos; mas os reis não quiseram aceitar suas propostas[2].

(H). Os reis estabeleceram um acordo mútuo: cada vez que um deles tentasse um assalto contra a cidadela, o outro, enquanto isso, guardaria os fossos externos para impedir que o exército de Saladino atacasse os invasores pelas costas. Esse acordo foi concluído porque em todas as ações conjuntas empreendidas por esses reis e seus exércitos os resultados obtidos foram menores do que se tivessem se mantido separados. De fato, o rei da França e seu exército tinham em pouca estima o rei da Inglaterra e seu exército, e vice-versa. (...)

Certa noite, em que um grande número de cavaleiros e de soldados do exército cristão fazia vigília diante da Torre Maldita, uma luz ofuscante caiu do céu e os envolveu. No meio, apareceu-lhes a Bem-aventurada Virgem Maria, mãe de Cristo. Os guardas foram tomados por intenso terror e ficaram como que mortos. A Bem-aventurada Virgem Maria tranqüilizou-os com doces palavras, dizendo: "Não tenham medo, é por sua salvação que o Senhor enviou-me aqui. Amanhã, ao clarear o dia, procurem seus reis e digam-lhes, da parte de Jesus Cristo, meu filho e meu Senhor, e de minha parte, que parem de destruir os muros desta cidadela, pois dentro de três dias ela lhes será entregue pelo Senhor." Ora, justo no momento em que a mãe de Cristo falava com os guardas, a terra tremeu intensamente dentro da cidadela, assustando tanto os pagãos, que eles teriam preferido estar mortos. Assim o Senhor, quando aparecer no dia do juízo, será clemente para com os Justos e temível aos maus. Com isso, a Bem-aventurada Virgem Maria desapareceu e, com ela, a luz que os envolvera.

De manhã, os guardas contaram sua visão aos reis e aos chefes do exército e repetiram-lhes as palavras da mãe do Senhor. Imediatamente todas aquelas palavras propagaram-se pelo exército e a alegria irrompeu em meio ao povo de Deus.

Nos dias 9 e 10 de julho, Saladino mandou arrancar todas as vinhas e árvores frutíferas que havia em torno de Acre e destruiu as cidadelas e os fortes que julgava incapazes de resistirem aos cristãos.

Na sexta-feira, 12 de julho, Filipe, rei da França, e Ricardo, rei da Inglaterra, e todos os senhores cristãos reuniram-se de manhã diante da tenda dos templários; os chefes dos pagãos que estavam sitiados na cidadela também compareceram. Diante do exército cristão reunido, os reis estabeleceram a paz com os pagãos nos seguintes termos: os pagãos entregariam aos reis a cidadela de Acre com tudo o que ela continha; entregariam, sem contrapartida, os quinhentos cristãos que lá estavam prisioneiros. Prometiam aos reis devolver-lhes a Santa Cruz, mil cativos cristãos e duzentos cavaleiros cristãos, que os reis escolheriam entre todos os cativos em poder de Saladino; dariam também aos reis duzentos mil besantes*, e os próprios chefes permaneceriam como reféns sob a guarda dos reis. Se as promessas não fossem cumpridas num prazo de quarenta dias, responderiam diante dos reis sobre sua vida e sua pessoa.

O acordo foi aceito por ambas as partes e selado por um juramento. Os reis enviaram seus cavaleiros e seus soldados para dentro da cidadela. Escolheram cem dos mais ricos e mais nobres pagãos e colocaram-nos nas torres, sob boa guarda; mandaram guardar os outros nas casas e nas praças da cidadela e lhes forneceram o necessário, decretando que todos aqueles que quisessem receber o batismo e a fé cristã estariam livres. Assim, muitos pagãos, por medo da morte, receberam o batismo; mas, logo que puderam, foram para junto de Saladino e renegaram a fé cristã. Desde esse dia, os reis proibiram

---

* Moeda bizantina, de ouro ou de prata. (N. T.)

qualquer pagão de receber a fé cristã. Saladino ficou sabendo da paz que os seus haviam estabelecido com os cristãos; não deixou transparecer que aquilo fora feito por sua instigação.

(D). Eram então guerreiros famosos que comandavam a cidade sitiada, Carracois e Mestoc; eram os mais poderosos príncipes gentios, depois de Saladino. Depois de vários dias de combate, propuseram, através de negociadores, entregar a cidade e resgatar seus habitantes; o rei da Inglaterra queria vencê-los pelas armas, uma vez que estavam reduzidos a uma situação extrema, e, quando fossem derrotados, libertá-los em troca dos prisioneiros cristãos. Mas, diante da insistência do rei da França, foi-lhes concedida a vida salva sob a única condição de que entregassem a cidade e todos os seus bens e devolvessem a cruz de Nosso Senhor. Havia na cidade de Acre toda a elite dos combatentes dos gentios, e eram em número de nove mil. A maioria deles engoliu a maior parte de suas moedas de ouro, transformando o ventre em bolsa, pois sabiam de antemão que a recusa de entregar qualquer objeto de ouro encontrado com eles levaria o proprietário à cruz e os vencedores ao roubo.

Saíram todos então ao encontro dos reis, totalmente sem armas e sem dinheiro... Foram entregues aos guardas; os reis entraram triunfalmente na cidade com seus estandartes; dividiram-na em dois, com seu conteúdo, para eles e seu exército. O bispo da cidade só recebeu o trono episcopal, que lhe foi concedido em comum acordo.

Os cativos estavam incluídos na partilha, e a sorte atribuiu Mestoc ao rei da Inglaterra, ao passo que Carracois caía como uma gota de água fresca na goela ardente do rei da França, Filipe, que estava morrendo de sede. O duque da Áustria, que havia muito também participava do cerco de Acre, recebeu a metade da parte do rei da Inglaterra; mas, uma vez que mandando carregar à sua frente seu próprio estandarte ele parecia reivindicar sua participação no triunfo, seu estandarte foi lançado na lama, para responder a um desejo, se não a uma ordem, do rei da Inglaterra ofendido, e zombadores o pisotearam para ultrajá-lo. O duque se inflamou, tomado de uma cólera violenta contra o rei, mas engoliu uma afronta da qual não poderia se vingar; voltando ao lugar que ocupava durante o cerco, aquela noite recolheu-se à sua tenda, que mandara reerguer, e em seguida voltou ao mar para retornar à sua terra, assim que possível. Mensageiros foram enviados a Saladino da parte dos cativos, para que se ocupasse de seu resgate, mas, como nenhuma súplica era capaz de levar o pagão a restituir a Santa Cruz, o rei da Inglaterra só permitiu a Mestoc que se resgatasse por ele ser famoso.

(H). No dia 14 de julho, Saladino e seu exército bateram em retirada e instalaram suas tendas em Saffurieh e seus mensageiros faziam idas e vindas entre ele e os reis da França e da Inglaterra, levando-lhes frutas e presentes diversos. Saladino ofereceu a esses reis todo o território da Síria, com exceção do krak de Montreal, do outro lado do Jordão, sob condição de que colocassem à sua disposição, durante um ano, dois mil cavaleiros e cinco mil aguazis para defender seu território contra o senhor de Mosul e os filhos de Nuredin. Mas os reis não quiseram nem ouvir essas propostas.

(P). No dia 15 de julho, o rei da Ingaterra enviou a Saladino lebréis e bracos, isto é, cães de caça, e também gaviões.

No dia 16 de julho Saladino enviou ao rei da Inglaterra numerosos presentes muito preciosos por seu mensageiro Atta.

No mesmo dia, chegaram ao rei da França e ao rei da Inglaterra mensageiros do senhor de Mosul e do filho de Nuredin. Propunham abraçar a fé cristã com todos os seus homens e receber o batismo sob a condição de que os reis lhes dessem assistência contra Saladino. Mas Saladino ficou sabendo o que o senhor de Mosul e Nuredin propuseram aos reis dos cristãos, e mostrou-se muito mais atencioso, humilde e conciliador para com eles.

No dia 19 de julho, vendo que os reis da França e da Inglaterra enfiavam nos bolsos tudo o que haviam apanhado na tomada da cidade sem nada lhes dar, os condes e os barões do exército que já haviam passado quase dois anos no cerco de Acre reuniram-se fora dos fossos exteriores, aconselharam-se e advertiram os reis de que não ficariam por mais tempo com eles se não partilhassem seus ganhos do mesmo modo que suas dificuldades. Diante dessa ameaça, os reis responderam que cederiam a suas exigências, mas foram adiando dia a dia a realização de sua promessa, e muitos foram obrigados pela pobreza a vender suas armas e ir embora.

No dia 30 de julho, Filipe, rei da França, e Ricardo, rei da Inglaterra, repartiram entre eles todos os pagãos capturados em Acre.

No dia 31 de julho, dia de São Germano e último dia do mês, Filipe, rei da França, com Manessier, arcebispo de Langres, Reginaldo, bispo de Chartres, e o conde Pedro de Nevers, partiu para Tiro[3], levando também Carracois e todos os pagãos que lhe couberam na partilha. Quando deixou essa cidade, no dia 3 de agosto, confiou todos os pagãos à guarda do marquês Conrado de Montferrat.

Do dia 1º ao dia 3 de agosto, Ricardo, rei da Inglaterra, depois de se aconselhar junto aos chefes de seu exército, mandou embarcar todos os pedreiros e todas as outras máquinas de guerra. Mandou carregar todos os seus navios de trigo, vinho, óleo e de tudo o que fosse necessário para os homens e os cavalos. E mandou proclamar que todos deveriam estar prontos para segui-lo com armas e cavalos: dizia-se que ele iria para Ascalon.

No dia 4 de agosto, Ricardo, rei da Inglaterra, convocou todos os arqueiros de seu exército e deu-lhes bons soldos. Eram tão numerosos, que Saladino e seu exército encheram-se de medo.

No dia 5 de agosto, o rei da Inglaterra, a conselho dos chefes de seu exército, enviou o bispo de Salisbury, Huberto Walter, a Tiro, para que trouxesse a seu exército os pagãos que o rei da França levara com ele. Aproximava-se, de fato, o prazo combinado para que os pagãos honrassem o pacto feito com os reis da França e da Inglaterra, em troca de sua vida, de sua integridade física e de sua liberdade: se não estivessem lá, a paz não poderia se fazer.

O bispo não encontrou o rei da França em Tiro. Ele partira dois dias antes, deixando os pagãos sob a guarda de Conrado. O bispo de Salisbury expôs então a Conrado o objetivo de sua vinda e pediu-lhe, em nome do rei da Inglaterra e dos chefes do exército, que se apressasse em ir até o rei da Inglaterra levando Carracois e todos os outros pagãos. Conrado respondeu-lhe: "O rei da Inglaterra não me confiou nenhum pagão; não irei até ele e não lhe enviarei um só pagão." O bispo de Salisbury passou o dia 6 de agosto em Tiro, nessas conversações. No dia seguinte, voltou a Acre e contou ao rei da Inglaterra, primeiro em particular, depois diante de todos os chefes do exército, tudo o que vira e tudo o que Conrado lhe dissera. O rei e os chefes do exército ficaram indignados. O rei declarou: "Vamos vingar-nos desse perjuro pela afronta que nos fez, tirando-lhe a cidade de Tiro: tenho certeza de que não agiu conforme as ordens do rei da França."

Os chefes do exército aprovaram o rei. Mas Hugo, duque de Borgonha, vendo a que ponto o coração do rei estava inflamado de cólera, disse: "Espere um pouco e permita-me ir até lá. Se eu não os trouxer, faça conforme sua vontade." Essas palavras agradaram ao rei e a todos os que estavam presentes.

No dia 8 de agosto, o duque de Borgonha fez-se acompanhar por Roberto, bispo de Beauvais, Guido de Dampierre e Guilherme de Merlou, amigos de Conrado. O rei da Inglaterra fez ir com eles, de sua parte, Roberto de Quincy. Partiram para Tiro em 8 de agosto.

Sexta-feira, 9 de agosto, era o dia marcado para a devolução ao rei da Inglaterra da Santa Cruz, dos cavaleiros e escudeiros cristãos de que falamos acima, assim como dos dois mil besantes. Saladino deveria receber em troca todos os seus pagãos apanhados em Acre. Outro prazo foi marcado, onze dias depois, pois os pagãos que o rei da França levara ainda não haviam chegado.

Nos dias 10 e 11 de agosto, o duque de Borgonha e os que haviam ido com ele demoraram-se em Tiro, junto de Conrado.

No dia 12 de agosto voltaram a Acre trazendo Carracois e todos os pagãos que o rei da França levara com ele. No mesmo dia o rei da Inglaterra, e com ele numerosos cavaleiros, atravessaram os fossos externos para falar com Thekedin, irmão de Saladino, que se empenhava em conseguir a paz entre o rei da Inglatera e Saladino. Mas Thekedin não compareceu ao encontro e nem enviou mensageiro. O rei, encolerizado, declarou então que nunca mais conversaria pacificamente com ele.

No dia 13 de agosto, o rei da Inglaterra enviou uma mensagem a Saladino: estava pronto a respeitar todos os termos do acordo estabelecido com os pagãos que prendera em Acre se Saladino desse o que prometera em troca; caso contrário, estivesse certo de que ele decapitaria todos os pagãos. Saladino respondeu: "Se você decapitar meus pagãos, decapitarei seus cristãos."

No dia 14 de agosto, quarta-feira, véspera da Assunção da Bem-aventurada Maria mãe de Cristo, o rei da Inglaterra atravessou os fossos externos e instalou suas tendas perto do exército de Saladino. Ordenou que todos o seguissem. Mas poucos o fizeram, porque faltavam-lhes cavalos e outras coisas necessárias.

Em 15 de agosto, dia da Assunção de Santa Maria, o rei da Inglaterra, que esperava sob sua tenda, mandou mais uma vez proclamar a ordem de segui-lo. Muitos o seguiram; mas a maior parte do exército murmurou contra ele, dizendo: "É uma ordem rigorosa demais; somos pobres e não temos o que comer nem o que beber e nem o que vestir, nem cavalos para montar: como então poderemos segui-lo? Ora, ele não nos dá nada." Os murmúrios do exército chegaram aos ouvidos do rei, que, tomado de piedade, deu a todos o necessário. No mesmo dia, mensageiros de Saladino visitaram várias vezes o rei da Inglaterra, levando presentes preciosos e o pedido — que exprimiam com humildade — de postergar o dia em que decidiria a sorte dos pagãos. Mas o rei, indiferente a seus presentes, jurou que não adiaria a decisão. Os mensageiros de Saladino conseguiram, no entanto, que o rei se entrevistasse com Saladino no dia seguinte, 16 de agosto.

O rei da Inglaterra compareceu, mas Saladino não foi, e nem qualquer mensageiro em seu lugar. O rei ficou admirado; enviou mensageiros a Saladino para perguntarem por que não fora ao encontro. Saladino respondeu: "Não fui porque não consegui cumprir as condições que os meus estabeleceram com seu senhor."

No dia 17 de agosto, sábado, o clero de Acre escolheu seu bispo.

No dia 18 de agosto, domingo, Saladino mandou decapitar todos os prisioneiros cristãos que deveria ter trocado pelos pagãos. No mesmo dia, o rei da Inglaterra mandou manobrar seu exército e instalou seu acampamento mais perto do exército de Saladino. Atacou Saladino e sua tropa. Muitos tombaram, dos dois lados, feridos ou mortos; entre eles morreu Pedro Mignot, amigo do rei da Inglaterra.

No dia 19 de agosto, o rei da Inglaterra soube da morte dos cristãos que Saladino executara. Ficou violentamente aflito, no entanto não quis antecipar a data da decapitação dos pagãos.

(H). No dia 20 de agosto, uma terça-feira, décimo terceiro dia antes das calendas de setembro, o rei da Inglaterra mandou trazer todos os pagãos que lhe couberam na tomada de Acre e mandou decapitá-los diante do exército de Saladino e sob os olhos de todos.

O duque da Bretanha, por sua vez, mandou decapitar os pagãos que pertenciam a seu senhor, o rei da França, dentro da cidadela e fora dela, perto dos muros.

Mas o rei da Inglaterra e o duque de Borgonha reservaram alguns pagãos para obter resgates: seus nomes são Mestoc, Carracois, Hessedin, filho de Caulinus, Hessedin Jordic e Passelarus, Kamardol e Kaedin.

O número de pagãos mortos elevava-se a mil e quinhentos. Os cristãos estriparam todos eles e encontraram em suas vísceras muito ouro e prata; recolheram seu fel para com ele fazer remédios.

No dia 21 de agosto, após a morte dos pagãos, o rei da Inglaterra confiou à guarda de Bertrand de Verdun a cidadela de Acre, a rainha da Inglaterra, a rainha da Sicília e a filha do imperador de Chipre[4].

(AMBRÓSIO). Ao chegar à Terra Santa, o rei da Inglaterra deu provas de grande generosidade e de uma prodigalidade que merecem ser contadas.

Com efeito, o rei da França prometera a seus homens que cada um deles teria, a cada mês, três besantes de seu tesouro. Falava-se muito nisso. Quando à sua chegada o rei da Inglaterra ouviu a grande nova, mandou proclamar por todo o acampamento que todo cavaleiro, de qualquer terra que fosse, que desejasse colocar-se a seu serviço receberia dele quatro besantes de ouro, e que o prometia verdadeiramente. E era esse o soldo comum que se deveria pagar naquele lugar. Quando a promessa se difundiu, todo o exército se rejubilou. Os pequenos e médios, que estavam lá havia muito tempo, diziam: "Senhor Deus, quando assaltaremos? Eis que chegou o mais valente dos reis de toda a cristandade e o mais capaz de efetuar um assalto! Que Deus faça sua vontade!" Sua confiança era no rei Ricardo. O rei da França, que estava lá desde a Páscoa e se comportara muito bem, mandou dizer-lhe que seria bom atacar e ordenar o assalto. Mas o rei Ricardo estava doente: tinha a boca e os lábios em mau estado por causa de uma doença chamada leontíase. (...)

Os dois reis estavam acamados, doentes, no sítio diante de Acre. Mas Deus quis conservá-los vivos para que pudessem salvar a cidade. O rei da França curou-se muito antes do rei Ricardo. Os pedreiros golpeavam continuamente os muros, noite e dia. O rei da França dera à máquina o nome de Má Vizinha, mas dentro de Acre havia também a Má Prima, que todos os dias a danificava, e ele sempre mandava consertá-la. Foi tão bem consertada, que derrubou a muralha. Também fez muitos estragos na Torre Maldita. O pedreiro do duque de Borgonha também era muito eficaz; o dos bons cavaleiros do Templo acertou muitos turcos bem na cabeça; o dos hospitalários davam golpes que encantavam todo o mundo. Havia sido instalado um pedreiro chamado pedreiro de Deus. Para construí-lo um bom padre fizera pregações, para grande alegria de todo o exército; juntou tanto dinheiro que, graças a ele, foi derrubada uma grande parte do muro que ficava perto da Torre Maldita. O conde de Flandres, quando era vivo, tivera um pedreiro, o melhor que já se viu. O rei da Inglaterra teve-o depois dele, e também tinha um pequeno, que se dizia ser excelente. Os dois atacavam uma torre que encimava uma porta onde os turcos se comprimiam: de tanto lançar pedras e bater, derrubaram metade da torre.

O rei mandara fazer dois pedreiros novos, construídos de tal modo que se podia fazê-los avançar sem receio, pois lançavam tudo a coberto. Ele também mandara construir uma torre móvel que preocupava muito os turcos; era tão bem revestida de couro, madeira e cordas, que nada do que se jogasse nela, pedras ou fogo grego, conseguia estragá-la. Mandou fazer também duas manganelas, uma delas tão possante que as pedras que lançava dentro da cidade chegavam até o açougue. Os pedreiros atiravam noite e dia, sem parar, e é tão verdade quanto estarmos vivos que um deles matou doze homens com uma pedra só: levaram o projétil para mostrá-lo a Saladino. Essas pedras foram levadas até aquele lugar pelo rei da Inglaterra: eram seixos que ele pegara em Messina para matar os sarracenos. Mas o rei continuava acamado, doente e triste. Ia ver as batalhas que se travavam contra os sarracenos bem perto dos fossos, e o pesar que sentia por não poder participar entristecia-o mais do que o mal que o fazia tremer.

O rei Ricardo ainda estava doente, como eu lhes disse; mas quis que se fizesse um assalto sob seus auspícios. Mandou aproximar dos fossos um magnífico anteparo de madeira: atrás postavam-se seus besteiros, excelentes soldados. Ele mesmo, enrolado numa coberta de seda, fez-se levar até o anteparo para combater os sarracenos; e com sua mão, que era muito hábil, acertou muitos tiros de balestra na torre que seus pedreiros atacavam, e de onde os turcos, por sua vez, também atiravam. Entretanto, seus sapadores iam escavando e escorando. Abalada pelos sapadores e pelos pedreiros, a torre inclinou-se para o chão. Então ele mandou proclamar através de um arauto, que subiu num muro ao lado, que daria dois besantes de ouro a quem arrancasse uma pedra de um muro justaposto à torre. Depois prometeu três, e depois quatro. Era de se verem os soldados acorrerem, mas muitos se feriram... e houve um número tão grande de feridos, que eles já não ousavam se aproximar e nem confiar na proteção de seus escudos. O muro era alto e largo; mas eles eram tão ousados que chegaram a tirar boa parte dele. Ao ver que as pedras estavam sendo tiradas, os turcos precipitaram-se para o muro, expondo-se assim a descoberto. Um turco, que vestira a rica armadura de Aubéri Clément, avançou com grande temeridade, mas o rei Ricardo golpeou-o com tanta força no peito, com uma grande seta de balestra, que ele caiu morto. Os turcos, para se vingar, avançavam a descoberto, expondo-se às setas e golpeando forte. Nunca tinham se defendido tão bem, era extraordinário. Nenhuma armadura servia para mais nada, por mais forte e resistente que fosse; as lorigas duplas, as couraças duplas não resistiam mais do que um simples pano às setas de balestras de torre, pois eram muito grandes. Por outro lado, os sitiados escavavam contra nossos sapadores, de modo que os nossos foram obrigados a renunciar e fugir, sob os apupos dos sarracenos. (...)

DEPOIS DA PARTIDA DE FILIPE AUGUSTO

O rei Ricardo bem percebeu que tudo passara a depender dele, pois o rei da França partira. Mandou então tirar de seu tesouro grandes quantias de ouro e prata, que deu generosamente aos franceses para consolá-los, pois estavam cheios de amargor, e também a outras pessoas de numerosas nações, que puderam assim recuperar o que tinham penhorado.

O prazo dos compromissos que os sarracenos haviam prometido cumprir junto à cristandade esgotara-se havia quinze dias, ou até mais. O sultão falhara. Comportava-se como um homem desleal e desprezível, não resgatando e não libertando os seus, entregando-os portanto à morte. Perdeu então sua reputação, que fora tão elevada, pois não houvera uma corte no mundo que não a celebrasse; mas Deus deixa seu inimigo, depois de tolerá-lo por algum tempo, enquanto mantém e eleva seu amigo e favorece suas empresas. Quanto a Saladino, Deus não deveria mais favorecê-lo nem sustentá-lo porque tudo o que ele fizera, todas as suas conquistas sobre os cristãos só tinham sido bem-sucedidas porque Deus servia-se dele e queria, por esse meio, recuperar e fazer voltar ao bom caminho o seu povo, que se desviara.

Quando o rei Ricardo soube de fato e compreendeu sem qualquer dúvida possível que Saladino só fazia distraí-lo, lamentou amargamente já não ter mobilizado seu exército. Quando compreendeu perfeitamente que Saladino não faria nada mais e não se preocuparia com a salvação daqueles que haviam defendido Acre por ele, reuniu em conselho os grandes senhores, que deliberaram, e decidiu-se matar a maioria dos sarracenos, só conservando como reféns os que eram de nascimento elevado, pelo resgate. O rei Ricardo, que matara tantos turcos naquele país, não quis atormentar-se mais, mas, para abater o orgulho dos turcos, para rebaixar sua religião e para vingar a cristandade, mandou levar para fora da cidade, acorrentados, dois mil e setecentos deles, que foram todos mortos. Assim foram vingados seus golpes e seus dardos de balestra; graças sejam rendidas ao Criador! (...)

Depois de morta a canalha que se encerrara em Acre e lá nos dera tanto trabalho, o rei Ricardo mandou levar e erguer suas tendas do lado de fora dos fossos, para esperar o exército prestes a se pôr em movimento. Em toda a sua volta, em tendas, colocou soldados a pé, por causa das incursões dos pérfidos sarracenos, que a cada instante nos atacavam aos gritos quando os nossos menos esperavam. O rei, acostumado a esses alertas, era o primeiro a se precipitar sobre as armas, lançava-se diretamente sobre o inimigo realizando grandes proezas.

Aconteceu um dia que os turcos rechaçaram os nossos e começaram a batalha. Nossos homens se armaram, e também o rei e os que estavam junto dele. Havia com eles um conde da Hungria e uma grande tropa de húngaros. Saíram contra os turcos e houve alguns que fizeram maravilhas; mas eles os perseguiram por muito tempo e tiveram uma desventura. O conde da Hungria, que era um dos grandes senhores do exército, foi pego, e um cavaleiro de Poitou, chamado Huguelote, que era marechal do rei, foi levado pelos turcos. O rei, querendo libertar Huguelote, lançou-se ferrenhamente na batalha; mas acabou indo longe demais, pois os turcos têm uma vantagem pela qual nos prejudicam muito, os cristãos têm armaduras pesadas e os sarracenos só levam como armas um arco, uma massa, uma espada, um dardo afiado e um punhal leve; e, quando são perseguidos, têm cavalos como não há iguais no mundo, que parecem voar como andorinhas. Não adianta perseguir o turco, é impossível alcançá-lo, parece a mosca nociva e insuportável: persiga-o, e ele fugirá; volte e ele passará a persegui-lo. Assim aquela raça odiosa espicaçava o rei sem cessar. Ele atacava, os turcos fugiam; ele voltava, os turcos o perseguiam. Muitas vezes sofriam perdas, mas outras vezes levavam vantagem.

O rei Ricardo estava então em sua tenda, esperando o exército; mas os homens não mostravam ardor por sair da cidade e o número dos que atravessavam os fossos não aumentava; no entanto a cidade de Acre estava cheia, mal cabia tanta gente dentro dela. Dentro e fora da cidade havia cerca de três mil homens. Saíam dela com pesar, pois era uma cidade cheia de delícias, de bons vinhos e de moças, muitas delas belíssimas. Os homens entregavam-se ao vinho e às mulheres, e também a todas as loucuras. Havia tanta desordem, tanto pecado e tanta luxúria, que os homens justos tinham vergonha do que os outros faziam.

O exército estava convocado, foi preciso partir. Assim como uma vela se apaga quando exposta ao vento forte, foi preciso que a loucura espalhada pelo exército se apagasse, pois todas as mulheres permaneceram na cidade de Acre, com exceção das velhas operárias e das lavadeiras que lavavam a roupa e a cabeça dos cruzados, e que para tirar pulgas eram como macacos. Certa manhã, lá estava o exército, pronto e perfilado. Para não haver surpresas, o rei ficou na retaguarda.

NOTAS

1. AMBRÓSIO, v. 2355-78: A noite estava clara e era grande a alegria. Não creio que jamais se tenha visto e que se possa contar uma alegria igual à que manifestou o exército com a chegada do rei. Tocavam-se os tímpanos, as trombetas, as cornetas e outros instrumentos. Cada um se divertia à sua maneira. Cantavam-se belas canções e árias; pelas ruas, os escanções levavam vinho em belas taças aos grandes e aos pequenos. O que tanto alegrava o exército era, com a tomada de Chipre, a perspectiva de um reabastecimento abundante. Todos estavam cheios de esperança. Era sábado à noite. Não creio que alguém tenha visto em algum lugar tantos círios e luzes; para os turcos do exército inimigo era como se todo o vale estivesse pegando fogo.

2. AMBRÓSIO, v. 5067-112: Os sarracenos encerrados na cidade eram gente de um orgulho grande e espantoso. Se não fossem descrentes, pode-se dizer que nunca se teriam visto pessoas melhores. No entanto, estavam apavorados vendo que o mundo inteiro se unia para os destruir, vendo seus muros perfurados, destruídos e despedaçados, vendo seu número diminuir por causa dos mortos e feridos. Ainda eram cerca de seis mil na cidade, entre os quais Mestoc e Carracois; mas já não tinham esperança de socorro; além disso sabiam que todo o exército estava exasperado pela morte de Aubéri Clément e que os cristãos os odiavam profundamente por seus filhos, irmãos, tios, pais, sobrinhos, primos irmãos que eles tinham matado. Sabiam sem nenhuma dúvida que ou os nossos morriam lá ou os pegariam à força, não havia alternativa. Tinham mandado construir um muro atravessando a cidade, e pensavam, ouso afirmar, em defender-se até o último recurso, mas Deus levou-os a tomar uma decisão cujo resultado foi muito honroso para nós e nefasto e mortal para eles, de modo que, graças a essa resolução, Acre foi nossa sem que se desferisse um só golpe.

Os sarracenos que estavam em Acre reuniram-se em conselho e decidiram pedir-nos um salvo-conduto para enviar mensageiros a Saladino, que lhes prometera que, se eles se vissem em dificuldade grande demais, faria a paz que lhe indicassem, era esse seu compromisso.

3. *De fato, o rei da França deixa a Palestina definitivamente.*

4. DICETO, p. 94, *dá apenas um resumo desse episódio:* Depois que os dois reis erigiram suas máquinas perto da cidadela de Acre, instalaram seus pedreiros bem junto dos muros e fizeram brechas profundas nas muralhas com suas imensas pedras, os sarracenos se imobilizaram de estupor e não tiveram mais coragem para se defender. Depois de deliberarem entre eles, fizeram propostas de paz: Saladino devolveria a Santa Cruz numa data precisa e liberaria mil e quinhentos cativos cristãos, que trazia presos a ferros. Assim, no quarto dia antes dos idos de julho [*12 de julho*], a cidade foi entregue aos dois reis, ao mesmo tempo que as armas e os bens dos sarracenos, mas estes conservaram sua liberdade e sua integridade física. No dia marcado, Saladino não cumpriu nenhum desses compromissos. Assim, para vingar tão grave falta, foram submetidos à pena capital cerca de dois mil e seiscentos sarracenos; alguns nobres foram mantidos estritamente acorrentados, deixados à mercê dos reis.

CAPÍTULO 8

A partida de Filipe Augusto

Um breve resumo dos fatos:

(Di). Depois da tomada de Acre, considerando que havia cumprido seu dever, o rei da França planejou voltar a suas terras. Diante da notícia, o rei da Inglaterra ofereceu dar ao rei da França, que era seu suserano, a metade de toda a prata, de todo o ouro, de todos os víveres, de todas as armas, de todos os cavalos e de todos os navios que conseguira juntar e propôs dar-lhe todas as garantias que quisesse. Mas o rei da França, no fundo do coração, havia tomado a decisão irrevogável de partir; assim, apesar dos protestos dos franceses e da consternação do exército cristão inteiro, ele embarcou de volta à pátria, com uma pequena escolta.

Algumas explicações:

(C). Quando percebeu que os homens de diversas nacionalidades que haviam afluído aos lugares santos colocavam-se sob as ordens de Ricardo, e que sua fama crescia de dia para dia, porque era ele que dispunha das maiores riquezas, que dispensava com maior generosidade suas prodigalidades, que possuía o exército mais numeroso, que mostrava maior intrepidez no combate, o rei Filipe refletiu que sua própria fama estava eclipsada pela glória incomparável de seu rival, e em conseqüência disso resolveu voltar à sua pátria o mais cedo possível. A essas razões acrescentava-se uma outra: o conde de Flandres acabava de morrer, e Filipe cobiçava intensamente suas terras[1].

(H). Uma disputa levantou-se entre os reis a propósito de Guido de Lusignan e de Conrado de Montferrat, porque o rei da França apoiava, o quanto podia, o partido de Conrado e o rei da Inglaterra o do rei Guido. Daí surgiam freqüentemente entre os reis discussões e conflitos.

Algum tempo depois, o rei da França mandou chamar Conrado e o fez príncipe de sua casa, tomando-o como conselheiro particular: foi Conrado que aconselhou ao rei da França muitas coisas que freqüentemente colocaram em perigo sua honra e a salvação de sua alma.

(P). A conselho de Conrado de Montferrat, o rei da França pediu ao rei da Inglaterra que lhe desse a metade da ilha de Chipre e a metade de tudo o que tomara da ilha, conforme o acordo firmado entre eles em Messina. De fato, eles tinham combinado que partilhariam tudo o que adquirissem em terras de Jerusalém durante o tempo que durasse a expedição. Ricardo respondeu: "Se você me der a metade da Flandres e de tudo o que adquiriu depois da morte do conde de Flandres e com a morte do castelão de Saint-Omer, ambos mortos no cerco de Acre, também lhe darei a metade de tudo o que conquistei, embora o acordo tenha se estabelecido entre nós apenas para nossas conquistas em terras de Jerusalém." Devolveram então um ao outro suas demandas e renovaram por escrito, e diante de testemunhas, os acordos que haviam estabelecido em Messina sobre a partilha de suas conquistas em terras de Jerusalém.

(P). Em 22 de julho, dia de Santa Maria Madalena, o rei estava em seu palácio e os chefes do exército haviam se reunido em torno dele para receber suas ordens, quando chegaram, da parte do rei da França, Roberto, bispo de Beauvais, Hugo, duque de Borgonha, Drogo de Amiens e Guilherme de Merlou. Em pé diante do rei, saudaram-no em nome do rei da França e irromperam em soluços, sem conseguir pronunciar uma só palavra. Suas lágrimas fizeram chorar toda a assistência por causa de sua emoção evidente. Como continuassem a chorar, o rei da Inglaterra voltou-se para eles e disse: "Não chorem, sei o que pedirão. Seu senhor, o rei da França, deseja voltar a seu país e vocês vieram de sua parte para pedir que o aconselhe e lhe permita partir."

Então, baixando a cabeça, eles disseram: "O senhor sabe tudo. Viemos da parte dele para que o senhor o aconselhe e lhe permita partir. Ele disse que morrerá se não deixar imediatamente esta terra." O rei da Inglaterra respondeu: "Será uma vergonha e um opróbio eternos para ele e para o reino da França se ele partir sem terminar a obra pela qual veio e não é por conselho meu que se irá daqui. Mas se é para ele morrer ou voltar à sua pátria, que faça o que quiser e o que lhe parecer mais conforme a seus interesses e aos interesses de seu país."

O caso na visão de Devizes:

(D). O célebre marquês de Montferrat, originário do Piemonte, era senhor da cidade de Tiro, havia anos ocupada pelos cristãos; o rei da França vendeu-lhe todos os seus cativos vivos e prometeu-lhe a coroa de um reino que ainda não estava em seu poder [*o reino de Jerusalém*], mas quanto a esse ponto o rei da Inglaterra levantou-se abertamente contra ele. "Não é cabível", disse ele, "que um homem de sua reputação conceda e prometa o que ainda não existe, mas, se Cristo é de fato a causa de sua Cruzada, quando você tiver conseguido tirar das mãos dos inimigos a capital deste país, Jerusalém, devolva sem demora nem condições o reino a Guido, rei legítimo de Jerusalém. Aliás, lembre-se de que você não ocupou Acre sem ajuda, portanto não convém que uma só mão partilhe o que pertence a duas, pela garganta de Deus!" O marquês, privado de sua feliz esperança, voltou a Tiro, e o rei da França, que contava com dobrar suas forças contra o rival graças ao marquês, viu suas tropas se reduzirem de dia para dia e, o que reavivou o ferimento infligido a seu amor-próprio, qualquer valete do rei da Inglaterra vivia mais ricamente do que o escanção do rei da França. Alguns dias mais tarde, no quarto do rei da França, produziu-se uma carta, que, pretensamente enviada da França por seus vassalos, chamava o rei de volta a sua terra. Eis a explicação que se supôs e o pretexto afirmado, que parecia o mais aceitável: depois de uma longa doença, os médicos desesperavam de salvar o filho único do rei; a França mergulharia na desolação se, com o desaparecimento do filho, o pai — o que poderia acontecer — morresse em terra estrangeira. Houve então freqüentes conversas entre os reis sobre essa questão e, como eram ambos grandes reis e não podiam permanecer juntos, Abraão ficou e Lot se afastou. O rei da França fez seus vassalos jurarem ao rei da Inglaterra que nada se empreenderia contra ele ou seus homens enquanto ele não voltasse a seu reino, em paz. O rei da França, partindo de Acre com uma escolta reduzida, lá deixou a maior parte de sua tropa, com a missão de nada fazer; deu-lhe como chefes o bispo de Beauvais e o duque de Borgonha.

A viagem de volta de Filipe Augusto:

(P). Filipe, rei da França, chegou a Roma e o papa Celestino recebeu-o, assim como toda a sua gente, com todos os sinais possíveis de honra e de respeito. Além disso, proveu seu sustento durante oito dias. Por amor a Deus e ao rei, concedeu uma graça sem precedentes aos peregrinos: desobrigou do voto de peregrinação a Jerusalém o rei e todos aqueles que voltaram com ele; mais ainda, uma vez que o rei não ficou com eles, desobrigou do voto de peregrinação todos os que voltaram depois do rei da Terra Santa sem cumprir seu voto. Deu-lhes palmas e cruzes.

Mostrou ao rei da França e a seu séquito as cabeças dos apóstolos Pedro e Paulo, e também a Verônica, ou seja, o véu de linho que Jesus apertou contra o rosto. Sua impressão aparece, ainda hoje, tão claramente como se fosse o próprio rosto de Cristo. Chama-se Verônica porque a mulher de quem era o véu chamava-se Verônica.

O rei da França, desejando dissimular a evidente escuridão de sua alma, rompeu o juramento de paz e de amor que fizera a Ricardo, rei da Inglaterra, ao deixar a Terra Santa; queixou-se dele a nosso Santo Padre, o papa, e a todos os cardeais e se extravasou em afirmações inconvenientes: Ricardo o expulsara da Terra Santa e não quisera ajudá-lo. Pediu permissão ao soberano pontífice para vingar-se dele na Normandia e em suas outras terras. Mas o soberano pontífice sabia que só a inveja o fazia falar assim e não quis de modo algum permitir-lhe que fizesse o mal nas terras do rei da Inglaterra, mas, ao contrário, proibiu-lhe sob pena de excomunhão afrontar Ricardo e sua terra.

O episódio contado por Newburgh:

(N). O ilustre rei da Inglaterra partiu de Chipre depois de Pentecostes; aportou com toda a sua equipagem em Ptolemais — que correntemente chamamos hoje de Acre —, alguns dias antes de São João Batista, e foi recebido por todos os príncipes e todo o exército com uma alegria tão grande quanto a impaciência com a qual fora esperado.

Mas a glória de Ricardo começava a torturar o rei da França, que tinha dificuldade em dissimular as queimaduras que lhe assolavam o coração: bem percebia, de fato, que era muito inferior a Ricardo quanto às forças e às riquezas, ao passo que seu rival distinguia-se orgulhosamente pela importância de suas forças e suas riquezas e pelo brilho de seus sucessos; bem percebia, também, que o exército empenhava-se mais em respeitar o rei da Inglaterra e que tudo o que havia a fazer estava, doravante, submetido à sua vontade.

Senhor Jesus, bom semeador, não semeaste a boa semente no coração desses dois reis como no teu próprio campo? Por que razão, então, esse campo que te pertence produziu joio tão depressa? Certamente quem fez isso foi o Inimigo; o Inimigo do gênero humano, invejoso do zelo ardente do povo cristão e possuído pelo desejo de tornar vãs todas as provações sofridas por Ti, semeou o joio funesto do ciúme e da rivalidade por cima da boa semente da santa devoção que Tua mão semeara no coração dos reis para que abandonassem por Ti seus reinos tão ricos e trocassem as delícias da vida pelas provações e pelos inúmeros perigos que enfrentariam por Ti; ele queria que uma semente tão boa, lançada por uma mão tão boa, não produzisse fruto nem efeito, e Tu, Senhor, em Tua justiça, o permitias; mas por que o permites? A razão disso esconde-se em Ti.

Assim, quando o rei da Inglaterra, glorioso vencedor vindo de Chipre, chegou ao cerco de Acre, logo ficou evidente que, por instigação de Satã, as sementes da discórdia haviam nascido entre ele e o rei da França, torturado pela sorte de seu rival. De fato, em virtude do compromisso que se havia estabelecido entre eles quando se preparavam para empreender a expedição, e segundo o qual partilhariam em partes iguais todas as conquistas que realizassem, o rei da França exigia a metade do que Ricardo conquistara em Chipre, tanto em terras como em riquezas, como se fosse evidente que aquilo lhe cabia por direito. Eis o que respondeu o rei da Inglaterra: em virtude de seu compromisso, a metade das conquistas realizadas em comum cabia ao rei da França, mas ele conquistara Chipre sozinho, e Filipe não deveria reivindicar aquilo por que não se dera qualquer trabalho. Acrescentou também que, ao empreender a expedição, tanto um como outro tinham apenas o projeto de atacar os sarracenos e tirar-lhes tudo o que conseguissem com a ajuda de Deus, e em função desse projeto haviam firmado seu acordo de partilha das conquistas. Além disso, ele não tivera a intenção de ir a Chipre, mas desviara-se até aquela ilha circunstancialmente, para vingar-se de um ultraje insuportável e que ainda o torturava.

Assim brigavam os dois reis; o rei da Inglaterra recusava por todos os meios partilhar as conquistas que realizara; o rei da França acusava o rei da Inglaterra de ter rompido seu tratado e desprezar seus compromissos.

Outro fator de discórdia surgiu entre eles. O rei da França, que chegara primeiro ao cerco, oferecia intenso apoio ao marquês Conrado contra Guido [*de Lusignan*], outrora rei de Jerusalém. Quando o rei da Inglaterra finalmente chegou, depois da parada forçada em Chipre, o rei da França tentou induzi-lo a compartilhar seu ponto de vista, afirmando que mais valia um homem que pelo menos salvara alguns pobres restos do território cristão do que um outro que causara a perda daquele reino. Mas o rei da Inglaterra não aderiu à sua opinião; inclinava-se a favorecer Guido, que era originário da Aquitânia e cujos parentes estavam a seu serviço. Tomando sua defesa, disse: "Ele perdeu o reino cristão, não o entregou. De fato, não o entregou aos inimigos nem por traição, nem por negligência, nem por covardia; perdeu-o não por sua culpa, mas porque os outros o entregaram traiçoeiramente; ele é que foi entregue, perdeu-se junto com seu reino e foi colocado traiçoeiramente por seus súditos nas mãos dos inimigos, e depois libertado com a ajuda de Deus. Nessas condições, ou sua culpa, neste caso, deve ser claramente demonstrada, ou a atribuição do reino de Jerusalém a um homem que não mereceu ser privado dele deve ser mantida."

O rei da França teve dificuldade em tolerar que o rei da Inglaterra não aceitasse seu ponto de vista e até o atacasse dessa maneira; então, como não podia impor sua decisão, na hora manteve-se em silêncio. No entanto, aquela discórdia nutriu uma indignação ou até um ódio que só fez crescer; e, como o partido de Guido parecia prevalecer graças ao apoio do rei da Inglaterra, o marquês, temendo o poder daquele rei, voltou a Tiro com os seus.

Certamente, depois da chegada do rei da Inglaterra, o exército cristão viu-se mais forte para atacar a cidade sitiada e, em menos de três dias, graças sobretudo à ajuda ardente e poderosa desse rei, resolveu um assunto que tomara tanto tempo e custara tantas dificuldades. (...)

Então o próprio rei da França espalhou a notícia, tão infamante em tempo de guerra, de que seu estado de saúde era delicado: alegando o mal-estar que lhe causava o calor e afirmando diante de todos que não suportava o clima daquela região, resolveu voltar à sua pátria. Aquilo desagradou imensamente ao exército cristão e pareceu algo vergonhoso para a pessoa de tão grande rei. Sobretudo, um grande número de pessoas interpretava sua partida de modo diferente e mais verdadeiro: com efeito, o ilustre conde de Flandres, Filipe, que viera combater por Cristo na Síria com os outros fiéis, encontrara naquele país o termo de sua piedosa carreira, alguns dias antes da tomada da cidade; como o rei da França ansiava visivelmente por ocupar a Flandres, que já não tinha dono, julgava-se que ele estivesse alegando mentirosamente o mal-estar causado por um clima estranho para atribuir uma causa honrosa à sua partida.

Também se disse que ele não conseguia assistir, sem ferir os olhos e dilacerar o coração, à glória excepcional do rei da Inglaterra, cujo poder não podia igualar por causa da evidente inferioridade de seus recursos; e, principalmente, como se preferia atribuir a Ricardo tudo o que já fora feito, ele deduzia que tudo o que as forças cristãs ainda tinham por fazer no Oriente seria também atribuído a este último, que era mais poderoso, e não a ele. Não ignorava o que as pessoas pensavam e diziam dele, mas continuava obstinadamente a preparar sua partida.

O rei da Inglaterra, que em razão de sua discórdia recente não o acreditava bem intencionado a seu respeito, exigiu que ele assumisse o compromisso, segundo se diz, em presença de altas personalidades, de não causar dano nem a seu país nem à sua gente, até seu retorno.

Assim, menos de quinze dias depois da tomada da cidade, o grande rei da França, abandonando prematuramente o exército cristão junto do qual chegara tardiamente, embarcou e partiu, coberto de vergonha, com um bom número de seus homens, ou seja, franceses: é claro que a maioria daqueles que não quiseram lhe faltar partiram com ele. O duque de Borgonha, o conde de Champagne e os mais nobres cavaleiros julgaram que, em razão das circunstâncias, seu dever era permanecer na Terra Santa, no exército do Senhor; agiam assim por preocupação com sua reputação, ou para obedecer à sua consciência, ou para apagar a desonra de seu próprio rei. Um pouco antes da partida, segundo se diz, este lhes impôs que se colocassem ao lado do marquês e se opusessem ao rei da Inglaterra sempre que a ocasião se apresentasse; sabe-se, em todo caso, que foi isso que fizeram depois, seja por respeito às ordens de seu rei, seja por insolência natural, seja por maldade. Seguiu-se que as empreitadas dos cristãos não tiveram grande sucesso, pois não havia entre eles quem lhes garantisse sinceridade e bom entendimento.

Quando o rei da França, após sua partida de Acre, chegou à Itália, impulsionado por ventos favoráveis, foi ao papa em Roma e pediu-lhe obstinadamente, diz-se, que o liberasse de um juramento pelo qual, segundo ele, via-se atado contra a sua vontade. O papa, homem de grande sensatez, teve a habilidade de deixar o solicitante na incerteza durante algum tempo, e logo, corretamente informado sobre o caso por pessoas que voltavam da Síria, disse-lhe: "Não o dispensamos de modo algum do juramento feito ao rei da Inglaterra de respeitar a paz até sua volta; essa paz, aliás, enquanto príncipe católico, você deveria respeitá-la mesmo sem qualquer juramento; considerando esse juramento conforme à honra e útil, até o reforçamos dando-lhe o apoio de nossa autoridade apostólica."

O rei da França, pego em sua própria armadilha, voltou a partir, inglório, rumo à sua pátria, mais atado do que quando chegara. Entre os franceses, divulgado por alguns fabricantes de mentiras desejosos de encontrar uma desculpa para o retorno de seu rei, espalhou-se o boato de que o rei da Inglaterra, tentando traiçoeiramente tirar-lhe a vida, obrigara o rei da França a voltar mais cedo, contrariando suas intenções.

(AMBRÓSIO). Nessa época, se não me engano, quando Acre acabava de se entregar e os turcos deveriam nos devolver a Santa Cruz, espalhou-se por todo o exército a notícia de que o rei da França, de quem o povo tanto esperava, queria voltar à França e fazia seus preparativos. Ora! Deus clemente, que retorno! Para quem deveria dirigir tanta gente, foi má idéia querer retornar. Ele voltava por causa de sua doença; seja o que for que dissessem os outros, pelo menos era isso que ele dizia; mas não há exemplo de que a doença possa dispensar de servir ao Soberano Rei que dirige todos os reis. Não nego que ele lá tenha estado, e que tenha gasto ouro e prata, ferro e madeira, estanho e chumbo, e socorrido muitos homens, como cabe ao mais alto rei cristão que se conhece sobre a terra, mas é por isso que deveria ficar e, sem fraquejar, fazer todo o possível naquela terra sem socorro e que tantas provações sofreu.

No exército espalhou-se a notícia, segura e certa, de que o rei iria retornar, e ele se preparava para isso todos os dias. Os barões da França encheram-se de perturbação e cólera ao verem o chefe, de quem eram vassalos, tão decidido, que suas lágrimas e queixas não conseguiram fazê-lo consentir em ficar. E quando compreenderam que, apesar de todos os esforços, não conseguiriam fazer nada asseguro-lhes que o censuraram; tanto estavam descontentes com sua decisão, que pouco faltou para que renegassem seu rei e senhor.

O rei da França estava para partir e não queria deixar-se persuadir por ninguém a esperar mais para voltar à França. Seguindo seu exemplo, voltaram muitos barões e outras pessoas. Deixou em seu lugar o duque de Borgonha, com a gente de sua terra. Mandou pedir ao rei Ricardo que lhe emprestasse duas galeras. Os homens de Ricardo foram ao porto e lhe entregaram duas belas galeras, guarnecidas rápida e abundantemente; o rei da Inglaterra deu-as para ele generosamente e foi muito mal recompensado por isso.

O rei Ricardo, que permanecera na Síria para socorrer a Deus, desconfiava do rei da França, pois a desconfiança reinara entre os pais deles, que freqüentemente se prejudicaram. Pediu-lhe que lhe desse garantias e lhe jurasse sobre as relíquias que não atacaria suas terras e não o prejudicaria enquanto estivesse em Cruzada e que, quando ele voltasse, o rei da França não lhe faria mal nem guerra sem lhe mandar avisar por uma mensagem com quarenta dias de antecedência. O rei fez esse juramento e deu como caução grandes senhores que ainda são lembrados, o duque de Borgonha, o conde Henrique, e outras pessoas, cinco ou mais, porém não sei o nome das outras.

O rei da França se despediu, e posso dizer-lhes uma coisa: ao partir, recebeu mais maldições do que bênçãos. Ele e o marquês foram-se por mar, rumo a Tiro, levando com eles sua parte dos prisioneiros sarracenos que tinham sido partilhados, entre os quais Karakush, um dos principais defensores de Acre. O rei esperava tirar deles mil besantes, com os quais imaginava poder sustentar sua gente até a Páscoa. Mas os reféns foram vítimas do abandono dos seus e, em sua maioria, entregues a uma morte dolorosa, de modo que não se recebeu um soldo ou coisa que o valesse. Os franceses só receberam a metade do butim encontrado em Acre, muitas vezes se lamentaram por não terem recebido outro pagamento, e disso nasceram grandes querelas. Mais tarde o rei da Inglaterra, por solicitação do duque de Borgonha, emprestou a este último, por conta de seus reféns, cinco mil marcos de seu dinheiro para o soldo de seus homens, prestando-lhes assim um grande favor, mas isso foi muito tempo depois.

NOTA

1. *Coggehall concluiu assim o episódio, p. 34:* Sem tardar, ele pôs em execução o que premeditara, já no mês de agosto seguinte; todavia antes de partir comprometeu-se por juramento a não tentar nenhum golpe contra as terras do rei da Inglaterra ou dos barões que haviam permanecido com ele.

CAPÍTULO 9

Conrado de Montferrat

Um caso tenebroso...

O conflito que se deflagrou entre os dois pretendentes ao trono de Jerusalém, Guido de Lusignan e Conrado de Montferrat, agravou a discórdia entre o rei da França e o rei da Inglaterra — eles próprios envolvidos na discussão. Por essa razão, sem dúvida ele tem ligação com a partida do rei da França. Por outro lado, o destino trágico de Conrado, cuja morte foi imputada a Ricardo Coração de Leão, conferiu uma importância muito particular a esse episódio, tanto pelas circunstâncias dramáticas que envolveram a morte do marquês como pelas conseqüências que ela teve para Ricardo Coração de Leão.

(H). [*1190*] No mesmo ano, Sibila, rainha de Jerusalém, esposa de Guido de Lusignan, e suas duas filhas morreram durante o cerco de Acre; depois de sua morte, vendo que não havia herdeiro mais próximo do reino de Jerusalém do que a irmã de Sibila, Milicent[1], casada com Onofre de Toron, o marquês Conrado de Montferrat, senhor de Tiro, foi até o patriarca Heráclio, a mãe dessa princesa e todos os barões do exército cristão e pediu-lhes que lhe dessem como esposa a irmã da falecida rainha; prometia ocupar-se com lealdade e eficácia dos negócios do exército cristão e não ter qualquer relação com Saladino. A mãe da princesa, o patriarca e todos os barões declararam-se então favoráveis a seu pedido; mandaram pronunciar o divórcio entre a princesa e Onofre de Toron, seu marido, e a casaram com Conrado, que, fazendo valer os direitos de sua esposa, logo reivindicou o reino de Jerusalém contra Guido de Lusignan. Guido propôs submeter-se à decisão do rei da França e do rei da Inglaterra, que logo chegariam, mas Conrado não quis esperar tanto tempo; arrogou-se todos os direitos do reino e expulsou o rei Guido.

[*1192*] Em seguida o rei [*da Inglaterra*] voltou a Ascalon e, enquanto lá estava, dois dos servidores do rei dos assassinos*, que por muito tempo haviam estado a

---

* Membros de uma seita muçulmana xiita da Ásia ocidental, fundada no século XI. Seu nome deriva de *haschischin*, em-

serviço do marquês Conrado e vivido entre os seus, mataram Conrado em sua cidade de Tiro; os que lá estavam capturaram-nos imediatamente; isso aconteceu no quinto dia antes das calendas de maio [*28 de abril*]. Interrogados, aqueles homens responderam que haviam agido por ordem de seu patrão, o rei dos assassinos; um deles foi decapitado imediatamente e o outro foi esfolado vivo. Os franceses disseram que tudo aquilo ocorrera por instigação do rei da Inglaterra.

(C). Depois da Páscoa, no ano seguinte, enquanto o marquês de Montferrat atravessava sem desconfiança uma praça de Tiro, foi morto a facadas por dois sarracenos, chamados Hausasis; tinham sido enviados por seu patrão, o chamado Velho da Montanha[2], para matar o príncipe; permaneceram muito tempo entre os servidores do marquês, fazendo-se passar por cristãos, até encontrarem o momento que lhes permitisse executar a ordem funesta de seu patrão. A propósito de sua seita, conta-se que em tudo obedecem a seu senhor como se fosse Deus, a ponto de correrem voluntariamente o risco da morte mais horrível para executar uma de suas ordens. Mas todos os rivais do rei Ricardo contaram que o marquês fora morto em conseqüência das intrigas e da traição do rei; depois, ficou claro para todos que era mentira, quando o motivo da morte do marquês foi revelado e conhecido de modo evidente, pois o rei queria fazer aparecer sua inocência no caso, uma vez que seus rivais o acusavam de tal crime[3].

(N). A luta tão acirrada quanto frívola dos dois rivais anteriormente citados [*Guido de Lusignan e Conrado de Montferrat*] por um reino incerto provocara muitos problemas no exército do Senhor; ela só se apaziguou através do benefício de uma decisão definitiva da sorte. Com efeito, a rainha de Jerusalém, que desgraça-

---

briagados de haxixe (ver também nota 2, no final do capítulo). (N. T.)

damente desposara Guido de Lusignan, finalmente morreu e impôs o silêncio ao barão que reivindicava o reino baseando-se apenas em seu casamento real.

Também o marquês, morto por assassinos, cessou de reivindicar o reino. Não se sabe que espírito maldoso enviou para o meio de seus servidores dois assassinos que, por algum tempo disfarçados de soldados, espreitavam incessantemente o momento favorável para executar seu malfeito, mesmo colocando a vida em perigo; esse momento se apresentou, um dia em que o marquês se achava rodeado por uma escolta menos numerosa do que de hábito, em pleno meio de sua própria cidade, e, como estavam perto dele porque o conheciam, atacaram-no subitamente, e, tirando as facas que traziam escondidas, eles o assassinaram.

Conta-se, de fato, que há no Oriente, sob o poder de um sarraceno poderoso que chamam de Velho, uma raça de homens inteiramente crédulos e dispostos a morrer quando esse homem, que eles ouvem evidentemente como a um profeta, solicita-os e os seduz acenando habilmente com promessas enganosas: acreditam que receberão depois da morte vantagens imortais, se obedecerem a suas ordens mesmo que morram. E ele, quando teme ser atacado por um personagem poderoso ou quando já o foi, envia para matá-lo assassinos recrutados entre essa raça de homens.

Precipitam-se com júbilo para a morte, como se estivessem indo a um banquete sagrado, preocupando-se apenas com uma coisa, esperando apenas uma coisa: aproveitar a primeira oportunidade para cumprir com segurança sua missão — mesmo que se exponda a um perigo certo — e matar o inimigo que lhes foi designado, e depois morrer. Enfim, é por causa dessa raça de homens que os príncipes orientais se fazem proteger por uma guarda e, com exceção de seu círculo imediato, só deixam aproximar-se deles os que pertencem à sua própria escolta. Mas como esses homens, verdadeiros flagelos, despontam quase sempre no meio das guardas pessoais, enquanto ninguém está prestando atenção, para matar os homens mais em evidência, nenhum barão do mundo jamais impôs à força nem tributo nem obediência ao Velho, e nem teve a audácia de perturbar sua tranqüilidade, por pouco que fosse. Só os templários, no tempo em que o poder cristão florescia na Síria, ousaram atacá-lo, enquanto homens que desprezam a morte, e o obrigaram a assinar um tratado e a se submeter. Ele sabia, com efeito, que de nada adiantaria fazer morrer por intermédio de seus servidores um ou outro dos chefes dessa ordem, que, atribuindo-se de qualquer modo um novo chefe, se precipitaria mais violentamente para vingar o que tivesse desaparecido.

Acredita-se que a essa raça de terríveis servidores pertenciam os homens que, com uma astúcia e uma audácia infernais, mataram o príncipe de Tiro sem receio de morrer ao mesmo tempo que ele. Foram capturados e perguntou-se a eles exatamente quem inspirara seu ato ou quem fora seu instigador; mas, ansiosos por morrer e com um sorriso nos lábios, nada disseram de certo ou de verossímil. Assim, ignora-se ainda hoje quem tramou daquele modo a morte de tão grande príncipe. Mas, depois da recente discórdia durante a qual ele se impusera ao rei da Inglaterra, muitos viram-se inclinados a se exaltar a esse propósito contra esse rei; principalmente os franceses o acusavam — eles haviam tomado o partido do marquês — e tentavam suscitar contra ele, através de todo o mundo latino, uma intensa impopularidade por causa da morte do grande senhor.

A chave do mistério é oferecida, alguns anos depois, nestas duas cartas:

[1195] Naquela época, chegou aos príncipes da Europa uma carta do Velho da Montanha; é o nome hereditário — não em razão de sua idade, mas por sua sabedoria, por assim dizer, e sua austeridade — de um príncipe de um povo do Oriente, os assassinos. Falamos muito nesse príncipe e nesse povo em nosso relato da morte do marquês Conrado de Montferrat, que se pensa ter sido morto por eles. Essa carta era escrita em caracteres hebraicos, gregos e latinos e não era escrita com tinta preta, mas, coisa muito rara, com púrpura extraída do múrice, como se via. Um homem digno de fé garantiu-me que a vira e lera quando fora levada ao rei da França em Paris. Eis o que ela dizia:

"O Velho da Montanha aos príncipes e a todo o povo do mundo cristão.

Ouvimos dizer que alguns imputavam a Ricardo, ilustre rei da Inglaterra, a morte do marquês de Montferrat, dizendo que fora morto por sua instigação por causa de uma rivalidade que teria surgido entre eles quando estavam ambos no Oriente; assim, para lavar a reputação do rei, manchada pela suspeita nascida dessa acusação mentirosa, cabe a nossa honra trazer à tona a verdade sobre esse caso, cujo segredo até hoje permaneceu em nossas mãos. Não queremos que a inocência de um homem sofra por causa de um ato que cometemos, uma vez que não desejamos nenhum mal a quem não o mereceu e nada nos fez; quanto aos que nos causaram dano, se Deus quiser, não permitiremos que se rejubilem por muito tempo com os ultrajes que infligiram a nossa honestidade sem desvios.

Levamos então ao conhecimento de sua comunidade — e tomamos como testemunha Aquele por quem esperamos ser salvos — que o marquês não foi morto por instigação do rei em questão; ele foi morto, com toda a justiça, pela mão de nossos servidores, por nossa vontade e por nossa ordem, porque nos causara mal e, apesar de nossas advertências, omitira-se de repará-lo. Conforme nosso hábito, os que cometeram algum ultraje contra nós ou nossos amigos são primeiro convidados a repará-lo; caso não o façam, exercemos o rigor de nossa vingança por intermédio de servidores que nos obedecem com tão grande confiança que não duvidam de que receberão de Deus uma gloriosa recompensa se sucumbirem executando nossas ordens. Eis o que ouvimos contar a propósito do rei da Inglaterra: ele nos teria persuadido a mandar gente nossa para matar o rei da França numa emboscada, como se não tivéssemos honestidade nem firmeza. Isso, claro está, é uma mentira,

uma quimera nascida de uma suspeita sem fundamento; Deus seja minha testemunha, ele não tentou tal diligência junto a nós, e não permitiríamos, em respeito a nossa honra, que se fizesse mal a um homem que não o merece.
Adeus."

Ao ouvir a leitura solene desta carta em sua presença, o rei da França disse, segundo o que se conta, que o rei da Inglaterra estava lavado de modo claro de uma infâmia totalmente desonrosa, e que firmaria sem dificuldade um tratado com ele no futuro, já que não tinha contra Ricardo restrição mais grave do que a suspeita que concebera a propósito da morte do marquês, seu amigo. Dizendo isso, silenciava a razão pela qual inclinava-se na época a firmar um tratado com o rei da Inglaterra. Na verdade, segundo o que se diz, desejava casar-se com sua irmã, que fora esposa do rei da Sicília; mas não o conseguiu, pois muitas grandes damas rejeitavam essa união; temiam o exemplo do que acabava de acontecer com a jovem dinamarquesa [*Isamburg*]: depois de apenas uma noite de casamento, ele a repelira e, para escândalo geral, enviara-lhe um ato de repúdio.

(Di). O bispo Guilherme de Ely a Raul, decano em Londres.
"Nós lhe enviamos cópia da carta que o Velho da Montanha mandou ao duque da Áustria a propósito da morte do marquês:
'O Velho da Montanha ao duque da Áustria.
Muitos reis e príncipes de além-mar acusam o rei Ricardo, soberano da Inglaterra, pela morte do marquês, mas, quanto a mim, juro por Deus, cujo reino é eterno, e pela lei que respeitamos que ele não teve qualquer responsabilidade nessa morte. Eis, na verdade, o motivo dessa morte: um de nossos irmãos dirigia-se a nosso país vindo da Satália, de barco, e o mau tempo arrastou-o para Tiro; o marquês mandou que fosse preso e morto, apoderando-se de uma grande soma de dinheiro que ele trazia. Enviamos nossos mensageiros ao marquês. Exi-

gimos que nos devolvesse o dinheiro de nosso irmão e nos desse explicações sobre a morte deste último; ele não quis, até mesmo tratou nossos mensageiros com desprezo e atribuiu a morte de nosso irmão a Reginaldo, senhor de Sidon. Graças a nossos amigos, conseguimos saber com certeza que fora o marquês que mandara matar nosso irmão e se apoderara de nosso dinheiro. Enviamos até ele outro mensageiro, chamado Edris; o marquês quis mandar lançá-lo ao mar, mas nossos amigos o ajudaram a deixar Tiro rapidamente; logo o mensageiro veio até nós e nos contou tudo isso. A partir desse momento, tivemos o desejo de matar o marquês; então, enviamos a Tiro dois de nossos irmãos, que o mataram sem se esconder, diante de toda a população da cidade. Foi esse o motivo da morte do marquês, e declaramos como toda a verdade que o rei Ricardo, soberano da Inglaterra, não tem nenhuma responsabilidade por essa morte, e aqueles que, por essa razão, fizeram mal ao rei da Inglaterra agiram injustamente e sem motivo.

Esteja certo de que não matamos nenhum homem do mundo por uma recompensa ou por dinheiro que não nos tenha feito mal anteriormente.

Saiba que fizemos esta carta em nossa casa, em nossa fortaleza de Messiac[4], em meados de setembro, em presença de nossos irmãos, e que nela colocamos nossa chancela no ano mil quinhentos e três depois de Alexandre[5].'

Julgamos que deveríamos lhe enviar cópia desta carta para que o senhor fale dela em suas crônicas, pois lhe temos muita afeição."

O CASAMENTO DE CONRADO DE MONTFERRAT

(AMBRÓSIO). Vocês saberão o que fizera o pérfido marquês de Montferrat. Ele tentava, por intermédio de homens influentes, tornar-se senhor do reino; tanto fez e tantas intrigas urdiu, que uma irmã da rainha que acabava de morrer, mulher de Onofre de Toron, um dos barões do país, separou-se do marido e ele a fez sua mulher, prometendo que suas forças se juntariam ao exército em Acre. Desposou-a em sua casa, contra Deus e contra o direito. O arcebispo de Canterbury ficou muito irritado com isso, mas o bispo de Beauvais os casou, cometendo um grande erro, pois o marquês já tinha duas esposas, duas belas e jovens senhoras. Uma, bela e nobre senhora, estava em Constantinopla, outra estava em seu próprio país, e ele desposava uma terceira! Por isso o bom arcebispo e outros clérigos opuseram-se a esse casamento, excomungaram o marquês e não tiveram receio de dizer que ele cometera um triplo adultério e que Deus não estava presente a tal união e a tais núpcias.

A MORTE DO MARQUÊS CONRADO DE MONTFERRAT

Espalhou-se pela cidade a notícia de que o marquês seria rei e de que todo o exército o exigia. Foi uma alegria extraordinária, todas as pessoas em júbilo apressavam-se em se preparar, e também preparar suas bagagens, em emprestar ouro e prata para suas despesas, todos se abastecendo da melhor maneira possível. De todos os lados viam-se homens pegando suas armaduras, vestindo seus elmos e chapéus de ferro; os escudeiros poliam as belas espadas e enrolavam as cotas; os cavaleiros e sargentos já assumiam posturas de combate para golpear os inimigos. Havia entre eles gente de alto valor, se Deus — que os conhecia melhor do que nós — lhes tivesse dado seu socorro. Enfim, todo o mundo estava em júbilo. Seria bom e justo que as pessoas aprendessem e soubessem que nunca deveriam rejubilar-se demais com uma alegria e nem lamentar-se demais de uma dor. Todos estavam bem intencionados e em boa disposição; o conde Henrique e os barões que haviam feito a mensagem tinham ido pedir dinheiro emprestado em Acre, onde se preparavam e já se dispunham a juntar-se ao exército, e eis toda a verdade sobre a aventura ocorrida em Tiro. O marquês jantara em casa do bispo de Beauvais com toda a cordialidade; despedira-se dele e estava voltando.

Chegara diante da mudança: ouçam como em um momento a alegria transforma-se em tristeza. Vinha ele andando contente quando dois jovens de roupas curtas e sem casaco, cada um levando uma faca, avançaram correndo sobre ele e o golpearam em pleno corpo, de modo que ele caiu. Desses dois matadores, que eram homens do Hausasis, um logo foi morto; o outro refugiou-se numa igreja, mas isso de nada lhe adiantou: foi arrancado de lá e arrastado pela cidade até morrer. Mas, antes que ele morresse, os que lá estavam perguntaram-lhe por que haviam feito aquilo, o que o marquês lhes fizera e quem os enviara. Ele, o traidor, disse — o que depois se soube com certeza — que para realizar o feito tinham morado por muito tempo junto do marquês (mas tinham sido impedidos de matá-lo até aquele dia que tantas lágrimas fez correr) e que tinham sido enviados pelo Velho de Musa, que odiava o marquês. Ora, ele manda matar todos os que incorrem em seu ódio, do modo como vocês ouvirão, se quiserem escutar.

O velho de Musa tem o costume, que se transmite hereditariamente, de criar em seu palácio muitos meninos até que adquiram razão, instrução e educação. Aprendem a se comportar e vivem com pessoas nobres e sábias, até saberem as línguas de todas as regiões do mundo. E têm uma fé tão obscura e tão cruel que, segundo as lições que receberam, quando o Velho de Musa os faz apresentarem-se diante dele e lhes ordena, ao preço da remissão de seus pecados e de sua amizade, que matem algum grande senhor, consideram isso como uma boa obra. Recebem grandes punhais, belos e bem polidos; vão-se, espreitam aquele que lhes foi designado, familiarizam-se com ele e colocam-se a seu serviço, tendo a língua bem afiada, até o levarem à morte. Acreditam tornar-se merecedores do paraíso, o que certamente é impossível. Assim eram, senhores, os dois homens de que falamos, que mataram o marquês. Seus homens o tomaram suavemente entre os braços, removeram-no da praça onde fora ferido e o levaram para casa. Todo o povo acorreu, carregando luto intenso. Ele ainda viveu um pouco, depois morreu. Mas antes conseguiu confessar-se e dizer em segredo à sua mulher, a marquesa, vendo-lhe os olhos molhados de lágrimas, que ela se preocupasse em bem guardar Tiro, e que só entregasse a cidade ao rei da Inglaterra em pessoa ou ao senhor legítimo do lugar. Ei-lo morto; enterraram-no e grande foi o luto dos clérigos e dos leigos. Foi enterrado no Hospital; começou então um luto tão grande, como jamais se vira maior; mas Deus quisera assim. A notícia se espalhou; destruiu-se a grande alegria, depois de ter durado tão pouco, naquele país que lhe dera sua fé e que ele abandonava tão cedo. Tornou-se uma terra tão perturbada e tão cheia de luto e de pesar, que ninguém seria capaz de descrever.

Ouçam como o diabo trabalha e como seu trabalho tem êxito e multiplica o mal, e como então ele o multiplicou e o estendeu, por uma palavra dita por malditos invejosos, que mereceriam ser expulsos, que odiavam o valoroso rei Ricardo e denegriam todas as suas ações. Disseram que o rei Ricardo buscara e tramara por dinheiro a morte do marquês, e mandaram dizer ao rei da França que deveria temer muito, e que se guardasse bem contra os Hausasis, pois tinham matado o marquês e o rei da Inglaterra enviara quatro deles à França para matá-lo. Deus! Que coisa horrível de se dizer e que pérfida ação daqueles que enviaram esse recado, por causa do qual mais tarde tantas pessoas viram-se desgraçadas e atormentadas! Pois foi por causa dessa maldade que, em seguida, o rei Ricardo foi feito prisioneiro por traição, e por causa do ciúme despertado por suas proezas na Síria.

NOTAS

1. *De fato, ela se chama Isabel.*

2. *Velho da Montanha era o nome dado pelos cruzados ao chefe dos assassinos (ver nota da tradução, pp. 160-1). Ambrósio chama-os de "homens de Hausasis" e fala também no*

"Velho de Musa". *Baudelaire diz sobre essa seita: "O Velho da Montanha encerrava num jardim cheio de delícias, depois de tê-los embriagado de haxixe (donde* haschischins, assassinos), *seus discípulos mais jovens, a quem desejava dar uma idéia do paraíso, recompensa vislumbrada, por assim dizer, de uma obediência passiva e irrefletida."* (Poema do haxixe)

3. Hoveden, p. 283, t. 3: [*janeiro de 1195*] Enquanto o rei da Inglaterra permanecia em Chinon, no Anjou, quinze assassinos vieram à sua corte. Quiseram aproximar-se do rei para matá-lo, mas alguns deles foram apanhados e presos; disseram então que o rei da França os enviara para matar o rei da Inglaterra; mas este, duvidando de que fosse essa a vontade do rei da França, transferiu seu julgamento para o dia em que seus cúmplices fossem apanhados.

4. *Qadmos.*

5. *Alexandre, 356-24 a.C. A datação não parece muito clara.*

CAPÍTULO 10

O fim da Cruzada

Depois da partida de Filipe Augusto (31 de julho de 1191), Ricardo permaneceu na Terra Santa até o final de setembro de 1192. Objetivamente, a expedição que ele dirigia não atingiu a meta a que se propusera: os sarracenos conservavam Jerusalém e, apesar dos compromissos assumidos depois da derrota em Acre, não devolveram a Verdadeira Cruz. Ela se encerrou simplesmente com uma trégua, ou seja, um acordo firmado com os infiéis, o que era absolutamente contrário ao espírito das Cruzadas. Foi marcada pelas árduas condições de vida a que foram submetidos os cruzados, particularmente a doença que não poupou nem Ricardo, nem os outros chefes; seu sucesso foi freqüentemente comprometido pela rivalidade entre os chefes e seu desentendimento, que paralisavam a ação ou a faziam fracassar. No entanto, foram obtidas duas vitórias estrondosas sobre Saladino: Arsuf e Jaffa, as únicas que os exércitos cristãos jamais conseguiram sobre esse inimigo que a lenda apresenta como invencível. Elas levaram a que fosse esquecido o meio fracasso representado por essa Cruzada e exaltaram aos olhos dos ingleses a gloriosa bravura de seu rei.

Os relatos dos cronistas refletem a ambigüidade desse fim de Cruzada; valorizam a bravura do rei e explicam seus fracassos sem macular sua reputação de guerreiro. Conforme o "envolvimento" de seu autor — homem da corte ou religioso —, justificam o rei, ou melhor, glorificam-no por ter firmado a trégua, dando as razões que o levaram a ela.

Selecionamos os textos que descrevem a sucessão dos acontecimentos até as propostas de trégua; eles relatam os grandes momentos da expedição: Arsuf, Ramla e Jaffa. Acrescentamos os que destacam as dissensões entre os chefes do exército francês e o rei da Inglaterra e os apresentam, mais ou menos explicitamente, como causa dos fracassos.

Em seguida, agrupamos todos os textos que se referem ao estabelecimento da trégua: circunstâncias, explicações (doença do rei, esgotamento de seus recursos, miséria dos cruzados, más notícias vindas da Inglaterra, propostas de Saladino, partida definitiva dos franceses).

AÇÕES GUERREIRAS E DISSENSÕES

(N). [*agosto de 1191*] Depois da partida do rei da França, o exército do Senhor pouco a pouco começou a se reduzir. De fato, vários milhares dos que estiveram entre os primeiros a chegar ao cerco de Acre estavam com seus recursos no fim e, como seus meios já não lhes permitiam ficar, julgaram que deveriam voltar à sua pátria: cediam à necessidade mais do que ao próprio desejo. Também se foram muitos, no entanto, aos quais não faltavam meios; estavam cansados de enfrentar provações ou temiam o perigo, ou ainda o exemplo do rei da França fora suficiente para lhes tirar todo o ânimo.

Então o rei da Inglaterra, abrindo seus próprios tesouros, ofereceu somas generosas para convidar um grande número de nobres e de príncipes do exército a permanecerem com suas tropas no exército do Senhor: aqueles homens haviam esgotado gloriosamente, numa permanência muito longa, os recursos que haviam levado com eles e, revelando sua miséria, anunciavam, desculpando-se, que voltariam para casa. Entre eles havia, do Império germânico, o duque da Áustria, que depois perdeu a lembrança de tão grande benefício para lembrar-se um pouco demais de um ultraje sem importância (como se dirá na época, colocou uma mão criminosa sobre o rei que voltava à pátria e de quem era devedor). Havia também o duque de Champagne que, depois, conforme será relatado mais adiante, mereceu por suas qualidades excepcionais tornar-se rei do território ocupado pelos cristãos.

(P). Em 22 de agosto, uma quinta-feira, o rei da Inglaterra atravessou o rio de Acre com seu exército e instalou suas tendas entre esse rio e o mar, perto da praia, entre Acre e Haifa; lá permaneceu três dias. Em seguida dirigiu-se para Jaffa com seu exército, margeando a praia; seus barcos o seguiam ao longo da costa levando víveres e máquinas de guerra para o caso de lhe ser necessário recuar até eles.

Saladino, por seu lado, avançava através das montanhas com seu exército, à esquerda do rei, bastante próximo dele; espreitava noite e dia, à espera da oportunidade de atacar os cristãos ou barrar-lhes a passagem.

Dois dias depois da exaltação da Santa Cruz [*7 de setembro de 1191*], o rei aproximara-se de Cesaréia e chegara perto do rio chamado rio de Cesaréia; lá encontrou Saladino e seu imenso exército, que haviam ocupado as margens do rio dos dois lados e instalado suas tendas para impedir sua passagem. O rei da Inglaterra percebeu que aquela noite morreria de sede com seu exército e todos os animais se não conseguisse recolher água; percebeu também que, se recuassem, seriam todos mortos, pois os pagãos os haviam cercado de modo a não lhes deixar qualquer caminho aberto para a retirada. Imediatamente, então, dividiu seu exército em batalhões, exortando-os a lutar valentemente contra os inimigos de Cristo e ordenando que massacrassem o povo pagão.

No primeiro batalhão, havia Tiago de Avennes, cavaleiro católico, de comprovada competência militar. Comandou o primeiro assalto contra os pagãos com seu batalhão e rompeu suas fileiras. Mas ele mesmo tombou na luta, desgraçadamente, e foi morto; muitos cristãos e pagãos caíram nessa batalha.

Depois desse batalhão veio o segundo, no qual estava o rei da Inglaterra, que, passando no meio do exército dos pagãos, massacrou todos os que encontrou em seu caminho, liberou o rio, atravessou-o e ocupou as duas margens; muitos batalhões cristãos o seguiram sem encontrar obstáculo.

O último batalhão cristão, cujos chefes eram Hugo, duque de Borgonha, e os templários, fora atacado por Saladino e pela parte mais importante e inflamada de seu exército; a maioria dos cristãos já tombara. O rei da Inglaterra, que já ia muito adiante, ouviu seus clamores e os gemidos dos cristãos que morriam; voltou às pressas para socorrê-los, combateu os pagãos, matou grande número deles e libertou seu povo em perigo. Os pagãos fugiram e os cristãos os perseguiram na ponta da espada. Depois voltaram para perto do rio; aquele dia, mataram mais de quarenta mil.

Os pagãos que guardavam Cesaréia, Jaffa e Ascalon fugiram ao saber que o rei da Inglaterra estava chegando; na medida em que tiveram tempo para isso, derrubaram as muralhas e as defesas dessas cidades.

Duas cartas de Ricardo sobre esses acontecimentos:

(H). "Ricardo, rei da Inglaterra pela graça de Deus, duque da Normandia e da Aquitânia e conde de Anjou, saúda N., seu caro e fiel amigo.

Saiba que depois da tomada de Acre e depois que o rei da França separou-se de nós perto de Acre — assim abandonando vergonhosamente a finalidade de sua viagem e seus votos, contra a vontade de Deus e para sua vergonha eterna e também de seu reino —, tomamos a direção de Jaffa.

Ao nos aproximarmos de Arsuf, Saladino nos atacou, barrando-nos o caminho e lançando os sarracenos violentamente contra nós. Mas, graças a Deus, não sofremos qualquer perda aquele dia, exceto a de um homem de valor, que por seus méritos era muito estimado pelo exército, Tiago de Avennes. Soldado do exército cristão, durante muitos anos a serviço de Deus, foi, por seu zelo e sua piedade, um pilar desse exército para tudo o que diz respeito à santidade e à pureza da fé.

Em seguida, por vontade de Deus, chegamos a Jaffa. Fortificamos a cidade com fossos e um muro; nossa vontade era bem servir à causa da cristandade com todas as nossas forças.

Ora, nesse mesmo dia, véspera da Natividade da Bem-aventurada Maria, Saladino perdeu uma quantidade incalculável de grandes senhores que o acompanhavam. Pôs-se em fuga, a partir de então privado de qualquer conselho e apoio, e devastou toda a terra da Síria. Ora, dois dias antes da derrota de Saladino, fomos ferido no flanco esquerdo por um dardo. Mas, graças a Deus, já estamos curado.

Saiba também que esperamos, pela graça de Deus, retomar a santa cidade de Jerusalém e o túmulo do Senhor, nos vinte dias seguintes ao Natal, e depois retomaremos o rumo de nossas terras.

Firmado por nós mesmo, perto de Jaffa, em 1º de outubro."

(H). "Ricardo, rei da Inglaterra pela graça de Deus, duque da Normandia e da Aquitânia e conde de Anjou, saúda o abade de Clairvaux, homem venerável, seu caro amigo em Cristo, e deseja-lhe uma vida plena de felicidade.

Após a destruição, digna de minhas lágrimas e sobre a qual todos devem chorar, da santa cidade de Jerusalém, cidade do Deus vivo onde seu nome foi invocado, a terra se abalou e tremeu inteira, porque o rei do céu havia perdido Sua terra, aquela em que pousara Seus pés. Mas a bênção de Deus se difundira a partir da Santa Sé sobre toda a terra, os amigos da cruz de Cristo rivalizavam em ardor para colocar o sinal da salvação em suas frontes e em seus ombros e para vingar as injúrias infligidas à Santa Cruz, como Vossa Santidade não ignora.

Entre eles, também nós, para servir ao Deus vivo, tomamos o sinal da cruz e suportamos em nossos ombros a carga de uma tarefa tão grande e tão santa, a fim de defender os lugares de Sua morte, consagrados por Seu precioso sangue, que os inimigos da cruz de Cristo profanavam até então de maneira vergonhosa. Pouco tempo depois da chegada do rei da França, rapidamente alcançamos nossa torre em Acre, conduzidos por Deus. Então a cidadela de Acre não tardou a se render, a nós e ao rei da França, e deixamos a vida salva aos sarracenos que tinham sido enviados para protegê-la e defendê-la. Até mesmo um acordo foi selado, contendo todas as garantias da parte de Saladino, segundo o qual ele nos entregaria a Santa Cruz e mil e quinhentos cativos vivos, e ele marcou a data em que tudo isso se realizaria. Mas, ao expirar o prazo, como o pacto estabelecido fora totalmente rompido, executamos cerca de dois mil e seiscentos sarracenos que tínhamos em nosso poder, tal como deveríamos fazer. Reservamos no entanto alguns nobres, em troca dos quais esperávamos recuperar a Santa

Cruz e alguns cativos cristãos. Depois que o rei da França voltou a suas terras e que os muros abalados e desmoronados da cidadela de Acre foram reparados, e a própria cidadela bem reforçada com fossos e um muro, resolvemos ir a Jaffa para servir à causa do cristianismo e cumprir nosso voto, acompanhado pelo duque de Borgonha e pelos franceses que estavam sob suas ordens, pelo conde Henrique com os seus e por uma multidão incalculável.

Como entre Acre e Jaffa havia uma distância muito grande e nosso avanço era muito lento, acabamos alcançando Cesaréia às custas de grandes esforços e pesadas perdas. Saladino mesmo perdeu um número muito grande de pessoas naquele mesmo percurso. Tendo o povo de Deus recuperado um pouco de seu fôlego, prosseguimos a marcha rumo a Jaffa. Nossa vanguarda avançara e já instalava nosso acampamento perto de Arsuf quando Saladino realizou um violento ataque contra nossa retaguarda com seus sarracenos. Graças à misericórdia divina, foi posto em fuga por apenas quatro esquadrões que o atacaram de frente e o perseguiram na fuga por uma légua. Aquele dia, um sábado, véspera da Natividade da Santa Virgem Maria, Saladino perdeu perto de Arsuf em um só dia mais nobres do que perdera nos quarenta anos anteriores. Quanto a nós, graças a Deus não tivemos nenhuma perda naquele dia, exceto a de um homem de valor, Tiago de Avennes. Soldado do exército cristão, havia muitos anos a serviço de Deus, ele foi um pilar desse exército por seu zelo e sua piedade para tudo o que diz respeito à santidade e à pureza da fé. Em seguida, conduzidos por Deus, chegamos a Jaffa. Fortificamos a cidade com fossos e um muro; nossa vontade era bem servir à causa da cristandade com todas as nossas forças. Depois do dia de sua derrota, Saladino não ousou enfrentar os cristãos, mas armou ciladas como o leão em sua caverna para matar os amigos da Cruz, como ovelhas prometidas ao sacrifício.

Sabendo que nos dirigíamos rumo a Ascalon em marcha forçada, arrasou Ascalon e jogou as muralhas ao chão, depois pôs-se a devastar e pilhar toda a terra da

Síria, privado a partir de então de qualquer conselho e apoio.

Temos muita esperança de que em pouco tempo recuperaremos inteiramente a herança do Senhor, se Deus o conceder. Como a herança do Senhor já está em parte recuperada, e por isso suportamos todo o peso do clima e do calor, esgotamos todo o nosso dinheiro, e não apenas nosso dinheiro como também as forças de nosso corpo, levamos ao conhecimento de Vossa Fraternidade que não poderemos de modo algum permanecer em terras da Síria depois das festas de Páscoa. O duque de Borgonha com os franceses que estão sob suas ordens, o conde Henrique e os seus, todos os outros condes, barões e cavaleiros que, a serviço de Deus, já despenderam o que tinham partirão de volta para suas casas, a menos que, por uma hábil pregação, o senhor possa prudentemente provê-los de homens, que poderão povoar e defender a terra, e de dinheiro, que poderão gastar largamente a serviço de Deus.

Por isso, prosternado aos joelhos de Vossa Santidade e com os olhos cheios de lágrimas, nós lhe dirigimos súplicas amigas: pedimos insistentemente que faça tudo o que estiver em seu poder, como cabe a seu cargo e a sua dignidade, para conduzir ao serviço do Deus vivo os príncipes e os nobres estabelecidos em toda a cristandade e o resto do povo de Deus, e para encorajá-los a isso de modo a que protejam e defendam, após as festas de Páscoa, a herança do Senhor, de que seremos, com a ajuda de Deus, plenos senhores nestas mesmas festas de Páscoa. Quanto a isso, que seu zelo vigilante cuide apenas para não deixar desaparecer por negligência o socorro necessário que toda a cristandade espera.

Antes da partida de nossa expedição, o senhor nos encorajou, a nós e a todo o povo de Deus, a servir a Deus para lhe devolver Sua herança; assim, ainda agora há muitas razões para que encoraje insistentemente o povo de Deus a refazer esse esforço.

Certificado por nós mesmo, perto de Jaffa, em 1º de outubro."

(P). Na semana anterior ao nascimento do Senhor, Ricardo, rei da Inglaterra, travou combate com Saladino e seu povo na planície de Ramla; o exército cristão foi vitorioso e os cristãos realizaram um grande massacre de pagãos. O rei Ricardo, glorioso vencedor, dirigiu-se em seguida para Jerusalém e os pagãos que estavam na cidade saíram a seu encontro e travaram combate contra ele. Muitos deles morreram nesse combate. Os outros fugiram, abandonando a planície, e se encerraram em Jerusalém. O rei da Inglaterra estabeleceu o sítio em torno de toda a cidade. Três dias depois, os pagãos que estavam dentro dela viram que não receberiam nem ajuda nem socorro de Saladino e ofereceram entregar Jerusalém ao rei da Inglaterra se lhes fosse permitido partir sãos e salvos. Mas ele não quis receber Jerusalém daquela maneira. (...)

No ano da graça de 1191, no Natal, Ricardo rei da Inglaterra estava em terras de Jerusalém, perto de Latrão, ou seja, Toron dos Cavaleiros; estavam junto dele a rainha da Inglaterra, Berengária, filha do rei de Navarra; Joana, rainha da Sicília, irmã de Ricardo, que fora esposa de Guilherme, o velho rei da Sicília; e a filha de Isaac, que fora imperador de Chipre.

Guido de Lusignan, rei de Jerusalém, e um grande exército, composto por diversos povos cristãos, também estavam com ele.

(H). Depois do Natal, o rei da Inglaterra quis sitiar Jerusalém, mas o duque de Borgonha e os franceses não quiseram segui-lo; diziam que o rei da França, seu senhor, proibira-os, ao partir, de permanecer por mais tempo naquele país; portanto, deveriam partir, pois faltavam-lhes soldados e dinheiro. (...)

Quinze dias antes da Páscoa, o duque de Borgonha e os franceses separaram-se [*de Ricardo*], dizendo que não ficariam por mais tempo com ele se não lhes arranjasse o que era preciso para viver, e o rei não quis ocupar-se disso. (...)

Na Páscoa, ofereceu a todos um grande banquete fora da cidade, debaixo de tendas.

Depois da Páscoa, o próprio rei da Inglaterra percorreu a cavalo as terras dos pagãos, encontrou suas colheitas maduras e mandou que fossem colhidas pelos cristãos, que estavam em falta de grãos. Permaneceu na planície de Ascalon até Pentecostes; depois disso, foi a cavalo até Daron, uma praça forte situada perto do Eufrates; no caminho, aprisionou vinte e quatro pagãos e um renegado que fora cristão e renegara Nosso Senhor Jesus Cristo. O rei mandou que fosse colocado diante dos arqueiros e trespassado de flechas.

Após a segunda-feira de Pentecostes, sitiou Daron e tomou a praça na sexta-feira seguinte; apoderou-se de mil e novecentos pagãos vivos e confiou a cidade imediatamente ao conde Henrique de Champagne. (...)

Depois da tomada de Daron, na própria sexta-feira em que o rei a tomara, os franceses foram até Ascalon para entregar-se à misericórdia daquele rei; ele foi a seu encontro e, em seguida, com a concordância de todo o exército, pôs-se a caminho para estabelecer o sítio diante de Jerusalém.

(C). O duque de Borgonha, conduzindo o exército francês, juntou-se ao rei que acabava de lhe dar, na Páscoa, mil besantes para tê-lo a seu lado no combate contra os inimigos de Cristo; aconselharam-se e resolveram ir a Jerusalém. Mas, quando o rei chegou com todo o exército a Château Ernald e a Betenoble, perto de Emaús, beduínos que se haviam aliado ao rei anunciaram que uma grande caravana dirigia-se para Jerusalém, vindo de Babilônia do Egito, com sete mil camelos carregados de todos os tipos de riquezas. Os melhores guerreiros do exército de Saladino escoltavam essa caravana. O rei foi encontrá-los, perto da Cisterna Vermelha, com uma pequena tropa, arrasou-os e roubou os camelos com todas as riquezas que carregavam, e dividiu-os entre seus soldados. Depois, voltou ao castelo de onde vinha, colocando no entanto uma guarnição em cada cidade.

O rei, voltando com todo o seu butim a Château Ernald, que fica a três milhas de Jerusalém, sem poupar esforços, exortou um a um todos os chefes do exército a irem sitiar Jerusalém, enquanto tinham tudo, víveres e animais de carga em tal abundância. Lembrou-lhes os benefícios com que a providência divina sempre os gratificara ao longo de sua peregrinação. Então uma mulher piedosa, que nascera na Síria e morava em Jerusalém, fizera crescer a coragem do rei revelando-lhe todos os segredos da cidade: dizia que todos os sarracenos temiam sua chegada e estavam desencorajados; para melhor resistir a ele, todas as portas da cidade haviam sido escoradas, com exceção da porta de Santo Estêvão, ao norte, diante da qual ela aconselhava que colocasse seu exército. Então entregou ao rei uma chave que lhe permitiria abrir aquela porta. Em comum acordo, todos já haviam decidido estabelecer o sítio diante de Jerusalém, mas o duque de Borgonha entendeu-se com os templários e os francos do Levante e se retirou: segundo eles, o duque e, com ele, todos os franceses infligiriam uma grave ofensa a seu suserano, o rei Filipe, se sua ajuda permitisse ao rei Ricardo triunfar sobre uma cidade tão grande e célebre, ao passo que nem o duque nem os francos do Levante ganhariam qualquer glória com aquela vitória.

Nesse ínterim, o duque, secretamente, enviou emissários a Saladino. Mas, certa noite, o rei estava em seu acampamento perto de Château Ernald e o duque, com suas tropas, perto de Betenoble quando um espião do rei, de nome Jumas, ouviu barulho de passos de homens e camelos descendo a montanha; seguiu-os discretamente e descobriu que Saladino enviara aqueles homens ao acampamento do duque com cinco camelos carregados de ouro e prata, roupas de seda e diversos objetos preciosos. O espião correu para junto do rei e lhe contou tudo. Levando com ele alguns homens da casa do rei, avançou para armar uma emboscada no caminho pelo qual os emissários deveriam voltar. Assim, apanhou-os e levou-os ao rei. Este mandou torturar longamente um deles, e assim os obrigou a confessar tudo o que Saladino mandara dizer ao duque.

Mandou então levar os prisioneiros e, aos primeiros clarões da aurora, convocou o duque, o patriarca e o prior de Belém. Chamou-os à parte e, imediatamente, jurou em sua presença, sobre as santas relíquias, que estava pronto para atacar Jerusalém, ou Babilônia, ou Beirute: sem essas cidades, o rei de Jerusalém não poderia ser coroado, embora entre eles já tivessem decidido que o seria e a isso tivessem se comprometido por juramento. Depois de pronunciar esse juramento, o rei exigiu que o duque fizesse o mesmo; diante de sua recusa, tomado de uma cólera violenta, acusou-o de traição, repreendendo-o pelos diversos presentes que recebera de Saladino e suas trocas de mensagens e emissários. O duque negou tudo e repudiou a acusação.

O rei mandou então apresentarem-se diante deles os emissários que seu espião Jumas capturara. Eles revelaram todos os segredos; o rei mandou então trespassá-los de flechas diante dos olhos de todo o exército; os dois exércitos ignoravam a razão de tanta crueldade, o que haviam feito aqueles homens e até mesmo de onde vinham. O duque, cheio de vergonha e transtornado de furor, pôs-se a caminho de Acre com o exército francês sem perder um instante; diante disso, o rei mandou dar ordens aos sentinelas dessa cidade para não deixar entrar nenhum deles, mas eles ergueram suas tendas fora da cidade. O rei percebeu que seu exército se perturbara com o acontecido e estava enfraquecido e assustado com a partida dos outros: então, levantou acampamento no dia seguinte e, seguindo a pista do duque, também foi erguer suas tendas fora da cidade de Acre[1].

Ora, na noite anterior um religioso viera encontrar o rei trazendo-lhe uma mensagem da parte de um santo eremita: em nome de Deus, pedia ao rei que viesse ter com ele urgentemente. Então o rei levantou-se à noite e, levando com ele cinqüenta companheiros, foi ao encontro do santo homem. Este permanecera por muito tempo numa montanha, junto de São Samuel, e gozava do dom da profecia; desde o dia em que a cruz do Senhor fora capturada, e a Terra Santa perdida, só se alimentara de ervas e raízes, não vestira nenhuma roupa, cobrindo-se apenas com seus cabelos e sua barba, que eram muito longos. O rei contemplou-o longamente, com admiração, e perguntou-lhe o que queria. O eremita, contente com a vinda do rei, conduziu-o até seu oratório; retirando uma pedra da parede, tirou uma cruz de madeira pousada sobre uma almofada, e estendeu-a devotamente ao rei, garantindo formalmente que aquela cruz fora feita com um pedaço da Cruz Verdadeira. Entre outras coisas, predisse ao rei que aquela vez ele não conseguiria apoderar-se da Terra Santa, apesar da coragem de que daria provas em todas as ocasiões; e, para que o rei desse crédito com maior certeza a suas afirmações, afirmou que ele mesmo deixaria o mundo seis dias depois. O rei levou-o junto até o acampamento para comprovar a veracidade de suas profecias; o eremita extinguiu-se seis dias depois, conforme previra.

(AMBRÓSIO). Assim que o rei e os que estavam com ele se puseram em marcha, um espião fora a Jerusalém contar a Saladino que vira o rei montar a cavalo para sair à captura de suas caravanas. Saladino logo tomou quinhentos turcos de elite, os melhores que tinha, e enviou-os até as caravanas, armados de arcos e dardos. E, quando se reuniram aos que escoltavam as caravanas, foram estimados em dois mil a cavalo, sem contar os que iam a pé.

Eis que chegou um espião direto à Galácia, instando o rei a vir depressa sem incomodar o exército, dizendo-lhe que à Cisterna Redonda chegara uma caravana e que, se fosse possível detê-la, ter-se-ia um grande ganho. O espião era um homem do lugar, o rei não confiou nele, mas logo enviou um beduíno e dois sargentos, turcópolos valentes e prudentes, para espionar e averiguar; mandou envolver num pano a cabeça dos turcópolos, à maneira do beduíno e de outros sarracenos. Partiram à noite, subiram e desceram as colinas, de modo que, sobre uma colina, viram não sei quantos sarracenos de atalaia. O beduíno, acompanhado pelo espião, aproximou-se deles passo a passo e disse a seus dois companheiros que se calassem, para não serem reconhecidos, o que enganou os turcos. Estes perguntaram aos nossos de onde vinham; o beduíno pôs-se a conversar e disse que vinha dos lados de Escalone, onde haviam feito saque. Um dos turcos pôs-se a dizer: "Vocês vieram nos fazer mal. Você está com o rei da Inglaterra." O beduíno disse: "É mentira." Prosseguiu seu caminho e aproximou-se das caravanas. Os turcos, com seus arcos e seus dardos, seguiram-nos por algum tempo; finalmente se aborreceram e os deixaram, julgando que fossem dos seus. O beduíno voltou quando soube da verdade, certificando-se de que a caravana viera, o que foi julgado muito prudente. Voltou ao rei e disse-lhe que sabia com certeza que podia apanhar a caravana. O rei, em nome de São Jorge, mandou dar cevada aos cavalos, e nossos homens também comeram, depois montaram a cavalo e andaram a noite toda, até chegarem ao lugar onde a caravana e os turcos dormiam. Lá eles pararam. Era verão e fazia bom tempo. O rei e todos se armaram e puseram-se em ordem de batalha. Os franceses constituíam a retaguarda, o rei estava na vanguarda. Mandou alardear por todo o exército que aqueles que se preocupavam com a honra não deveriam pensar no butim, mas ter sempre em mente derrotar e trespassar os turcos e golpeá-los com suas espadas de aço. Enquanto estavam ocupados tomando essas disposições, chegou ao rei, a rédeas soltas, um outro espião, dizendo-lhe que desde antes do amanhecer a caravana se preparara, e que eles estavam em alerta. Ao sabê-lo, o rei enviou na frente arqueiros, besteiros e turcópolos, para importunar os turcos e ocupá-los até que ele chegasse. De fato, enquanto isso acontecia, o grosso dos nossos aproximou-se, até chegar bem perto deles. Ao vê-los, os turcos retiraram-se para o pé de uma montanha para se encostar. Estavam preparados para o combate, embora não tivessem muito ardor. O rei dividira sua tropa em dois corpos. No momento em que ele chegou, nossos arqueiros os espicaçavam e lhes lançavam flechas, numa densidade de chuva. A caravana foi detida. O rei precipitou-se tão rudemente, para estrear, sobre as primeiras fileiras, e ele e os outros atacaramnos tão vigorosamente, que não houve quem encontrassem que não tivessem jogado ao chão. Nenhum turco escapou, a não ser fugindo, e eles não se recuperaram desse primeiro choque. Tal como os lebréus caçam a lebre na planície, através da montanha os nossos caçavam os deles e os desconcertavam tanto, que eles fugiam derrotados e dispersos, abandonando a caravana; e nossos homens continuavam a persegui-los, à direita e à esquerda, e os que assistiram ao acontecimento disseram que a fuga dos turcos para o vasto deserto foi levada a tal ponto, que eles caíam mortos de sede. E aqueles que os cavaleiros alcançavam eram derrubados, e mortos pelos sargentos. Era de se ver o rei, com a espada de aço em punho, perseguindo tão ferozmente os turcos, que, quando algum deles era atingido, não havia armadura que os protegesse de serem rachados até os dentes; também fugiam dele como ovelhas quando vêem o lobo. (...)

O rei dividiu os camelos, os mais belos jamais vistos, entre os cavaleiros que haviam guardado o exército e também entre aqueles que haviam participado da expedição. Distribuiu também prodigamente as mulas e mulos, e mandou dar aos sargentos todos os asnos, grandes e pequenos. O exército encheu-se tanto de animais, que foi muito difícil guardá-los. Entretanto, os camelos jovens eram mortos e comia-se sua carne com muito gosto: era branca e saborosa quando assada com toucinho.

NOTA

1. *Hoveden também relata o acontecimento e sublinha suas conseqüências*:
HOVEDEN, p. 180, t. 3: Durante uma conversa que teve com o duque de Borgonha e os franceses, o rei Ricardo propôs-se a jurar que iria a Jerusalém, sitiaria a cidade e, enquanto lhe restasse um cavalo velho para comer, não partiria sem tomar a cidade. Pediu que os franceses e todo o exército fizessem o mesmo juramento. Mas eles responderam que não o fariam e não ficariam mais lá, mas iriam embora assim que possível, con-

forme lhes ordenara o rei da França, seu senhor. Depois dessa desavença, separaram-se do rei e voltaram a Acre.

Logo Saladino desceu das montanhas e sitiou Jaffa, que o rei da Inglaterra colocara sob a guarda de Alberico de Reims. Incapaz de defendê-la, este a entregou a Saladino, em troca da permissão de partir são e salvo: recebeu de Saladino uma flecha magnífica como garantia de paz. Mas, quando soube da chegada do rei da Inglaterra, foi a Saladino, devolveu-lhe a flecha e renunciou à paz. Imediatamente Saladino apoderou-se dele, jogou-o na prisão e tomou toda a cidade, salvo a cidadela onde se refugiaram alguns homens, que mandaram prevenir o rei da Inglaterra.

CAPÍTULO 11
Jaffa

(C). Havia apenas três dias que o rei descansava perto de Acre com seu exército exausto e pensava em voltar rapidamente quando chegaram mensageiros em prantos, enviados ao rei pelos habitantes de Jaffa: Saladino estava sitiando Jaffa com todo o seu exército, a cidade logo seria tomada; todos os cavaleiros e sargentos que ele deixara lá seriam mortos se não levasse rapidamente socorro aos sitiados. Diante dessa notícia, todo o exército dos cristãos desmanchou-se em lamentações e tomou-se de pavor. O rei Ricardo, perturbado pelo que acabava de saber, não poupou esforços nem intervenções externas para se reconciliar com o duque de Borgonha, que estava ainda sob efeito da ofensa, e pediu-lhe insistentemente que o ajudasse a lutar contra tão grande catástrofe. O duque, sem se dignar a escutar suas súplicas e sem se querer deixar importunar por seu pedido, partiu apressadamente para Tiro, durante a noite, com todo o seu exército. Assim que chegou, a justiça divina infligiu-lhe um castigo terrível: ele perdeu o juízo e terminou a vida miseravelmente. O rei e uma parte de seu exército embarcaram em navios de guerra e fizeram-se à vela para ir a Jaffa. Mas os navios, empurrados pela força dos ventos e pela violência das ondas, derivaram por muito tempo na direção de Chipre; vendo-o, os que haviam ficado em terra, tomados de extrema dor e medo, acreditaram que o rei estivesse sub-repticiamente tomando o rumo de sua pátria. Mas o rei e os que estavam com ele, lutando contra os ventos desenfreados, bordejaram usando a força dos remos e, no terceiro dia, com apenas três navios, à luz rósea da aurora, atracaram no porto de Jaffa.

Nesse ínterim, Saladino tomara a cidade depois de vários assaltos e massacrara todos aqueles que, doentes e feridos, tinham permanecido nela por estarem fracos. Os cavaleiros e todos os corajosos defensores que o rei lá deixara para guardarem a cidade deixaram-na para se refugiar na cidadela, e discutiram entre si para saber se não conviria se renderem antes que a cidadela fosse tomada de assalto. Teriam feito isso imediatamente se o patriarca, que circulava livremente entre um exército e outro, não lhes tivesse avisado que, mesmo que Saladino os deixasse livres para partirem, seus soldados haviam feito voto de matá-los todos para vingar seus amigos e parentes que o rei Ricardo massacrara em diversas ocasiões. Corriam então grande perigo de morte e não sabiam o que fazer, pois viam o número e a crueldade de seus inimigos diante da fraqueza de seus efetivos, e já não esperavam socorro do rei. Estavam cercados por todos os lados pelos inimigos, à mercê de seus violentos assaltos, e qualquer esperança de escapar já se desvanecera, quando viram à luz da aurora os navios entrarem rapidamente no porto, ostentando o pavilhão real. Recuperada a confiança e a audácia, redobrou-se o ardor de sua defesa.

Pela violência com que combatiam sitiantes e sitiados, o rei estimou que a cidadela não estava prestes a sucumbir; logo, numa manobra ágil, fez todo o exército saltar do navio com seus homens e, como um leão furioso, ceifando ao passar tudo o que encontrava à sua volta, lançou-se ousadamente no meio dos batalhões inimigos que ocupavam a orla em fileiras cerradas e abatiam com dardos e flechas os que chegavam ao porto. Os turcos não resistiram a esse assalto fulminante; imaginaram que o rei tivesse levado um exército muito numeroso e, dando às pernas, abandonaram o cerco — não sem antes passar por um duro combate e sofrer pesadas perdas; exortaram-se mutuamente a fugir e a notícia da chegada imprevista do rei correu de um a outro. Daí ter sido impossível deter sua fuga antes que entrassem na cidade de Ramla, onde, em grande correria, Saladino os precedeu em seu carro.

O rei, depois de colocar os inimigos em fuga, mandou audaciosamente armar suas tendas fora da cidade, numa planície perto de Santo Abacuc; não conseguia permanecer dentro da cidade por causa do mau cheiro dos cadáveres, pois os pagãos que haviam matado os cristãos depuseram cadáveres de porcos perto de seus corpos mutilados para os ultrajar.

Mas, quando no dia seguinte foi anunciado a Saladino que o rei chegara com um punhado de homens, trazendo além de seus quatrocentos besteiros apenas oitenta cavaleiros, ele teve um violento acesso de cólera e encheu-se de indignação contra seu próprio exército, ao pensar que tantos milhares de homens haviam fugido diante de tão poucos inimigos. Também, para grande vergonha de seus soldados, mandou contá-los imediatamente, ou seja, sessenta e dois mil homens, e ordenou através de edito imperial que a cavalaria voltasse a Jaffa sem demora, apanhasse o rei e o trouxesse no dia seguinte. Aquela noite o rei dormia tranqüilamente em sua tenda com os seus, sem temer qualquer surpresa, quando ao despontar o dia chegou a corja maldita e cercou seu acampamento[1]; e, para eliminar qualquer possibilidade de que ele se recolhesse à cidade, um grande número de sarracenos introduziu-se nela.

Tirados do sono pelo barulho e pelos gritos dos pagãos, os cristãos permaneceram imóveis, assustados e cheios de insondável terror ao se verem cercados de inimigos por todos os lados. O rei, diante de um perigo tão premente, vestiu sua armadura e, rápido como flecha voadora, saltou sobre seu cavalo, sem temer a morte; parecia encorajado pelo número de inimigos, e incitava seus homens ao combate distribuindo palavras de incentivo. Mostrou-lhes que não se deveria temer a morte que viesse através de pagãos no combate para defender a cristandade e para vingar os ultrajes feitos a Cristo; aliás, mais belo seria para eles sucumbir gloriosamente para defender as leis de Cristo e abatendo valentemente os inimigos de Cristo do que se entregarem covardemente aos inimigos ou procurar na fuga uma salvação que os cobriria de opróbio eterno, mesmo porque naquele momento não havia qualquer lugar para onde pudessem fugir.

Fazendo esse discurso, o rei formou seus homens em triângulo e os dispôs cuidadosamente, colocando cada um bem perto do vizinho para não deixar espaços que constituíssem brechas para os inimigos através das fileiras durante o ataque. Além disso, mandou colocar na frente de cada um, à guisa de anteparo, alguns pedaços de madeira que haviam sido coletados no lugar para montar as tendas. Enquanto eles se ocupavam com isso na medida em que as circunstâncias o permitiam, e enquanto à sua frente os pagãos se armavam e, divertindo-se, esperavam reforços, eis que um dos valetes do rei, que fugira velozmente da cidade, chegou ao rei dizendo-lhe com voz deplorável e chorosa (o senhor Hugo de Neville, que participava desse combate, foi quem me contou): "Que desgraça, meu rei, estamos todos irremediavelmente destinados à morte. Não temos mais nenhuma condição de refúgio, pois uma multidão de pagãos já ocupou a cidade e temos à nossa frente inúmeras colunas de soldados." O rei, repreendendo-o severamente, impôs silêncio ao lamuriento e jurou cortar-lhe a cabeça se ele ousasse dizer aquelas coisas diante de algum de seus companheiros. Ele mesmo logo se dirigiu a seu exército, exortou-o a não se deixar amedrontar pelos pagãos e disse que iria à cidade ver exatamente o que estava acontecendo.

Levou com ele seis cavaleiros corajosos e intrépidos que desprezavam a morte e marchou sobre a cidade, brandindo a bandeira real. Abriu passagem com a espada e a lança e, como um leão temível, atacou os inimigos aglomerados nas praças, derrubando-os e matando-os. Por sua vez, os cavaleiros que marchavam atrás do rei precipitaram-se sem piedade sobre todos os que lhes resistiam e, em seu ímpeto, derrubaram-nos. Assim, gradualmente e até o extremo das praças, os que eram derrubados faziam, em sua queda, recuar e cair seus vizinhos: os que, empurrados pelas lanças, caíam no chão, empurravam também os que estavam à sua volta. Seguiu-se que muitos pagãos jogados ao chão pelo ataque fulminante do rei não sabiam por que estavam caindo. Assim, diante do ataque, os inimigos fugiam para todos os lados das praças, como pequenos animais diante do leão impiedoso levado pela fome a devorar tudo o que o acaso coloca em seu caminho. Enfim, os pagãos foram derrubados e colocados em fuga pela espantosa e incomparável bravura do glorioso rei, foram expulsos da cidade e perderam muitos cavalos; então o rei mandou vir os guardas da cidadela e enviou-os para guardar as portas e as partes danificadas das muralhas.

Finalmente, depois da incrível vitória, apressou-se em juntar-se a seu exército com seus seis cavaleiros; mas padecia por ter muito poucos cavalos: em todo o exército havia apenas seis, e uma mula. Para reavivar o ardor de seu exército diante da batalha que se preparava, e dar-lhe novo ímpeto, contou tudo o que Deus, através de seus braços, realizara na cidade e como um número tão pequeno de homens vencera tantos inimigos. "Assim pois, soldados de Cristo, invoquemos a ajuda de Deus Todo-Poderoso para que esmague hoje nossos inimigos sob sua bravura Toda-Poderosa. Cuidado, na primeira ação oponham-lhes uma resistência sem falhas, suportem com firmeza o primeiro choque de seu ataque, não os deixem penetrar em nossas fileiras e desmontar nossa frente de batalha, não os deixem nos desmantelar, cercados por todos os lados como um pequeno rebanho de ovelhas num cercado. Se conseguirmos agüentar o primeiro assalto de seu exército, sem desmanchar nossa formação, em seguida pouco nos importará sua audácia e, vitoriosos com a ajuda de Deus, venceremos os inimigos da cruz de Cristo. Mas, se entre vocês eu perceber um que o medo faça hesitar, que ofereça ao inimigo a possibilidade de esgueirar-se entre nós ou que se disponha a fugir, juro por Deus Todo-Poderoso que lhe cortarei a cabeça na hora."

Assim, depois que o glorioso rei Ricardo, abandonando todo medo da morte, dispôs seus soldados ao combate, encorajando-os e exortando-os, todos se mantiveram firmes, a lança fincada no chão, com a ponta voltada para o inimigo; expostos a esse perigo mortal, invocavam a ajuda de Deus Todo-Poderoso numa prece veemente e alguns deles já não esperavam mais do que uma morte cruel; e eis que, entre o barulho das trombetas e o terrível rufar dos tambores, a horda dos pagãos, brandindo suas lanças e gritando de uma só voz, lançou-se com grande violência sobre os batalhões dos cristãos; acreditavam que no primeiro avanço poderiam tirá-los de suas posições e dispersá-los pela planície, ou romperiam suas fileiras sob a violência de seu assalto e as desmantelariam. Mas o exército de Cristo, sem mover um pé, permaneceu agrupado e firme em suas posições e não quis recuar, por pouco que fosse, diante de um ataque tão terrível e nem evitar o confronto através da fuga. Vendo isso, os turcos, admirados com a audácia de uma tropa tão pequena, detiveram-se a pequena distância: os dois exércitos conseguiriam se tocar com a ponta de suas lanças. Não se lançavam nem dardos nem flechas; contentavam-se em trocar gestos de ameaça e caretas. Os turcos permaneceram assim durante cerca de meia hora, depois, cochichando e falando entre eles, voltaram todos à sua posição inical, a meio estádio* dos cristãos.

Vendo-os recuar daquela maneira, o rei estourou em risos e urrou entre duas gargalhadas: "Ha! Ha! Valentes soldados de Cristo, não lhes disse que eles não ousariam nos enfrentar se não tomássemos a iniciativa do confronto? Neste primeiro ataque, já deram provas de toda a audácia de que são capazes. Já desferiram um grande golpe e nos amedrontaram tanto quanto lhes seria possível. Certamente imaginaram que seu número nos apavoraria e que não ousaríamos resistir à sua primeira carga. Imaginaram que o temor que nos inspiraria seu primeiro assalto seria suficiente para que abandonássemos nossas posições covardemente, como mulheres, e fugíssemos correndo através da planície. Portanto, maldito

---

* Antiga medida itinerária. Um estádio equivalia à medida de 600 pés, ou seja, cerca de 180 metros. (N. T.)

seria, agora, aquele que fugisse diante de sua ofensiva ou que temesse enfrentá-los. Continuemos a suportar seus assaltos como homens dignos desse nome, até conseguirmos a vitória com a ajuda de Deus."

Ele parou de falar e, naquele momento, a corja maldita que se agrupara mais uma vez se lançou ao assalto aos berros, em meio ao barulho das trombetas, e deteve-se, como antes, a uma pequena distância dos cristãos. Mas os cristãos permaneceram firmes em suas posições, com mais audácia do que anteriormente, sem medo nenhum; então os pagãos fizeram meia-volta e voltaram novamente às posições anteriores. Tentaram cinco ou seis cargas semelhantes, desde a primeira até a nona hora do dia.

O rei, inflamado no combate e muito cansado de tão longa espera, viu do que eram capazes seus homens e aqueles que tinham pela frente; instou então seu exército a acolher os inimigos de Cristo a flechadas e golpes de lança e a provocá-los em coro para o combate. Instou também os besteiros a avançar prudentemente à frente dos cavaleiros e lançar suas flechas e seus dardos contra o inimigo. Assim foi feito. Enquanto os turcos, como era seu hábito, avançavam em batalhões cerrados lançando gritos assustadores e atacavam os cristãos tal como o tinham feito anteriormente, os cristãos inesperadamente atacaram os inimigos de Deus a golpes de lança, espada e armas diversas; derrubaram-nos e mataram-nos. Imensa carnificina nas fileiras dos pagãos, gritos horríveis, extrema confusão: uns eram trespassados por lanças, outros derrubados pelos cavalos, alguns golpeados na cabeça, outros crivados de flechas, outros ainda massacrados pelos dardos e outras armas de arremesso. O rei, inflamado no combate, magnificamente paramentado com armas esplêndidas, queimando como chama de tanto ardor, estava pronto a dar e receber golpes com forças renovadas, como se nada tivesse feito durante o dia todo; sem esperar, lançou-se audaciosamente contra as fileiras inimigas, tirou vivamente sua espada da bainha, brandiu selvagemente sua lança, fez crepitar à sua volta as cabeças cobertas pelos capacetes sob o raio de seus golpes e, correndo por todos os lados em meio aos inimigos, sem parar de lhes desferir golpes mortais, também ele não se furtava aos golpes. Num certo momento, cem pagãos o cercaram e lançaram-se todos contra ele, enquanto ele sozinho lançava-se contra todos: a um cortava a cabeça de um só golpe, a outro separava a cabeça dos ombros, a este cortava o braço com a mão, àqueles derrubava e mutilava; os que conseguiram escapar fugiram e se dispersaram para todos os lados. Foram todos tomados de um tal pânico que ninguém ousava marchar contra ele e, pelo contrário, todos fugiam dele como de um leão furioso².

Atrás do rei inflamado no combate, que marchava à frente como um porta-estandarte, iam em passos rápidos suas tropas inflamadas no combate, que, rompendo a coluna inimiga pelos dois flancos, a aniquilaram e massacraram impiedosamente todos os que surgiam em seu caminho ou resistiam a elas. Os pagãos desmoronavam com gritos deploráveis, urravam e, batendo no chão com a cabeça e os pés, debatendo-se contra a morte, entregavam num rio de sangue sua alma ao Tártaro. Atacavam vigorosamente os cristãos, lançavam contra eles projéteis diversos e uma chuva de flechas; no entanto, por vontade de Deus, aconteceu milagrosamente que não desferiram um só golpe mortal contra ninguém, não levaram nenhum dos nossos à morte nesse confronto, salvo um cavaleiro que o medo levara a fugir para longe e que, fugindo dela, acabou encontrando a morte que tanto temia. À frente vinham sempre os besteiros que mereceram os maiores elogios nesse confronto: sua incomparável bravura, mais do que tudo, rechaçou o ataque inimigo e fez esmorecer seu ardor e sua violência. Com efeito, nenhum pagão conseguia ao mesmo tempo proteger-se eficazmente contra seus dardos e esquivar-se do ataque inimigo.

Ora, nesse episódio de guerra, com que fulgor brilhou a bravura do glorioso rei, quantos inimigos ele derrubou e mutilou, quantos matou, como brilhou a valentia de seus guerreiros, quantos milhares de inimigos eles puseram em fuga, quantos eliminaram do combate, parece incrível quando se conta, a não ser que se leve em conta a intervenção divina. Quem poderia acreditar em tal coisa, sem ter visto com seus próprios olhos: o rei conseguiu primeiro libertar uma cidade, defendida por cerca de três mil homens, com a ajuda de apenas seis cavaleiros; depois, voltando em triunfo da cidade, enfrentou vitoriosamente, durante quase um dia inteiro, todos aqueles milhares de cavaleiros, com a ajuda de apenas oitenta cavaleiros e quatrocentos besteiros; foram o alvo de todas aquelas flechas, dardos e lanças, e no entanto escaparam sem que nenhum saísse ferido — salvo aquele de que falamos —, e nem mesmo recuaram uma só polegada de sua posição; mais ainda, derrubaram seus adversários de todos os lados, fizeram-nos em pedaços, provocaram sua debandada e obtiveram uma vitória estrondosa e imprevista. Quem poderia acreditar em tal coisa sem pensar que foram apoiados pela intervenção divina e que receberam a proteção do céu?

Enfim, os que haviam permanecido na cidade de Jaffa para garantir sua defesa e que haviam admirado como espectadores a invencível coragem do rei e de seus guerreiros precipitaram-se todos juntos para fora da cidade e atacaram o inimigo ao lado dos outros com um ardor sem igual. Esse novo assalto e os ataques incansáveis do rei e de seus homens rechaçaram os inimigos em grande desordem e causaram-lhes muitas perdas: na fuga, mudaram de rumo e foram esconder-se nas grutas e cavernas.

Nesse ínterim, anunciou-se ao exército que o rei deixara em Acre que ele estava completamente cercado pelos inimigos diante de Jaffa e não poderia escapar de modo algum sem o socorro do céu. Tristeza e lamentações gerais, grito de dor unânime; o medo e o terror invadiram todos eles, todos pensavam em fugir. Entretanto, de todos os lados acorriam os valentes cavaleiros; um exército se reuniu; procuraram encontrar um meio de ajudar o rei a sair daquela situação difícil. Partiram então todos juntos rumo a Cesaréia, mas lá o medo dos inimigos os deteve: não ousavam avançar mais. Enquanto estavam parados, receberam a notícia da vitória imprevista do rei: cheios de imensa alegria, cantaram louvores àquele que salvara a todos.

Esse episódio guerreiro ocorreu durante o tempo da canícula, no momento da festa de São Pedro Acorrentado.

NOTAS

1. AMBRÓSIO, v. 11377-408: O rei dormia em sua tenda. Escutem uma bela aventura de um genovês que, ao despontar do dia, levantara-se e fora para o deserto. Quando quis voltar, ouviu os turcos que chegavam, e, baixando a cabeça, viu os elmos reluzirem. Sem se deter por um só instante, logo gritou para nossos homens que fossem todos às armas e se armassem. Com os gritos, despertou o rei, que teve aquele dia muita fadiga. Saltou da cama e vestiu, suponho, uma loriga forte e brilhante. Ordenou que se despertassem imediatamente seus companheiros. Não é de admirar que, diante da surpresa, tivessem alguma dificuldade em se vestir e se armar. Mas posso garantir-lhes que tanto se apressaram, o rei e muitos outros com ele, que aquele dia combateram com as pernas desarmadas, nuas e só cobertas pelo céu. Houve muitos, até, que estavam totalmente nus, sem calções, que receberam chagas e golpes, e foi o que mais os prejudicou.

2. AMBRÓSIO, pp. 11543-64: Eis que vem um sarraceno que, montado num veloz cavalo de batalha, separava-se dos turcos: era o valente Safadino de Arcade, aquele que realizava grandes proezas e grandes dádivas. Chegou apressado, como lhes disse, com dois cavalos árabes que enviava ao rei da Inglaterra, e mandou pedir-lhe, pelas proezas que via e por sua grande coragem, que montasse neles sob a condição de que, se Deus o fizesse sair são e salvo, ele o recompensaria. Recebeu mais tarde uma bela recompensa. O rei aceitou-os de boa vontade e disse que, necessitado como estava, aceitaria ainda muitos outros de seu mais mortal inimigo, se lhe viessem dele.

CAPÍTULO 12
A trégua

(H). Três dias depois [*desse combate*], Saladino mandou propor ao rei travar uma batalha com ele na planície; essa proposta agradou muito ao rei. Tudo estava pronto para o combate quando, vindo de Acre, cinco galeras carregadas de homens de armas chegaram em socorro do rei; então Saladino não quis mais lutar contra o rei. Assim, Hugo, duque de Borgonha, Raul de Couci e o visconde de Picquigny morreram em Acre oito dias depois de sua chegada.

(C). Enquanto, depois da incrível vitória, o rei Ricardo demorava-se por seis semanas em Jaffa, uma epidemia provocada por miasmas pestíferos atingiu o próprio rei e quase toda a sua gente, e todos os que foram acometidos pela doença morreram rapidamente, com exceção do rei, a quem Deus concedeu a cura.

O rei, entretanto, via seu tesouro sucumbir pouco a pouco; distribuíra-o generosamente a seus cavaleiros, sem muito refletir; via o exército dos francos e de todos os estrangeiros, que, havia já um ano, dirigira e mantivera a seu lado às custas de grandes despesas, decidido a voltar a seu país, após a morte do duque de Borgonha; via também que seu próprio exército diminuía pouco a pouco, devido aos ataques inimigos e à epidemia, ao passo que o exército inimigo aumentava a cada dia. Assim, aconselhou-se junto aos templários e aos hospitalários, e também junto aos barões que estavam com ele, e depois decidiu voltar sem demora a seu país[1]; tinha a intenção de retornar com muito mais homens e dinheiro para instalar diante de Jerusalém um sítio mais rigoroso e mais longo. Comprometera-se a isso por juramento. A tudo o que acabamos de contar acrescentava-se uma nova preocupação, cúmulo de todos os seus males, segundo alguns: anunciava-se que seu irmão, o conde João, que ele deixara na Inglaterra, tramava para apoderar-se de seu reino; com efeito, ele expulsara o chanceler por excesso de tirania.

A partida de tão grande príncipe e tão grande exército não se podia fazer sem grave perigo e sem dano para os territórios conquistados; assim, a pedido e conselho dos dois exércitos, estabeleceu-se uma trégua em Jaffa entre os cristãos e os pagãos: duraria três anos a partir do dia da Páscoa do ano seguinte[2].

(N). Assim, graças à obra do rei da Inglaterra, obra que só seus rivais criticariam, foi declarada e selada uma trégua entre os cristãos estabelecidos na Palestina e os súditos turcos de Saladino; ela entraria em vigor nas festas de Páscoa do ano seguinte e duraria três anos, três meses, três semanas, três dias, três horas[3]. Por amor ao rei da Inglaterra, Saladino concedeu e garantiu absolutamente aos cristãos a possibilidade de, durante toda a vigência da trégua, orar sobre o túmulo do Senhor em toda a liberdade e segurança; cumpridas suas devoções, poderiam voltar a terras cristãs com o benefício de seu ato piedoso, sem sofrer nenhum mal por parte dos sarracenos, nem na ida nem na volta.

Foi assim que numerosos cristãos dirigiram-se à Terra Santa, quando a trégua foi firmada, cumpriram seu voto e voltaram à sua pátria com o coração pleno de alegria. O rei, que sozinho valia dez mil deles, cedendo em razão das contingências da empreitada aos conselhos das pessoas prudentes e zelando sabiamente por sua própria salvação, não obedeceu à sua devoção. Mas o bispo Huberto de Salisbury, seu companheiro inseparável durante a expedição e colaborador leal e prudente, cuidou de cumprir as devoções do rei em seu lugar. Segundo se diz, ele visitou o sepulcro do príncipe dos príncipes em seu nome e em nome do rei; lá verteu torrentes de lágrimas, procedeu ao santo sacrifício e voltou para junto do príncipe depois de ter assim cumprido seu voto e também o do rei.

Citamos aqui o relato feito por Devizes de todo esse período. O conjunto tem uma forma menos histórica; o tom é diferente, mais irônico — humor inglês? —, embora expressando uma admiração incondicional pela bravura e pelo brilho de Ricardo. A crônica desse autor detém-se no momento em que Ricardo deixa a Palestina; isso provavelmente explica a alusão antecipada à sua volta difícil, passagem que preferimos conservar em seu contexto, embora pareça um pouco "fora do assunto".

(D). O rei da Inglaterra, Ricardo, passou dois anos inteiros conquistando a região ao redor de Jerusalém, sem obter nenhum subsídio de nenhum de seus feudos: nem seu próprio irmão, o conde João, nem seus justiceiros, nem os outros barões se dispuseram a lhe enviar o que quer que fosse por conta de seus rendimentos, e sequer se preocupavam com sua volta. Só nas igrejas orava-se incessantemente a Deus por ele. De dia para dia via-se sucumbir o exército do rei na Terra Prometida; e, além dos que morriam pela espada, havia todos os milhares de homens que, a cada mês, morriam devido à passagem muito brusca do frio intenso da noite ao calor do dia[4]. Parecia que todos morreriam lá; só lhes restava escolher entre morrer sem lutar ou morrer no combate. Quanto aos adversários, a força dos gentios desenvolvia-se grandemente: a desgraça dos cristãos aumentava sua audácia; seu exército, em datas marcadas, recebia reforço de tropas renovadas; o clima era seu elemento; a região, sua pátria; o esforço, sua saúde; a sobriedade, seu remédio. Quanto aos nossos, ao contrário, o que era vantagem para os adversários era-lhes adverso: quando as pessoas de nossa terra viviam precariamente, mesmo que apenas um dia por semana, ao fim de sete semanas tornavam-se menos vigorosas. Os franceses e os ingleses comiam juntos tudo o que havia, enquanto havia dinheiro, todos os dias suntuosamente e, com todo o respeito que devo aos franceses, até o ponto de sentir náuseas; quanto aos ingleses, perpetuando o antigo costume de seu país, mesmo quando soava a trombeta e o clarim, com a devoção desejada, tinham sempre a boca aberta para limpar o fundo dos cálices.

Os mercadores da província que traziam víveres ao acampamento encantavam-se com aquela maravilha insólita e mal acreditavam em seus olhos[5]: um só povo, além do mais pouco numeroso, consumia três vezes mais pão e cem vezes mais vinho do que vários povos de gentios, além do mais muito numerosos. Sobre essa gente, que de certo modo o merecera, abateu-se a mão de Deus: a tão grande gulodice sucedeu uma tão grande fome que os dentes quase não poupavam os dedos quando as mãos ofereciam às goelas menos alimento do que de hábito[6].

A essas desgraças e a outras graves e numerosas, acrescentou-se o mal do rei, que era muito mais grave. Estava pregado ao leito, gravemente doente; seu tifo não se detinha; sua febre não cessava, os médicos falavam a meia-voz em malária subterça.

Eles foram os primeiros a se desesperar; depois, emanando da casa do rei, um profundo desespero tomou conta do acampamento. Entre tantos milhares de homens, raros eram os que não pensavam em fugir, e ter-se-ia seguido uma completa confusão que teria resultado ou na dispersão total do exército ou na rendição se Huberto Walter, bispo de Salisbury, não tivesse rapidamente reunido uma assembléia. Foi decidido, com base em argumentos muito fortes, que o exército não se separaria antes que se pedisse uma trégua a Saladino. Todos entrariam em formação de batalha, com o ar mais resoluto do que de costume e, disfarçando seu desespero por trás de uma postura ameaçadora, simulariam estar buscando combate. Ninguém falaria da doença do rei, pois o segredo de tão grande infortúnio não deveria chegar aos inimigos; sabia-se muito bem, de fato, que Saladino temia menos enfrentar o exército inteiro do que o rei sozinho; se ficasse sabendo que o rei estava acamado, fartaria os franceses de bosta de vaca e embebedaria de medo os bebedores de elite ingleses.

Nesse momento, chegou um certo Safadino, um gentio, irmão de Saladino, velho soldado, muito cortês e prudente; costumava visitar o rei, que, por sua coragem e generosidade, levara-o a estimá-lo e a defender seus interesses. Como os servidores do rei saudaram sua chegada com menos alegria do que de hábito e não o deixaram ver o rei, disse: "Através das afirmações do intérprete adivinho que vocês estão profundamente aflitos, e não ignoro a causa. Seu rei, meu caro amigo, está doente, e por isso sua porta não me é aberta." Desmanchou-se em lágrimas, de todo o coração, e disse: "Deus dos cristãos, se de fato és um Deus, não deixes sucumbir tão prematuramente um homem como esse, tão útil a seu povo."

Todos concordaram em deixá-lo entrar e ele falou nestes termos: (...)[7] "Embora esta manhã eu tenha desejado a morte de todos vocês, inclusive [*de seu rei*], agora devo ter-lhes pena por causa de sua doença; obterei junto a meu irmão uma paz definitiva para vocês, ou pelo menos uma trégua vantajosa e duradoura. Mas, até minha volta, que ninguém diga nada ao rei; é preciso evitar que qualquer emoção agrave sua doença, pois ele tem o coração tão nobre e tão orgulhoso que, sob pena de morrer na hora, jamais consentirá num acordo se não ganhar com ele alguma vantagem."

Ele desejaria dizer mais, mas sua língua paralisada pela dor não conseguiu terminar seu discurso; baixou a cabeça, escondeu o rosto entre as mãos e chorou ainda mais.

O bispo de Salisbury e as pessoas da casa do rei que lhe eram mais chegadas deliberaram secretamente sobre aquela proposta e, fingindo ter-lhe horror e não desejá-la de modo algum, consentiram numa trégua que anteriormente tiveram intenção de comprar a qualquer preço. Assim, trocaram-se juramentos, e Safadino, depois de refrescar o rosto e apagar as marcas de sua dor, voltou a Jerusalém, para junto de Saladino; lá, o conselho reuniu-se em presença de seu irmão, que ao fim de dezesseis dias e ao preço de uma argumentação vigorosa conseguiu com muita dificuldade dobrar a obstinação dos gentios e levá-los a conceder uma trégua aos cristãos; a data foi marcada e o tratado estabelecido por escrito.

Se agradasse ao rei Ricardo, durante três anos, três meses, três semanas, três dias e três horas, uma trégua seria estabelecida entre os cristãos e os gentios, sob as seguintes condições: tudo o que uns e outros possuíam, de qualquer maneira que fosse, permaneceria em seu poder, sem contestação, até o fim da trégua; os cristãos podiam fortificar Acre conforme lhes aprouvesse, durante todo esse tempo, mas apenas Acre, e os gentios Jerusalém. Todos os contratos, trocas, todos os atos poderiam interferir na paz, entre todos, dos dois lados. Safadino em pessoa foi enviado aos ingleses para transmitir essa proposta.

Enquanto o rei Ricardo estava doente em Jaffa, anunciaram-lhe que o duque de Borgonha estava gravemente enfermo em Acre. Era o dia crítico da doença do rei, e o prazer que a notícia lhe trouxe fez baixar a febre. Levantando imediatamente as mãos para o céu, fez esta prece: "Que Deus o esmague, já que ele não quis juntar-se a mim para esmagar os inimigos de nossa fé quando combatia às minhas custas havia tanto tempo!" Dois dias depois o duque faleceu; com a notícia de seu fim, o bispo de Beauvais, deixando o rei, foi às pressas para Acre com todos os seus homens; viu-se juntarem-se a ele, vindos de todas as cidades, todos os franceses, até o último, com exceção de apenas um, Henrique, duque de Champagne, sobrinho do rei, filho de sua irmã mais velha. Quanto ao bispo, que se tornara guia e pastor dos franceses, promulgou um edito e ordenou que voltassem todos à sua pátria.

Sua frota foi equipada e seu glorioso chefe, com sua tropa de glabros, deixando o Oriente navegou pelo mar Tirreno. Aportou na costa alemã e, a cada etapa, espalhava que o rei da Inglaterra, traidor, já ao chegar à Judéia tivera a intenção de entregar o rei da França, seu senhor, a Saladino; que mandara estrangular o marquês de Montferrat para se apoderar de Tiro; que mandara envenenar o duque de Borgonha; enfim, que vendera todo o exército cristão que não lhe obedecia. Segundo ele, tratava-se de um homem extremamente cruel, mestre em artimanhas, grão-mestre em trapaças, que tinha o coração duro como pedra e que nada tinha de amável; por isso o rei da França voltara tão cedo à sua pátria, por isso os franceses que lá ficaram abandonaram Jerusalém sem reconquistá-la. Os rumores cresceram, espalharam-se e fizeram nascer contra um só homem o ódio de todos os homens. (...)

Depois de lhe anunciarem a morte do duque de Borgonha e a fuga dos franceses, o fôlego do rei recobrou o vigor depois de uma crise de transpiração salutar, de tal modo que logo ele recuperou totalmente a saúde. Recuperou as forças graças mais à sua energia do que ao repouso e à alimentação; então, ao longo de toda a orla marítima da região, de Tiro a Ascalon, mandou proclamar que todos aqueles que estivessem em condições de guerrear viessem combater às expensas do rei.

Viu-se chegar uma massa incalculável, cuja maioria era composta por soldados a pé; ele os descartou por serem inúteis, depois contou a cavalaria e mal chegou a quinhentos cavaleiros e dois mil escudeiros cujos patrões haviam morrido. Sem se deixar desencorajar por esses números tão reduzidos, orador eloqüente, o rei fez um discurso reanimando a coragem dos que tinham medo. Ordenou que se comunicassem aos batalhões que, dois dias depois, o exército em formação de batalha deveria seguir o rei para morrer como mártir ou tomar Jerusalém. Era esse, em essência, seu projeto, pois nada sabia ainda a respeito da trégua. De fato, quando inesperadamente o rei se restabelecera, ninguém ousara dizer uma só palavra a respeito das medidas tomadas à sua revelia num momento em que se temia sua morte. Mas Huberto Walter, bispo de Salisbury, colocou o conde Henrique ao par do projeto de trégua e facilmente o levou a adotar seu ponto de vista. Examinando juntos, então, por que meio poderiam, sem perigo para eles, evitar um combate perigoso, encontraram um entre mil: dissuadir o exército de lutar. E aconteceu uma coisa espantosa: sem que houvesse necessidade de dissuadi-los, a coragem faltou completamente aos combatentes e, chegado o dia, quando o rei, cavalgando à frente como de hábito, assumiu a chefia de seu exército, entre todos os soldados e escudeiros não se contavam mais de novecentos homens. Enfurecido com essa defecção, e até mesmo fora de si, dilacerando com os dentes um raminho de cedro que tinha na mão, ele finalmente rompeu o silêncio proferindo estas palavras indignadas: "Meu Deus, por que me abandonaste? Por que nós os cristãos, nós os ingleses, insensatos que somos, viemos combater aqui, no outro extremo do mundo? Não foi pelo Deus dos cristãos? Então! Sê bom para os Teus! Para defender Teu nome logo cairemos sob a força da espada e seremos presa das raposas. Ah, como eu teria dificuldade em Te abandonar se eu fosse para Ti o que és para mim, meu Senhor e meu apoio! Certamente não serei eu a estar em causa, mas Tu, quando, por sua vez, meus estandartes deixarem de flutuar. Tu certamente, meu rei e meu Deus, é que foste vencido hoje por causa da covardia de meu exército, Tu e não este pobre e pequeno rei Ricardo!"

Assim disse e, extremamente perturbado, voltou a seu acampamento; quando o viram voltar, o bispo Huberto e o conde Henrique, aproximando-se com familiaridade, habilmente chamaram sua atenção para a necessidade de tratar com os gentios, falando como se nada tivesse sido feito antes. E disse-lhes o rei: "Já que é próprio de um espírito agitado tomar decisões apressadas mais do que ponderá-las, eu, que trago o coração agitado, confio a vocês, que vejo estarem com o espírito calmo, a tarefa de decidir o que julgarem útil para servir aos interesses da paz." Vendo seus desejos realizados, escolheram mensageiros para enviá-los com as notícias a Safadino, quando de repente lhes anunciaram que este último voltara de Jerusalém e se encontrava ali; o conde e o bispo correram ao seu encontro, ele os tranqüilizou quanto à trégua e deixou que explicassem como deveria falar ao rei, seu senhor. Obtendo permissão para falar com o rei, pois era seu amigo havia muito tempo, teve dificuldade em conseguir que ele não se pusesse a perder e aceitasse a trégua; havia nele, com efeito, uma força física tão grande, um coração tão valente, uma fé tão grande em Cristo, que foi difícil impedi-lo de sustentar o combate sozinho — pois já não tinha tropa — contra mil gentios dos mais corajosos. Já que não podia adotar essa escapatória, eis o recurso que escolheu: haveria uma trégua de sete semanas sem que os termos do tratado fossem modificados; findo esse prazo, caberia a ele decidir se seria melhor combater ou se manter em repouso.

As duas partes comprometeram-se a respeitar lealmente o acordo, e Safadino, mais honrado do que embaraçado pela missão que lhe fora confiada pelo rei, voltou a partir para junto do irmão, decidido a retornar com a ratificação das cláusulas do tratado. Ricardo, rei da Inglaterra, aconselhou-se em Acre e lá, tomando prudentes precauções pela manutenção do reino, designou seu sobrinho, Henrique, conde de Champagne, como chefe e senhor de toda a Terra Prometida. Julgou que conviria esperar, para sagrá-lo rei, o momento em que, talvez, Jerusalém fosse alcançada. Decidindo voltar à sua pátria, mandou, por intermédio do duque Henrique, colocar defensores em todas as defesas que havia na região comandada por ele, mas, em vista da falta de efetivos, decidiu, depois de refletir, que a cidade de Ascalon não teria defensores nem habitantes. Assim, para impedir que ela se tornasse um reduto de gentios, mandou derrubar seus muros e suas defesas. Chegara o sétimo dia da sétima semana, e eis que Safadino foi ao rei com um grande número de emires, que ardiam por ver o rosto daquele herói; a trégua foi confirmada pelos juramentos das duas partes; acrescentou-se este ponto ao texto anterior: enquanto durasse a trégua, nem cristãos nem gentios morariam em Ascalon, todavia as terras cultivadas que cercavam a cidade caberiam aos cristãos. Huberto, bispo de

Salisbury, Henrique, duque da Judéia, em companhia de uma tropa numerosa subiram a Jerusalém para orar no lugar onde Cristo estivera. E havia muita miséria a se ver: os cativos que confessavam o nome de Cristo arrastavam um duro e longo martírio; acorrentados em grupos, pés corroídos de ulcerações, ombros esfolados, costas feridas pelas chibatadas, carregavam materiais para os pedreiros e talhadores de pedra para tornar Jerusalém inexpugnável aos cristãos. Voltando dos Lugares Santos, o duque e o bispo tentaram persuadir o rei a subir até lá, mas a indignação que ele sentia, digna de seu grande coração, não consentia em dever à graça dos gentios o que não podia obter por uma dádiva de Deus.

NOTAS

1. AMBRÓSIO, v. 9553-708, *cita um episódio que se desenrolou no início do ano, bem antes da assinatura da trégua:* Um dia, o rei estava sentado dentro de sua tenda, pensativo e silencioso, quando viu passar diante da porta um capelão de seu país. Era Guilherme de Poitiers, que teria desejado falar com o rei se ousasse dirigir-lhe a palavra. Mas nada lhe ousava dizer, pois para isso não encontrava lugar nem oportunidade. O capelão chorava lágrimas amargas e estava em grande dor; mas não ousava dizer ao rei o que as pessoas do exército diziam dele e do que o acusavam: era que por causa das notícias da Inglaterra ele queria deixar a Terra Santa pobre, devastada e sem socorro, antes de lhe levar ajuda. O rei chamou o padre e disse: "Pela fé que me deve, diga-me a verdade. De onde vem essa tristeza de que o vi chorar? Diga-me sem demora." E o padre, sem esperar, respondeu baixinho, chorando: "Senhor, não o direi antes que me assegure de que não me quererá mal." E o rei assegurou-lhe, deu-lhe sua palavra e jurou que nunca lhe quereria mal de nenhum modo e a nenhum respeito. Então ele disse: "Senhor, acusam-no, e por todo o exército corre o rumor de seu retorno. Que nunca chegue o dia em que o senhor realize tal desígnio! Que nunca se tenha de reprová-lo por isso nem perto nem longe, nem aqui nem em outra parte! Rei, lembra-te das grandes honras que Deus te fez tantas vezes e que sempre serão contadas; pois nunca um rei nestes tempos

sofreu menos dano do que tu. Rei, lembra-te do que se conta, quando foste conde de Poitiers, que não tiveste um só vizinho tão poderoso, tão célebre ou tão hábil ao guerrear contra ti que não o tenhas vencido. Lembra-te das grandes discórdias e dos bandos de brabanções que tantas vezes desmantelaste com tão pouca gente e tão poucos recursos. Lembra-te da bela aventura de Hautefort, que libertaste quando o conde de Saint-Gilles a sitiara e tu o desafiaste e o rechaçaste vergonhosamente. Lembra-te de teu reino que adquiriste em paz e sem obstáculo, o que não ocorrera com ninguém [*antes de ti*] e sem necessidade de te cobrires de armas. Lembra-te de teus grandes combates, de todas as pessoas que venceste, de Messina que tomaste, das grandes proezas que realizaste quando submeteste os *griffons* que pensaram em prender-te na batalha, ao passo que Deus te libertou e cobriu-os de vergonha. Lembra-te da façanha da tomada de Chipre, onde Deus mostrou Sua generosidade, quando realizaste em quinze dias a conquista que ninguém ousava empreender, porque Deus te deu força para isso, lembra-te enfim do imperador que puseste na prisão. Rei, cuidado com a armadilha em que vais cair. Lembra-te do grande navio que teria entrado em Acre, se não tivesses sido levado por Deus a encontrá-lo, e que tuas galeras tomaram com oitocentos homens armados, quando afogaste as serpentes que ele levava. Lembra-te de quantas vezes Deus te ajudou e te ajuda; lembra-te de Acre e do cerco a que chegaste em tempo para tomar a cidade, onde Deus te fez permanecer até que a cidade se rendesse. Bom rei, então não compreendeste por que foste poupado da doença que grassava durante o sítio, a leontíase, ao passo que os outros príncipes morriam dela sem que os médicos pudessem socorrê-los? Rei, tem boa memória e protege esta terra de que Deus te fez guardião, pois entregou-a inteira a ti quando o outro rei se foi. Lembra-te dos cristãos que libertaste no Daron, que iam sendo levados pelos turcos ao cativeiro quando Deus te fez surgir. Rei, deverias pensar incessantemente em todas as bondades que Deus te mostrou e que te fizeram subir tão alto que não temes nem rei nem príncipe. Rei, lembra-te do Daron que tomaste em quatro dias: não foi preciso mais. Lembra-te do grande perigo em que te puseram os inimigos quando dormiste para teus pecados e de como Deus te livrou. Eis-nos entregues à morte. Todos, grandes e pequenos, todos os que estimam tua honra dizem que eras o pai e o irmão da cristandade, e, que se a deixares agora sem socorro, ela será morta e traída."

O clérigo terminara seu discurso dando assim ao rei uma lição e um sermão; o rei não lhe dissera uma só palavra, e os que estavam sentados na tenda também não abriram a boca; mas o rei refletiu sobre o que ouvira e a luz se fez em seu espírito... De tal modo (por que lhes dizer mais?) que disse a seu sobrinho, o conde, ao duque de Borgonha e aos barões que, por nenhum outro assunto, por nenhuma mensagem ou por nenhuma notícia, por nenhuma querela terrena, ele não se iria, e que não abandonaria aquelas terras antes da Páscoa.

2. Esta versão dos fatos é corroborada com algumas variações por Newburgh e por Hoveden:
NEWBURGH, pp. 377-8: Jaffa libertada, o rei ficou alguns dias imobilizado pela doença perto da cidadela de Caifa. Ao saber da notícia, Saladino, segundo se diz, não exultou de alegria pensando que o inimigo se abatera, mas afligiu-se pela desgraça que atingira o mais invencível dos reis. Enviou mensageiros até ele dizendo: "Sei que mesmo que estivesse com boa saúde você não poderia permanecer por mais tempo neste país; mas, com sua partida, o que os cristãos conquistaram a tão duras penas estará exposto a um perigo certo e voltará facilmente a cair em meu poder. No entanto, por respeito a você, cujo mérito admiro muito mais do que detesto seus sentimentos hostis, concedo aos cristãos uma trégua de três anos; só a cidade de Ascalon não deverá ser nem deles nem minha, mas deve ser destruída."

O rei sofria por ver destruída a cidade que erigira em vão com tão grandes despesas e ao preço de tantos esforços; no entanto, cedendo aos conselhos e ao desejo do patriarca, do novo rei e de todos os cristãos do país, aceitou a trégua, que não era totalmente honrosa a se pensar na destruição da cidade mas que, de um ponto de vista mais geral, era muito útil.

HOVEDEN, p. 184, t. 3: Em seguida Saladino propôs ao rei da Inglaterra pagar-lhe todas as despesas que tivera para fortificar Ascalon e dar-lhe uma trégua, a ele e a todos os cristãos que permanecessem na Terra Santa; essa trégua entraria em vigor na Páscoa seguinte e duraria três anos; Saladino respeitaria a paz até esse momento se o rei da Inglaterra lhe entregasse Ascalon no estado em que a deixara.

Vendo que os homens, o dinheiro e a saúde lhe faltavam, o rei da Inglaterra seguiu a opinião dos templários e de todo o exército e aceitou as propostas de Saladino; comprometeram-se por juramento a respeitar a paz até a data marcada.

3. DICETO, p. 105, *dá esclarecimentos técnicos sobre a assinatura dessa trégua:* No quarto dia antes dos idos de agosto [*9 de agosto*], véspera do dia de São Lourenço, foi estabelecida uma trégua. Todas as praças costeiras, Tiro, Acre, a fortaleza de Hymbert, Caifa, Cesaréia, Jaffa, o forte Median, ficaram com os cristãos. Com o consentimento tanto dos cristãos quanto dos sarracenos, Ascalon foi destruída — Ascalon, cidade a cujo respeito se escreveu: "Ascalon, Ascalon, a ponta do gládio está voltada contra ti e serás aniquilada." Concedeu-se aos cristãos o direito de entrar em Jerusalém, contanto que chegassem sem armas, mas o arcebispo de Tiro colocou sob interdição todos os que visitassem Jerusalém e lá cumprissem seus votos de preces com salvo-conduto sarraceno.

A trégua estabelecida entraria em vigor a partir da Páscoa seguinte e duraria três anos, três meses, três dias, três horas, e ninguém pensou que se tivesse dito em vão: "A corda de três fios não se rompe facilmente." Para que não se colocasse em dúvida a validade de seu compromisso, os sarracenos enviaram uma flecha em sinal de paz; davam a entender, assim, que no futuro nada haveria a se temer de uma flecha.

4. AMBRÓSIO, v. 5905-30: Durante o dia, o exército estava tranqüilo; mas, quando a noite era escura, tinham muito a fazer com as lagartas-de-fogo e as tarântulas, que os atormentavam. Os peregrinos que eram picados inchavam na mesma hora. Os grandes senhores davam-lhes teriaga, que os curava imediatamente; no entanto, as tarântulas os incomodavam enormemente. Mas homens atilados inventaram uma maneira de se defender: quando esses animais chegavam e eram vistos, fazia-se no exército um grande barulho, tomo Ambrósio por testemunha; batiam-se os elmos e os capacetes de ferro, os barris, as selas e coxins de selas, os escudos, os broquéis, as bacias, os caldeirões e os fogões. Fazia-se tal fragor e tal alarde que os animaizinhos fugiam, e quando isso se tornou hábito eles desapareceram.

5. NEWBURGH, pp. 451-3: Quando os sarracenos, isso se prova, devido à indulgência do guia que os leva a se perderem [*Maomé*] mergulham da maneira mais imunda nas ondas dos prazeres da carne, é evidente, por desgraça, que sua fruga-

lidade supera a dos cristãos, e que eles reprovam, por desgraça, a grosseria de nossas bebedeiras e de nossa embriaguez. Enfim, o flagelo do cristianismo, Saladino, informando-se há alguns anos, conta-se, a respeito dos costumes dos nossos soldados e sabendo que numa refeição comiam diversos pratos, disse: "Pessoas dessa espécie são indignas da Terra Santa." Pode-se concluir daí que o espetáculo do deboche de nossos soldados incita os sarracenos contra nós, pois eles dizem: "Deus abandonou esses bêbados, vamos persegui-los, vamos capturá-los, uma vez que não há ninguém para os exterminar." A propósito de Saladino, contarei brevemente uma ação que merece ser conhecida e que eu soube através de um homem digno de fé; ela mostra a engenhosidade com que ele injuriava nossa religião para fazer valer a sua. Apresentaram-lhe certo dia dois monges cistercienses que tinham sido capturados por piratas turcos. Compreendendo através de suas roupas insólitas que faziam parte dos sábios cristãos, mandou um intérprete perguntar-lhes quem eram, quais eram sua condição e sua ordem. Responderam que eram monges e que haviam escolhido a regra de São Benedito. Saladino fez inúmeras perguntas sobre as disposições dessa regra e, ao ficar sabendo, entre outras coisas, do celibato, perguntou-lhes se bebiam vinho e comiam carne. Responderam que consumiam em qualquer circunstância uma pequena ração de vinho e que só admitiam o consumo de carne em circunstâncias em que alguma enfermidade o exigisse. Saladino ordenou que fossem submetidos a um cativeiro bastante suave e que fossem colocadas a seu serviço duas mulheres jovens, de beleza agradável, que só lhes oferecessem como alimento carne e água. Eles comeram carne e beberam água em abundância e, a exemplo do bem-aventurado Jó, fizeram um pacto com seus olhos, de modo que nem mesmo pensavam em proceder mal e, tendo a sobriedade por companheira, zelando cuidadosamente por sua castidade, passavam o tempo a orar.

Quando ficou sabendo disso, Saladino ordenou que a carne e a água fossem substituídas por peixes e vinho. Se o tivesse feito com a intenção que está na palavra de Salomão: "Dai vinho a quem tem amargor na alma; que ele o beba e esqueça sua pobreza", teria agido bem. Mas, em sua astúcia, montava armadilhas para surpreender a simplicidade dos monges com artifícios e extrair matéria para caluniar sua religião. Beberam vinho e, cedendo às súplicas das jovens, acalentaram sua tristeza com libações muito abundantes; faltavam assim à regra apostólica: "Toma um pouco de vinho, o necessário a teu estômago." Com efeito, o que é suficiente para o estômago não é suficiente para dar alegria. Mas, quando com a alegria introduziu-se neles o esquecimento do que é honesto, irrompeu a verdade da palavra de Salomão sobre o vinho: "No início ele era agradável, mas acabou por morder como uma serpente." Finalmente eles se precipitaram sobre as mulheres que os provocavam a isso. De manhã, ao passar o efeito do vinho e ao tomarem consciência de seu erro, choraram amargamente e, por ordem do artífice daquela tramóia, foram conduzidos banhados em lágrimas à frente de todo o mundo.

Ele lhes disse: "Por que estão mais aflitos do que de costume?" Os monges responderam: "Porque afogamo-nos no vinho e pecamos gravemente." Disse ele: "Enquanto vocês comiam carne e bebiam água, respeitaram escrupulosamente sua promessa, mas quando, sem comer carnes, beberam vinho em abundância, viu-se que traíram sua regra e sua promessa; em vista disso, parece que Benedito, autor da sua doutrina, não foi prudente ao proibir-lhes o consumo de carne, que em nada perturba o equilíbrio do espírito, e permitir-lhes o consumo do vinho, que tira a força da mais correta razão; é o que prova o exemplo que acabaram de dar. Não é verdade que aquele que instituiu nossa doutrina e nossa lei foi mais prudente, proibindo-nos o consumo do vinho que perturba o espírito e permitindo-nos comer carne, o que nunca nos faz mal? Mas qual é a expiação quando vocês não respeitam sua promessa?" E eles responderam: "A penitência e a reparação são determinadas por nosso superior." E ele: "Então, vocês não podem expiar aqui, voltem para junto dos seus para expiar de acordo com seus ritos."

Ele os liberou para que voltassem aos seus, aquele homem habitado havia muito tempo pelo mal e hábil em denegrir o que não podia compreender.

Sobre a libertinagem dos cruzados, Ambrósio dá uma indicação que esclarece o julgamento severo de Newburgh, v. 1731-50:

Tudo assim combinado, eis que o exército se detém em Jaffa. Criou-se um pesado imposto para reconstruir aquela fortaleza. Refizeram-se os fossos, reergueram-se os muros em toda a sua volta. O exército permaneceu ocioso na cidade, de dia para dia aumentaram os pecados, a desordem e a luxúria; pois as mulheres voltaram de Acre para o exército, e comportaram-se mal. Elas chegavam em navios e barcos. Ah! Misericórdia! Que más armas para reconquistar a herança de Deus! Que falta cometeram aqueles que voltaram a cair no pecado e que por seus excessos perderam sua peregrinação!

217

6. AMBRÓSIO, v. 6075-90: Nossa gente acampou perto do rio Salgado e lá se alojou. Via-se então uma grande agitação em torno dos cavalos mais gordos mortos no dia, os soldados compravam sua carne; pagavam muito caro por ela, e ainda era preciso brigar para obtê-la. Quando o rei ficou sabendo, mandou proclamar solenemente que aquele que desse seu cavalo morto aos soldados receberia um vivo em troca. A partir de então os soldados os tiveram em abundância; pegaram-nos, esfolaram-nos e comeram todos os bons pedaços.

7. *Citamos esta parte do discurso de Safadino no capítulo 15.*

CAPÍTULO 13
A volta

(N). Assim o rei da Inglaterra, deixando a Síria, fez partir primeiro as duas rainhas, sua irmã, que estava viúva, e sua esposa, com quase todos os seus homens. Ele mesmo seguiu num navio mais veloz, com uma escolta pouco numerosa, levando armas leves. Temendo intensamente aborrecer-se, não aceitou a travessia lenta e fastidiosa de uma extensão muito grande de mar e recusou a viagem mais segura que lhe ofereceria um navio mais pesado que, por seu próprio peso, era menos vulnerável às rajadas das tempestades; essa escolha acabou por prejudicá-lo.

As rainhas com toda a sua escolta chegaram à Sicília num trajeto lento mas seguro e lá, em vista das circunstâncias, permaneceram em segurança sob a proteção do rei Tancredo, ao passo que o navio em que estava o rei foi levado por ventos menos favoráveis; o rei foi então arrastado para os lados de Ístria e sofreu um naufrágio entre Aquiléia e Veneza; escapou ao furor das ondas com dificuldade, com mais algumas pessoas.

Em vista das circunstâncias e em razão das incertezas da situação, ele ocultou sua identidade misturando-se aos outros náufragos; soube assim que as pessoas do lugar odiavam o rei da Inglaterra por causa da morte do marquês de Montferrat, pela qual o responsabilizavam, e que não encontraria onde se alojar em segurança[1]. Esforçou-se então para evitar o perigo através de uma vã precaução. Rapidamente, de fato, difundiram-se rumores de que um náufrago ilustre escondia-se ou vagava na região. Como os nobres e o povo empenhavam-se em encontrar seu rastro, logo um conde chamado Mainard capturou oito companheiros seus, enquanto ele mesmo lhe escapava, fugindo secretamente. Em seguida, enquanto um certo Frederico detinha seis companheiros seus no arcebispado de Salzburgo, num lugar chamado Frisach, ele se apressou em chegar à Áustria à noite, com apenas três companheiros.

Mas o duque Leopoldo da Áustria, que, como dissemos, recebera dinheiro de Ricardo quando estava no exército do Senhor e que experimentara sua pródiga generosidade quando estava necessitado, esqueceu seus benefícios e desenfreou-se para se vingar de um leve ultraje; era um homem ávido pelas riquezas inglesas e desleal; colocou guardas vigilantes em todos os caminhos, em todos os atalhos, para não deixar ao ilustre fugitivo nenhuma possibilidade de lhe escapar. Finalmente foi encontrado num arrabalde e capturado; graças ao indício fornecido por um de seus companheiros, que suscitara desconfiança ao comprar alimentos muito refinados e que havia sido obrigado, sob ameaça de morte, a revelar para qual viajante fazia tais compras[2]. Homens de armas conduzidos pelo duque entraram na casa onde ele se escondia cautelosamente: "Nós o saudamos, rei da Inglaterra", disseram eles. "É inútil dissimular sua identidade, seu rosto o denuncia." E, como aquele herói de grande coração tomasse do gládio, disseram: "Não tenha medo, ó rei, não cometa nenhum ato irrefletido, você não morrerá, será antes protegido da morte no meio de seus inimigos, homens do marquês Conrado que têm aversão à sua vida; se viesse a cair em suas mãos, tivesse você mil vidas, não conseguiria salvar nenhuma."

Assim um nobre rei, capturado por um duque sem honra, no mês de dezembro, no 1.192.º ano depois do nascimento de Cristo, foi acorrentado sem se levar em conta a honra real.

(C). No outono, então, preparados os navios e tomadas todas as disposições, o rei Ricardo e a nobre senhora Berengária, a rainha, com a irmã do rei, Joana, rainha da Sicília, assim como os barões e o exército atravessaram o Mediterrâneo. Por uma justa punição divina, embora os desígnios de Deus nos sejam ocultados, depois de sua partida passaram no mar por tempestades de uma violência inaudita e, quando aportaram, viram-se à mercê de perseguições. Alguns sofreram um naufrágio, vários viram seu navio destruído e seus bens desaparecerem no mar e, nus, chegaram penosamente à praia. Outros, enfim, chegaram sem incidentes a seu destino. Mas os que escaparam ao perigo do mar viram em todos os lugares da terra levantarem-se contra eles exércitos inimigos que impiedosamente fizeram-nos prisioneiros, despojaram-nos e impuseram a alguns pesados resgates. Em lugar nenhum havia refúgio seguro, como se o mar e a terra se tivessem aliado contra os desertores de Deus. Disso pode-se concluir, claramente, que Deus jamais aceitará sua volta, uma vez que não tiveram êxito em sua expedição; Deus decidira, com efeito, logo lhes dar a glória na Terra Santa, submetendo-lhes todos os seus inimigos e entregando-lhes o país pelo qual empreenderam tão trabalhosa expedição.

De fato, depois de sua partida, no primeiro domingo da Quaresma seguinte, o inimigo da cristandade, invasor da Terra Santa, refiro-me a Saladino, conheceu o fim miserável de uma miserável existência. Se os cruzados então estivessem presentes, teriam facilmente ocupado todas aquelas terras, pois os filhos e os parentes de Saladino não conseguiam se entender e disputavam o poder.

O rei Ricardo, acompanhado por um séquito pouco numeroso, foi chacoalhado no mar durante seis semanas por uma violenta tempestade. Chegou então à Barbaria, a três dias de vela de Marselha; ouviu um rumor, que estava em todos os lábios, de que o conde de Saint-Gilles e todos os príncipes cujas terras atravessaria haviam se aliado contra ele e preparado emboscadas por toda parte. Assim, decidiu chegar discretamente à sua pátria através do reino teutônico; mudou de rumo e finalmente aportou em Corfu. Lá alugou dois barcos munidos de esporões, pertencentes a piratas; os piratas haviam antes atacado audaciosamente o navio do rei mas, por interferência de um marinheiro que os conhecia, aliaram-se ao rei, que, seduzido por sua coragem e sua audácia, subiu em seu barco, levando com ele apenas alguns de seus homens, entre eles Balduíno de Béthune, mestre Filipe, erudito do rei, Anselmo, seu capelão — que me contou tudo conforme viu e ouviu — e alguns templários. Todos desembarcaram na costa dálmata, perto de uma cidade chamada Zara; enviaram imediatamente um mensageiro ao castelo vizinho, para pedir um salvo-conduto ao senhor da região, que era o sobrinho do marquês de Montferrat.

Ora, o rei, na viagem de volta, comprara por novecentos besantes três pedras preciosas — de um habitante de Pisa. Mandara montá-las num anel de ouro enquanto estava no mar, e enviou esse anel ao senhor do castelo por intermédio de seu mensageiro. O senhor da região perguntou ao mensageiro quem eram os que pediam o salvo-conduto; o outro respondeu que eram peregrinos voltando de Jerusalém. Em seguida ele perguntou seus nomes. Então o mensageiro: "Um deles chama-se Balduíno de Béthune; o outro é chamado Hugo, o mercador, e foi ele quem lhe enviou o anel."

Então o senhor do lugar examinou o anel e disse: "Não, ele não se chama Hugo, é o rei Ricardo." E acrescentou: "Claro, jurei deter todos os viajantes que pertencessem a seu séquito e não aceitar deles qualquer presente. No entanto, em vista da nobreza do presente e daquele que me envia e me honrou de tal maneira sem me conhecer, devolvo o presente e concedo livre direito de passagem."

Ao voltar, o mensageiro relatou tudo ao rei. Então, cheios de temor, arrearam os cavalos em plena noite, deixaram a cidade às escondidas e viajaram algum tempo atravessando o país, sem encontrar obstáculo. Mas, depois de sua partida, o senhor de Zara enviou um emissário secretamente a seu irmão avisando-lhe que detivesse o rei quando ele chegasse a suas terras. Quando o rei chegou e entrou na cidade onde morava o irmão daquele senhor, este imediatamente convocou um homem em quem tinha toda a confiança, Rogério, um normando de Argenton, que estava junto dele havia vinte anos e a quem dera sua sobrinha em casamento; ordenou-lhe que inspecionasse atentamente todas as casas onde houvesse viajantes alojados e que tentasse identificar o rei por sua maneira de falar ou por qualquer outro detalhe. Prometeu dar-lhe a metade da cidade se conseguisse capturar o rei.

O homem localizou e examinou todas as casas onde havia viajantes; acabou por encontrar o rei. Ricardo ocultou por bastante tempo sua identidade, depois, vencido pelas súplicas e pelas lágrimas do leal investigador, confessou sua identidade. Imediatamente o outro exortou-o, chorando, a fugir às escondidas, e ofereceu-lhe um cavalo excelente. Pouco depois, voltando para junto de seu senhor, disse que aquilo que se contava a respeito da chegada do rei não tinha fundamento, mas que se tratava de Balduíno de Béthune e de seus companheiros, voltando da peregrinação. O senhor, furioso, mandou prender todos eles.

O rei deixou a cidade às escondidas com Guilherme de Etang e um jovem servidor que falava o alemão; viajou três dias e três noites sem se alimentar. Depois, compungido pela fome, foi até uma cidade chamada Viena, na Áustria, às margens do Danúbio, onde, por cúmulo de infelicidade, naquele momento encontrava-se o duque da Áustria. O jovem servidor do rei foi trocar dinheiro; tirou muitos besantes, mostrando-se arrogante e pretensioso. Então os habitantes da cidade apoderaram-se dele imediatamente e lhe perguntaram quem era; respondeu que estava a serviço de um mercador muito rico que chegaria à cidade três dias depois. Foi libertado e voltou discretamente para junto do rei, em seu refúgio, exortando-o a fugir o mais depressa possível e contando-lhe o que acontecera. Mas o rei, ainda sob efeito da fadiga causada por sua dura navegação, desejava descansar alguns dias naquela cidade. O servidor ia com freqüência ao mercado para comprar o necessário, e certa vez, no dia de São Tomé Apóstolo, enfiara inadvertidamente sob seu cinto as luvas do patrão. Vendo-as, os magistrados da cidade voltaram a deter o servidor, maltrataram-no rudemente, infligiram-lhe muitas torturas, feriram-no e ameaçaram arrancar-lhe a língua se não se apressasse em dizer a verdade. O servidor, vencido por um sofrimento insuportável, contou-lhes tudo. E eles informaram o duque imediatamente, cercaram o alojamento do rei e instaram-no a entregar-se voluntariamente.

O rei permaneceu marmóreo em meio ao alarde de todas aquelas pessoas que palravam; deu-se conta de que sua bravura não poderia defendê-lo contra tantos bárbaros, e exigiu a presença do duque, garantindo que só se entregaria a ele. O duque chegou imediatamente e o rei deu alguns passos em sua direção, depois colocou sua espada e sua pessoa em suas mãos. O duque, muito satisfeito, levou o rei com ele, com grandes honras. Depois entregou-o à guarda de bravos cavaleiros que, noite e dia, vigiaram-no estreitamente em todos os lugares, de espada na mão.

Esse lamentável infortúnio, estejamos certos, não se produziu contra a vontade de Deus Todo-Poderoso, embora essa vontade nos escape; talvez tenha sido para castigar os erros que o próprio rei cometera em seus anos de deboche, ou para punir os pecados de seus súditos, ou para que a detestável maldade das pessoas que perseguiam o rei na situação em que ele estava fosse conhecida por todo o universo e deixasse a seus descendentes a ignomínia vinculada a tal crime: abateram sob o peso de uma provação excessiva um rei muito grande, muito valente e muito poderoso, que voltava de uma peregrinação muito sofrida, e depois impuseram a seu reino a carga esmagadora de seu resgate. Com efeito, pergunto-lhes, que povo ímpio e inimigo das leis de Cristo tomaria decisões tão severas e cruéis contra tão grande príncipe em tal situação? Mesmo que, por semelhante infortúnio, tivesse caído nas mãos do próprio Saladino — Saladino contra quem esse rei, transpondo os mares, deixando o reino que acabara de receber, deixando sua pátria, seus parentes, seus amigos, viera combater, saindo do outro lado do mundo —, o próprio Saladino, dizia eu, teria sem dúvida infligido uma pena menos severa e teria imposto a seu reino um resgate menos esmagador; certamente teria sabido render homenagem à sua nobreza e à sua bravura, assim como à sua dignidade de rei, ao passo que aquele povo bárbaro nunca o soube fazer.

Povo arrogante! Terra bárbara, cujos filhos sempre foram gigantes quanto ao tamanho e à massa, abortos quanto ao coração e à bravura; grande corpos, pequenas coragens! Jamais terias ousado atacar o rei na guerra se ele tivesse à sua volta seu exército fogoso; a queda de tão grande príncipe não deve ser imputada à tua bravura, mas a uma decisão de Deus: "Com um movimento de Suas sobrancelhas, Ele faz girar a leve roda da fortuna; abaixa um, levanta o outro; faz crescer um, abate o outro; na mão de Deus há uma taça em que fermenta um vinho cheio de misturas; Deus afrouxa o cinto dos reis e coloca uma corda em torno de seus rins; faz cair os poderosos e verte o desprezo sobre os grandes."

(Di). O duque da Áustria prendeu o rei da Inglaterra em Viena; não desonrou os tornozelos do rei com correntes, mas, dando-lhe guardiães odiosos, tornou seu cativeiro mais penoso do que se o tivesse acorrentado fortemente.

Com efeito, os homens dessa região transpiram barbárie, seu linguajar faz arrepiar os cabelos, são de uma imundície repulsiva, chafurdam no lixo. Compreende-se que viver com eles é antes viver com animais do que com homens. (...)

Na terça-feira depois de Ramos, o duque da Áustria entregou o rei da Inglaterra ao imperador dos romanos, diante da promessa de que receberia dinheiro[3]. Pouco depois, para através do medo e da ameaça obrigar o rei da Inglaterra a entregar uma enorme quantia de dinheiro a título de resgate, o imperador mandou jogá-lo na fortaleza de Trifels, situada na fronteira entre a Alemanha e a Lorena, num lugar em que uma montanha supera todas as outras por sua altura. A fortaleza está situada no seu cume; foi instalada naquele lugar absolutamente inacessível para que nela fossem encerrados em prisão perpétua os condenados por atentado ao poder imperial.

Isso não aconteceu por acaso, mas foi decidido e prudentemente ordenado pela vingança divina; ela queria que o rei Ricardo fosse chamado à penitência e a uma justa expiação pelo desvario que o levara, em Le Mans, com o apoio do rei da França e a seu conselho, a cercar seu próprio pai, arrasado pela doença; embora não o tivesse golpeado, obrigara-o a fugir através de seus ataques freqüentes e impiedosos.

(C). [*ano de 1193*] O duque da Áustria entregou o rei Ricardo às prisões de Henrique, imperador da Alemanha, que mandou prendê-lo severamente e designou para sua guarda uma numerosa tropa de cavaleiros e de sargentos, selecionados entre os mais valentes teutões. Noite e dia, em todos os lugares, eles o acompanhavam, com a espada no flanco; rodeavam a cama do rei, não permitindo que nenhum de seus homens passasse a noite com ele. Mas nada disso jamais conseguiu alterar a fisionomia de um príncipe tão cheio de serenidade nem impedi-lo de se manter alegre e contente em seus propósitos, intrépido e loucamente audacioso em suas ações, sempre conforme ao que requeriam as circunstâncias, o lugar, a ocasião e sua dignidade[4]. Renuncio a dizer quantas vezes humilhou e maltratou seus guardas, permitindo-se fazer gracejos duvidosos às suas custas; quantas vezes os ridicularizou, embriagando-os; quantas vezes venceu como que brincando as forças daqueles colossos.

O imperador, que por muito tempo conservou amargura e ressentimento contra o rei, não queria de modo algum convocá-lo nem falar com ele: queixava-se de que o rei, em muitas ocasiões, faltara gravemente à sua própria pessoa e a seus súditos, e lançava contra ele fortes acusações; os amigos do rei intercederam ativamente, entre eles o abade de Cluny e o chanceler. Então finalmente o imperador convocou seus bispos, seus duques e seus condes, mandou chamar o rei e, na presença de todos, acusou-o quanto a vários pontos: primeiro, por intervenção de Ricardo perdera os reinos da Sicília e da Apúlia. Ora, esse reino deveria caber-lhe por direito hereditário após a morte do rei Guilherme da Sicília e, para garantir a posse, ele recrutara um grande exército; além disso, o rei Ricardo prometera ajudá-lo lealmente a tirar o reino de Tancredo. Em segundo lugar, repreendeu-o a propósito do imperador de Chipre, que era de sua família: Ricardo o desapossara injustamente de seu reino, fizera-o prisioneiro, apoderara-se pelas armas de suas terras e de seus tesouros e vendera a ilha a um estrangeiro. Depois disso acusou o rei da morte do marquês de Montferrat, seu vassalo: depois de suas intrigas e de sua traição o marquês fora morto pelos assassinos; ele também os havia enviado para matar o rei da França, seu suserano, a quem, durante sua peregrinação comum, jamais demonstrara a lealdade a que se comprometera através de seu juramento mútuo. Em seguida, queixou-se de que, diante de Jaffa, numa afronta ao duque da Áustria, seu parente, o rei mandara jogar seu estandarte na lama; além disso, em todas as ocasiões, por palavras ou ações, ridicularizara e insultara os alemães, seus súditos, em terras de Jerusalém.

O imperador fez-lhe essas repreensões e muitas outras ainda; imediatamente, o rei, de pé no meio de todos, ao lado do duque da Áustria, que chorava copiosamente sua sorte, pôs-se a responder a cada uma das acusações num discurso tão fervoroso e tão claro, que inspirou a todos admiração e respeito; em seus corações não restou então qualquer suspeita mais quanto àquilo de que o acusavam. Com efeito, apoiou-se em afirmações indiscutíveis e argumentos convincentes para esclarecer a verdade sobre os fatos condenados e mostrar como se encadeavam. Eliminou assim todas as suspeitas infundadas que pesavam sobre ele, sem calar a verdade a respeito de seus atos. Em particular, negava veementemente ter traído quem quer que fosse ou ter tramado a morte de um príncipe, assegurando que, quanto a isso, estaria sempre pronto a demonstrar sua inocência de forma a agradar à corte do imperador.

Falou longamente em presença do imperador e dos príncipes com a maior eloqüência, pois é muito bem-falante. Então o imperador levantou-se e, pedindo ao rei que se aproximasse, beijou-o; depois conversou com ele fazendo-lhe mil gentilezas. Desde aquele dia, o imperador testemunhou-lhe as maiores honras e tratou-o como se fosse seu irmão.

(H). "Henrique, imperador dos romanos pela graça de Deus, e sempre Augusto, a Filipe, ilustre rei dos franceses, seu muito caro e íntimo amigo, que ele saúda e a quem garante sincera afeição.

Nossa Alteza Imperial não duvida de que Vossa Magnificência Real se alegre por tudo aquilo através do que a onipotência de nosso Criador tenha exaltado e honrado nossa pessoa e o Império romano; decidimos pois levar ao conhecimento de Vossa Grandeza Imperial através do conteúdo desta carta que o inimigo de nosso império e o homem que semeia a inquietação em seu reino, o rei da Inglaterra, enquanto estava no mar para voltar à sua pátria, foi empurrado pelo vento na direção de Ístria, a um lugar situado entre Aquiléia e Veneza, depois de seu navio ter-se danificado; lá, pela vontade de Deus, o rei naufragou e escapou com alguns de seus homens. Um dos nossos leais súditos, o conde Mainard de Goritz, e o povo da região, ao saber que ele se encontrava em suas terras e lembrando-se muito a propósito da perfídia, da traição e da imensidão de erros que aquele homem cometera na Terra Santa, puseram-se à sua procura com a intenção de capturá-lo. Como o rei fugira, apoderaram-se de oito cavaleiros seus. Pouco depois, ele chegou a um burgo do arcebispado de Salzburgo chamado Frisach; lá, Frederico de Betesowe capturou seis de seus cavaleiros enquanto ele mesmo partia às pressas, à noite, rumo à Áustria, com apenas três acompanhantes. Nosso caro parente, Leopoldo, duque da Áustria, mandou vigiar as estradas e colocou sentinelas por toda parte, e foi assim que capturou o rei perto de Viena, numa casa vulgar dos arrabaldes. Portanto, como o rei está em nosso poder e como ele sempre lhe causou inquietações e dificuldades, empenhamo-nos em informar Vossa Nobreza do que precede, sabendo que isso o deixará muito satisfeito e dará a seu coração uma profunda alegria.

Em Rense, quinto dia antes das calendas de janeiro [*28 de dezembro*]." (...)

No mesmo ano [*1192*], muitos peregrinos que tinham deixado a Síria com o rei chegaram à Inglaterra antes do Natal, acreditando encontrá-lo lá; perguntaram-lhes onde estava o rei e eles responderam: "Não sabemos; mas vimos o barco que ele tomou aportar em Brindisi, na Apúlia."

(N). Nessa época, por causa do cativeiro do rei, a Inglaterra lamentava-se, esmagada por uma aflição que ultrapassava tudo o que se pudesse temer. A terrível desgraça foi anunciada, acredita-se, pouco tempo antes por fenômenos celestes.
No mês de janeiro do ano em que o rei caiu nas mãos de seus inimigos, vimos no céu um prodígio assustador que pressagiava, indiscutivelmente, a aflição que iria nos atingir. Quase na hora da primeira véspera, entre o norte e o oeste, uma parte do céu tornou-se vermelha e pareceu incendiar-se; não havia nenhuma nuvem e as estrelas cintilavam; no entanto, cobriram-se de um vermelho ardente estriado de raios brancos, que lhes conferiu um lampejo cor de sangue. Através de toda a Inglaterra essa visão aterradora reteve durante cerca de duas horas os olhares e a atenção dos espectadores apavorados, depois apagou-se pouco a pouco e desapareceu, deixando uma grande incerteza.
No mês de fevereiro do ano seguinte — o rei da Inglaterra já fora preso na Alemanha mas a notícia de sua detenção ainda não chegara à Inglaterra —, um prodígio semelhante, sob todos os aspectos, apareceu na mesma região do céu através de toda a Inglaterra, depois da meia-noite, no momento em que os religiosos cantam as matinas, e ficamos sabendo que em várias dioceses o refle-

xo daquela vermelhidão aterradora nas janelas envidraçadas causou tal pavor, que todos os religiosos, largando seu salmos, precipitaram-se para fora, persuadidos de que um incêndio se deflagrara nas construções vizinhas; depois de observarem o terrível prodígio, voltaram aos salmos cheios de terror. O medo causado pelo novo prodígio foi grande, e foi então que, subitamente, espalhou-se a notícia do cativeiro do rei.

No mesmo ano, enquanto o rei conhecia na Alemanha uma penosa detenção e sua pronta liberação era esperada, três dias antes das nonas de novembro [*2 de novembro*], antes da aurora, o mesmo prodígio aparecendo pela terceira vez na mesma região do céu causou menos temor aos que o viram e que já se haviam habituado a ele, mas decuplicou a incerteza e multiplicou as conjeturas quanto ao significado daquele preságio.

(H). Diante do anúncio da captura do rei, Guálter, arcebispo de Rouen, e todos os outros juristas do rei, seu senhor, enviaram o abade de Boxley e o abade de Pont-Robert à Alemanha para procurar o rei da Inglaterra. Depois de percorrerem toda a Alemanha sem o encontrarem, entraram na Baviera e o encontraram na cidade chamada Ochsenfurt, aonde fora conduzido, para junto do imperador, para que se entrevistasse com ele no dia de Ramos.

Ao saber que aqueles abades tinham vindo da Inglaterra, o rei mostrou-se alegre e afável para com eles, interrogou-os sobre as condições de seu reino, a fidelidade de seus vassalos, a saúde e a prosperidade do rei da Escócia, cujo leal apoio inspirava-lhe plena confiança. Os abades deram testemunho do que haviam visto e ouvido.

Ao ouvir suas respostas, o rei lamentou a traição de seu irmão João, conde de Mortain, a quem dera tantas rendas e tantos títulos importantes, e que se colocara contra ele ao lado do rei da França, e depois, desprezando os laços de sangue, fizera aliança com a morte e pacto com o inferno. Diante disso o rei, contristado, proferiu subitamente estas palavras tranqüilizadoras: "Meu irmão João não é homem de conquistar terras pela violência, embora tenha sido homem de recusar que sua violência fosse rechaçada pela violência!"

(C). Em seguida, houve ingerências ativas das duas partes e discutiu-se longamente sobre o resgate do rei. Chegou-se enfim a um acordo: seu resgate seria de cento e cinqüenta mil marcos de prata de Colônia. Uma vez estabelecido esse acordo entre o imperador e o rei, os bispos, os duques e os condes prestaram juramento, no dia de São Pedro e São Paulo: assim que o rei tivesse entregue a quantia combinada, ele voltaria livre a seu reino.

Os termos desse tratado foram levados à Inglaterra pelo chanceler do rei, que se fazia portador de uma carta do rei seu senhor e de uma carta do imperador trazendo sua chancela de ouro. Seguiu-se um edito dos juristas do rei, ordenando que todos os bispos, clérigos, condes e barões, assim como todas as abadias e todos os priorados, entregassem o quarto de seus rendimentos para o resgate do rei; além disso, foram recolhidos para esse fim todos os seus cálices de prata. Em suma, não houve igreja, ordem, condição ou sexo que escapasse à obrigação de contribuir para o resgate do rei.

(Di). O resgate do rei da Inglaterra foi de cem mil libras de prata avaliadas ao peso da moeda oficial de Colônia. Foi marcada uma data para a entrega do dinheiro e cinqüenta reféns eminentes foram dados como garantia.

Revelemos agora, a começar pela casa de Deus, a devoção manifestada por cada um de seus súditos quando foi preciso ocupar-se do resgate do rei. As igrejas paroquiais enviaram os grandes tesouros que haviam reunido desde tempos antigos: seus cálices de prata. Além disso, decidiu-se por um acordo unânime que os arcebispos, os bispos, os barões entregariam um quarto de seu rendimento de um ano; os monges cistercienses, os cônegos agostinianos, toda a lã de um ano; os clérigos que recebiam o dízimo, a décima parte de seu rendimento.

O que mergulhou os alemães em profunda admiração foi assistir ao grande afluxo de bispos, abades, condes e barões, assim como de homens de condição modesta, que vinham de regiões dispersas e distantes atraídos pelo desejo de ver o rei; em todo o reino, com efeito, todos quase perdiam as esperanças de vê-lo retornar.

(H). Enviados do rei da França e enviados do conde João, irmão do rei da Inglaterra, vieram ao imperador; ofereceram-lhe cinqüenta mil marcos de prata da parte do rei da França e trinta mil marcos de prata da parte do conde João para manter o rei da Inglaterra em cativeiro até o dia de São Miguel seguinte; ou, se o imperador preferisse, dar-lhe-iam mil libras de prata ao fim de cada mês, durante o tempo que ele mantivesse o rei da Inglaterra em cativeiro; ou ainda, se o imperador preferisse, o rei da França lhe daria cem mil marcos de prata e o conde João cinqüenta mil marcos de prata sob a condição de que lhes entregasse o rei da Inglaterra ou, pelo menos, de que o mantivesse em cativeiro por um ano a partir daquela data. Eis como o amavam!

Diante dessas novas, o imperador adiou a libertação do rei da Inglaterra e marcou-a para o dia da purificação de Santa Maria, em Mainz.

No dia da purificação da Bem-aventurada Maria, houve um encontro em Mainz entre Henrique, o imperador dos romanos, acompanhado pelos barões de seu império, e Ricardo, rei da Inglaterra, acompanhado pela rainha Leonor, sua mãe, Guálter, arcebispo de Rouen, seu chanceler, o bispo Guilherme de Ely, e por Savaric, bispo de Bath. Falou-se da libertação do rei da Inglaterra e o imperador quis romper seu compromisso, pois o dinheiro oferecido pelo rei da França e pelo conde João haviam despertado sua cupidez. Levou com ele os mensageiros do rei da França e os do conde João, entre os quais estava Roberto de Nunant, irmão do bispo Hugo de Coventry; fez o rei da Inglaterra ler a carta que o rei da França e o conde João haviam enviado para impedir sua libertação. Vendo a carta e lendo-a, o rei ficou profundamente perturbado e confuso, pois perdeu as esperanças de ser libertado. Foi a esse propósito falar com os bispos de Mainz, de Colônia, de Spire e de Liège, o duque de Suábia, irmão do imperador, e os duques da Áustria e de Louvain, e também com o conde Palatino do Reno e todos os outros barões do império que tinham sido designados como fiadores do imperador para o compromisso que havia firmado com o rei da Inglaterra.

Resolutos, foram ter com o imperador que queria, inescrupulosamente, romper seu compromisso, censurando vivamente sua cupidez; obrigaram-no, contra a sua vontade, a soltar o rei da Inglaterra e a declará-lo livre, todavia sob condição de que ele deixasse Guálter, arcebispo de Rouen, Savaric, bispo de Bath, Balduíno Wake e muitos outros, filhos de seus condes e de seus barões, como reféns do imperador — isso para garantir o pagamento do preço de seu resgate, da paz com o imperador, com seu império e todas as terras sob seu domínio.

Os arcebispos de Mainz e de Colônia, então, devolveram Ricardo às mãos de sua mãe, Leonor, declarando-o livre e quitado para com o imperador; isso aconteceu na véspera das nonas de fevereiro [*4 de fevereiro*], uma sexta-feira, dia "egípcio", o que os de hoje chamam um dia nefasto; assim, o Senhor o libertou num dia nefasto[5].

No dia em que foi libertado das prisões do imperador, o rei enviou Salt de Breuil à Síria para anunciar sua libertação a Henrique, conde de Champagne, seu sobrinho, e aos outros príncipes cristãos; mandou dizer-lhes também que, se Deus o vingasse de seus inimigos e lhe desse a paz, iria ter com eles na data prevista, para socorrê-los contra os pagãos. Prometeu a Salt de Breuil que lhe daria quarenta libras quando da sua volta da Síria.

(Di). Guálter, arcebispo de Rouen, que administrara durante dois anos e três quartos os assuntos do reino enquanto chanceler da justiça da Inglaterra, não teve por isso nenhum orgulho: recusava qualquer presente e julgava as reclamações com justiça. Respondendo ao chamado do rei, foi à Alemanha. Também foi a mãe do rei, rainha Leonor, e festejaram a Epifania em Colônia, durante sua viagem.

"Guálter, arcebispo de Rouen, para Raul, decano, em Londres.

Que nosso irmão bem-amado saiba que desde nossa chegada junto a nosso muito caro soberano, rei da Inglaterra, não escrevemos a ninguém na Inglaterra e que, até o dia seguinte à festa de São Brás, nada soubemos que mereça ser lembrado ou que devêssemos escrever. Nesse dia, em compensação, o Senhor misericordioso visitou seu povo em Mainz para libertar o rei nosso soberano. Nessa data, de fato, permanecemos junto ao nosso rei até a terceira hora [*cerca de nove horas*], enquanto os arcebispos de Mainz e de Colônia serviam como árbitros entre seu soberano o imperador, nosso rei e o duque da Áustria, a propósito da libertação do rei; e, na presença da rainha, na nossa presença e na dos bispos de Bath, de Ely e de Saintes, e de muitos outros barões, esses arcebispos, que com extremo zelo haviam concorrido para a libertação do rei, aproximaram-se de nosso soberano trazendo-lhe uma mensagem breve e alegre: o imperador anunciava que o rei, que durante muito tempo ele mantivera preso, estava livre a partir de então para ir aonde quisesse e dispor de sua pessoa."[6]

(H). [*1193*] "Ricardo, rei da Inglaterra pela graça de Deus, duque da Normandia e da Aquitânia e conde de Anjou, para Leonor, rainha da Inglaterra pela graça de Deus, sua mãe muito querida, a seus juristas e a todos os seus leais servidores na Inglaterra.

Saibam todos que nosso caro chanceler Guilherme, bispo de Ely, veio ter conosco após a partida de nosso caro amigo Huberto, venerável bispo de Salisbury, e do grande chanceler, Guilherme de Santa Madre Igreja. Colocou-se lealmente como intermediário entre o imperador e nós; por essa razão, pudemos deixar o castelo de Trier no qual estávamos detido e encontramos o imperador em Haguenau, onde fomos recebido com honra pelo próprio imperador e por toda a sua corte. O imperador e a imperatriz cumularam-nos de todos os tipos de presentes magníficos ; mais importante: prometemo-nos, o imperador e nós, uma afeição recíproca e indestrutível; cada um de nós deve ajudar o outro, contra todos os seres vivos, a fazer valer e defender seus direitos.

Permaneceremos junto do imperador com as considerações que nos são devidas até que esteja completamente resolvido o assunto que nos concerne a um e a outro e que lhe tenhamos pago sete mil marcos de prata. Portanto, pedimos e insistimos, pela fé que vocês nos devem, para que se empenhem com zelo em reunir essa quantia. Vocês, nossos juristas, que comandam os outros em nosso reino, dêem-lhes o exemplo: tragam-nos sua contribuição tomando de seus bens ou do que possam emprestar de outros e façam-no com bastante nobreza e magnificência para dar a nossos outros leais servidores o exemplo do que devem fazer. Recolham junto aos prelados todo o ouro e toda a prata das igrejas e contem-nos cuidadosamente por escrito. Garantam-lhes por juramento, vocês e outros barões de sua escolha, que tudo lhes será devolvido. Peçam reféns a todos os nossos barões; assim, quando nosso leal chanceler tiver ajustado nossos negócios na Alemanha e voltar à Inglaterra, encontrará esses reféns junto de nossa querida mãe, a rainha, e poderá enviá-los a nós sem demora, conforme combinamos com o imperador, pois nossa libertação não deverá sofrer nenhum atraso, nem por sua negligência nem por falta de reféns. O dinheiro coletado deverá também ser entregue à minha mãe e aos que ela tenha escolhido.

Aquele que encontrarmos pronto a vir em nossa ajuda nesta provação terá em nós um amigo pronto a também o ajudar em suas próprias provações. Ajudar-nos em nossa ausência dará mais motivos a nosso reconhecimento do que nos oferecer duas vezes mais em nossa presença. Queremos também que o nome de cada barão e a contribuição pessoal de cada um nos sejam comunicados sob a chancela de nossa mãe, pois queremos saber o reconhecimento que devemos a cada um. Saibam que, se estivéssemos na Inglaterra e totalmente dono de nós, daríamos ao imperador tanto dinheiro ou mais do que lhe damos agora em cumprimento do acordo a que chegamos pela graça de Deus, e que, se não tivéssemos dinheiro à nossa disposição, preferiríamos entregar nossa pessoa ao imperador até o pagamento da quantia a deixar inacabado o que fora iniciado. Para garantir minhas palavras, nosso chanceler leva-lhes uma carta do imperador com uma chancela de ouro.

Feito em nossa presença em Haguenau, no décimo terceiro dia antes das calendas de maio [*19 de abril*]."

(N). O rei da Inglaterra, extenuado por sua longa detenção numa fortaleza, enviava mensagens freqüentes aos que cuidavam do reino da Inglaterra em sua ausência, a todos os seus fiéis, a seus vassalos que pareciam ter algum poder e pedia-lhes que apressassem sua libertação reunindo por todos os meios a quantia exigida para seu resgate. Os agentes do rei, então, aceleravam as providências através de toda a Inglaterra, sem poupar ninguém; não se fazia diferença entre clérigos e leigos, civis e religiosos, citadinos e camponeses; todos eram obrigados, para resgatar o rei, a pagar a quantia que fora estabelecida em função da abundância de seus bens ou da importância de seus rendimentos. Os privilégios, prerrogativas e imunidades das igrejas e dos mosteiros calavam-se, inúteis; todos os direitos e liberdades restringiam-se a si mesmos; ninguém se permitia dizer: "Vejam minha importância e minha qualidade, isentem-me." Até os monges cistercienses, livres dos impostos do rei até aquela data, foram taxados, e seus encargos foram tanto mais pesados pelo fato de eles pouco terem sentido, até então, o peso dos encargos públicos. Foram obrigados, com efeito, a depositar o que, como se sabe, representa o essencial de seus meios de subsistência e seu único rendimento para suprir as necessidades e despesas indispensáveis: a lã de seus rebanhos.

Pensava-se, com certeza, que uma tão grande quantidade de dinheiro ultrapassasse a quantia exigida pelo resgate do rei; quando todas as contribuições chegaram a Londres, no entanto, o montante não fora atingido. Isso ocorreu, acredita-se, em virtude da desonestidade dos agentes do rei. Em seguida, devido à insuficiência da primeira coleta, os ministros do rei deram início a uma segunda, depois a uma terceira; despojaram os ricos de seu dinheiro, ocultando a infâmia evidente de seus roubos sob o honroso pretexto oferecido pelo resgate do rei.

Enfim, para não deixar passar qualquer ocasião e para que o gafanhoto devorasse os restos da lagarta, o grilo os restos do gafanhoto, e a ferrugem[7] os restos do grilo, chegou-se aos objetos de culto; e, uma vez que a venerável sabedoria dos Padres de Igreja permitiu e até mesmo aconselhou que fossem vendidos para pagar o resgate de qualquer fiel, julgou-se ainda com maior segurança que deveriam servir ao resgate do rei. Foi assim que, através de toda a extensão do reino da Inglaterra, os cálices sagrados foram entregues aos agentes do rei ou comprados a preço vantajoso, ou seja, um pouco abaixo de seu peso. A Inglaterra parecia totalmente despojada de seu dinheiro e o ritmo das coletas tornava-se mais lento porque os agentes do rei estavam cansados, e no entanto, ao que se dizia, toda aquela quantidade de riquezas não era suficiente para alcançar a soma exigida para o resgate do rei e suas despesas. Por isso, quando a maior parte da quantia estabelecida foi entregue aos oficiais do imperador, o rei, depois de se aconselhar, deu satisfação ao imperador da parte restante deixando-lhe reféns importantes, pois não queria que sua libertação fosse ainda mais retardada.

(Di). [*1194*] O rei da Inglaterra, cedendo à solicitação de Adolfo, arcebispo de Colônia, foi até essa cidade; foi recebido no próprio palácio do arcebispo com grandes demonstrações de honra; lá passaria três dias em festas magníficas e festins generosos. No terceiro dia, o arcebispo levou o rei para assistir à missa na igreja de São Pedro; foi então que o arcebispo, deixando o lugar principal, desempenhou o papel de chantre e, em pé no coro com os outros cantores, iniciou solenemente a missa solene: "Sei agora com certeza que o Senhor enviou seu anjo e livrou-me da mão de Herodes."[8]

(C). O resgate do rei fora pago quase inteiramente e muitos reféns foram oferecidos enquanto se esperava o pagamento do saldo. No dia da purificação da Bem-aventurada Virgem Maria, ele foi libertado pelo imperador e recebeu permissão para voltar à sua terra. Partiu com a mãe e o chanceler, atravessando as terras do duque de Louvain até o mar da Bretanha, e esperou longamente em Antuérpia, até que o tempo possibilitasse a travessia. No domingo seguinte ao dia de São Gregório, aportou na Inglaterra, em Sandwich, com o coração cheio de alegria. O rei desembarcou com os seus na segunda hora do dia [*por volta de sete horas da manhã*]. E o sol estava vermelho fulgurante quando se viu um fenômeno insólito: bem perto do sol apareceu uma luz intensa e pura, quase do tamanho de um homem, que, como uma espécie de arco-íris, compunha-se de um branco ofuscante e de vermelho. Vendo-a, muita gente anunciou que o rei chegara à Inglaterra. O rei partiu imediatamente para Canterbury e reverenciou piedosamente o túmulo do Bem-aventurado Thomas Becket. Em seguida rumou para Londres, onde foi recebido com grande pompa, em meio ao júbilo geral: a cidade inteira enfeitara-se, cobrindo-se de todos os tipos de ornamentos para a chegada do rei. Diante da notícia de sua chegada, a nobreza e o povo apressaram-se em acorrer a seu encontro, ansiosos por ver aquele que voltava do cativeiro e que haviam temido não voltar a ver. (...)

No dia da Natividade de São João apareceram no céu dois grandes círculos de tamanhos e cores diferentes... O menor, vermelho escuro, formava uma coroa regular em torno do sol; entre o sol e o círculo viam-se também nuvens escuras, como que cheias de fumaça, mas que não velavam o brilho do sol. O outro círculo era muito grande, de um branco ofuscante, imaculado por qualquer sombra ou qualquer vermelhidão; atravessava o primeiro círculo e o sol em seu centro, e estendia-se na direção da Inglaterra. Dentro do círculo branco, bem no lugar onde ele encontrava o círculo pequeno, apareceu uma espécie de arco-íris, do tamanho de um homem. Esse prodígio celeste durou desde a terceira até a sexta hora [*de nove horas ao meio-dia*] e suscitou a curiosidade e a admiração gerais. Na opinião de todos, os círculos anunciavam a fome e catástrofes devidas às intempéries.

(H). No dia 16 de abril, depois da refeição, o rei da Inglaterra deixou o castelo de Winchester e foi para o priorado de Saint Swithun, onde passou a noite e tomou banho. Mandou dizer a Godofredo, arcebispo de Evreux, que não fosse no dia seguinte à coroação com sua cruz, para evitar uma querela com o arcebispo de Canterbury; mas, impedido de levar sua cruz, o arcebispo de Evreux recusou-se a assistir à coroação do rei. (...)

Ricardo, rei da Inglaterra, vestindo os trajes reais e com uma coroa de ouro na cabeça, saiu de seus aposentos, coroado, segurando na mão direita o cetro real, encimado por uma cruz, e na mão esquerda o bastão de ouro encimado por uma pomba.

Um pedaço de seda estendia-se por sobre o rei, sustentado por quatro lanças que eram levadas por quatro condes, Rogério Bigot, conde de Norfolk, Guilherme, conde da ilha de Wight, ..., conde de Salisbury e ..., conde de Ferrières. Três espadas do tesouro real eram carregadas à frente do rei, uma por Guilherme, rei da Escócia, outra por Hamelin, conde de Warenne, e a outra por Raul, conde de Chester; o rei da Escócia ia no centro, tendo à sua direita o conde de Warenne e à sua esquerda o conde de Chester.

Assim foi conduzido Ricardo, com sua coroa na cabeça, à igreja metropolitana de Saint Swithun, até o altar; lá, de joelhos, recebeu devotamente a bênção de Huberto, arcebispo de Canterbury, sendo depois levado até seu trono.

A rainha Leonor, sua mãe, com as damas de seu séquito, sentava-se diante do rei, na parte norte da igreja. O arcebispo de Canterbury celebrou a missa; o rei foi levado à Santa Mesa pelos bispos, e depois conduzido de volta ao trono.

Após a celebração da missa, o rei voltou a seus aposentos, precedido pelo mesmo cortejo de antes. Depôs os trajes reais e a coroa, que eram muito pesados, vestiu uma roupa mais leve e entrou assim no refeitório dos monges, para a refeição. Os arcebispos e os bispos, o rei da Escócia, os condes e os barões estavam sentados à mesa, cada um em seu lugar, de acordo com sua categoria e dignidade, e festejavam suntuosamente. Por meio de duzentos marcos de prata dados ao rei, os cidadãos de Londres serviram a bebida, apesar das reclamações dos cidadãos de Winchester, que serviram a comida.

BLONDEL DE NESLES

Só no decorrer do século XIII elaborou-se a lenda que atribui ao trovador Blondel de Nesles um papel determinante na libertação de Ricardo Coração de Leão.

O rei mandou equipar seus navios. Fez-se ao mar e dirigiu-se, como pôde, rumo à Alemanha. Desembarcou num porto e pôs-se a atravessar o país com seus homens. Viajou tanto tempo, que chegou à Áustria, onde foi reconhecido por espiões. Quando o percebeu, vestiu as roupas de um valete e foi para a cozinha girar os capões no espeto. Um espião advertiu o duque e este, quando soube, enviou um número tão grande de cavaleiros e soldados, que a força ficou de seu lado. O rei foi feito prisioneiro e enviado para um castelo fortificado, e todos os seus homens para outro.

Depois o rei foi levado de castelo em castelo: ninguém mais sabia dele, nem mesmo os que o guardavam, exceto o duque. Ora, havia um menestrel chamado Blondel que crescera na corte, sob a proteção de Ricardo. Esse menestrel resolveu então sair à sua procura por todos os países, até que tivesse notícias dele. Pôs-se a caminho e viajou muito tempo através de países estrangeiros, até que se passou um ano e meio sem que jamais alguém pudesse dar-lhe notícias seguras a respeito do rei. Guiado pelo acaso, chegou à Áustria e foi direto ao castelo em que o rei estava preso. Encontrou hospedagem na casa de uma viúva e perguntou-lhe a quem pertencia aquele castelo tão bonito, tão bem fortificado e tão bem situado. Sua hospedeira disse-lhe que pertencia ao duque da Áustria. "Bela hospedeira," disse Blondel, "há algum prisioneiro no castelo?" E a boa mulher respondeu: "Há um, sim, mas não podemos saber quem é; no entanto, afirmo-lhe que está bem guardado e com muito cuidado, e creio que se trata de um fidalgo e grande senhor."

Ao ouvir essas palavras, Blondel encheu-se de alegria e pareceu-lhe, em seu íntimo, que encontrara o que procurava. Nada deixou transparecer à sua hospedeira. Passou uma ótima noite e dormiu até de manhã. Quando ouviu a sentinela tocar a alvorada, levantou-se e foi à igreja pedir a Deus que o ajudasse, depois dirigiu-se ao castelo. Caiu nas boas graças do castelão e disse-lhe que era menestrel e que gostaria de prestar-lhe serviço, se ele quisesse. O castelão, que era um cavaleiro leal e alegre, disse-lhe que aceitaria com muito gosto. Blondel ficou muito feliz. Foi buscar sua viela e seus instrumentos, e serviu tão bem ao castelão que ganhou suas boas graças e foi muito apreciado por todos no castelo. Blondel lá permaneceu durante todo o inverno, sem jamais conseguir saber quem era o prisioneiro.

Um dia, durante as festas de Páscoa, quando estava sozinho num jardim perto da torre, ele a contemplou e conjeturou se por acaso conseguiria entrever o prisioneiro. Enquanto estava assim absorto em seus pensamentos, o rei olhou por uma seteira e viu Blondel. Tentou imaginar como poderia fazer-se reconhecer e lembrou-se de uma canção que haviam feito juntos e que ninguém mais conhecia. Pôs-se então a cantar as primeiras palavras em voz alta e clara, pois ele cantava muito bem. Ao ouvi-lo, Blondel teve certeza de que se tratava de seu rei e imediatamente sentiu em seu coração a maior alegria que jamais experimentara até então. Deixou o jardim, voltou ao quarto onde dormia, pegou sua viela e começou a executar uma ária, e tocando viela regozijava-se por ter reencontrado seu senhor. Blondel permaneceu nesse estado até Pentecostes, e foi tão prudente que ninguém no castelo suspeitou do que tramava. Então Blondel foi ter com o castelão e lhe disse: "Senhor, se fosse de seu agrado, eu gostaria de voltar ao meu país, pois há muito tempo não vou até lá." "Blondel, caro amigo, se você confia em mim, fique por mais tempo, e lhe serei muito grato." Blondel disse: "Na verdade, não ficarei de modo algum." Ao ver que não conseguiria demovê-lo, o castelão permitiu-lhe que partisse, dando-lhe um cavalo e uma roupa nova. Blondel deixou o castelão e, depois de uma longa viagem, chegou à Inglaterra; disse e informou aos amigos do rei e aos barões que encontrara o rei. A notícia encheu-os de alegria, pois o rei era o homem mais generoso que já calçara esporas. Resolveram juntos, em conselho, que enviariam emissários à Áustria, para tratarem com o duque o pagamento do resgate do rei. Escolheram para isso dois cavaleiros entre os mais corajosos e prudentes. Estes, após uma longa viagem, chegaram à Áustria, onde encontraram o duque num de seus castelos. Saudaram o duque e seu conselho em nome dos barões da Inglaterra, e lhe disseram: "Senhor, fomos enviados pelos barões da Inglaterra; soubemos que o senhor mantém prisioneiro o rei Ricardo. Os barões rogam-lhe insistentemente que aceite um resgate; dar-lhe-ão o que for pedido." O duque disse-lhes então que iria refletir. Tomada a decisão, disse-lhes: "Meus senhores, se quiserem libertá-lo, será preciso entregar cem mil marcos de resgate; nem mais uma palavra, seria trabalho perdido." Os emissários despediram-se do duque dizendo que transmitiriam suas palavras aos barões ingleses, para que as discutissem. Voltaram à Inglaterra e relataram as palavras do duque aos barões, que deliberaram que não havia como hesitar. Recolheram o resgate e mandaram levá-lo ao duque. O duque libertou o rei, garantindo sua segurança e prometendo que nada seria tentado contra ele. Assim foi libertado o rei Ricardo. Foi acolhido na Inglaterra com grandes honras, mas seu país empobreceu muito, assim como as igrejas do reino, pois foram obrigadas a dar até seus cálices, e por muito tempo os ofícios foram celebrados com cálices de madeira e estanho.

NOTAS

1. DEVIZES, p. 450: Um edito imperial ordenou então a todas as cidades e a todos os príncipes do Império que capturassem pelas armas o rei da Inglaterra, se, em seu retorno da Judéia, ele viesse a passar em suas terras, e o trouxessem, morto ou vivo, ao imperador; quem o poupasse seria castigado como inimigo público. Todos obedeceram à ordem do imperador; mas o duque da Áustria, que o rei da Inglaterra humilhara em Acre, colocou nisso maior empenho.

2. HOVEDEN, p. 186, t. 3: Embora ele tivesse barba longa e cabelos longos, e embora suas roupas e todo o resto fossem conformes às das pessoas que habitavam esta terra, o rei não conseguiu, no entanto, dissimular sua identidade por causa das grandes despesas que realizava, contrariamente aos hábitos do país.

3. NEWBURGH, p. 386: O imperador, alegando que não convinha à honra de um rei estar nas mãos de um duque mas que não era contrário à sua honra estar nas mãos da guarda imperial, deu um jeito de fazer chegar até ele o ilustre prisioneiro. Não podendo recusar, o duque soltou o rei da Inglaterra, que o ávido imperador fez passar às suas próprias prisões, não sem antes prometer ao duque, todavia, a parte que lhe caberia da fortuna vislumbrada. Assim portanto, um imperador cristão, transtornado pela avareza, tornando-se um Saladino contra o rei, manchou o Império romano com uma mácula até então desconhecida e indelével. Desde o início do mundo não se ouviu dizer que um rei ou um imperador cristão tivesse capturado qualquer príncipe cristão que fosse, de volta de um combate a serviço de Deus, que estivesse atravessando seu país.

4. HOVEDEN, p. 199, t. 3: Durante os três dias da viagem que o levou até junto do imperador, Ricardo comportou-se com uma coragem, uma nobreza, uma sensatez que todos admiraram, julgando digno da grandeza real aquele homem que tão bem sabia reinar sobre si mesmo e enfrentar com espírito tão tranqüilo os acontecimentos felizes ou infelizes causados pela sorte.

5. HOVEDEN, p. 216. t. 3: Quando o rei da França soube desse acordo, mandou dizer imediatamente ao conde João que se cuidasse, pois o diabo estava solto.

6. HOVEDEN, pp. 199 e 202, t. 3: O imperador jurou solenemente fazer as pazes entre o rei da França e o rei da Inglaterra. O imperador também prometeu que, se o rei da França e o rei da Inglaterra não fizessem as pazes por seu intermédio, ele mandaria o rei da Inglaterra de volta às suas terras sem resgate. (...)

Para escapar ao cativeiro, Ricardo, rei da Inglaterra, a conselho de sua mãe, Leonor, abdicou do reino da Inglaterra, entregou-o ao imperador como senhor de todas as coisas e investiu-o como tal; mas, na presença dos grandes da Alemanha e da Inglaterra, o imperador, conforme o combinado, devolveu-lhe imediatamente o reino da Inglaterra, que receberia dele mediante o pagamento de cinco mil libras esterlinas por ano a título de tributo; o imperador investiu-o de uma dupla cruz de ouro. Com sua morte, o imperador considerou Ricardo, rei da Inglaterra, e seus herdeiros desobrigados de tudo isso e dos demais artigos do acordo.

7. *Parasita do trigo.*

8. DICETO, p. 114: O rei chegou então à Inglaterra e aportou em Sandwich, um domingo, décimo terceiro dia antes das calendas de abril [*20 de março*]. Na quarta-feira, na cidade embandeirada, foi recebido na igreja de Saint Paul de Londres, em procissão solene, cercado pela alegria do clero e do povo.

CAPÍTULO 14
A morte do rei Ricardo

(C). Mas eis que aquele rei que fazia pesar suas ameaças tanto sobre os que lhe eram submissos quanto sobre os que se rebelavam contra ele, aquele rei que concebia vastos projetos e fingia aceitar um tempo de penitência, foi brutalmente abatido pela vingança divina, subitamente despertada, que em sua misericórdia pôs a suas más ações um termo há muito já determinado. Em sua misericórdia, disse eu, ela queria evitar que, vivendo por mais tempo no pecado e acrescentando a seus crimes passados outros ainda maiores, o rei recebesse do justo Juiz uma pena ainda mais grave. É preciso dizer brevemente à posteridade como e em que lugar ele deixou esta vida, mas não convém que seja um relato demorado, pois o lugar em que tombou nada tem que o torne célebre, e Ricardo não foi abatido em plena batalha por uma tropa inimiga, conforme mereceria rei tão belicoso.

Assim, no ano 1199 da Encarnação do Senhor, por volta da Quaresma, conversações de paz realizaram-se mais uma vez entre o rei da Inglaterra e o rei da França, e finalmente uma trégua temporária estabeleceu-se entre eles. Aproveitando a ocasião, o rei Ricardo, durante a Quaresma, fez seu exército marchar contra o visconde de Limoges, que em plena guerra revoltara-se contra seu suserano, o rei da Inglaterra, e firmara um tratado de amizade com o rei Filipe. Segundo alguns, um tesouro de valor inestimável fora encontrado nas terras do visconde, o rei o reclamara e exigira que lhe fosse entregue; a recusa do visconde exacerbara o rancor do rei contra ele.

Matando e queimando, o rei devastou a terra do visconde, como se ignorasse que era proibido lutar naquele período sagrado. Chegou finalmente a Châlus-Chabrol, estabeleceu o sítio diante do castelo e, durante três dias, atacou sem piedade, ordenando a seus sapadores que escavassem sob a muralha para que ela desmoronasse; assim se fez imediatamente. Ora, dentro do castelo não havia tropas nem defensores, mas apenas alguns servidores do visconde que esperavam em vão a ajuda de seu suserano. Não sabiam que era o rei em pessoa que viera sitiá-los, mas julgavam que fosse um de seus companheiros.

O próprio rei comandava o ataque com seus besteiros enquanto os outros soldados trabalhavam na sapa, e não havia homem que ousasse aparecer sobre os muros e tentasse reagir. Apesar disso, de tempos em tempos faziam cair do alto da muralha pedras enormes, cuja queda brutal aterrorizava os sitiantes mas não conseguia atingir os sapadores nem impedi-los de continuar seu trabalho, pois sua técnica de escavação protegia-os de qualquer perigo. Na noite do segundo dia, que era o dia seguinte da Anunciação da Bem-aventurada Maria, depois da refeição, o rei aproximou-se sem temor do castelo, com seus companheiros; estava sem armadura e trazia apenas um capacete de ferro. Conforme era seu hábito, lançou contra os sitiados dardos e flechas.

De repente chegou um homem de armas que passara todo o dia, até o jantar, numa vigia do castelo: fora o alvo de todas as flechas, mas nenhuma o ferira, pois ele se protegia com uma frigideira; por sua vez, mirara cuidadosamente todos os sitiantes. Voltando imprevistamente a seu posto, armou sua balestra e lançou vigorosamente uma seta sobre o rei, que o observava aplaudindo-o. Atingiu o rei sobre o ombro esquerdo, perto das vértebras do pescoço; a ponta desviou-se sob a pele e penetrou no flanco esquerdo, pois o rei não se abaixara por trás do escudo quadrado que mantinha à sua frente.

Ao receber esse ferimento, o rei, com maravilhosa bravura, não emitiu um só suspiro, uma só queixa, na hora não deixando transparecer qualquer sofrimento no rosto ou nos gestos, para não afligir ou preocupar os que o cercavam; também não queria que seus inimigos concebessem audácia maior ao vê-lo ferido. Em seguida, como se nenhum mal lhe tivesse acontecido — quase todos ignoravam o infeliz incidente —, entrou em seu alojamento, que era nas vizinhanças, e, puxando a haste de madeira da seta, quebrou-a, mas a ponta de ferro, que tinha um palmo de comprimento, ficou dentro de seu corpo. Então o rei deitou-se num quarto; um cirurgião, do bando do infame Mercadier, cortando o corpo do rei sob a luz dos lampiões acesos dentro da casa, feriu-o gravemente — ou melhor, mortalmente —, mas teve dificuldade em encontrar o ferro enfiado no corpo gordo demais, e, ao encontrá-lo através de uma incisão, não conseguiu extraí-lo sem causar grandes danos.

Aplicaram-se com muito cuidado remédios e emplastros, mas pouco depois os ferimentos começaram a infeccionar e a escurecer, depois a inchar cada dia mais; finalmente revelaram-se mortais, porque o rei não tinha juízo e não levava em conta os conselhos dos médicos. Para que os rumores sobre sua doença não se tornassem públicos muito depressa, todos eram mantidos afastados do quarto onde ele jazia, com exceção de quatro barões, que tinham liberdade para visitá-lo. O rei, sabendo que não seria curado, mandou chamar por carta sua mãe, Leonor, que estava em Fontevrault. Confessou-se primeiro a seu capelão e, para preparar-se para a morte, recebeu o Corpo do Senhor, o sacramento da salvação, do qual, segundo se diz, mantivera-se afastado durante quase sete anos por respeito a tão grande mistério, pois trazia em seu coração um ódio mortal contra o rei da França. Perdoou de bom grado por sua morte aquele que o atingira; e assim, no sétimo dia antes dos idos de abril [7 de abril], ou seja, dez dias depois de ter sido ferido, tendo recebido a extrema-unção, terminou seus dias no momento em que terminava o dia.

Seu corpo foi eviscerado, levado às freiras de Fontevrault e, no domingo de Ramos, inumado perto de seu pai pelo bispo de Lincoln, com honras reais.

(H). Foi encontrado então um grande tesouro de ouro e prata nas terras de Guimar, visconde de Limoges; este enviou uma parte considerável ao rei Ricardo da Inglaterra, seu senhor; mas o rei recusou, dizendo que deveria receber o tesouro inteiro, por direito de suserania. Nisso o visconde não consentiu de modo algum. O rei da Inglaterra foi com um grande exército até aquela região para guerrear contra ele, e sitiou seu castelo, chamado Châlus, pois imaginava que lá estivesse escondido o tesouro. Os cavaleiros e os homens de armas que estavam no castelo saíram e ofereceram-se para entregá-lo desde que o rei lhes poupasse a vida sem os mutilar nem lhes tomar as armas, mas o rei não aceitou e jurou vencê-los e mandar enforcá-los. Os cavaleiros e os homens de armas voltaram então ao castelo, com a alma dolorida e atordoada, e prepararam-se para a defesa.

No mesmo dia, o rei da Inglaterra e Mercadier iam e vinham dando voltas em torno do castelo para localizar por onde seria mais cômodo atacar, quando um besteiro de nome Bertrand de Gurdun atirou uma seta do castelo e, atingindo o rei no braço, fez-lhe um ferimento que não se curaria. Apesar de ferido, o rei montou a cavalo e voltou a seu alojamento; deu ordens a Mercadier e a todo o exército para atacar o castelo ininterruptamente, até se apoderarem dele; assim foi feito. Então o rei mandou enforcar todos os ocupantes, com exceção daquele que o ferira: certamente ter-lhe-ia infligido a morte mais terrível se tivesse se restabelecido.

Em seguida o rei entregou-se às mãos de um médico de Mercadier; tentando retirar a seta, ele retirou apenas a madeira: a ponta de ferro ficou dentro da carne; cortando de qualquer maneira todo o braço do rei, o açougueiro acabou retirando o ferro. Ao compreender que estava perdido, o rei legou a seu irmão João o reino da

Inglaterra e todas as suas outras terras, fez com que os
que estavam presentes lhe jurassem fidelidade e ordenou
que lhe fossem entregues seus castelos. Legou a seu sobrinho Oto, rei da Alemanha, os três quartos de seu tesouro e todas as suas jóias e deu ordens para que o quarto restante fosse distribuído à sua gente e aos pobres. Em
seguida, mandou chamar Bertrand de Gurdun, que o ferira, e disse-lhe: "Que mal lhe fiz para que você me faça
morrer?" O outro respondeu: "Você fez morrer por suas
próprias mãos meu pai e meus dois irmãos, e agora quis
me fazer morrer. Vingue-se de mim como bem entender, suportarei de bom grado os mais horríveis tormentos que possa imaginar, contanto que você, que tantos
males causou ao universo, perca a vida."[1] Então o rei
ordenou que o soltassem e disse: "Eu o perdôo por me
ter matado."

> Então, aos pés do rei, rosto ameaçador,
> O jovem se manteve: soberbo, cabeça alta,
> Exigia a morte, e Ricardo da falta
> Compreendeu que temia o perdão consolador,
> Buscando, ao contrário, os castigos devidos...
> E o rei declarou: "A contragosto viverás
> E por bondade minha a ver o dia voltarás!
> Que meu exemplo sirva à esperança dos vencidos!"

O jovem foi solto das correntes, mandaram-no embora e o rei ordenou que lhe fossem dados cem soldos
ingleses. Mas Mercadier, contrariando a vontade do rei,
apoderou-se dele e, após a morte do rei, mandou esfolá-lo e enforcá-lo.

Em seguida o rei ordenou que seu cérebro, seu sangue e suas entranhas fossem enterrados em Charroux, no
Berry, seu coração em Rouen e seu corpo em Fontevrault,
aos pés de seu pai.

Ele morreu no oitavo dia antes dos idos de abril [*6
de abril*], a terça-feira anterior ao domingo de Ramos,
dez dias depois de ter sido ferido. Seus homens o sepultaram de acordo com sua vontade.

Eis o que se escreveu sobre sua morte:

> Causando esse trespasse Formiga abateu Leão!
> Imensa é a dor e, em luto tão adverso,
> jaz num esquife todo o universo...

e também:

> Por duas vezes cinco anos reinaram de sobejo
> O crime e o veneno, o desenfreado desejo
> Depois a avidez, a inflexível arrogância
> E a indigna paixão, a cega intolerância...
> Um besteiro, por sua habilidade,
> Por sua mão, sua balestra e também sua força,
> Varreu de um só golpe essa calamidade.

e também:

> Se bravura e gênio pudessem não passar
> Pelas portas da morte e não expirar
> O triste caminho que precipita meu fim
> Eu, rei Ricardo, não teria trilhado, ai de mim!
> — Crês que o homem tenha eterna existência?
> Ele que a morte alerta desde criança:
> "É meu! É meu!", clamando com insistência.
> Mais possante que Heitor, a Morte avança...
> E se grandes fortalezas o homem faz desabar,
> Destruir homens é o que faz a Morte sem cessar!

e ainda:

> Com passos firmes seguia sua empreita
> Aquele que era dono de coragem insuspeita.
> Múltiplas desgraças, obstáculos diversos
> Nada o abatia: nem o mar em investidas furiosas,
> Nem os vales em trevas submersos,
> Nem das montanhas as escarpas audaciosas,
> Nem a aspereza dos caminhos pedregosos,
> Nem os atalhos lamacentos e sinuosos,
> Nem a cólera do vento, nem o ermo deserto,

Nem as nuvens fartas de aguaceiro colossal,
Nem o trovejar do enorme temporal,
Nem o ar pesado e o céu encoberto...

e finalmente:

Não é com vagar que o efeito se segue à causa!
Entre os dois, com certeza, não há pausa...
Surgem juntos, nascem na mesma ocasião,
Decisão e resultado, como dedos da mesma mão.

LAMENTAÇÃO SOBRE A MORTE DO REI RICARDO

Protegia-te, Nêustria, o escudo do rei Ricardo!
Agora, sem apoio, mostras tua desdita:
Vertem lágrimas teus olhos! Desmaia cada face!
Retorce os dedos enlaçados tua dor infinita!
Sangra as almas a tortura de teu fardo!
Fustigam o éter os órfãos com seus clamores!
Com a morte de um rei morreste tu inteira.
Não é dele o fim, é teu em verdade o desenlace...
Não morreu sozinho, todo um povo pereceu...
Cruel astro maldito! Lúgubre sexta-feira!
Foi tua noite o dia de Vênus, cheio de horrores:
Trouxe o ferimento, mas depois dele ainda viria
O pior de tua vida, o décimo primeiro dia,
Homicidas jornadas de domínio interminável,
Em que o sitiado feriu o sitiante desarmado,
Em que esse mesmo atirador, em armas e acobertado,
Trespassou com sua seta Ricardo, o temerário,
Quando atingiu seu rei o dissimulado execrável...
Guerreiro da traição ou traidor mercenário?
De todo modo prestaste desserviço funesto
Ao ofício das armas e ao exército inteiro!
És a desonra, a escória, um embusteiro!
Mataste teu rei, como ousaste tal gesto?
Cometeste, patife, um crime abominável!
Que dor sem fronteiras, sofrimento inigualável!

Ó, Morte! Ó, dura Morte! Impões tua lei!
Se pudesses morrer, Morte impiedosa!
Fizeste no passado coisa mais dolorosa?
Com que então o sol resolveste matar?
Condenas a Terra a viver nas trevas?
Conheces bem esse homem que nos levas?
Do astro da manhã ele tinha o olhar
O ouvido só doçura e o espírito elevado...
Vês, vil criminosa, compreendes que riqueza,
Que magnífico homem nos foi arrancado?
Chefe combatente, glorioso soberano,
Maravilha do mundo, em tudo insuperável,
Suprema excelência das obras da natureza...
São as virtudes que desejas, não houve engano,
Sempre as escolhes, preferes o admirável
Ao medíocre, ao vil, ao ordinário enfim...

De ti também, Natureza, venho reclamar:
Quando ainda era criança nosso mundo
E dormias em teu berço um sono profundo
Tão nova, tão jovem, não te aplicavas
— E velha também — a teus planos executar?
Uma delícia, um astro, um milagre, uma beleza...
Por que tanto sangue, tanta água transpirada
Para encontrar um modelo e o realizar,
Quando basta uma hora para reduzi-lo a nada?
Queres então atacar nosso mundo, ó Natureza?
Queres recusar-lhe tua mão confortadora?
São tão efêmeros os bens que nos tens a oferecer?
Vens logo retirá-los como sórdida credora?
Por que o mundo dos homens assim fazes padecer?
Retira da tumba esse soberano glorioso,
Devolve-nos o grande rei, ou um igual então!
Mas não podes cumprir estes favores
Pois a ele consagraste o que havia de precioso
E as maravilhas todas que tinhas à mão.
Por ele consumiste o que tinhas de esplendores,
Pilhaste teus tesouros, brandiste teus fulgores...
Quando viste tua obra realizada e pronta
Cresceu tua riqueza; quando se acabou, todavia,

Muito pobre te sentiste, e tão grande foi a afronta
Quanto fora em outros tempos a alegria...

Contra a divindade sagrada e majestosa
Permitam-me deste mundo lançar a acusação.
Por que numa investida tão insultuosa
Inimigo matar amigo sem piedade e sem razão?
Lembra-te, Senhor, Jaffa clama por esse rei,
Que a protegeu de seus assaltantes; também Acre
Que por sua valentia foi devolvida à Tua lei.
Os cruéis inimigos de nossa Santa Cruz,
Os que ele enfrentou e fez temer seu massacre,
Tremem ainda, é fato, à simples menção de Ricardo,
Que hoje a pálido fantasma se reduz...
Graças a ele, Senhor, Teus bens conservaste.
E se és, como deves ser, tão bom e leal,
Clemente, generoso, amigo e paternal,
Por que seus dias assim abreviaste?
Poderias ao mundo evitar esse calvário,
Pois o príncipe ilustre lhe era tão necessário!
Decerto preferes em Teu reino manter
Aquele que Te serve ao mundo servindo.
Mas, com Tua permissão, ouso dizer
Que melhor seria, para Tua glória e para a Fé,
Esperar que esse homem que veio em missão
Fizesse sua obra e visse seu trabalho findo.
Depois poderia, com plena satisfação,
Chegar a Ti com maior honra e em melhor hora
E, pilar do Teu reino, manter-se a Teu pé,
Evitando aos homens a aflição de agora...
Ao arrancar-nos o rei de modo tão contumaz
Mostraste o quanto no mundo dos vivos, Senhor,
São breves os risos e longos os tempos de horror,
São longas as lágrimas e breves os tempos de paz.

OUTRO POEMA SOBRE SUAS VITÓRIAS GLORIOSAS

Eis-te, rei Ricardo, prostrado sem vida.
Se ocorresse a morte ser às armas inferior,

Pelas tuas com certeza seria submetida
Diante de ti enchendo-se de visível pavor.

Foi a Sicília tua glória primeira,
Chipre a segunda e Jaffa a terceira.
A dromunda depois surgiu-te à frente
Vindo então a caravana, finalmente...

Os hostis sicilianos foram aniquilados;
Chipre foi vencida e Jaffa derrotada,
A dromunda foi a pique, a caravana aprisionada.
(*Deram-te renome estes feitos tão cantados.*)

NOTA

1. *Geraldo de Barri, em* De Principis instructione, III, 30, *retoma o mesmo argumento:* Ele encontrou a cólera vingativa de Deus numa seta de balestra — de que freqüentemente abusara com crueldade — tal como Guilherme (o Ruivo) a encontrou numa flecha. Por isso alguém escreveu estes versos:

"Cristo, o que fez de teu cálice sua presa acaba de tornar-se presa em Châlus,

Abates com uma curta seta de bronze aquele que subtraiu a prata da Cruz."

CAPÍTULO 15
Coração de Leão

Os textos que acabamos de apresentar reconstituíram a carreira de Ricardo Coração de Leão e, ao longo deles, apareceram alguns traços de seu caráter; mas não podíamos esperar que, através de excertos, fosse possível dar uma imagem tão rica quanto a que oferece uma leitura mais extensa dos cronistas; tentamos então completá-la, reunindo neste capítulo diversas passagens, anedotas e retratos, que trazem novas nuanças à descrição do personagem.

Uma evocação de sua altura em Geraldo de Barri, de sua corpulência em Newburgh: a descrição física permanece muito vaga, os traços, raros. Os retratos, os juízos a respeito de seu caráter e de sua vida são mais numerosos; estão na linha do gênero antigo de "Vidas", em Coggeshall, dos retratos à maneira de Tácito, em Barri. A forma mais original encontra-se em Devizes: uma apologia detalhada mas sem reservas, na boca de um inimigo, Safadino, irmão de Saladino.

Todos esses textos estão aqui; vêm precedidos por anedotas que concorrem para a constituição de um retrato e que não quisemos classificar em itens, para deixar ao leitor o prazer da descoberta e a liberdade de compor o retrato. Seria vão pretender que não tenhamos tentado agrupá-los por "temas", como por exemplo as relações de Ricardo com a religião e a Igreja, mas pareceu-nos inútil defini-los; aliás, isso às vezes poderia limitar sua leitura.

> Havia ainda isso de admirável: o rei era tão robusto e garboso, vigoroso e alegre, ágil e alerta no mar quanto na terra.
>
> Concluo portanto que não havia no mundo homem mais vigoroso, nem na terra e nem no mar.
>
> Ricardo de Devizes

(N). [*1189*] Dizia-se que estava alquebrado e esgotado pela prática prematura e excessiva do ofício das armas, ao qual se entregara para além do razoável desde muito jovem, a ponto de parecer que logo sucumbiria às provações de uma expedição ao Oriente. Outros diziam que a febre quartã de que sofria havia muito tanto o atormentara e arruinara que ele não conseguiria sobreviver por muito tempo a tão dura prova. Para apoiar tais dizeres, evocava-se a obesidade que tomara seu corpo e que não combinava com a palidez de seu rosto. Alguns diziam também que ele trazia no corpo cem cautérios destinados a evacuar os humores corrompidos.

Tais eram os rumores que voavam pelos lábios e ouvidos de quase todo o mundo: de qualquer modo, seus presentes e suas vendas sem razão nem medida davam-lhes crédito e acreditava-se que, sabendo que morreria, preocupava-se ele muito pouco com seu reino, que assim despedaçava e desmantelava. Mas depois se compreendeu a sutil astúcia com que o fizera ou fingira fazê-lo para esvaziar a bolsa de todos os que pareciam ter dinheiro.

(H). No dia 22 de setembro [*1190, na Itália*], o rei da Inglaterra partiu de Mileto em companhia de um único cavaleiro e passou por uma pequena cidade; atravessando-a, dirigiu-se para uma casa na qual ouvira um gavião; entrou e o pegou. Como não queria largá-lo, uma multidão de camponeses vindos de todos os lados atacou-o com pedras e bastões; um deles lançou seu punhal contra o rei. O rei deu-lhe uma pranchada com seu gládio, que se quebrou, depois afugentou os outros com uma saraivada de pedras e, assim, escapou deles por um triz.

(H). [*Novembro de 1190, na Sicília*] Antes que o rei da Inglaterra e o rei da Sicília tivessem assinado a paz, o almirante Margarit e Jordão du Pin, parentes do rei Tancredo, que lhes confiara a guarda de Messina, foram-se durante a noite, levando sua família e todas as suas riquezas em ouro e em prata. Depois de sua partida, o rei da Inglaterra apropriou-se então de suas moradias, de suas galeras e de todos os seus bens.

(H). O rei da Inglaterra deu muitos navios ao rei da França e a seus homens. Depois distribuiu prodigamente seus tesouros a todos os cavaleiros e escudeiros de todo o exército: muitos diziam que jamais algum de seus antecessores dera tanto em um ano quanto ele naquele mês. Tenha-se por certo que, naquela distribuição, ele ganhou a graça de Deus, pois está escrito: "Deus ama a quem dá sorrindo."

(H). Em fevereiro [*1191*], no dia da purificação da Bem-aventurada Maria sempre virgem, um sábado, depois do almoço, Ricardo, rei da Inglaterra, e muitos de seus homens, conforme seu hábito, dirigiram-se com numerosos cavaleiros à casa do rei da França, fora da cidade, para se entregarem a diversos jogos.

Na volta, ao atravessarem a cidade, encontraram no caminho um camponês que vinha de suas terras com um burro carregado de caniços. O rei da Inglaterra e seus companheiros pegaram alguns e começaram a lutar dois a dois. O rei da Inglaterra e Guilherme de Barres, um dos melhores cavaleiros da casa do rei da França, viram-se, por acaso, frente a frente. Bateram seus caniços e um golpe de Guilherme de Barres rasgou o barrete do rei da Inglaterra; o rei, encolerizado, desferiu então um tal golpe em seu adversário, que o fez cambalear, assim como seu cavalo. Mas, ao tentar derrubar o adversário, sua sela virou e ele foi brutalmente ao chão. Levaram-lhe outro cavalo, mais solidamente equipado do que o anterior, ele montou e mais uma vez precipitou-se sobre Guilherme de Barres, tentando em vão desmontá-lo. Este, de fato, agarrou-se ao pescoço de seu cavalo, apesar das ameaças do rei. Roberto de Breteuil, filho de Roberto, conde de Leicester, a quem na véspera o rei dera a investidura de conde do pai, levantou a mão para Guilherme, querendo ajudar o rei, seu senhor. O rei disse então: "Pare, não se intrometa." Os contendores por muito tempo trocaram golpes e insultos, até o momento em que o rei disse ao adversário: "Vá embora, não quero mais vê-lo. Não volte a aparecer na minha frente. A partir de hoje sou seu inimigo e inimigo da sua família."

Então Guilherme de Barres retirou-se triste e confuso por causa da cólera real. Foi ter com o rei da França, seu suserano, para pedir-lhe ajuda e conselho a respeito da desventura que lhe acontecera no caminho. No dia seguinte, o rei da França foi ao rei da Inglaterra, em nome de Guilherme de Barres, pedindo humildemente que lhe concedesse sua graça e seu perdão. O rei não quis ouvir.

No dia seguinte, o bispo de Chartres, o duque de Borgonha, o conde de Nevers e muitos nobres do reino da França foram ao rei da Inglaterra; prosternaram-se a seus joelhos suplicando-lhe humildemente que concedesse sua graça e seu perdão a Guilherme de Barres. O rei não quis ouvir.

Assim, no outro dia Guilherme de Barres deixou Messina. Com efeito, seu suserano, o rei da França, não quis mantê-lo a seu lado por mais tempo, contra a vontade e apesar da proibição do rei da Inglaterra. Mas, algum tempo depois, ao aproximar-se a data do embarque, o rei da França, todos os arcebispos e os bispos, os condes e os barões e os chefes de todo o exército foram mais uma vez ao rei da Inglaterra; prosternaram-se a seus pés e pediram que concedesse sua graça e seu perdão a Guilherme de Barres, destacando os prejuízos e danos que poderiam decorrer da ausência de tão notável cavaleiro; obtiveram do rei da Inglaterra, com muita dificuldade, e apesar de sua resistência, a volta às graças de Guilherme de Barres e a garantia de que o rei da Inglaterra não faria nem tentaria fazer qualquer mal ou dano nem a ele nem a sua família, enquanto uns e outros estivessem a serviço de Deus.

(H). [*1191*] Certo dia, o rei da Inglaterra caminhara até chegar a cerca de uma milha de Jaffa para passear nos jardins e adormecera, quando uma multidão de pagãos veio tirá-lo de seu sono; imediatamente ele montou em seu cavalo opondo valente resistência aos sarracenos, mas Guilherme de Préaux, parente seu, foi feito prisioneiro, Reginaldo, seu companheiro, foi morto; o rei abriu caminho à força. Ao montar em seu cavalo, o rei deixara cair seu rico cinto de ouro e pedrarias; Guilherme de Cornebuc o encontrou e pouco depois ele foi devolvido ao rei. Safadino, irmão de Saladino, devolveu seu cavalo ao rei, que voltou para Jaffa.

(Di). [*1194*] O rei da França enviou quatro mensageiros a Ricardo, rei da Inglaterra; falavam uma linguagem de paz e vinham discutir com o rei interesses dos dois reinos: não se deveriam destruir sob desastres guerreiros ou em rios de sangue os povos submetidos ao poder dos dois reis e cujos cofres eles tinham esvaziado, retirando deles dinheiro e ouro. Garantiam que seu soberano estava decidido a determinar o destino incerto do conflito que os opunha, através de um combate singular entre cinco lutadores de cada lado. Os povos dos dois reinos confiariam neles e esperariam o resultado; o veredicto da luta mostraria o que o Rei eterno trazia no coração a propósito dos dois reis.

A questão colocada e as modalidades propostas agradaram extremamente ao rei da Inglaterra, com a única condição de que o rei da França figurasse entre seus cinco lutadores e o rei da Inglaterra fizesse o mesmo, e que se lutasse com forças e armas iguais.

Essa luta não aconteceu.

(B). [*1197*] Durante a grande guerra que, após a morte de seus respectivos pais, o colocou em oposição a Ricardo, rei da Inglaterra, Filipe Augusto chegou certo dia a Les Andelys, diante do Château Gaillard, a extraordinária fortaleza que Ricardo acabava de mandar construir, e que era simplesmente magnífica. Os franceses a contemplavam e não poupavam elogios, quando se ouviu Filipe declarar publicamente que queria que aquela fortaleza fosse inteira de ferro: com efeito, havia muito tempo ele tinha a convicção — que se tornara praticamente uma certeza — de que submeteria a Normandia, como submetera a Aquitânia, e a anexaria a seu domínio. Quando esses propósitos foram relatados a Ricardo, este, que era muito arrogante e extremamente rancoroso, deu, na presença de numerosos familiares, a seguinte resposta: "Pela goela de Deus," (ele tinha o hábito dessa blasfêmia e de outras semelhantes) "mesmo que esse castelo fosse inteiro de manteiga, e a *fortiori* de ferro ou de pedra, eu não duvidaria um só instante de ser capaz de defendê-lo contra ele e todos os seus exércitos." No entanto, porque nesses propósitos insolentes ele não buscava nem desejava a ajuda de Deus, mas tinha a temeridade de atribuir a defesa do castelo, de certo modo, inteiramente a seu braço e a suas forças, contrariando seu desejo e desmentindo suas orgulhosas palavras a coisa se produziu alguns anos mais tarde: o rei Filipe o venceu e apossou-se do castelo.

"Carta dedicatória" acompanhando o envio de um exemplar da Topographia Hibernica *ao rei Ricardo (1189)*:

(B). "Como não podes dispensar um intérprete[1], homem ilustre, homem admirável, homem como há poucos, homem, digo eu, no qual se reuniu quase tudo o que cabe a um príncipe, tanto por natureza como por formação, com exceção das letras! Tu, que foste cumulado de quase todos os dons da natureza, como não foste dotado também deste, conferido pelo estudo! Como não te tornaste um novo promotor das Musas e instigador das obras literárias! Como não reanimas uma literatura que permaneceu tanto tempo sepultada por culpa de príncipes a quem falta instrução e liberalidade, e não recuperas, com a prática das letras, os tempos antigos! Com efeito, não são as letras que faltam, mas os príncipes letrados; não são as artes, mas as honras conferidas às artes. E os melhores autores não teriam hoje desistido, se os soberanos de elite não tivessem vindo a faltar."

(B). Um dia o rei da Inglaterra anunciava em latim: "Volumus quod istud fiat coram nobis" [*Queremos que isso aconteça em nossa presença*]. O arcebispo, que lá estava com um grande número de personalidades importantes, quis corrigir o rei: "Coram *nos*, senhor, coram *nos*." Ouvindo isso, o rei olhou para o bispo Hugo de Coventry, que era um homem instruído e falava bem o latim. "Atenha-se à sua gramática, senhor," disse este último, "pois ela é melhor." Toda a assistência começou a rir.

(H). [*1190*] Ricardo, rei da Inglaterra, soube pela fama e pelos inúmeros relatos que lhe foram feitos que havia na Calábria um religioso, chamado Joaquim, abade de Corazzo, da ordem de Cister, que tinha o dom de profecia e predizia o que iria acontecer; o rei mandou procurá-lo e teve grande interesse em ouvir suas profecias e seus sábios comentários sobre a religião. O abade, de fato, conhecia muito bem as Divinas Escrituras e interpretava as visões do bem-aventurado João Evangelista, contadas no Apocalipse, onde João as escreveu de próprio punho. Ouvindo-o, o rei da Inglaterra e os que o cercavam sentiam grande prazer. (...)

O rei debate com o abade: coloca-lhe questões sobre a interpretação do Apocalipse e, entre outras coisas, pergunta-lhe como se deve compreender sua própria participação na Cruzada.

Joaquim respondeu-lhe: "Sua vinda é extremamente necessária, porque o Senhor lhe dará a vitória sobre Seus inimigos e elevará seu nome acima de todos os príncipes da Terra."

(N). [*1190-1191*] Os gloriosos reis da França e da Inglaterra passavam o inverno na ilha de Sicília, até que a primavera lhes permitisse partir, quando chegou a rainha Leonor; esquecendo sua idade avançada, desprezando a longa extensão e a dificuldade da viagem, assim como os rigores do inverno, guiada ou, antes, arrastada pelo amor materno, vinha do outro extremo do mundo para encontrar o filho na Sicília; trazia também, para que ele a desposasse, a filha do rei de Navarra, jovem famosa por sua beleza e sua inteligência. Decerto, parecia imprudente e excepcional que o rei pensasse no prazer no momento do combate e levasse sua mulher à guerra logo depois de desposá-la. No entanto, o rei era jovem e aquela decisão se justificava pela consideração de seu interesse e da salvação de sua alma. O interesse do rei, com efeito, era ter uma descendência, pois ainda não tinha filho para sucedê-lo; por outro lado, sua idade e sua prática dos prazeres levavam-no ao vício; tomou então a decisão salutar no momento em que, pelo amor a Cristo, enfrentaria os perigos da guerra e assegurou um remédio eficaz contra o imenso perigo da fornicação.

Casou-se então com a jovem que lhe havia sido trazida para levá-la com ele ao meio dos perigos do mar e de Marte, em companhia de uma nobre viúva, sua própria irmã... Esta, a título de dote, tinha grandes riquezas na Sicília e na Calábria; vendeu-as todas ao rei Tancredo para seguir o rei, seu irmão, cujo tesouro ela aumentou consideravelmente.

(H). [*1198*] Havia na França um padre chamado Foulques[2], que o Senhor glorificou sob os olhos dos reis: deu-lhe o poder de devolver a visão aos cegos, de curar os mancos, os mudos e todos aqueles atingidos por alguma doença, e de pôr os demônios em fuga; fez voltar ao Senhor cortesãs que frearam sua libertinagem; por outro lado, convidando os usurários a partilhar o tesouro celeste, que o azinhavre e os fungos não corroem e o ladrão não rouba, mandou distribuir para uso dos pobres todo o dinheiro que a usura e os lucros haviam tragado. Anunciou aos reis da França e da Inglaterra que um deles logo morreria de má morte se não parassem imediatamente de guerrear.

Como naquele tempo a colheita era abundante e poucos eram os trabalhadores, o Senhor associou a ele homens sensatos que pregaram sua palavra ao povo, mestre Pedro de..., dom Roberto de..., dom Eustáquio, abade de Fly, e todos aqueles que, enviados através de todo o universo, pregaram por toda parte com a ajuda do Senhor, que dava força a suas palavras fazendo milagres.

Certo dia, Foulques veio encontrar Ricardo, rei da Inglaterra, e lhe disse:

"Ordeno-lhe, em nome de Deus Todo-Poderoso, que case o mais cedo possível essas suas três filhas más, para que não lhe aconteça uma infelicidade maior."

"Comprima seus lábios com o dedo, quem disser a verdade será um acusador."[3]

Diz-se que o rei lhe respondeu:

"Impostor, você mentiu, não tenho filhas!"

Ao que Foulques respondeu:

"Com certeza não estou mentindo; conforme eu disse, você tem três filhas más: a primeira é Soberba, a segunda, Cupidez, a terceira, Luxúria."

Então o rei chamou para junto deles todos os condes e barões que lá estavam e disse:

"Ouçam todos as afirmações deste impostor: ele diz que tenho três filhas más, Soberba, Cupidez e Luxúria, e insta-me para que as case. Portanto, dou Soberba aos soberbos templários, Cupidez aos monges da ordem de Cister, Luxúria aos prelados das igrejas."[4]

(P). [1190] Ricardo, rei da Inglaterra, sob inspiração divina lembrou-se das ignomínias de sua vida; de fato, os matos espinhosos do desejo haviam invadido sua cabeça e não havia mão que os arrancasse. Mas o verdadeiro Deus, que não quer a morte do pecador, mas quer que ele viva para se arrepender, voltou para ele o olhar de sua misericórdia e deu-lhe um coração consciente de seus pecados. O rei reuniu então todos os arcebispos e os bispos que estavam com ele. Despojado de suas roupas e segurando nas mãos três feixes de varas descascadas, veio jogar-se a seus pés e não se envergonhou de confessar diante deles a ignomínia de seus pecados com tal humildade e contrição no coração, que todos tinham a certeza de estar assistindo à obra Daquele que com Seu olhar faz a terra tremer. Depois ele renegou seu pecado e os bispos infligiram-lhe a penitência. A partir desse dia temeu a Deus e fez o Bem, e não recaiu em seu pecado. Bem-aventurado aquele que cai para levantar-se mais forte! Bem-aventurado aquele que, depois de fazer penitência não recai em seu erro!

(H). [1195] Um eremita veio ter com o rei Ricardo e falou-lhe de sua salvação eterna:

"Lembre-se da ruína de Sodoma e abstenha-se dos prazeres proibidos, senão você receberá de Deus o castigo que merece."

Mas o rei, que aspirava aos bens deste mundo e não aos que vêm de Deus, não seria capaz de desviar tão depressa sua alma dos prazeres proibidos se isso não lhe fosse concedido pelo céu ou se não tivesse recebido um sinal, pois desprezava a própria pessoa daquele que o alertava; não via que às vezes Deus revela aos pequenos o que se esconde dos sábios: os leprosos anunciaram a salvação em Samaria e a asna desviou seu dono Balaão do mau caminho.

O eremita abandonou então o rei, partiu e desapareceu de sua vista. Mas com o tempo o rei, embora cheio de despeito pela advertência do pobre eremita, lembrou-se dela, inspirado pela Graça Divina, e reteve-a em parte: confiava em Deus porque Ele levara ao arrependimento o publicano e o cananeu e, em sua grande misericórdia, dera-lhes um coração arrependido.

Aconteceu então que na terça-feira da semana santa o Senhor o visitou com sua verga de ferro, não para massacrá-lo, mas para golpeá-lo e trazê-lo de volta a Seu caminho. Naquele dia, o Senhor o golpeou enviando-lhe uma grande doença; então o rei chamou religiosos a sua presença e não se envergonhou em confessar-lhes sua conduta vergonhosa. Fez penitência e recebeu sua mulher, de quem havia muito tempo não tomava conhecimento. Renegou os amores proibidos e uniu-se à sua mulher: os dois tornaram-se uma só carne; o Senhor deu saúde a seu corpo e à sua alma...

Aquele rei que acumulara sobre si tantas iniqüidades tornou-se filho de Cristo; desviou-se de seus erros para se encaminhar para Deus, que o recebeu como um filho. Foi Deus, com efeito, que verteu no coração do rei o súbito desejo de mudar sua vida e seus costumes. Todas as manhãs, ao se levantar, o rei buscava primeiro o reino de Deus e Sua justiça, e não deixava a igreja antes do fim do ofício divino. Com certeza é glorioso para um príncipe começar todos os dias por Ele e terminá-lo por Ele, Ele que é o começo sem começo e que governa o mundo.

Além do mais, lembrando-se da palavra que diz:

"Feliz daquele que pensa no fraco e no deserdado, no dia da infelicidade, Deus o libertará",

o rei fez com que todos os dias, em sua corte, em suas cidades e burgos, fossem alimentados muitos pobres, cujo número ele aumentava a cada dia, tanto quanto necessário. Havia uma grande fome na região e os pobres acorriam para se alimentar. Mandou fazer também muitos cálices, que distribuiu às igrejas cujos cálices haviam sido tomados para pagar seu resgate. "Infeliz daquele para quem chega o escândalo!" Se os cálices foram dados para pagar seu resgate, não se deve acusar por isso o rei, mas antes aqueles que o aconselharam a mandar vendê-los, pois os maus conselhos corrompem os caracteres honestos, e lê-se no Evangelho: "Os que me entregaram a ti cometeram um pecado maior."

(N). [1195] Diz-se que, na época, houve na região de Le Mans um acontecimento que levou o rei, justamente assustado, a pensar com maior urgência em sua própria salvação. O fato é muito conhecido; inseri-lo-ei em meu próprio relato tal como me foi transmitido por homens veneráveis e dignos de crédito, que afirmaram tê-lo ouvido do bispo de Le Mans.

Um protegido desse bispo, inspirado por um movimento de piedosa devoção, fora à Espanha para homenagear o bem-aventurado apóstolo Tiago e voltara são e salvo. Algum tempo depois, mais intensamente inflamado pela fé e pela devoção, quis visitar o túmulo do Senhor, ao preço de uma viagem bem mais longa. Despediu-se dos seus e partiu; andava sozinho quando, de repente, ergueu-se em seu caminho um ser de corpo enorme e rosto assustador. Apavorado, o homem levantou a mão e recorreu à arma dos cristãos; mas o outro, como que zombando do sinal da cruz, disse-lhe: "Você não me escapará por esse meio, mas, se você se prosternar diante de mim e me adorar, torná-lo-ei rico e famoso." Diante disso, nosso homem, superando o medo com segurança, respondeu sem temor: "Está claro que você é daqueles que estão à esquerda de Deus; fique com seus bens, a mim basta a generosidade de Deus Todo-Poderoso, único que eu adoro." E o outro: "Queira ou não, você receberá uma coisa de mim", e, abrindo uma espécie de manto de tecido leve, ele o jogou sobre a cabeça do homem, e logo aquele contato ardente, depois de consumir seus cabelos, escureceu também a pele de sua cabeça. O Inimigo, saltando em cima dele, alcançou o homem atormentado pelo perigo; mas ele, diante de perigo tão premente, inspirado pela lembrança de suas recentes devoções, invocou São Tiago em voz bem alta. O santo apóstolo logo surgiu sob uma aparência venerável e apostrofou o vil assaltante com palavras poderosas. O homem arrancado às mãos do Inimigo ouviu com ouvidos já tranqüilos aquelas palavras, das quais guardou, pela vontade de Deus, o seguinte:

O apóstolo ordenou ao miserável: "Diga quem você é ou qual é sua missão." O outro, acorrentado à sua vontade, disse: "Sou um demônio inimigo do gênero humano e experimentado em mil maneiras de lhe fazer mal. De fato, sou eu o artífice da grande catástrofe que é a perda das terras de Cristo no Oriente. Fui eu quem semeou uma terrível discórdia entre os reis cristãos na Terra Prometida para que não conseguissem nada e para que os assuntos de Deus não prosperassem entre suas mãos; interceptei o rei da Inglaterra na sua volta da Síria graças ao instrumento de meus maus desígnios, ou seja, o duque da Áustria, provocando em seguida diversos tipos de males para os reinos cristãos; acompanhei o rei quando ele voltava, ao sair da prisão, e agora estou aqui, estou freqüentemente perto do leito do rei como servidor conhecido, e zelo com cuidado vigilante por seus tesouros, que estão guardados em Chinon."

Com essas palavras, o Maligno desapareceu; o apóstolo reconfortou o homem e depois também se retirou para o seio de sua claridade. Quanto ao homem, voltou rapidamente para Le Mans e, na ordem, contou toda a história ao bispo e a homens esclarecidos; como prova da veracidade de seu relato, mostrou sua cabeça sem cabelos e seu braço queimado pelo contato com a mão do maldito. Alguns dias depois, voltou a partir rumo a Jerusalém.

Esses fatos não permaneceram por muito tempo fora do conhecimento do rei Ricardo. Tomado pelo temor Àquele que toca as montanhas e as faz fumegar, e obedecendo a esse alerta salutar, decidiu que seu leito no futuro seria casto e extraiu de seus tesouros generosas esmolas aos pobres.

JUÍZOS E RETRATOS

Elogio de Ricardo por Safadino[5]

(D). [*1192, Jaffa*] "Em verdade predigo-lhes, se, as coisas sendo o que são agora, [*o rei Ricardo*] desaparecer, vocês perecerão todos, vocês cristãos, e no futuro todo este país será nosso, sem contestação. Temeremos nós o poderoso rei da França, vencido antes de chegar ao combate, quando lhe bastaram três meses para esgotar todas as forças que levara três anos para reunir? De nada serviria que ele voltasse aqui mais tarde, pois nossos prognósticos são infalíveis: os que julgamos covardes num primeiro instante — falo com toda a sinceridade e sem dissimulação — sempre se revelam, em seguida, ainda piores. Mas, de todos os príncipes do mundo cristão, que a superfície redonda da terra sustém, o rei que aqui está é o único a merecer o nome de chefe e de rei, pois começou bem, em seguida fez melhor, e atingirá os cumes se viver mais um pouco. Não é de ontem que tememos os ingleses, pois a fama transmitiu-nos tal imagem de seu pai que, se ele tivesse vindo, mesmo que sem exército, a nosso país, apesar de nossos exércitos, teríamos todos fugido, sem nos parecer infamante sermos postos em fuga por tal rei. Aquele homem que foi nosso terror, e que não teve igual em seu tempo, sucumbiu, mas à maneira do Fênix conheceu um renascimento e reviveu em seu filho, mil vezes mais poderoso.

O valor de Ricardo não nos escapou, mesmo quando seu pai ainda era vivo; com efeito, durante toda a vida do rei Henrique, tínhamos naquele país informantes que traziam a nosso conhecimento as ações do rei, o nascimento e a morte de seus filhos. Este que aqui está, mais do que seus irmãos, era caro a seu pai por causa de suas proezas e foi colocado à frente de um país antes de seus irmãos mais velhos. Não nos passou despercebido que, ao se tornar duque da Aquitânia, com a rapidez fulminante de sua valentia, massacrou tiranos que nem seus avós nem seus bisavós tinham sido capazes de submeter; que foi temido, e quanto!, pelo rei da França e por todos aqueles que possuíam terras ao redor de seu domínio... e que sempre ampliou suas fronteiras em detrimento de seus vizinhos. Também não nos passou despercebido que perseguiu incessantemente seus dois irmãos sob a lei de Marte — o mais velho, já coroado rei, e o mais novo, já conde da Pequena Bretanha — por terem se sublevado contra seu nobre pai, e que levou ambos ao repouso eterno, ressentidos por uma longa perseguição. Vocês ficarão ainda mais surpresos: conhecemos pelo nome todas as cidades de seu país e também não ignoramos que o pai deste que aí está foi abatido pela traição dos seus em Chinon, que lá ele foi morto e que foi enterrado em Fontevrault. Calo, e não é por ignorância, o nome daquele que se fez instigador de uma morte que desejávamos tão intensamente. Ah! Se esse Ricardo que aí está, que eu temo embora o estime, se Ricardo, dizia eu, não mais existisse teríamos pouco a temer, pois consideraríamos menosprezível o último filho, que vive refestelado em sua terra! Bem sabemos: Ricardo, que supera a grandeza do pai ao qual sucede, não hesitou em lançar um exército contra nós no próprio ano de sua coroação.

Não ignorávamos, desde antes de sua partida, o número de seus navios e de seus soldados. Vimos, durante o próprio acontecimento, a rapidez com que ele tomou de assalto e ocupou Messina, a cidade mais bem fortificada da Sicília; nenhum dos nossos acreditou, mas nosso temor cresceu e o rumor aumentava os fatos.

Através de todo o país avançou aquela bravura que não sossegava e deixava por toda parte a marca de seus méritos. Quando falávamos desse homem, não sabíamos se ele queria simplesmente conquistar a Terra Prometida para seu Deus ou se, ao mesmo tempo, queria submeter o universo inteiro a seu poder. Sobre a tomada de Chipre, quem encontrará os termos justos? Certamente, se a ilha de Chipre fosse bem próxima do Egito, meu irmão Saladino também a teria submetido já há dez anos e as nações colocariam seu nome entre os das divindades.

Mas, desde que ficamos sabendo que Ricardo destruía tudo o que lhe resistia quando ele passava, nossa coragem derreteu como a geada branca derrete ao aproximar-se o sol. Dizia-se, com efeito, que ele engolia crus seus inimigos. E, se não foi recebido na cidade com as portas escancaradas no dia de sua chegada a Acre, a única causa disso foi o medo. Se os defensores da cidade combatiam com uma energia tão demente, não foi por amor à cidade que deveriam defender, mas por causa do terror que lhes inspiravam as torturas que lhes eram prometidas e porque não esperavam sair vivos: mais do que a morte, temiam morrer sem ser vingados e tentavam evitá-lo a qualquer custo. Assim, não agiam por firmeza de alma, mas por respeito à nossa fé. Acreditamos, com efeito, que as sombras daqueles cuja morte não foi vingada continuam errando e são privadas de repouso para sempre. Para esses desafortunados, no entanto, a temeridade não teve melhor resultado do que a timidez; vencidos pela força e coagidos pelo terror à rendição, tocou-lhes uma morte mais suave do que esperavam e, para nossa vergonha, até hoje suas sombras permanecem sem vingança.

Tomo como testemunha Deus Todo-Poderoso de que, se depois de ter dominado Acre ele tivesse imediatamente levado seu exército a Jerusalém, não teria encontrado um só dos nossos no interior de todos os territórios ocupados pelos cristãos e, até mesmo, ter-lhe-íamos dado tesouros inestimáveis para que não avançasse, para que não nos empurrasse para mais longe.

Mas, graças a Deus, como um gato com um martelo amarrado à cauda, ele arrastava o rei da França como um fardo. Mesmo nós, que somos seus adversários, nada encontrávamos em Ricardo que pudéssemos criticar, a não ser sua coragem, sua bravura, nada que pudéssemos odiar, a não ser sua habilidade nos trabalhos de Marte."

Reflexões sobre a vida de Ricardo Coração de Leão (1199, depois de sua morte):

(C). Deploramos que o rei Ricardo tenha pertencido à imensa coorte dos pecadores; no entanto, no início de seu reinado a nobreza de sua grande alma e o poder de seu gênio militar faziam-nos esperar que ele viesse a ser o modelo e o espelho de todos os reis da dinastia normanda. De fato, ao ser elevado ao trono real, mostrou-se bastante afável com todos, deu provas de moderação para resolver os assuntos religiosos, atendeu de boa vontade às solicitações justificadas, proveu sem demora os bispados vacantes assim como as abadias que haviam perdido seu pastor; todos foram confirmados em seus direitos, muitos foram restabelecidos através de dinheiro; renovou os títulos e os privilégios, mostrando-se muito empenhado em receber dinheiro de todos, em troca dessas vantagens, com o objetivo de realizar a viagem a Jerusalém. Empreendeu essa viagem com a mais profunda devoção, deixando atrás de si o reino que acabava de receber, e aplicou-se em realizá-la de maneira magnífica, com grande exibição de riquezas e ao preço de despesas incalculáveis. O Senhor guardou-o ao longo de toda a expedição e tirou-o de todos os perigos; por suas mãos Ele realizou naqueles países numerosos feitos magníficos; assim, em todos os encontros com o inimigo, o rei teve a alegria de obter o triunfo devido a seu mérito e a força de arrancar aos inimigos da cruz de Cristo a maior parte de suas terras. Enfim, concebendo um plano funesto, dispôs-se a voltar à sua pátria sem ter levado sua expedição a termo. Muitos infortúnios abateram-se sobre ele durante a volta, como já contamos: foi preso por seus inimigos, mantido em cativeiro durante um ano, e, no entanto, em tal aflição a misericórdia divina não o abandonou! Contrariando todas as esperanças, Ela o levou de volta são e salvo a seu reino, reergueu seu poder que estava quase completamente aniquilado, humilhando e abatendo os adversários que por toda parte levantavam-se contra ele, elevando e exaltando o rei em todos os lugares.

Mas, infelizmente, oh dor!, no auge das honras e restabelecido em seu trono, não compreendeu que devia a vitória à mão de Deus, não deu a seu Salvador o testemunho da gratidão que Lhe devia e não se empenhou em corrigir na maturidade os costumes desregrados que adotara no ardor da juventude. Com a idade, tornou-se tão cruel e tão ousado que, com sua dureza abusiva, levou a que se esquecessem todos os méritos demonstrados no início de seu reinado: fulminava com um olhar ameaçador todos aqueles que vinham trazer queixas a respeito de seus assuntos e dispensava-os com uma insolência ferina; a ferocidade do leão aparecia em seu rosto e em suas ações, quando não se conseguia apaziguar seu coração transbordante de orgulho com dinheiro ou promessas que o satisfizessem. À mesa, quando estava com seus parentes, mostrava-se bastante afável e amável, esquecendo sua ferocidade ao se divertir e brincar com eles. Em outras circunstâncias, seu coração, outrora tão generoso, estava repleto de uma cupidez tão grande e tão insaciável, que ele desejava tomar dinheiro de todo o mundo: dificilmente algumas pessoas muito ricas conseguiam fazer com que fosse reconhecido seu direito sobre as heranças que lhes cabiam, se não pagassem por elas ou até mesmo as comprassem. Pior ainda, mais do que qualquer outro rei que o precedera, sobrecarregou os ingleses, que tinham pago seu resgate, com impostos injustos e numerosos, não poupando qualquer categoria ou ordem, tanto do poder secular quanto da dignidade eclesiástica. No entanto Monsenhor Huberto, arcebispo de Canterbury, jurista do rei, atrasou e atenuou o mais possível seus cruéis editos, tomado de piedade pela desgraça dos aflitos e denunciando o escândalo das corvéias.

Por outro lado, para cúmulo dessa exorbitância de malfeitos, no final de sua vida ele modificou sua chancela; seguiu-se a isso um edito proclamado em todo o reino: todos os documentos, todos os títulos, todos os privilégios que ele validara apondo-lhes seu antigo selo ficariam nulos e sem valor se não fossem validados com o novo selo. Renovando-os e obrigando as pessoas a pagarem por isso, foi recolhida uma enorme quantia de dinheiro. Mesmo assim, o poço sem fundo da avidez do rei não pôde ser preenchido e nada pôde impedi-lo de tentar a cada dia, com todos os recursos de um espírito inventivo, conceber um novo meio de despojar todos de dinheiro para aumentar seu próprio tesouro.

Nenhum escrito histórico testemunhou, nenhuma época guardou a lembrança de qualquer rei anterior a ele — mesmo os que reinaram durante muito tempo — que tenha exigido e recebido durante seu reinado tanto dinheiro quanto o rei Ricardo exigiu e acumulou em proveito próprio durante os cinco anos que se seguiram à sua volta do cativeiro. No entanto, quanto a esse aspecto há uma desculpa: se ele juntou tanto dinheiro foi para tornar seus os vassalos do rei da França, para preparar seu sobrinho para o império, proteger suas próprias terras e submeter novas províncias a seu poder. (...)

Ele reinou com muitas dificuldades durante nove anos, sete meses e vinte dias, contando-se a partir do dia de sua coroação, ou seja, do terceiro dia das nonas de setembro [*3 de setembro*], quando foi coroado por Monsenhor Arcebispo Balduíno, no seu quadragésimo terceiro ano. A todos os príncipes deixou um exemplo ilustre e digno de elogios: ao contrário de seus antecessores, reteve durante muito pouco tempo para seu uso pessoal os rendimentos dos bispos vacantes e não retardou a atribuição das abadias ou das igrejas, mas atribuiu-as imediatamente, com generosidade. O ofício divino, nas grandes festas, agradava-lhe muito e tinha o cuidado de dotar sua capela de panos de igreja muito preciosos; através de presentes e preces, estimulava os clérigos que salmodiavam em voz alta a cantar com mais alegria e, passeando em meio aos coristas, convidava-os com a voz e com gestos a cantarem mais alto. Durante a Eucaristia até depois da Comunhão mantinha-se em silêncio, abstendo-se de falar, mesmo que houvesse algum assunto pendente.

Mandou construir uma abadia da ordem de Cister, chamada Bom Porto, e uma casa de cônegos premonstratenses na Aquitânia; mandou também reconstruir a abadia de Pin, que estava quase totalmente destruída, e dotou-a de grandes rendimentos. Mais tarde, depois de sua coroação, utilizou pela primeira vez a sua chancela, validando um ato que dava ao capítulo geral da ordem de Cister um rendimento de cento e vinte marcos sobre a igreja de Scarborough. Além disso, após sua coroação, foi piedosamente a Santo Edmundo e, além de sua oferenda, ofereceu ao santo mártir um rendimento de quinze marcos para pagar dois círios que deveriam arder ininterruptamente, noite e dia, perto do corpo do santo rei. A um alto preço, mandou cobrir com lâminas de chumbo os telhados do mosteiro de Pontigny e de vários conventos.

Assim, tais atos de piedade compensam suas más ações e lhe valerão, esperamos, grande atenuação de seu castigo, com a ajuda misericordiosa de Deus, tanto mais por ele ter se confessado e arrependido no final de sua vida; pois, como a água apaga o fogo, a esmola apaga o pecado.

Com a concordância do capítulo de Cister, manteve em sua corte dom Milão, abade de Pin; encarregou-o de distribuir com todo o zelo possível as esmolas reais e de cuidar dos pobres. Vários religiosos que freqüentavam a corte de seu rei e senhor para tratar de diferentes assuntos apreciaram a simplicidade e a generosidade ilimitadas daquele homem venerável. O abade participou com seu senhor o rei da expedição a Jerusalém e exortou veementemente os soldados a lutarem corajosamente contra os inimigos da cruz de Cristo e a não temerem morrer pelo Senhor. Assistiu o rei em seus últimos momentos, encorajou-o piedosamente a confessar seus pecados e administrou-lhe a extrema-unção antes de sua morte; fechou-lhe a boca e os olhos no instante de sua morte e com suas mãos espargiu bálsamo na cabeça do rei.

(B). O segundo filho [*Ricardo*] não verá justos louvores a ele serem silenciados pela voz do panegirista.

Por uma sábia disposição de seu pai, se ele teve um nome saído da família paterna, recebeu um feudo da família materna. Imediatamente, apesar de sua pouca idade, submeteu e governou esse país — até então insubmisso — com extraordinária energia; não contente em pacificar todos os seus recantos, da maneira mais completa e radical, recuperou territórios seus perdidos e dispersos havia muito tempo, restabelecendo-os, com infatigável energia, conforme seu antigo estatuto. Devolvendo forma ao disforme, devolvendo ordem à desordem, derrubando os obstáculos e atenuando as dificuldades, restabeleceu as fronteiras e as antigas leis da Aquitânia.

Forçando o destino, antecipando os acontecimentos, adaptando as circunstâncias à sua vontade e voando de sucesso em sucesso, é um novo César, "julgando que nada está feito quando resta algo por fazer"[6].

Nos combates, é guerreiro furioso; só gosta de pisar estradas inundadas de sangue. Nenhuma escarpa, nenhuma torre encarapitada — até então inacessível por sua construção e sua posição — conseguem deter os ataques de seu coração impetuoso, mesmo que seja preciso usar de estratagemas ou mostrar sua bravura, escalar alturas perdidas no ar ou escavar fundações.

Mas sempre "o mal é vizinho do bem; enganamo-nos e muitas vezes dirigimos as garras contra a virtude como se faria contra um vício"[7].

Desejando ardentemente instaurar a paz e a justiça, foi obrigado, no início, para reprimir a audácia daquele povo insubmisso e proteger a inocência em meio aos culpados, a aplicar todo o rigor da lei contra os maus[8]. E aquilo que deveria ter atraído para ele os justos elogios das pessoas de bem valeu-lhe ser geralmente acusado de crueldade pelos alaridos dos invejosos. É claro que se trata de uma acusação infundada pois, quando as causas começaram a desaparecer, o rigor pouco a pouco também desapareceu; ele se tornou doce e clemente e chegou à justa medida ideal entre severidade e indulgência excessivas.

Por outro lado, Aquele que deu a natureza acrescentou-lhe o sofrimento. Para que sejam reprimidos os ímpetos de seu caráter, nosso leão, que é mais do que um leão, vê-se atormentado, como os leões, pela febre quartã. Treme quase constantemente — mas não de medo —, e seus tremores fazem tremer — de medo — o mundo.

Entre as diversas qualidades que o distinguem, três são notáveis e lhe conferem, por privilégio pessoal, um prestígio incomparável: sua energia e sua coragem extraordinárias; sua generosidade e sua munificência extremas; finalmente e acima de tudo, a mais digna de elogios, ornando todas as outras, sua firmeza de caráter e de palavra. Para concluir brevemente e coroar esses numerosos louvores, direi que, comparado a seu admirável irmão, ele é o segundo em idade, mas não em mérito.

(B). Com caracteres e gostos muito diferentes, os dois irmãos [*Henrique, o Jovem, e Ricardo*], originários da mesma semente e da mesma raiz, adquiriram ambos uma glória eterna e uma celebridade imortal.

Os dois eram altos, de estatura um pouco acima da média, e tinham o físico do comando. A valentia e a grandeza de alma foram-lhes concedidas igualmente, mas os caminhos de seus valores divergiam totalmente. Um era célebre por sua doçura e afabilidade, o outro famoso por sua severidade e firmeza. Um era estimado por sua amabilidade, o outro por sua austeridade. A complacência de um e o rigor moral do outro valeram-lhes iguais elogios. Um era admirável por seu espírito de misericórdia, o outro por seu espírito de justiça. Um era refúgio dos infelizes e dos pecadores, o outro seu suplício. Um era o escudo dos maus, o outro o instrumento de seu castigo. Um era dado aos torneios, o outro à guerra. Um ocupava-se dos estranhos, o outro de seus parentes; um de todos, o outro dos que o mereciam. Um, em sua magnanimidade, envolvia o mundo com seus votos, o outro cobiçava — não sem sucesso — o que lhe pertencia de pleno direito.

Mas de que serve passar em revista uma após a outra as suas qualidades? Nenhuma outra época, presente ou passada, guarda a lembrança de dois príncipes, nascidos do mesmo rei, tão extraordinários e tão diferentes.

Sem dúvida eles puderam, em sua diversidade, encontrar os germes diversos de qualidades tão eminentes e tão variadas, e maiores ainda se possível, em sua ilustre cepa, que possuía todas elas em abundância. Todas as qualidades encontradas em um e outro passaram, está claro, da raiz aos ramos. Com efeito, quem foi mais clemente para com os justos e mais impiedoso para com os criminosos do que seu ilustríssimo pai? No entanto ele era, por natureza, muito mais inclinado à clemência, julgando, todas as vezes, ou quase todas, em que conquistava uma vitória, que a suprema vingança era ter conseguido vingar-se. Quem foi mais valente no ofício das armas, mais hábil no ofício de rei? Quem jamais foi mais encantador com as pessoas afáveis, mais sério com as pessoas austeras?

Mas a história não deve ser privada da verdade, mesmo que às vezes dizer toda a verdade possa prejudicar — é perigoso escrever em qualquer ocasião contra alguém que nos possa proscrever, é delicado alegar certos fatos contra alguém que nos possa relegar; quem se conduz com maior grandeza para com os pequenos, com maior pequenez para com os grandes? Quem eleva mais os humildes? Quem humilha mais os que estão no alto? Do mesmo modo, quem é mais benevolente com os estranhos? Quem é mais odioso com seus parentes? Quem, digo eu, é mais inimigo de seus amigos e amigo de seus inimigos?

Ora ele simula pensamentos que lhe são estranhos, ora dissimula os seus. Com habilidade consumada, forjou-se a mais flexível das personalidades: multiforme para múltiplos auditórios, representando todos os personagens para todos os espectadores, ele dobra, conforme o lugar e o momento, todas as coisas à sua vontade.

(B). Se [*Ricardo*] tivesse tido o cuidado de realizar esses feitos humildemente, com um coração puro e simples e uma intenção sincera, repelindo todo o orgulho e todo o ódio, e atribuindo tudo a Deus, se cada vez que tivesse cumprido uma ação gloriosa tivesse dedicado essa glória a Deus, todas essas proezas teriam sido realizadas com uma finalidade louvável...

Todavia, uma vez que ninguém vive sem erro, que "nada é inteiramente feliz"[9] e que, como diz Cícero, "nada de absolutamente perfeito foi polido pela natureza em nenhuma espécie", eu o designaria decididamente como o príncipe mais valente de nosso tempo se, ao lado das diversas qualidades pelas quais se distingue, e dos dons inatos e adquiridos pelos quais se faz notar, tivessem sido dadas a ele três outras, que prefiro não citar a fim de que as contradições justapostas não se destaquem ainda mais.

(AMBRÓSIO). O rei da Inglaterra fora ao encontro de Saladino, esperando surpreender os sarracenos, mas quase se deu mal. O rei levava com ele muito pouca gente. Aconteceu então que ele adormeceu, e nossos inimigos naturais, os sarracenos, que se mantinham vigilantes, estavam por perto e se aproximaram de tal modo, que ele quase não acordou em tempo. Senhores, não se surpreendam por ele ter-se levantado com muita pressa, pois um homem sozinho pressionado por tantas pessoas não se sente tranqüilo; mas Deus concedeu-lhe a graça de conseguir montar seu cavalo. Seus homens também montaram, pelo menos os que lá estavam, mas eram muito pouco numerosos. Ao verem-nos montar a cavalo os turcos fugiram, perseguidos pelo rei até sua emboscada. Os que estavam escondidos precipitaram-se impetuosamente e quiseram segurar o rei pelo tronco, mas ele empunhou a espada, e naquele dia estava montando seu cavalo Fouveiro. Os turcos se comprimiam em torno dele, todos queriam pegá-lo, mas ninguém ousava expor-se a seus golpes. No entanto, talvez aquela vez o tivessem apanhado se o tivessem reconhecido. Mas um valoroso e leal cavaleiro de seu séquito, Guilherme de Preaux, pôs-se a gritar: "Sarracenos, eu sou Melec!" ("melec" significa "rei"). Os turcos imediatamente se apoderaram dele e o levaram para seu acampamento. Foram mortos então Renier de Maron, que tinha um coração valoroso, e seu sobrinho, chamado Guálter, também corajoso e leal, assim como Alain e Lucas de Etable, esta é a verdade. Não foi possível perseguir os turcos, pois eles iam em grande velocidade, levando Guilherme prisioneiro. Acreditavam estar levando o rei, mas Deus não o quis e o salvou. Os turcos, que acreditavam estar levando o rei, já estavam nas montanhas. Nossos homens voltaram ao exército, mas o rei e todo o exército estavam muito preocupados com Guilherme.

Quando Deus, em sua bondade, assim poupou o rei, o chefe de seu exército, numerosos foram os que, conhecendo sua coragem e temendo por ele, disseram-lhe: "Senhor, por Deus, não faça mais isso, não é seu papel empreender tais expedições, pense em si e nos cristãos. Não lhe faltam homens corajosos, não parta sozinho nessas ocasiões. Quando quiser dar um golpe nos turcos, leve companhia suficiente, pois está em suas mãos nossa vida ou nossa morte. Se o chefe cair, os membros não poderão existir sozinhos, mas logo perecerão também, e uma desgraça logo acontecerá." Muitos homens valorosos empenharam-se em lhe dar bons conselhos. Mas ele, assim que ficava sabendo de algum combate, e era difícil dissimulá-los, precipitava-se sempre sobre os turcos, e saía-se de modo a sempre haver mortos e prisioneiros e a que a honra lhe coubesse. E Deus tirou-o sempre dos grandes perigos em que o colocavam os inimigos. (...)

Quando os turcos fecharam suas portas e se estabeleceram no castelo [*de Daron*], chegaram nossos pedreiros, descidos dos navios. Foram desembarcados aos pedaços, e o valente rei da Inglaterra em pessoa e seus companheiros carregaram nos ombros — nós os vimos — as madeiras dos pedreiros, todos a pé, o rosto coberto de suor, por quase uma légua pela areia, carregados como cavalos ou burros. Finalmente, eis que os pedreiros foram erguidos e entregues aos condestáveis. O rei comandava um deles, que atacou a torre principal; os normandos, gente corajosa, tinham o seu, e os do Poitou, todos juntos, também tinham um. Os três lançavam pedras contra o castelo; os turcos ficaram muito amedrontados, embora confiassem na força do castelo e na abundância de suas provisões. Mas o rei mandava atacar noite e dia, sem interrupção, e dava-lhes tanto trabalho que já não sabiam o que fazer. Havia no Daron dezessete torres e torrinhas, bonitas e fortes; havia uma torre grande que dominava as outras e que era mais sólida. Em toda a volta havia um fosso profundo, que de um lado era calçado e do outro era de rocha viva; mas o medo perturbava os turcos, que viam que não podiam fugir. O rei Ricardo habilmente mandou escavar sob a terra de modo a se chegar ao piso que, por força, foi quebrado.

NOTAS

1. *Para ler a* Topographia Hibernica, *escrita em latim.*

2. *Foulques de Marselha, morto em 1231, era um homem rico; tinha relações com as cortes principescas da Ocitânia. Em 1194, tomou o hábito cisterciense. Foi bispo de Toulouse durante a luta contra os cátaros.*

3. *Juvenal*, Sátiras, *I, v. 160.*

4. BARRI, *Itinerarium Kambriae*, I, 3, p. 44: Não julguei fora de propósito inserir aqui uma anedota: a resposta que certo dia o rei Ricardo da Inglaterra deu a Foulques, um santo homem através de quem Deus operou em nossos dias numerosos milagres indubitáveis no reino da França. O santo homem dissera ao rei, entre outras coisas: "O senhor tem três filhas que, enquanto permanecerem em seu poder, impedir-lhe-ão de ter a graça de Deus: são a soberba, a luxúria e a cupidez." O rei hesitou por um instante, depois respondeu: "Já casei essas filhas: dei a soberba aos templários, a luxúria aos monges negros e a cupidez aos monges brancos."

5. *Cf. capítulo 12. Este elogio é pronunciado pelo irmão de Saladino durante a doença de Ricardo.*

6. *Lucano*, Farsália, *II, 657.*

7. *Ovídio*, Os remédios do amor, *323-4.*

8. HOVEDEN, p. 35, t. 3: Ricardo, rei da Inglaterra, partiu para a Gasconha e sitiou o castelo de Guilherme de Chrisi, o senhor do castelo, porque ele havia despojado os peregrinos de São Tiago e outros viajantes que atravessavam suas terras.

9. *Horácio*, Carmina, *II, XVI, 27-8.*

CAPÍTULO 16

Protagonistas, parceiros e comparsas

Reunimos neste capítulo textos que esboçam de maneira mais ou menos segura o retrato de certos personagens que desempenharam algum papel, positivo ou negativo, junto a Ricardo Coração de Leão. Só o pai é centro de um longo comentário; nenhum dos outros constitui objeto de uma descrição organizada; a freqüência dos episódios em que aparecem ou a importância dos comentários que lhes são dedicados orientaram nossa escolha. Trata-se de parentes de Ricardo — seu pai Henrique II, seu irmão João Sem Terra, sua mãe Leonor —, seus conselheiros — o bispo de Ely e o arcebispo de Rouen —, seus adversários — Filipe Augusto e o duque da Áustria — e também sua "noiva", Alais. Julgamos interessante conferir ao caráter ou à vida de todos esses personagens, já presentes nos excertos que citamos, uma densidade revelada por uma leitura mais ampla dos cronistas.

Para os parentes do rei, não foi possível compor "monografias" independentes, pois estão todos envolvidos nas mesmas intrigas. Quanto aos outros, encontramos textos ou conjuntos de textos que refletem a imagem que seus contemporâneos tinham deles.

O CÍRCULO DE RICARDO CORAÇÃO DE LEÃO

Henrique II e os ingleses

(N). Esse rei, como se sabe, foi dotado de numerosas virtudes, próprias a ilustrar a dignidade de um rei; também foi escravo de vícios próprios a desonrar grandemente um príncipe cristão. Com intensa inclinação para a libertinagem, não respeitou as leis do casamento, imitando nisso o exemplo do avô; deixou-lhe todavia os louros da intemperança. Teve com a rainha relações suficientes para garantir sua descendência; mas, quando ela deixou de gerar[1], o rei fez bastardos em sua perseguição ao prazer. Apaixonado além do razoável, tal como o avô, pelas delícias da caça, mostrou-se todavia mais brando do que ele ao punir os que infringiam as leis estabelecidas para proteger a caça de grande porte. De fato, seu avô desejava que não houvesse qualquer diferença de castigo, ou muito pouca, aos que matassem homens ou animais de grande porte; ele, ao contrário, puniu os delitos desse tipo quer com pena de prisão, quer com exílio temporário.

Protegeu mais do que o razoável um povo herege, inimigo dos cristãos, os judeus usurários, em razão das intensas vantagens que tirava disso; eles se levantavam contra os cristãos, impudentes e cheios de arrogância, infligindo-lhes muitos ultrajes. Em suas arrecadações de dinheiro, ultrapassava um pouco a medida, mas os crimes das gerações seguintes, que se desenvolveram desmesuradamente, justificaram-no quanto a esse aspecto e mostraram que mantivera uma medida decente, com exceção do fato de ter desejado deixar os bispados vagos por longo tempo para receber seus benefícios, incluindo no tesouro somas que caberiam à Igreja. Diz-se que, para defender essa conduta, que nada tinha de real, ele invocava a seguinte desculpa: "Não é melhor que esse dinheiro seja gasto para prover às necessidades do reino do que absorvido pelos prazeres dos bispos? Os prelados de nosso tempo não seguem de modo algum o exemplo daqueles de outrora; são indolentes e sem energia quando se trata de sua função, mas querem abraçar o universo." Dizendo isso, certamente maculava a reputação de nossos prelados e invocava para defender-se uma razão vil, infundada.

Com certeza, cometeu falta grave para com a igreja de Lincoln, cuja sé, como se sabe, permaneceu vaga por muito tempo em razão da importância de seus benefícios, mas, alguns anos antes de sua morte, para expiar esse erro, fez com que a solicitude de um pastor de grande piedade velasse sobre essa igreja.

De Leonor, teve filhos que conheceram sorte muito ilustre, mas desses filhos muito ilustres foi um pai muito desafortunado. Julga-se que isso ocorreu por vontade de Deus, por duas razões: a rainha, antes casada com o rei da França, cansada dessa união desejou desposar Henrique II; por isso, pediu divórcio. Quando ela se livrou da autoridade do primeiro marido, esse príncipe, usando — se assim posso dizer — de uma licença ilícita, logo a tomou em casamento. Em decorrência disso, Deus equilibrando em sua sabedoria os pratos da balança, o rei procriou com ela uma descendência ilustre destinada a provocar sua própria perdição. Também era justo que aquele que, como se sabe, por excesso de amor pelos filhos causou dano a muita gente, desejando, mais do que justamente, garantir seu futuro, fosse afetado por suas inclinações vis ou suas mortes prematuras. É evidente que tudo isso aconteceu conforme o imenso desígnio de uma vontade superior.

Além disso, a meu ver, ele não havia lamentado suficientemente o rigor da funesta obstinação que mostrara contra o venerável arcebispo Tomás de Canterbury; por isso, penso eu, foi tão miserável o fim de um tão grande príncipe; ao não poupá-lo, o Senhor desejava, em sua generosa severidade, conferir-lhe Sua misericórdia na outra vida, é nosso dever acreditá-lo.

Quando estava no auge do poder, teve grande preocupação em proteger e favorecer a paz pública; ao empunhar o gládio para punir os maus e garantir a tranqüilidade das pessoas de bem, foi um digno servidor de Deus, notável defensor e protetor dos bens e das liberdades da Igreja, como se percebeu depois de sua morte. Em suas leis, mostrou grande cuidado para com os órfãos, as viúvas e os pobres, e em muitos lugares verteu com mão generosa brilhantes esmolas. Honrou especialmente os homens de Igreja e ordenou que os bens deles gozassem dos mesmos direitos que os seus próprios.

Desde o início de seu reinado, modificou com extrema generosidade as antigas práticas bárbaras concernentes aos náufragos: ordenando que se respeitassem os deveres de humanidade para com os homens salvos do perigo das vagas, estabeleceu pesadas penas contra aqueles que tivessem a audácia de lhes causar dano ou apossar-se de seus bens.

Jamais impôs qualquer encargo pesado a seu reino inglês nem a seus territórios de além-Mancha, antes do dízimo sem precedentes destinado à expedição a Jerusalém. Esse dízimo, aliás, também foi arrecadado nos outros países. Jamais exigiu, como os outros príncipes, qualquer tributo das igrejas ou dos mosteiros pretextando alguma necessidade imperiosa; até garantiu, com cuidados escrupulosos, sua imunidade contra as corvéias e impostos públicos.

Detestava fazer correr sangue e ver morrer os homens, e só recorreu às armas para fazer reinar a paz quando não pôde ser de outro modo; quando possível, preferiu recorrer ao dinheiro.

Graças a essas qualidades e a muitas outras ainda, realçava sua dignidade de rei; muitos, no entanto, não o estimavam, por verem apenas seus defeitos. Os homens ingratos, que só enxergavam o mal, ressaltavam atentamente os erros de seu próprio príncipe, mas não suportavam ouvir falar em suas benfeitorias; só as tribulações do período que se seguiu abriram-lhes os olhos. Com efeito, a experiência dos males que sofremos agora fez voltar a lembrança de seus benefícios e mostrou que esse homem, odiado por todos ou quase todos durante sua vida, foi um príncipe excepcional e benfeitor.

Salomão, rei pacífico, que levou o povo de Israel ao cume da honra e a uma prosperidade fulgurante, também não foi estimado por seu povo, conforme mostram estas palavras dirigidas a seu filho: "Teu pai fez aumentar o peso de nosso jugo. Alivia nosso jugo e seremos submissos a ti." Eis o que o filho respondeu às recriminações do povo, ameaçando-o com a leviandade da juventude: "Meu dedo mínimo tem mais força do que o dorso de meu pai. Meu pai aumentou o peso de seu jugo, eu o aumentarei mais ainda. Meu pai golpeou-os com correias, eu os golpearei com chicotes munidos de ferro." Ele falou, disse eu, levianamente, mas suas ameaças recaem pesadamente sobre nosso tempo e cabem-lhe perfeitamente; no entanto, o povo estúpido recebe agora golpes de chicote munido de ferro por recriminações mais moderadas do que aquelas que, há alguns anos, valiam-lhes apenas golpes de correia.

(D). *Guilherme de Longchamp*, que já era chanceler do conde de Poitou antes que ele se tornasse rei, percebeu após a coroação que seu novo cargo estava para o antigo assim como um reino está para um condado. (...)

No ano da graça de 1190, o rei foi para a Normandia depois de ter confiado ao chanceler a guarda de todo o reino. (...)

Guilherme de Ely, bispo e chanceler do rei, que a natureza fizera manco como Jacó, embora não tivesse lutado com o anjo, grande personagem que compensava sua pequena estatura com sua coragem, tinha certeza da estima de seu senhor e confiava em sua benevolência; como nenhum poder jamais se dispôs, nem se dispõe e nem se disporá a ser partilhado, expulsou do Tesouro Hugo de Puiset[2]; deixou-lhe apenas a espada que ele recebera das mãos do rei ao se tornar cavaleiro, despojando-o em seguida também de seu condado.

Para que o bispo de Durham não fosse o único a sofrer seus ultrajes, aquele flagelo, que se tornara mais terrível do que qualquer animal selvagem e não poupava ninguém, atingiu também o bispo de Winchester. Tomou-lhe castelos e o condado, não permitindo que usufruísse sequer de seu patrimônio. Convulsão no reino; as vítimas acusam o rei de deslealdade e todos atravessam a Mancha para invocar o rei contra o tirano; mas o chanceler chega antes de todos os outros e apresenta ao rei num relatório a lista de suas ações (e exações); munido por seu soberano de instruções completas sobre tudo o que deveria fazer, antecipa-se a seus rivais para fazer prevalecer sua versão sobre a deles e volta à Inglaterra antes que os adversários consigam encontrar o rei. Retorna pois poderoso e próspero, enquanto homem que fez tudo o que quis.

O rei voltava da Gasconha, onde dominara rebeldes pelas armas, tomando-lhes as praças que haviam ocupado, quando os homens que o chanceler maltratara o encontraram; dando satisfação a todos — pelo menos era o que todos julgavam então —, mandou-os de volta ao chanceler, munidos das cartas que solicitavam. (...)

O bispo de Winchester, atingido por grave indisposição durante a travessia, deteve-se por algum tempo.

O *bispo de Durham* apressou-se em voltar a Londres, mas não foi recebido pelos barões do Tesouro; assim, como se caminhasse ao encontro de um triunfo, apressou-se em retomar seu caminho em perseguição ao chanceler Guilherme de Ely, que, naquele momento, partira em expedição para os lados de Lincoln. Ao encontrá-lo, saudou-o da parte do rei, mas de má vontade e com ar descontente; passou a falar imediatamente, com arrogância, sobre os assuntos do Estado, como se nada pudesse ser feito sem seu acordo. Pronunciou frases empoladas e longas palavras, do comprimento do braço; e, pavoneando-se num poder que ainda não retomara, sem saber com quem estava falando, deixou escapar tudo o que deveria ter calado. Ao final de seu discurso, brandiu, golpe decisivo que põe termo aos discursos, objeto sagrado carregado do respeito que se deve ao rei, uma carta que tirou para ler. "A montanha pariu um camundongo." Exigiu silêncio absoluto para ouvir a mensagem do rei. Todos se calaram, atentos, voltando os olhares para ele.

Foi lida em público a carta que teria permanecido mais temível se não a tivessem lido; então, ao ouvi-la, o outro espertalhão, hábil em dissimular sua velhacaria, adiou sua resposta por oito dias, determinando que o local do encontro seria Tikehill.

No dia marcado, o bispo de Durham foi até o castelo; ordenou a seus homens que o esperassem na porta e avançou sozinho ao encontro do chanceler. Este último, que no encontro anterior se calara, falou primeiro e obrigou o adversário, a quem a carta do rei enchera de falsas esperanças, a ler em voz alta uma outra carta, que fizera ser-lhe enviada depois e que contrariava tudo o que o outro esperara. O bispo de Durham preparava-se para responder quando Guilherme de Longchamp lançou: "Outro dia foi minha vez de me calar; agora, saiba que é minha vez de falar — viva o Rei, meu senhor — enquanto você se cala. Você não sairá daqui enquanto não me der reféns como garantia de que me entregará todas as praças que está ocupando; você é meu prisioneiro, não é um prelado prisioneiro de um prelado, mas um castelão prisioneiro de um chanceler."

O bispo de Durham, caindo na cilada, não teve firmeza nem meios para resistir: deu reféns e, no prazo estabelecido, as praças foram entregues para libertar os reféns. (...)

O bispo de Winchester, que acabara de se curar na Normandia, também quis recuperar os bens que lhe tinham sido tomados, voltou o mais depressa possível e encontrou o chanceler, que sitiava Gloucester. Ao saber de sua chegada, este último foi ter com ele; estreitou-o contra o coração, beijou-o e disse: "Está chegando na hora, caro amigo, devo apertar o cerco ou levantá-lo?"

Então o bispo: "Se deseja a paz, deponha as armas." Aquele espírito arguto compreendeu a ameaça e mandou anunciar o levantamento do cerco; sem trapacear, entregou ao bispo seu patrimônio, mas nada mais.

Todos os outros que haviam atravessado a Mancha para se queixar do chanceler não ganharam nada com isso. O admirável Guilherme, homem de três títulos e três rostos — bispo de Ely, chanceler do rei, jurista do reino —, queria ter também duas mãos direitas, para que o gládio de Pedro secundasse o gládio do príncipe; tornou-se legado pontifical para toda a Inglaterra, a Escócia, o País de Gales e a Irlanda, por intermediação de Reginaldo, bispo de Bath, e por insistência do rei, que sem isso recusava-se a partir.

Assim, feliz por cumprir sem obstáculos a função que desejara, ia e vinha através do reino, como o raio fulgurante.

Enquanto legado da Santa Sé, reuniu um concílio em Westminster para deixar alguma ação que lhe valesse os louvores da posteridade: decidiu que deveria eliminar qualquer sentimento religioso de Coventry e substituir os monges por clérigos prebendados.

Verdadeiro rei de Érebo, imagem do antigo Pyracmon[3], lançando óleo sobre o fogo despertou o pomo de discórdia que dormitava entre a igreja de Salisbury e o mosteiro de Malmesbury. (...)

Guálter, arcebispo de Rouen, pusilâmine e medroso, como cabe a um clérigo, saudou Jerusalém de longe e, sem que lhe fosse pedido, abandonou todo o ódio por Saladino; deu ao rei que ia lutar em seu lugar tudo o que trouxera como viático e, sem constrangimento, brandiu sua cruz, com a bela devoção que sempre engendrou a mais miserável das mães, a tepidez, aquela que diz que os pastores da Igreja devem antes pregar do que combater, e que não convém a um bispo carregar outras armas que não aquelas das virtudes.

O rei, que julgava seu dinheiro mais útil do que sua presença, aceitou suas desculpas, aparentemente cedendo a um raciocínio tão poderoso; liberou-o de seu compromisso e mandou-o de volta à Inglaterra, ao chanceler Guilherme, levando uma carta segundo a qual deveria receber do tesouro, durante três anos, uma certa quantia, em troca de um determinado número de homens e de cavalos. No final da carta, acrescentou que o chanceler deveria, para todas as coisas, recorrer ao conselho de Guálter para resolver os assuntos do reino. (...)

O arcebispo de Rouen foi ter, na Inglaterra, com o chanceler, que o recebeu testemunhando-lhe muito respeito, e muito mais do que o rei recomendara. Depois dele chegaram muitos outros viajantes, portadores de cartas que tinham todas a mesma conclusão: todos deveriam obedecer ao chanceler. (...)

João Sem Terra, o "conde João"

Quando João, irmão do rei, que até então lhe obedecera, teve certeza de que o rei seu irmão virara as costas à Inglaterra, percorreu o país levando grande equipagem e não impediu sua gente de chamá-lo herdeiro do rei. E, tal como se vê o solo afligir-se com a ausência de sol, a fisionomia do reino alterou-se por causa do distanciamento do rei. Todos os grandes se agitaram ou fortificaram seus castelos, protegeram-se as praças fortes e cavaram-se fossos.

O arcebispo de Rouen, que não previa o futuro melhor do que aquele que se considerava o instigador da rebelião, era bastante hábil para satisfazer o chanceler sem desagradar a seus rivais. Escreveu-se pessoalmente a todos os chefes do clero e do povo e armaram-se todos os espíritos contra o chanceler. A nobreza tomava de bom grado o partido do conde [*João*], mas discretamente; o clero, naturalmente mais temeroso, não ousava pronunciar-se por nenhum de seus dois senhores. O chanceler, embora estivesse ao par dos fatos, não o deixava transparecer, recusando tomar conhecimento de que alguém tivera a ousadia de tentar o que quer que fosse contra ele.

Acabou-se por descobrir o segredo; anunciou-se ao chanceler que Geraldo de Camville, um intrigante pródigo de sua fé, fizera homenagem ao conde João, irmão do rei, pelo castelo de Lincoln, cuja renda pertencia indiscutivelmente à herança de Nicole, esposa do tal Geraldo, mas estava sob autoridade do rei.

No decorrer de uma assembléia dos barões do reino, Guilherme de Longchamp denuncia os planos de João Sem Terra:

"Esse homem está tentando apoderar-se do trono; se eu estiver enganado, que nunca mais se dê crédito a minhas palavras. Mesmo que o irmão e ele devessem portar a coroa um ano sim outro não, como os dois irmãos inimigos Eteocles e Polinício, filhos de Édipo, o que tentou o conde João é prematuro, pois Eteocles ainda não cumpriu um ano de mandato." Por muito tempo deixou sua indignação exprimir-se desse modo; depois, voltando à sensatez, como tinha o coração maior do que o corpo, concebeu grandes planos e enviou ao conde o arcebispo de Rouen, ordenando-lhe imperativamente que devolvesse o que havia tomado e explicasse diante da corte do rei por que rompera o juramento feito ao irmão.

O arcebispo, que tinha o dom de se aproveitar das situações, foi ao encontro do conde e, depois de transmitir oficialmente seu recado, disse-lhe ao ouvido que, se quisesse ser alguém, deveria, a qualquer custo, ousar alguma grande empreitada, fosse ela passível de prisão ou da ilha de Gyaros[4]. Entretanto, exprimiu em público a opinião de que era preciso organizar um encontro entre o conde e o chanceler e que uma conciliação estabelecida por árbitros deveria dar fim àquela divergência.

O conde, mais do que irritado com aquelas condições inaceitáveis, tornou-se inteiramente irreconhecível. O despeito escavou rugas em sua testa, seus olhos faiscantes lançavam chamas, a palidez apagou as cores de seu rosto e bem imagino o que teria acontecido ao chanceler se, no auge de sua crise, o possesso tivesse lutado com ele. A indignação encerrada em seu coração cresceu tanto, que era preciso ou que explodisse ou que cuspisse uma parte de seu veneno.

"Esse filho do inferno, o mais infame dos infames, quem primeiro levou aos ingleses essa maneira de se ajoelhar submissamente, emprestada aos fingimentos dos franceses, não me trataria desse modo se eu não tivesse recusado saber o saber que me era oferecido."

Queria dizer mais, fosse verdade ou mentira, mas, contendo-se em respeito ao arcebispo que lá estava e refreando sua loucura, disse: "Se falei mal, monsenhor, faço apelo à sua indulgência."

A querela se acirrou, os partidários de João Sem Terra, mais numerosos, tentaram destituir o chanceler.

Carta de Hugo de Nunant, bispo de Coveñtry, a respeito de Guilherme de Ely:

(P). "O bispo de Ely era um grande homem entre todos os do ocidente: segurava com uma mão o poder sobre o reino e, com outra, a autoridade do legado apostólico; mantinha o selo do rei sobre todas as suas terras, embora pudesse obter tudo conforme sua vontade e tivesse condições de se apossar de tudo o que desejasse. Era considerado, portanto, mais como rei do que como sacerdote, e de fato o era. Não havia quem ousasse resistir à sua vontade. 'Pois ele fala e tudo se faz, ele pede e tudo se apresenta.' Ele era o senhor das riquezas reais, de todo o tesouro, e, de maneira geral, de todas as finanças do Estado, de modo que tudo o que se move sob nossas latitudes[5] era, dizia-se, não do rei mas dele, pois não havia caça sobre a terra nem peixe na água nem pássaro no ar que não fossem obrigados a contribuir para sua mesa. Dir-se-ia que ele havia partilhado os quatro elementos com Deus: deixando o céu ao Senhor do céu, reservava-se os outros três para servir a seu uso, ou melhor, a seu abuso e a seus prazeres.

Todos os filhos de nobres serviam a esse homem de olhos baixos e não ousavam levantá-los sem serem convidados a isso, e, se agissem de outro modo, receberiam um golpe de aguilhão, pois seu senhor o mantinha ao alcance da mão, como lembrança, piedosamente guardada, de seu avô, servo em Beauvaisis, acostumado a conduzir a charrua e castigar os bois. Esse ancestral fugiu para a Normandia em busca de liberdade. Suas sobrinhas, suas primas e até todas as vizinhas de seu pobre casebre eram ardentemente procuradas para casamento pelos condes, pelos barões e pelos grandes do reino, que julgavam glorioso obter as boas graças daquele homem tornando-se seus parentes de qualquer grau.

Não havia camponês que cobiçasse um campo, cidadão que cobiçasse um bem, cavaleiro que cobiçasse um domínio, monge que cobiçasse uma abadia que não fosse obrigado a passar por sua lei e seu poder. Embora toda a Inglaterra o servisse de joelhos, ele buscava sempre a liberdade dos franceses e mandava vir de Hiesmes os cavaleiros que lhe prestavam serviço e todos os seus homens; desdenhando o povo inglês em todos os aspectos, avançava com sua escolta de franceses e flamengos, com nariz insolente, boca escarnecedora, olhar irônico, sobrancelha sarcástica: nada tinha do sacerdote que traz na testa a lâmina de ouro[6]. Para exaltar e ilustrar seu nome, mandava fazer poemas de elogio e canções de louvor; mandara vir do reino da França, atraindo-os com presentes, cantores e saltimbancos para que cantassem seu nome nas praças. Já se dizia por toda parte que não havia outro igual a ele no mundo. Na verdade, se estivéssemos no tempo dos césares, far-se-ia chamar deus vivo, como Tibério.

O rei dera-lhe assessores para dirigir a maior parte dos assuntos, mas ele não suportou a presença de qualquer associado no poder, pois julgava indigno de sua glória recorrer aos conselhos de um mortal. Portanto, reinava sozinho e comandava sozinho; era temido como Deus, de um mar a outro, e eu não estaria mentindo ao dizer que mais ainda, pois Deus é indulgente e cheio de misericórdia, enquanto ele corrompia tudo cedendo a seus impulsos: não conseguia ser justo quando era preciso agir, nem respeitar os prazos quando era preciso esperar. Também não levava em conta todas as cartas e todas as ordens de seu senhor: não queria fazer parecer que tivesse um senhor nem que o acreditassem submetido a quem quer que fosse, aquele homem que quase subjugara todos os homens à sua vontade...

Jamais quis saber como agir bem, mas praticava o mal em sua cama, onde dormia com servidores do mal ou com seus favoritos..."

Sucumbindo a uma reprovação unânime, Guilherme de Ely encerra-se na torre de Londres. Um conselho composto por João Sem Terra, arcebispos e bispos resolve dar fim a suas exações.

Não era possível deixar que continuasse comandando o reino um homem que reduzira a Igreja de Deus à vergonha e o povo à pobreza. Pois, para não dizer mais, ele e seus servidores haviam sangrado o reino: não restara um cinturão a um homem, uma jóia a uma mulher, um anel a um nobre, nem mesmo qualquer preciosidade a um judeu. Ele também havia esvaziado tão completamente o tesouro do rei, que durante aqueles dois anos de todos os baús e de todos os cofres só restavam as chaves.

"Prometeu solenemente e assegurou diante de todos, deixando um dos seus como garantia, que não deixaria a Inglaterra antes de liberar alguns castelos mencionados nominalmente, que tinha em seu poder e confiara a estrangeiros, a homens desconhecidos e obscuros: deveria entregá-los àqueles que lhe haviam sido designados. Assim, deu como reféns seus irmãos e seu camareiro. Apressou-se em ir para Canterbury para lá receber a cruz de peregrino, conforme convinha, e lá depositar sua cruz de legado pontifical, que carregara durante um ano e meio após a morte do papa Clemente, para infelicidade da Igreja Romana e grande prejuízo da Igreja da Inglaterra. Aquela cruz, de fato, resgatou todas as igrejas da Inglaterra, ou melhor, obrigou-as a se resgatarem, e ninguém conseguiu evitar sentir seu peso. Quando ele entrava na casa de um bispo, pode-se saber ainda que seus bons ofícios custavam cem ou duzentos marcos de prata. Passou alguns dias no castelo de Dover, depois, esquecendo sua promessa e seu juramento de lealdade, esquecendo também seus irmãos, que expunha vergonhosamente à morte uma vez que os entregara como reféns, decidiu fazer-se ao mar. Mas como não ousava fazê-lo abertamente, inventou um novo tipo de artimanha: disfarçou-se de mulher, ele que sempre tivera horror a esse sexo, e substituiu o hábito de sacerdote pela roupa de cortesã. Desgraça! um homem torna-se mulher, um sacerdote cortesã, um bispo bufão!

Do castelo, preferiu chegar rapidamente à praia a pé, embora fosse manco; trajava um vestido muito longo de mulher, verde, em vez de sua túnica eclesiástica roxa, em lugar da casula vestia uma capa da mesma cor afeada por mangas e, na cabeça, uma mantilha em lugar da mitra. Na mão esquerda, em vez do manípulo levava um pedaço de linho, como se o oferecesse para vender; na mão direita, a ana* do mercador em vez do bastão pastoral. O prelado desceu até o mar assim equipado; é espantoso que tenha se tornado tão afeminado e tenha escolhido disfarçar-se de mulher, ele que costumava com muita freqüência envergar a armadura de cavaleiro.

Sentou-se numa pedra à beira do mar; um pescador logo o tomou por uma prostituta, aproximou-se e, desejando aquecer-se, pois que saíra do mar quase nu, correu para nosso monstro. Enlaçou-o com o braço esquerdo enquanto a mão direita descia para explorar a parte inferior de seu corpo. Levantou-lhe o vestido subitamente e, sem constrangimento, levou a mão audaciosamente a suas partes vergonhosas: sentiu uma cueca, provas indiscutíveis fizeram-no reconhecer um homem naquela mulher. Espantado, saltou para trás e, cheio de horror, gritou alto: 'Venham todos ver este prodígio; encontrei um homem nesta mulher.' Imediatamente os servidores e amigos do arcebispo, que se encontravam a uma certa distância, acorreram, empurraram o pescador vigorosamente mas sem violência e fizeram com que se calasse. O pescador então se calou e a confusão se acalmou; Hermafrodita esperava sentado.

Então, uma mulher saiu da cidade, viu o pedaço de linho que ele ou ela expunha para vender. Adiantou-se e começou a informar-se sobre o preço da ana. Ele não

---

* Antiga medida de comprimento francesa (*aune*), usada principalmente para tecidos, equivalente a 1,188 m. No caso, uma vara de uma ana, usada como instrumento de medida. (N. T.)

respondia, pois ignorava totalmente a língua inglesa; a mulher insistia. Chegou então outra mulher, que lhe fez as mesmas perguntas com insistência, e insistiu muito para que ele dissesse o preço de venda. Como ele não respondia nada e não parava de sorrir, elas começaram a conversar uma com a outra e a perguntar-se do que se tratava. Acreditando estar diante de um ardil, levaram as mãos à mantilha que lhe escondia o rosto e a puxaram para baixo, vendo então um rosto de homem moreno e recém-barbeado. Ficaram completamente estupefatas, derrubaram-no ao chão e encheram o ar com seus gritos: 'Venham, vamos liquidar esse monstro que desonrou os dois sexos!' Logo acorreu uma multidão de homens e de mulheres, que lhe arrancaram a mantilha da cabeça, jogaram-no ao chão puxando-o pelas mangas e pela gola: na areia quem padeceu foi sua dignidade, nos rochedos foi seu corpo. Seus servidores avançaram duas ou três vezes contra a multidão para libertá-lo, mas não o conseguiram, pois o povo obstinava-se em atacá-lo e arrastava-o através de toda a cidade, cobrindo-o de injúrias, bofetadas, cusparadas e de todos os tipos de tratamentos infamantes. Depois de ser assim levado, ou melhor, arrastado, foi trancado num reduto escuro, fazendo as vezes de prisão. Aquele que arrastara foi então arrastado, subjugado aquele que subjugara, amarrado aquele que amarrara, preso aquele que prendera, para que o castigo fosse igual à falta. Tornou-se o opróbrio de seus vizinhos, o terror de seus amigos, objeto de riso para todo o povo. Se pelo menos ele tivesse maculado em sua pessoa apenas o sacerdote e não a própria condição de sacerdote!" (...)

Depois de sua fuga da Inglaterra, sua diocese sofreu interdição. A rainha Leonor aplaca o conflito.

Leonor

(D). A mulher que merece sempre ser celebrada, a rainha Leonor, visitou as choupanas que faziam parte de seu dote e pertenciam à diocese de Ely. Por onde passava, vinham à sua presença homens com mulheres e crianças, nem todos da mais baixa condição, povo em lágrimas que fazia lágrimas correrem, pés descalços, mal vestidos, cabelos hirsutos. Falavam com suas lágrimas, pois a dor impedia-os de falar, e não havia necessidade de intérprete, pois lia-se numa página aberta mais do que pretendiam dizer. Os cadáveres humanos jaziam aqui e ali nos campos, sem sepultura, pois seu bispo tirara-lhes o direito de serem enterrados.

A rainha compreendeu a razão de tão grande severidade. Como era cheia de misericórdia, apiedou-se da sorte lamentável daquelas pessoas que viviam entre os mortos, e imediatamente, abandonando seus próprios assuntos para ocupar-se daqueles dos outros, foi a Londres, solicitou, ou melhor, ordenou que o arcebispo de Rouen devolvesse ao bispo os bens que lhe tinham sido confiscados; e que mandasse proclamar em nome da Chancelaria na província de Rouen que a excomunhão pronunciada contra o bispo estava suspensa. Quem teria um coração de ferro tão feroz para que aquela mulher não o dobrasse à sua vontade? Sem nada esquecer, ela mandou anunciar na Normandia ao bispo de Ely que poderia voltar a seu país e a seu patrimônio na Inglaterra, obrigando-o a revogar a sentença [*de excomunhão*] que pronunciara. Assim, graças à intervenção da rainha, aplacou-se um conflito estrondoso entre aqueles homens que não conheciam a paz; mas seus sentimentos, nascidos de um ódio antigo, só poderiam mudar se seus corações parassem de bater.

O conde João enviou mensageiros a Port Hamon para solicitar que lhe fosse preparada uma frota: tinha a intenção, acreditava-se, de passar para o lado do rei da França. Mas a rainha, sua mãe, temia que o jovem de espírito leviano, cedendo aos conselhos do rei da França, viesse a preparar alguma empreitada contra seu senhor e irmão; buscou então um meio para impedir os planos do filho. O que a afligia e dilacerava suas entranhas de mãe era a lembrança da sorte de seus filhos mais velhos e sua morte prematura, por punição de seus pecados.

Quis fazer um esforço extremo para manter o entendimento entre seus filhos mais novos: assim, a mãe deles conheceria uma morte mais feliz do que a de seu pai. Convocou então todos os grandes do reino, primeiro em Windsor, depois em Oxford, em Londres e finalmente em Winchester, e a muito custo suas lágrimas e os pedidos dos grandes conseguiram fazer com que o conde não atravessasse o mar na época prevista.

Filipe Augusto

Diversas passagens já compuseram um retrato bastante nítido do rei da França; ele ainda pode ser completado em alguns aspectos. Adversário do rei da Inglaterra, Filipe opõe-se inicialmente a Henrique II — com uma impotência raivosa, como mostra o segundo episódio citado por nós. Nesse conflito, o jogo das alianças une-o a Ricardo. É a essa fase de suas relações que corresponde o primeiro texto, sugerindo, talvez, uma amizade particularmente apaixonada, ainda que certas marcas de familiaridade devam ser entendidas com referência aos costumes da época. No entanto, vemo-nos tentados a lembrar, a esse respeito, os termos em que Devizes conta os reencontros dos dois soberanos na Sicília e a citação de Juvenal "os reis separaram-se fatigados mas não saciados", cujas conotações nada têm de platônico.

Há poucos traços positivos no conjunto do retrato; Filipe Augusto é, de maneira geral, uma espécie de contraponto do rei da Inglaterra: corajoso, decerto, mas menos do que Ricardo; pobre ou avarento, não se sabe, de qualquer modo totalmente desprovido da generosidade de um verdadeiro cavaleiro; traidor sempre que tem oportunidade, e isso já na chegada à Sicília, depois cada vez mais; não é preciso lembrar seu papel na prisão de Ricardo.

Com o tempo torna-se o principal inimigo do rei da Inglaterra, e isso certamente explica o fato de se acentuar o papel ridículo que lhe atribuem desde o início os cronistas ingleses: é seduzido por Joana de Sicília, irmã de Ricardo, mas este, com uma vigilância quase insultuosa, subtrai-a de seus olhares. Suas intrigas junto ao papa, e depois ao im-

perador da Alemanha, degeneram em vergonha para ele;
seus malogros são acompanhados de situações grotescas:
quando foge, uma ponte desmorona e ele quase se afoga; quando abandona seu exército, esconde-se numa igreja onde está sendo celebrada uma missa. Ricardo confia tão pouco nele, que os dois conversam a grande distância, um permanecendo no cavalo, o outro no navio.
São esses tipos de detalhes malévolos ou maliciosos que apresentamos aqui.

(P). [1187] Feita a paz, Ricardo, duque da Aquitânia, filho do rei da Inglaterra, firmou uma trégua com Filipe, rei da França, que há muito tempo lhe testemunhava tanta honra, que ambos comiam todos os dias à mesma mesa, no mesmo prato, e a noite não os separava. O rei da França estimava-o tanto quanto sua vida; e amavam-se com tal amor que, diante da violência de seus sentimentos, o rei da Inglaterra [Henrique II] tomava-se de estupor e perguntava-se o que seria aquilo. Preocupado com o futuro e apesar do que decidira anteriormente, adiou seu retorno para a Inglaterra, pois desejava saber o que escondia um amor tão repentino.

(H). [1188] Os reis da França e da Inglaterra mantiveram um colóquio em Gisors e, como não conseguiram assinar a paz, o rei da França, tomado de cólera e indignação, mandou cortar um belíssimo olmo que havia entre Gisors e Trie, sob o qual geralmente tinham lugar os encontros entre os reis da França e os duques da Normandia, jurando aos grandes deuses que no futuro não mais haveria encontros naquele lugar.

(H). [1194] O rei da Inglaterra embarcou com seu exército; chegou à Normandia e aportou em Barfleur com cem grandes navios carregados de guerreiros, cavalos e armas. Apressou-se em ir a Verneuil, sitiada pelo rei da França. Ao saber que ele estava chegando, o rei da França, contrariando a vontade de seu exército, abandonou um cerco que comandava havia dezoito dias.

(H). [*1194, após a destruição de Evreux pelo rei da França*] O rei da Inglaterra, tão tranqüilo em sua tenda quanto se estivesse atrás de suas muralhas, aguardava uma mensagem do rei da França; este mandou pedir-lhe que fosse encontrá-lo aquele dia com uma escolta armada. O rei da Inglaterra acolheu a mensagem com prazer e mandou responder que era ele quem esperava o rei da França e que, se ele não viesse, iria encontrá-lo no dia seguinte de manhã. Apesar disso, o rei da França não foi aquele dia encontrar o rei da Inglaterra. No dia seguinte de manhã, este mandou preparar seu exército e avançou ao encontro do rei da França e de seu exército, que, ao saber disso, fugiram à sua frente. Na fuga, muitos soldados do rei da França foram mortos e muitos foram apanhados. O imenso tesouro do rei da França também foi apreendido, assim como seu altar pessoal e as cartas assinadas por todos os súditos do rei da Inglaterra que haviam se aliado, contra ele, ao rei da França e ao conde João.

Em sua fuga, o rei da França distanciou-se do grosso de suas tropas e entrou para ouvir a missa numa igreja muito afastada do caminho. O rei da Inglaterra, não sabendo que o rei da França estava se escondendo, continuou a avançar, semeando o terror e a morte entre os soldados do rei da França, a quem procurava para matar ou fazer prisioneiro.

(H). [*1195*] Antes da destruição do castelo de Vaudreuil, os reis da França e da Inglaterra encontraram-se perto desse castelo e, durante o encontro, um grande trecho das muralhas desmoronou por causa do trabalho dos sapadores do rei da França. O rei da Inglaterra, então, interrompeu a conversa e lançou uma carga contra o exército do rei da França, fazendo-o fugir com seus soldados. No momento em que este passava pela ponte, a ponte desmoronou e ele quase se afogou no Sena com sua tropa.

(H). [*1198*] No mês de setembro, no quinto dia antes das calendas de outubro [*27 de setembro*], um domingo, Ricardo, rei da Inglaterra, tomou de assalto um castelo do rei da França, Courcelles, e um outro castelo do mesmo rei, Boury; no dia seguinte, segunda-feira, véspera de São Miguel, Filipe, rei da França, reuniu um grande exército de cavaleiros e de gente do povo e saiu de Mantes na direção de Courcelles. Ao receber a notícia, o rei da Inglaterra foi a seu encontro e travou combate com ele na planície que se estende entre Courcelles e Gisors. O rei da França foi derrotado e fugiu na direção do castelo de Gisors; no momento em que estava sobre a ponte de Gisors, a ponte desmoronou em virtude da multidão que se aglomerava nela, e o rei da França caiu no Epta e engoliu água; ter-se-ia afogado se não o tivessem pescado imediatamente. Nessa batalha, o rei da Inglaterra abateu três cavaleiros com um só golpe de lança.

[*1199*] Os reis da França e da Inglaterra tiveram um encontro, no dia de Santo Hilário, entre Les Andelys e Vernon: o rei da Inglaterra subira o Sena de barco; não quis desembarcar mas conversou do barco com o rei da França, que permanecera montado em seu cavalo e, da margem, respondia-lhe diretamente.

Leopoldo da Áustria

(H). [*1194*] Leopoldo, duque da Áustria, permanecia submetido à excomunhão que o papa pronunciara contra ele por ter capturado Ricardo, rei da Inglaterra, e não se ter penitenciado; em virtude disso, o Senhor assolou suas terras; primeiro, todas as cidades de seu ducado foram incendiadas e ninguém soube qual a causa desses incêndios. Segundo, a inundação do Danúbio cobriu terras próximas ao rio sobre as quais pereceram dez mil homens ou mais. Terceiro, quando toda a terra verdejava, no meio do ano, conforme devia ser, suas terras na mesma época secaram, contrariando a evolução habitual e normal. Quarto, as sementes dos cereais, no momento em que deveriam tornar-se erva, transformaram-se em vermes. Quinto, os nobres de seu ducado foram atingidos pela morte. Apesar de todos esses terríveis flagelos que o Senhor lançara sobre suas terras, o duque não quis arrepender-se; seu coração estava tão endurecido, que ele jurou mandar executar todos os reféns do rei da Inglaterra se este último não cumprisse rapidamente tudo o que fora combinado com ele. (...)

No dia de Santo Estêvão, antes do dia do nascimento do Senhor, o coração do duque da Áustria continuava tão endurecido, tão pouco enternecido pelos flagelos que o Senhor infligira a suas terras, que o Senhor atingiu seu corpo: os maiores personagens de seu ducado estavam reunidos para festejar o dia do nascimento do Senhor; no momento em que o duque saía para divertir-se com seus cavaleiros, seu cavalo caiu por cima dele e quebrou-lhe o pé; os ossos, quebrados em diversos lugares, saíam da pele e apareciam com o comprimento de uma mão. Os médicos vieram e colocaram em seu pé o que julgaram necessário. No dia seguinte, viu-se que seu pé havia enegrecido e encontrava-se em tal estado que, segundo os médicos, seria preciso amputá-lo. O próprio duque solicitou a operação, mas não houve quem quisesse obedecer-lhe, pois ninguém ousava colocar as mãos em seu senhor, com medo de lhe fazer mal. Finalmente ele mandou vir seu filho e herdeiro e lhe pediu, até mesmo ordenou, que desse um fim a seus sofrimentos amputando-lhe o pé. O filho não quis fazê-lo pessoalmente; o duque mandou chamar então seu camarista, obrigou-o a ajudar seu filho e colocou ele mesmo o machado sobre a perna; o camarista precisou tentar três vezes para cortar-lhe o pé. Os médicos, que haviam aplicado remédios sobre a chaga, perderam as esperanças de salvá-lo quando o viram no dia seguinte. Desesperado de se curar, o duque mandou chamar os arcebispos, os bispos e os barões de seu ducado que estavam participando da festa e pediu que fosse suspensa a sentença pronunciada pelo papa contra ele em virtude do mal que fizera ao rei da Inglaterra. Todo o clero respondeu-lhe que não seria possível suspender a sentença se ele não garantisse por juramento submeter-se ao julgamento da Igreja quanto àquele assunto e se todos os outros barões não se comprometessem junto com ele. Se o julgamento da Igreja não pudesse ser exercido pelo duque, eles próprios dariam satisfações à Santa Igreja. Ao receber a absolvição, o duque mandou libertar os reféns do rei da Inglaterra, de acordo com o julgamento da Igreja, e declarou o rei desobrigado das quantias que ainda lhe devia. Depois disso, ele morreu; seu herdeiro, apoiado por alguns barões, tentou não fazer o que fora prometido, e o clero então recusou-se terminantemente a sepultar o corpo do duque: seus despojos foram mantidos durante oito dias sobre a terra, até que todos os reféns do rei da Inglaterra fossem libertados.

Alais, a noiva misteriosa

Ao longo de toda a sua história, essa princesa misteriosa permaneceu como uma simples cláusula de contrato. A se acreditar em Hoveden, ela ficou noiva de Ricardo em 1161; ele tinha quatro anos e ela aproximadamente a mesma idade, pois, como Ricardo, nascera depois dos novos casamentos respectivos — e quase simultâneos — de Leonor e Luís VII, divorciados em 1152. A partir dessa data, ela viveu na corte da Inglaterra, assim como sua irmã mais velha, Margarida, que pelo mesmo contrato tornara-se noiva de Henrique, o Jovem. O casamento de Margarida com Henrique, o Jovem, foi celebrado rapidamente; o seu, apesar das reivindicações de seu pai, Luís VII, depois de seu irmão, Filipe Augusto, nunca o foi. A "promessa de casamento" incluía, evidentemente, cláusulas territoriais. O contrato era relembrado com freqüência, mas a princesa só apareceu uma vez, por ocasião de uma festa na corte. Finalmente, Ricardo conseguiu liberar-se de seu compromisso com ela e casou-se com Berengária de Navarra. Nessa ocasião, os cronistas esclareceram o mistério: Henrique II fizera da princesa sua concubina. Depois do casamento de Ricardo, a corte da Inglaterra, não desejando renunciar aos feudos cuja posse era assegurada por Alais, não a deixou partir; só ao retornar de seu cativeiro Ricardo a devolveu a Filipe Augusto. Naquele momento ela foi dada em casamento ao conde de Ponthieu, desaparecendo definitivamente das crônicas.

(H). No ano da graça de 1161, sétimo ano do reinado de Henrique, filho da imperatriz Matilde, o rei Henrique II e o rei Luís VII da França entraram em desacordo quanto aos limites de seus respectivos reinos e aos castelos de Gisors e de Neaufles, que, naquele tempo, encontravam-se nas mãos do rei Luís e que, segundo o rei Henrique, deveriam pertencer a seu ducado da Normandia. Mas logo chegaram a um acordo: o rei da França daria as duas filhas que tivera com sua esposa, filha do rei da Espanha, Margarida e Alais, aos dois filhos do rei Henrique, Henrique e Ricardo, que eram ainda bem crianças. Quanto aos castelos de Gisors e de Neaufles, dá-los-ia em guarda aos templários, até que suas filhas se casassem com os filhos do rei Henrique. Assim que tivessem certeza de que o acordo era definitivo e que Margarida, filha do rei da França, tivesse se casado com Henrique, filho do rei da Inglaterra, Roberto de Pirou e Tostes de Saint-Omer dariam ao rei Henrique os dois castelos. As duas partes selaram o acordo com um juramento; o rei da França entregou as duas filhas à guarda do rei da Inglaterra e os castelos à guarda dos templários. Mas pouco depois o rei Henrique mandou celebrar o casamento de Margarida, filha do rei da França, e de seu filho Henrique, quando os dois eram ainda crianças quase de berço; isso ocorreu com o consentimento de Roberto de Pirou, Tostes de Saint-Omer e Ricardo de Hastings, os cavaleiros do Templo que tinham a guarda dos castelos e que os entregaram imediatamente ao rei da Inglaterra. O rei da França ficou muito irritado e expulsou os três templários do reino da França, mas o rei da Inglaterra acolheu-os com benevolência e cumulou-os de honras.

(H). [*1177, O legado da Santa Sé*] chegou à França encarregado de divulgar as vontades do papa Alexandre: toda a Normandia e todas as terras do rei da Inglaterra, de um lado e de outro da Mancha, seriam interditadas se ele não permitisse que seu filho Ricardo, conde de Poitou, desposasse Alais, filha do rei Luís da França; o rei da Inglaterra a tinha sob sua guarda havia muito tempo, além do que fora combinado. Informado disso, o rei da Inglaterra apelou a Sua Santidade o papa por ele mesmo e por suas terras e logo foi da Inglaterra para a Normandia; encontrou o rei da França em Ivry no décimo primeiro dia antes das calendas de outubro [*21 de setembro*]; na presença do cardeal legado e dos dignitários dos dois reinos, o rei da Inglaterra fez-se acompanhar por seus barões ao empenhar sua palavra e jurar por sua alma que seu filho Ricardo, conde de Poitou, desposaria Alais se, por esse casamento, o rei da França, pai da jovem, desse a Ricardo a cidade de Bourges e as terras adjacentes, conforme o combinado; o rei da França deveria dar também a Henrique, o jovem rei, outro filho do rei da Inglaterra, todo o Vexin francês, ou seja, todo o território entre Gisors e Pontoise que ele prometera dar-lhe por seu casamento. Mas o rei da França recusou-se a cumprir essas exigências e o rei da Inglaterra não permitiu que seu filho Ricardo se casasse com Alais. No entanto, por ocasião desse encontro, a conselho do cardeal e dos grandes dos dois reinos, estabeleceram-se entre os dois reis uma amizade e uma concórdia definitivas.

(H). [*1186*] Depois do Natal, o rei da Inglaterra encontrou o rei da França, Filipe, perto de Gisors e jurou que deixaria seu filho Ricardo, conde de Poitou, casar-se com Alais, irmã do rei da França. Com sua irmã, o rei da França cedia a Ricardo Gisors e tudo o que seu pai Luís VII cedera a Henrique, o jovem rei, com sua filha Margarida. Jurou que nunca mais pretenderia ter qualquer direito sobre aquelas terras.

(H). [*1188*] Filipe, rei da França, reuniu um grande exército; anunciou veementemente sua intenção de devastar a Normandia e todas as outras terras que o rei da Inglaterra tinha no continente se este não lhe entregasse Gisors com as terras adjacentes ou se ele não fizesse seu filho Ricardo, conde de Poitou, casar-se com sua irmã Alais. Ao saber disso, o rei da Inglaterra voltou à Normandia e encontrou o rei da França entre Gisors e Trie, no décimo segundo dia antes das calendas de fevereiro, festa de Santa Inês, virgem e mártir [*21 de janeiro*]. (...)

(H). No mesmo ano, o rei da Inglaterra e o rei da França encontraram-se entre Bonsmoulins e Soligny, no décimo quarto dia antes das calendas de setembro, uma sexta-feira [*19 de agosto*]. Por ocasião desse encontro, o rei da França ofereceu ao rei da Inglaterra devolver-lhe tudo o que lhe tomara pelas armas, sob condição de que ele entregasse sua irmã Alais ao conde Ricardo, seu filho, para que a desposasse, e permitisse aos homens de suas terras que fizessem homenagem e juramento de obediência a Ricardo, seu herdeiro. Mas o rei da Inglaterra não esquecera o mal que lhe fizera seu filho, o jovem rei, após beneficiar-se de medida semelhante, e respondeu que nada faria. O conde Ricardo ficou profundamente indignado e, sem se preocupar com a opinião nem com a vontade do pai, fez homenagem ao rei da França por todos os feudos que seu pai tinha no continente, jurou-lhe fidelidade contra todos os homens e passou para seu lado; em resposta a sua homenagem e a seu juramento de obediência, o rei da França deu-lhe Châteauroux e Issoudun, com as terras adjacentes.

Em 1189, depois de um novo episódio de guerra, os dois reis encontraram-se em Pentecostes:

(H). O rei da França pediu ao rei da Inglaterra que sua irmã Alais fosse dada em casamento a Ricardo, conde de Poitou, que Ricardo recebesse a homenagem por suas terras e que seu irmão João recebesse a cruz e fosse a Jerusalém. O rei da Inglaterra recusou e ofereceu ao rei da França, se este consentisse, que Alais desposasse seu filho João; nesse caso, concederia tudo o que ele reivindicava e ainda mais. Mas o rei da França recusou; assim terminou o encontro, e eles se separaram sem chegar a um acordo.

(B). Quando o exército do rei da Inglaterra se encontrava em Châteauroux e o do rei da França ocupava Issoudun, o rei Henrique recorreu a seus artifícios costumeiros. Fez chegar ao rei da França, através de mensageiros, uma carta que o exortava e o encorajava a firmar com ele uma paz nos seguintes termos: a irmã do rei da França, que se encontrava havia muito tempo nas mãos do rei da Inglaterra, seria dada em casamento a seu filho caçula, João, o qual receberia os condados de Poitou e de Anjou, assim como todas as terras que o rei da Inglaterra tomara do rei da França, com exceção da Normandia, que ficaria para o herdeiro do reinado. O homem era feito de tal modo que sempre odiava seu sucessor.

(H). [*julho de 1189*] O rei da França decidiu que sua irmã Alais, que o rei da Inglaterra tinha sob sua guarda, ser-lhe-ia devolvida e entregue à guarda de um dos cinco barões designados pelo conde Ricardo. Decidiu em seguida que ela seria devolvida ao conde Ricardo quando este voltasse de Jerusalém, e fê-lo jurar por seus vassalos.

(H). [*1190*] No mesmo ano, após a purificação da Virgem, a rainha Leonor, mãe do rei Ricardo, Alais, irmã de Filipe, rei da França (...), João, conde de Mortain, irmão do rei, foram da Inglaterra para a Normandia, por ordem do rei seu senhor.

Na Sicília Ricardo liberou-se de seu compromisso, quando sua mãe Leonor chegou trazendo-lhe outra noiva, Berengária de Navarra. Muito oportunamente, ele recebeu uma prova da traição de Filipe Augusto: tratava-se de uma carta, escrita a Tancredo por esse rei, que não deixava qualquer dúvida quanto a sua deslealdade. Ricardo aproveitou-se da posição de força em que se encontrava para romper o noivado que seu pai contratara para ele vinte e quatro anos antes.

(P). [*1191, na Sicília*] Durante esse mesmo mês de fevereiro, o rei Ricardo enviou numerosas galeras a Nápoles, ao encontro da rainha Leonor, sua mãe, e de Berengária, filha de Sancho, rei de Navarra, que ele desposaria, e de Filipe, conde de Flandres. Mas, em vista da importância de seu séquito, a rainha Leonor e a filha do rei de Navarra não conseguiram obter autorização dos homens do rei Tancredo para chegar a Messina; foram então até Brindisi, e o conde de Flandres embarcou numa galera para Messina.

(D). O rei Ricardo, que outrora jurara ao rei da França que desposaria sua irmã, aquela que seu pai, o rei Henrique II, lhe havia destinado mas que tão bem guardara durante longo tempo, pensava em se casar com a jovem que sua mãe trouxera, pois a guarda exercida por seu pai sobre a irmã do rei da França parecia-lhe suspeita.

(B). A irmã do rei Filipe e filha do rei Luís fora entregue em toda a confiança por seu pai, muito piedoso, à guarda do rei da Inglaterra, para ser dada em casamento a seu filho Ricardo, conde de Poitou. No entanto, em razão do escândalo surgido depois e da excessiva intimidade que a unira a seu pai [*Henrique II*], o rei Ricardo recusou-se terminantemente a desposá-la. De fato, corriam boatos e os rumores públicos diziam (nada do que diz respeito à verdade será aqui edulcorado) que após a morte da jovem Rosamunda, a quem o rei amara com louca e adúltera paixão, ele também desonrara, com a maior ignomínia e a maior deslealdade, aquela adolescente, filha de seu suserano, que lhe fora entregue pelo pai como penhor de sua fé. Dizia-se que, desde que um ódio imenso e implacável colocara-o contra seus filhos e a mãe deles, Henrique, apreciador de intrigas ilícitas, planejava divorciar-se da rainha Leonor e casar-se com a moça (com essa intenção, mandara vir à Inglaterra um legado da cúria romana, o cardeal Uguccione). Queria ter herdeiros dela, a fim de despojar com maior certeza de sua herança, tanto de seus próprios bens como daqueles do reino da França, os filhos que tivera com a rainha Leonor, porque eles o perseguiam.

Segundo informações fornecidas por Hoveden e Peterborough, cujos relatos se retomam e se completam, Ricardo, para conseguir seus objetivos, valeu-se das revelações de Tancredo.

(P). Por intermédio do conde.de Flandres[7] e de vários amigos seus, o rei da Inglaterra fez chegar ao conhecimento do rei da França o que o rei da Sicília lhe dissera dele e, para confirmá-lo, mostrou a carta que o rei Tancredo lhe enviara.

(H). Diante disso, o rei da França, consciente de seus erros e sem saber o que responder, calou-se. Depois se recompôs e disse: "Agora sei realmente que o rei da Inglaterra busca um pretexto para me lesar, pois suas afirmações são mentiras inteiramente inventadas; creio que imaginou essas calúnias contra mim para devolver minha irmã Alais, que jurara desposar. Se a devolver e se casar com outra, fique ele sabendo que, enquanto viver, serei seu inimigo e inimigo dos seus."

(P). O rei da Inglaterra lhe respondeu: "Não devolverei sua irmã, mas não poderei desposá-la porque meu pai a conheceu carnalmente e teve um filho dela."

(H). Para apoiar o que dizia, citou várias testemunhas dispostas a apresentar todas as provas que se quisessem. Convencido por todos esses testemunhos, o rei da França cedeu aos conselhos do conde de Flandres e de seus outros vassalos; para pôr fim a todas as divergências entre ele e o rei da Inglaterra, quanto a essa questão e a outras, declarou-o desobrigado de seu compromisso, de seus juramentos e de todas as convenções que tinham sido estabelecidas quanto a seu casamento com Alais. Para selar esse acordo, o rei da Inglaterra prometeu dar dois mil marcos de prata por ano ao rei da França, durante cinco anos; para inaugurar seu acordo, mandou entregar-lhe dois mil marcos.

Além disso, ficou combinado que, quando voltassem a suas terras, o rei da Inglaterra colocaria Alais em liberdade e a entregaria ao rei da França, com Gisors e tudo o que o rei da França lhe concedera por seu casamento com a irmã.

Em virtude desse acordo, o rei da França autorizou o rei da Inglaterra a desposar quem quisesse; além disso, concedeu-lhe (e confirmou-o através de um título) a volta definitiva do ducado da Bretanha à dependência do ducado da Normandia: o duque da Bretanha seria sempre vassalo do duque da Normandia e lhe faria homenagem; o duque da Normandia faria homenagem ao rei da França pelo ducado da Bretanha e também pelo ducado da Normandia.

(H). [*1192, durante o cativeiro de Ricardo*] O rei da França encontrou o senescal e os barões normandos e reclamou deles sua irmã Alais, que mantinham sob guarda na torre de Rouen. Reivindicou também o castelo de Gisors e os condados de Eu e de Aumale. Mostrou-lhes um quirógrafo que escrevera com o rei da Inglaterra em Messina, mas os barões normandos responderam que não tinham recebido na Sicília nenhuma ordem de seu senhor. Recusaram então o que Filipe lhes pedia. (...)

(H). [*1193*] Filipe (...), pesaroso e aflito porque o senescal não quisera entregar-lhe sua irmã Alais, enviou vários mensageiros à Inglaterra, até João, conde de Mortain, irmão do rei: o rei [*Ricardo*] fora feito prisioneiro e jamais sairia das prisões do imperador da Alemanha. Se João consentisse em seguir sua vontade e seus conselhos, fá-lo-ia desposar sua irmã Alais e lhe daria a Normandia, a Aquitânia, o Anjou e todas as terras que o rei Henrique da Inglaterra, seu pai, tivesse possuído no continente; faria também com que ele obtivesse o reino da Inglaterra. (...)
Então João, irmão do rei, foi ter com o rei da França e tornou-se seu vassalo pela Normandia e por todas as terras que seu irmão possuía no continente, assim como pela Inglaterra, dizia-se. Jurou que se casaria com Alais, irmã do rei. Renunciou para sempre a reivindicar do rei da França Gisors e todo o Vexin normando. O rei da França concedeu-lhe, com a mão de sua irmã, a parte da Flandres que cabia ao Vexin, e jurou-lhe que o ajudaria, tanto quanto possível, a obter a Inglaterra e todas as terras do rei seu irmão.

(H). [*1195*] O rei da Inglaterra entregou ao rei da França, Filipe, sua irmã Alais, que este logo deu em casamento a João, conde de Ponthieu.

NOTAS

1. *Pode-se traduzir também:* quando ela deixou de obedecer.

2. *Hugo de Puiset fora designado pelo rei assessor de Guilherme de Ely.*

3. *O ciclope, filho do fogo.*

4. *Trata-se de uma ilha na qual os romanos confinavam os criminosos.*

5. *Juvenal, Sátiras, IV, 55, a propósito de Domiciano que pretende reservar para sua mesa todos os produtos excepcionais de caça e de pesca.*

6. *Alusão a um elemento dos paramentos do sacerdote, marca de sua consagração a Deus, tal como é designada no Êxodo, 28, 36, entre outras referências. Devemos essa indicação ao padre Solignac, a quem agradecemos.*

7. DEVIZES, p. 403: Para obter sem dificuldade a realização de um desejo que o inflamava violentamente, [Ricardo] consultou o conde de Flandres, a quem mandara chamar; era um homem muito eloqüente, sempre disposto a vender sua língua a quem oferecesse mais; graças à sua intervenção, o rei da França desligou o rei da Inglaterra do juramento que fizera de se casar com sua irmã, e deixou-lhe para sempre as terras do Vexin e de Gisors, depois de receber dele dez mil libras de prata.

CAPÍTULO 17

O reino

Na Antiguidade, a história dos príncipes não se preocupava com a sorte dos humildes; nossos cronistas não desmentem a tradição e, curiosamente, guardam silêncio sobre a vida na Inglaterra e nos outros domínios do rei Ricardo. Dois grandes episódios, no entanto, aparecem: um, evocado mais ou menos amplamente e, cabe dizer, com uma satisfação unânime por parte de nossos cronistas cristãos, diz respeito aos massacres dos judeus desencadeados no momento em que Ricardo ocupou o trono; o segundo, relatado por Newburgh, é uma revolta "popular" contra a nobreza. A celebridade de seu herói leva Mateus Paris a mencioná-lo meio século mais tarde.

Reunimos os textos referentes a esses dois dramas e trechos que lembram "realia": uma descrição cruel da Inglaterra, devida à verve de Devizes, e textos que assinalam diversas reformas administrativas (mudança do "sistema métrico", restabelecimento dos torneios). O conjunto é difuso; o retrato de nosso herói destaca-se sobre fundo nu.

Regulamentação das unidades de medida:
[1197] *Por solicitação dos bispos e de todos os barões, o rei Ricardo da Inglaterra estabelece um regulamento para unificar os pesos e medidas em todo o seu reino.*

(H). Foi decidido que a unidade de medida seria a mesma em toda a Inglaterra, tanto para o trigo como para os legumes secos e outros gêneros de mesma natureza — ou seja, um alqueire* bem compacto, rasourado; essa medida seria válida tanto no interior como no exterior das cidades e vilarejos.

Para o vinho, a cerveja e outros líquidos quaisquer, a medida seria a mesma.

Para todas as mercadorias, quaisquer que fossem, a libra, a onça e todas as outras medidas seriam as mesmas em todo o reino.

Para evitar fraudes, um selo seria aposto em todos os instrumentos destinados a medir o trigo, os líquidos, o vinho e a cerveja.

Foi decidido que os tecidos de lã teriam a mesma largura, qualquer que fosse sua proveniência, ou seja, duas anas de uma orla a outra, e teriam a mesma qualidade no meio e nas bordas. A ana teria o mesmo comprimento em todo o reino e a ana de medir seria de ferro[1]. Foi proibido a todos os comerciantes, em todo o reino, estender por cima de seus balcões panos pretos ou vermelhos, coberturas e outros objetos, que muitas vezes falseiam a visão do comprador quando se trata de comprar um bom tecido.

Foi proibido que qualquer dos corantes destinados à venda — com exceção do preto — fosse fabricado fora das cidades ou dos grandes burgos.

Dois pontos de vista sobre o restabelecimento dos torneios:

---

* No francês, *boisseau*. Antiga medida de capacidade equivalente a cerca de 13 litros e, também, recipiente cilíndrico contendo essa medida. (N. T.)

(N). [*1194*] Os exercícios de cavalaria, ou seja, as lutas de armas comumente chamadas torneios, começaram a se difundir na Inglaterra; o rei assim desejava e recebia uma pequena quantia de dinheiro de cada um dos que quisessem lutar. Essa taxa real não arrefeceu o ardor dos jovens que ansiavam por se bater e não impediu que se inflamassem e se reunissem para lutar. Certamente, sabe-se que esses combates de cavaleiros que ocorriam sem a interferência de qualquer ódio mas apenas para lutar e mostrar forças nunca se tinham visto na Inglaterra, a não ser no tempo do rei Estêvão, quando, devido à sua escandalosa falta de energia, não havia ordem pública. Senão, no tempo dos reis precedentes, também no tempo de Henrique II, que sucedeu a Estêvão, os torneios eram proibidos na Inglaterra e aqueles que, buscando a glória das armas, queriam lutar atravessavam a Mancha para lutar nas fronteiras do território. O ilustre rei Ricardo, considerando então que os franceses eram mais rudes no combate por serem mais bem treinados e formados, quis que os cavaleiros de seu reino também lutassem em seu próprio país para que aprendessem a arte dos verdadeiros combates e o ofício da guerra praticando antes, regularmente, os jogos guerreiros e para que os franceses não zombassem dos cavaleiros ingleses por eles serem desajeitados e ignorantes.

É preciso saber, no entanto, que as lutas desse tipo foram proibidas por três concílios gerais, sob três papas diferentes. Por isso, por ocasião do concílio de Latrão, o papa Alexandre disse: "Seguindo os passos de nossos predecessores de feliz memória, os papas Inocêncio e Eugênio, proibimos essas feiras detestáveis comumente chamadas torneios, em que os cavaleiros marcam encontro e se enfrentam com uma audácia temerária, que provocam mortes de homens e põem as almas em perigo. Se um deles então encontrar a morte, não lhe será recusada a penitência caso a solicite, mas não receberá sepultura em terra cristã." Assim, portanto, embora tão alta autoridade proíba sob pena de graves sanções a reunião regular de torneios, o ardor dos jovens, loucamente ligados à glória das armas, goza do favor dos príncipes que desejam ver os torneios apreciados; até hoje tem sido desprezada a decisão tomada pela sabedoria da Igreja.

(Di). Por volta dessa época o rei da Inglaterra decidiu, impondo certas condições que interessavam ao tesouro, que os cavaleiros, reunindo-se através de toda a Inglaterra em locais apropriados, poderiam exercitar suas forças dentro de recintos dispostos para o torneio. Eis o que talvez o tenha levado a tomar essa decisão: se ele resolvesse guerrear contra os sarracenos ou contra seus vizinhos, se povos estrangeiros tivessem a audácia de atacar o reino, os cavaleiros estariam mais vigorosos, mais ágeis, mais exercitados. Desde que as regras de cavalaria reúnem em dias fixos, num recinto determinado, os que são afeitos aos torneios, vêem-se os ingleses hábeis no manejo das armas, treinados para receberem golpes, para bater mais forte, para provocar ferimentos. Mas o manejo das lanças leves não os torna tão ágeis quanto o luxo dos banquetes os habitua às despesas insensatas e revela sua pressa em arranjar velas e acendê-las. A juventude, portanto, ávida por glória e não por dinheiro, não esmaga dentro de uma prisão estreita os que ela venceu pelas armas nem os obriga, através de torturas refinadas, a pagar recompensas desmedidas, mas deixa ir-se em liberdade aqueles que capturou por direito de guerra, baseada apenas na fé da promessa de que voltarão quando solicitado.

IMAGENS DO REINO

Londres e as cidades inglesas
Trata-se de uma descrição da Inglaterra feita por um judeu que mora na França em homenagem a um menino que foi vítima de um sombrio episódio de assassínio.

(D). "Quando chegar à Inglaterra, se você for a Londres, atravesse rapidamente a cidade; ela me desagrada muito. Vindos de todas as regiões que se encontram sob o sol, todos os tipos de homens juntaram-se nela; cada povo trouxe a essa cidade seus vícios e seus hábitos. Ninguém vive nela sem cometer crime, cada bairro é inundado de sinistra indecência.

Aviso-lhe que tudo o que pode existir de mal e de maldade em cada parte do mundo e no mundo inteiro você encontrará nessa cidade.

Não se aproxime do corpo de bailado dos cafetões, não se misture à multidão que assombra os cabarés, fuja dos jogos de dados e de azar, do teatro e da taberna. Você encontrará mais fanfarrões do que na França inteira; o número de parasitas é infinito. Histriões e bufões, glabros e garamantes[2], gatunos e moleques[*3], janotas e brutamontes, prostitutas, vendedoras de filtro-do-amor, adivinhas, mulheres que lêem a sorte, que prevêem boa fortuna, damas-da-noite, astrólogos, saltimbancos, mendigos, charlatães, eis a fauna que ocupou todas as casas. (...)

Ao se aproximar de Canterbury, você corre o perigo de se perder, mesmo que atravesse a cidade. Lá há uma multidão de miseráveis reunidos por não sei qual de seus irmãos que foi arcebispo de Canterbury e que eles acabavam de deificar; não têm pão, não fazem nada, morrem ao sol pelas ruas.

Rochester e Chichester são pequenos burgos e, com exceção da sede de seu pontífice, não oferecem qualquer razão para serem chamadas de cidades. Quanto a Oxford, não diria que ela nutre seus habitantes, mas mal os faz sobreviver. Exeter reserva a mesma ração aos animais e às pessoas. Bath, localizada ou, antes, enfiada no fundo de uma cova, mergulhada num ar espesso e em vapores de enxofre, fica na porta dos infernos. Não escolha também permanecer nas cidades do norte, Worcester, Chester, Hereford, pois os galeses não dão valor à vida. York está invadida por escoceses, aberrações medonhas e pérfidas. Ely é um pequeno burgo que sempre cheira mal por causa dos brejos que o cercam. Em Dur-

---

* No francês, *filous et polissons*. Ver nota 3, dos editores franceses. (N. T.)

ham, Norwich, Lincoln, você só ouvirá muito pouca gente entre os nobres, e ninguém da sua categoria, falar bem o francês. Em Bristol, não há ninguém que não seja ou não tenha sido fabricante de sabão, e os franceses gostam tanto dos fabricantes de sabão quanto dos vendedores de esterco.

Quando se sai das cidades, todos os mercados, povoados, vilarejos têm habitantes grosseiros e brutos. Considere sempre os habitantes da Cornualha como na França você aprendeu a considerar os flamengos. Mas o país em si, graças ao orvalho de seu céu e à riqueza de sua terra, é todo muito fértil; em cada lugar também há pessoas de bem, mas em nenhum outro como em Winchester[4].

É naquela região a Jerusalém dos judeus; só lá eles gozam de uma paz constante; é lá o ponto de encontro das pessoas que desejam viver bem e passar bem. Lá vive-se como homens, lá se encontram, por quase nada, pão e vinho à vontade. Naquela cidade, os monges são tão benevolentes e bons, o clero tão sensato e tão livre, os cidadãos tão corteses e leais, as mulheres tão bonitas e ajuizadas, que quase não resisto a partir para tornar-me cristão no meio de cristãos como aqueles."

Massacre de judeus

(D). [*1189*] No próprio dia da coroação, na hora solene em que se imolou o Filho ao Pai, começou-se na cidade de Londres a imolar os judeus a seu pai o diabo. E levou-se tanto tempo para celebrar tão grande sacrifício, que o holocausto só chegou a seu termo no dia seguinte. Outras cidades do país imitaram o ato de fé dos londrinos e enviaram aos infernos com a mesma devoção todas aquelas sanguessugas e o sangue com que se tinham fartado. Na ocasião, em todas as regiões do reino, mas com fervor nem sempre igual, houve ações semelhantes contra os réprobos. Só a cidade de Winchester poupou a canalha que ela nutria: a população dessa cidade é comportada e sensata e soube sempre dar provas de moderação. Nada temendo mais do que ter de se arrepender, ela sempre baniu a precipitação e sempre examinou a questão antes de se envolver. Não quis, antes de estar preparada, correr o risco mortal de expulsar brutalmente e aos pedaços o mal que atravancava seu ventre; cuidou de suas entranhas e dissimulou seu mal-estar à espera de que se apresentasse a ocasião de se curar e que lhe fosse possível expulsar todos juntos e de uma só vez os vermes de sua infecção.

(N). A morte de um povo herege, que começara em condições espantosas, e a nova intrepidez dos cristãos contra os inimigos da cruz de Cristo marcaram o primeiro dia do glorioso reinado do rei Ricardo; quer nos refiramos à regra que convida a interpretar no melhor sentido os fatos duvidosos ou, melhor ainda, ao significado mais claro desses acontecimentos, eles fizeram desse dia um presságio que anunciava o progresso do cristianismo durante a vida daquele rei. Poderia haver, com efeito, um presságio mais claro, se é que se tratava de um presságio? A morte de um povo ímpio ilustrou o dia e o lugar da sagração real, no próprio início do seu reinado os inimigos da fé cristã começaram a cair e a ser abatidos bem perto dele. Nem o incêndio que se declarou numa parte da cidade nem o louco ardor dos revoltosos devem impedir que se dê a justa e piedosa interpretação de um acontecimento notável: os revoltosos lutam nas fileiras de uma organização Superior e o Todo-Poderoso com freqüência cumpre Sua vontade, que é absolutamente boa, por intermédio da vontade má e das más ações de homens perfeitamente infames.

O novo rei, cujo coração era nobre e altivo, estava cheio de indignação e de dor por tais acontecimentos terem ocorrido em sua presença, durante as festas de sua coroação e nos primeiros momentos de seu reinado; ele hesitava, preocupado em encontrar o que fosse conveniente fazer em tal circunstância. Fechar os olhos diante de um ultraje tão grave à majestade real — ultraje sem precedentes — e deixá-lo impune parecia indigno de sua honra de rei e perigoso para seu poder: a indulgência para com tão grande atrocidade seria uma garantia de impunidade que alimentaria a audácia dos maus e os encorajaria a tentar fazer o mesmo. Por outro lado, era impossível exercer o rigor da severidade real contra uma multidão infinita de acusados; de fato, além dos nobres que participavam do festim com o rei e cujo número era tão grande que o imenso palácio real parecia exíguo, quase todo o povo da cidade e os vassalos dos nobres que tinham vindo com eles assistir às festas da sagração, cedendo ao ódio dos judeus e aos atrativos do butim, deixaram-se levar a perpetrar aqueles atos.

Foi preciso fechar os olhos para aquilo que não se podia castigar; e foi Deus que não quis que aqueles que se tinham levantado para executar a vingança divina contra os hereges e ímpios comparecessem diante de um tribunal humano. Os desígnios de uma Providência Superior exigiam que aqueles ímpios, que desde o tempo do príncipe anterior mostravam-se desmedidamente arrogantes e impudentes para com os cristãos, fossem rebaixados no início do reinado de seu sucessor. (...)

Os judeus de York mais conhecidos eram Benedito e Jacó, homens muito ricos que praticavam a usura em grande escala. Tinham mandado construir por alto preço, no meio da cidade, casas muito grandes, comparáveis a palácios de rei, e era lá que moravam os dois homens, príncipes de seu povo e tiranos dos cristãos; faziam-se notar por um luxo e um fausto dignos de um rei e exerciam uma dura tirania sobre aqueles que esmagavam com seus empréstimos usurários...

Grande número de habitantes de York conspiraram contra os judeus; não suportavam ver a opulência daquelas pessoas quando eles mesmos estavam na penúria e, sem que sua consciência cristã despertasse neles o menor escrúpulo, impelidos pelo desejo de pilhagem, estavam ávidos de sangue herege. Para lhes dar audácia, havia alguns nobres que deviam grandes somas àqueles usurários ímpios; alguns deles estavam em grande privação, pois haviam penhorado seus bens para conseguir dinheiro; outros, comprometidos por fiança, viam-se pressionados pelos agentes do fisco a prestar contas aos usurários do rei. Alguns daqueles que haviam recebido a cruz e estavam prestes a partir para Jerusalém deixaram-se levar ainda mais facilmente a prover às despesas de uma viagem empreendida para o Senhor pilhando os inimigos do Senhor, pois temiam menos as perseguições que isso lhes valeria quando tivessem partido. (...)

Depois da pilhagem de suas casas, os judeus de York refugiaram-se na cidadela com suas riquezas; a cidadela foi atacada; uma parte dos judeus, seguindo os conselhos de um "famoso doutor da Lei, vindo do outro lado dos mares para instruir os judeus da Inglaterra", decidiu matar-se.

Logo, de acordo com o que aconselhava aquele velho insensato que não queria que seus inimigos enriquecessem com seus tesouros, diante dos olhos de todos o fogo devorou as vestimentas preciosas; animado por um ódio cheio de invenção, ele condenou a terrível desaparição a louça que todos cobiçavam e tudo o que podia ser entregue ao fogo.

Depois disso, mandou incendiar as casas para que o fogo progredisse lentamente enquanto o horror se completasse, pois queria destruir a vida daqueles que se tinham separado dos outros por preferirem viver, enquanto os que tinham permanecido com ele preparavam as gargantas para o sacrifício. Depois, o velho dos tempos malditos declarou que os homens, que tinham a alma mais firme, deveriam tirar a vida a suas próprias esposas e a seus filhos; então o célebre Jacó cortou a garganta de Ana, sua tão querida esposa, com uma faca bem afiada e não poupou seus próprios filhos. Quando os outros homens fizeram o mesmo, o velho desgraçado esganou Jacó por ele ser mais nobre do que os outros. Logo o fogo ateado pelos que iriam morrer consumiu todos eles, ao mesmo tempo que o responsável por aquela loucura, e o interior do campanário começou a queimar. (...)

A notícia do que acontecera em York logo chegou ao rei, do outro lado do mar; ora, depois dos distúrbios ocorridos em Londres, ele instituíra uma lei garantindo a paz e a segurança aos judeus em seu reino. O rei indignou-se e zangou-se por causa do ultraje feito a sua majestade real e da grande perda sofrida pelo tesouro; de fato, tudo o que possuem os judeus, que são notoriamente os credores do rei, interessa ao tesouro.

Logo o bispo de Ely, chanceler do rei e administrador do reino, recebeu ordens de infligir justa punição aos que tinham cometido ato tão audacioso; o bispo, de coração arrogante e ávido por glória, chegou a York com seu exército, nas cercanias das festas da Ascensão de Nosso Senhor, e abriu um inquérito contra os cidadãos...

Os culpados fugiram para a Escócia, os cidadãos foram obrigados a pagar uma multa, o povo não se perturbou.

O chanceler destituiu de seu cargo o responsável pela administração da província e, como não podia executar mais eficazmente a missão que lhe fora confiada pelo rei, foi-se sem derramar sangue; e, até hoje, ninguém foi supliciado por esse massacre dos judeus.

Fome e epidemia na Inglaterra

(N). [1196] Quanto mais os príncipes arrogantes reclamavam um contra o outro, mais os povos miseráveis se lamentavam, pois quem sofre com todas as loucuras dos reis são os povos inocentes. Na época, a mão do Senhor pesou mais sobre o povo cristão, juntando a escassez e a doença à loucura dos príncipes que devastava as províncias, e assim nos parece quase ter-se cumprido esta palavra do profeta: "Golpeei-te como se golpeia um inimigo com um duro castigo." De fato, a escassez provocada por chuvas catastróficas atingira duramente o povo na França e na Inglaterra, e, enquanto os reis se enfureciam um contra o outro, ela adquiriu uma amplitude maior do que de hábito. Como o povo dos pobres morria de fome por toda parte, logo sobreveio uma epidemia muito cruel, provinda, ao que parece, do ar corrompido pela morte dos pobres; essa epidemia não poupava os que tinham o que comer e abreviava para os miseráveis o longo suplício da fome. Não sabemos o que ocorreu nos outros países nessa mesma época; estamos dizendo o que sabemos da Inglaterra e dando testemunho do que vimos.

Propagava-se uma doença que nada conseguia deter, a que se chama febre aguda: todos os dias ela atingia e matava de um mesmo mal uma multidão de pessoas; chegava ao ponto de se ter dificuldade em encontrar quem desse cuidados aos doentes ou sepultura aos mortos. A pompa habitual dos funerais era abandonada e, a qualquer hora do dia que alguém morresse, era imediatamente entregue à nossa mãe terra, salvo quando o morto fosse nobre ou rico. Em vários lugares chegava-se até a fazer grandes buracos para receber cadáveres, pois, em vista do número de mortos, não era possível enterrá-los separados, segundo o costume. Como tanta gente morria a cada dia, mesmo os que não tinham sido atingidos estavam abatidos, tinham o rosto pálido e andavam como doentes, como se logo fossem morrer. Só os mosteiros não foram assolados pelo flagelo. Depois de atacar durante cinco ou seis meses, ele se acalmou, atenuado pelo frio do inverno. Mas o coração dos príncipes que brigavam foi mais duro do que a cruel catástrofe, pois em seu ardor pelo combate encadearam o inverno ao verão e ao outono.

Guilherme Barba Longa

Longamente desenvolvida por Newburgh, mas apenas evocada por Hoveden, a história de Guilherme Barba Longa é, certamente, um testemunho da vida difícil do povo e das classes médias na Inglaterra.

(N). [*1196*] Esse homem, habitante de Londres, dando-se ares de lealdade ao rei, afirmava defender a causa dos cidadãos pobres contra a insolência dos ricos; salientava vigorosamente — tinha a palavra fácil — que os ricos, a cada decreto imposto pelo rei, poupando sua própria fortuna usavam seu poder para fazer recair sobre os pobres todo o peso do imposto e privavam o tesouro do príncipe de grandes quantias. Era originário de Londres e chamava-se Guilherme; seu apelido decorria de sua barba abundante, que ele cultivava para se fazer notar nas reuniões e nas assembléias graças a esse sinal característico[5].

Como tinha o espírito arguto e era bastante instruído, de uma eloqüência acima da média, e como mostrava em caráter e espírito uma insolência natural, quis fazer nome e passou a construir projetos extraordinários e a conceber grandes planos audaciosos.

Para terminar, direi que seu comportamento inumano e despudorado para com seu próprio irmão é indício de sua loucura e de sua perversidade para com os outros. Ele tinha, com efeito um irmão mais velho que morava em Londres; quando não estava no colégio, Guilherme tinha o hábito de lhe pedir e de receber dele uma ajuda para suas despesas. Tornando-se adulto e mais pródigo, queixava-se de que esses subsídios lhe eram dados com muita mesquinhez, e tentou extorquir através do medo e de ameaças o que não conseguia obter com suas súplicas. Depois do fracasso dessa tentativa — o irmão, ocupado com o sustento de sua casa, não tinha com o que satisfazê-lo —, considerando que precisava vingar-se, foi levado ao crime. Depois de toda a bondade que o irmão lhe fizera, sedento de seu sangue, acusou-o de traição ao rei. Foi procurar o príncipe junto ao qual já se fizera valer por sua habilidade ou por seus serviços e disse-lhe que o irmão havia conspirado contra a vida do príncipe; parecia dar assim uma prova de sua devoção pelo rei Ricardo, pois, por fidelidade a ele, não poupava nem mesmo o próprio irmão. Mas o príncipe zombou de tudo isso, talvez porque tivesse horror à maldade daquele homem que nada tinha de humano e não quisesse que suas leis fossem maculadas por tão grave atentado às leis da natureza. Então ele, que graças a certos apoios obtivera um lugar na cidade entre os magistrados, começou pouco a pouco a se queixar e a engendrar seu crime. Cedendo às solicitações de dois grandes vícios, o orgulho e a inveja, sendo o primeiro desejo de brilhar e o segundo ódio do sucesso do outro, não suportava nem a fortuna nem a glória de certos cidadãos ou de certos nobres aos quais percebia ser inferior; alimentando grandes ambições, sob pretexto de justiça e dever, conspirava para realizar seus planos audaciosos. Finalmente, através de todo um trabalho subterrâneo e de insinuações venenosas, difamava aos olhos da plebe a insolência dos poderosos e dos ricos, causa, segundo ele, dos tratamentos indignos sofridos pela gente do povo; levava as pessoas modestas e os pobres a desejar ardentemente uma liberdade sem freios e a riqueza; conseguiu assim sublevar um grande número de pessoas e fazer com que se ligassem a ele, fascinadas por uma espécie de miragem, a ponto de se submeterem à sua vontade em tudo, dispostas a lhe obedecer como a um senhor, em tudo, sem hesitar, fossem quais fossem suas ordens. Houve então, em Londres, uma ampla conspiração, surgida, ao que parecia, do ódio dos pobres contra a insolência dos poderosos.

Segundo o que se conta, o número de conjurados foi de cinqüenta e dois mil; cada um deles, como se revelou depois, inscrevera seu nome junto ao artífice da criminosa empreitada. Também havia na casa daquele homem uma grande quantidade de instrumentos de ferro, preparados para entrar por arrombamento nas casas mais bem protegidas; foram encontrados depois, constituindo uma prova da realidade dessa trama totalmente perversa.

Confiante no número de seus cúmplices, como que para mostrar zelo para com a multidão de pobres, e todavia sob a fachada de defender os interesses do rei, ele passou, em cada assembléia, a opor-se aos nobres e a afirmar, com grande eloqüência, que suas fraudes faziam o Tesouro perder muito. Como por essa razão eles se indignassem e protestassem, achou que deveria atravessar o mar para ir queixar-se ao rei de que estava sendo vítima da inimizade e das acusações injustas dos grandes por causa de sua lealdade a ele. Voltando para junto dos seus, com sua astúcia habitual, passou a conduzir-se com maior segurança e a incitar mais intensamente seus cúmplices, como se estivesse apoiado pelas boas graças do rei. As suspeitas e os rumores a respeito da existência de uma conjuração ampliavam-se, e o bispo de Canterbury, principal responsável pelo reino, julgou que não se deveria deixar as coisas continuarem caminhando.

Ele então convocou a plebe e dirigiu-se a ela com benevolência, fez um exame dos rumores que se desenvolviam e, para eliminar qualquer suspeita inquietante, convidou-a a oferecer reféns como prova de seu desejo de respeitar a paz e de sua lealdade a seu senhor o rei. O povo obedeceu, tranqüilizado por suas palavras benevolentes. São fornecidos reféns.

No entanto Guilherme, persistindo em sua empreitada, avançava em cortejo, rodeado por uma multidão desordenada; realizava assembléias públicas sob sua própria autoridade, apresentando-se com arrogância como o rei ou o salvador dos pobres e declarando com voz tonitruante que logo poria freio na insolência dos traidores.

A arrogância de seus discursos evidencia-se no que fiquei sabendo graças ao relato de um homem digno de fé que dizia ter assistido alguns dias antes a uma de suas assembléias, ouvindo-o falar. Buscando seu tema na Escritura sagrada e valendo-se de sua caução, assim começou: "Vocês beberão água com alegria das fontes do Senhor." Desviou essas palavras em seu proveito e disse: "Sou o salvador dos pobres. Vocês, os pobres, que sentiram a dura mão dos ricos, bebam na minha fonte as águas da doutrina da salvação e façam-no com alegria, pois chegou a hora de Deus colocar-se entre vocês. Com efeito, eu separarei as águas. As águas são os povos. Separarei o povo humilde e leal do povo orgulhoso e traidor; separarei os eleitos dos réprobos, como a luz foi separada das trevas."

Assim sua boca pronunciava grandes discursos e, "embora tivesse os chifres de um cordeiro, falava como um dragão". O administrador do reino, a conselho dos nobres, convocou-o então para que se explicasse sobre as acusações que se faziam contra ele. Apresentou-se na hora marcada, tão bem escoltado por uma multidão desordenada que, aquele que o convocara, aterrorizado, falou muito brandamente e, para evitar o perigo, adiou prudentemente o julgamento para mais tarde. Confiou a dois nobres cidadãos a missão de espreitar o momento em que fosse possível apanhar aquele homem sem sua escolta; e como, por outro lado, o povo se mostrasse mais calmo por causa do perigo que corriam os reféns, enviou uma tropa armada com os dois cidadãos para prender Guilherme. O homem, então, empunhou um machado e com ele golpeou aquele dos dois nobres que estava mais perto dele; um de seus companheiros matou o outro. Imediatamente, com alguns de seus partidários e sua concubina, que nunca o deixava, refugiou-se numa igreja das proximidades, consagrada à Virgem Maria, chamada igreja dos Arcos; lá quis defender-se não como num refúgio, mas como numa fortaleza, esperando em vão que o povo logo fosse a seu encontro. Ora, o povo, apesar da preocupação que lhe causava sua situação periclitante, não se precipitou para libertá-lo, seja em consideração aos reféns, seja por medo do número de homens de armas. O administrador do reino, com efeito, sabendo que ele ocupara a igreja, enviou ao lugar tropas que mandara vir das províncias vizinhas pouco tempo antes. Convidado a sair e a apresentar-se diante do tribunal para não transformar um local de preces em covil de bandidos, Guilherme preferiu esperar em vão a chegada dos conjurados, até a igreja ser atacada e incendiada, a fumaça obrigando-o a sair com seus companheiros. Quando saiu, o filho do cidadão que ele golpeara, precipitando-se à frente dos outros, abriu-lhe o ventre com uma facada para vingar a morte do pai. Capturado e entregue à justiça, por julgamento da Corte real Guilherme foi primeiro esquartejado depois pendurado no patíbulo com nove cúmplices que não quiseram abandoná-lo. Como está dito na Escritura: "Aquele que escava um buraco cairá nele, aquele que destrói uma sebe será mordido pela serpente." Aquele que foi o instigador e artífice de tão grandes crimes morreu por ordem da justiça e o furor de uma conspiração criminosa extinguiu-se com seu chefe.

É claro que aqueles que tinham o espírito são e sensato alegraram-se ao ver ou ao saber de seu castigo, lavando-se as mãos no sangue do pecador; mas os conjurados e aqueles que estavam à espera de uma mudança encheram-se de grande pesar; contestavam a validade da condenação e, por causa do suplício infligido a um perigoso assassino, arrastavam na lama o administrador do reino, chamando-o de assassino.

Mesmo depois de sua morte, viu-se claramente o quanto aquele homem, por sua audácia e suas grandes pretensões, ganhara o coração dos maus cidadãos e o quanto conquistara a multidão apresentando-se como seu defensor devotado e sensato. Com efeito, para lavá-lo da desonra que recai sobre um conjurado punido pela lei e para provar a impiedade daqueles que o haviam condenado, tentaram habilmente dar-lhe o título e a glória de um mártir. Finalmente, segundo o que se conta, um padre de seu círculo colocou sobre um homem que estava com a febre a corrente com a qual ele fora atado e, através de uma mentira desavergonhada, fez como se a cura tivesse sido imediata. Isso se divulgou e o povo estúpido acreditou que o tal Guilherme, que tivera sorte merecida, sucumbira defendendo a justiça e o dever, e passou a venerá-lo como mártir. O patíbulo ao qual fora suspenso foi roubado à noite do lugar do suplício para ser venerado em segredo; quanto à terra que estava debaixo dele, pessoas insanas a retiraram aos pequenos punhados até cavar um buraco bem grande, como se tivesse sido consagrada pelo sangue do condenado e como se fosse um objeto sagrado que operasse curas.

Logo o rumor se difundiu amplamente e rebanhos de curiosos e de tolos — cujo número, como diz Salomão, é infinito — afluíram ao local; lá se juntaram, evidentemente, aqueles que, de todos os cantos da Inglaterra, tinham vindo a Londres por seus negócios. Lá velava permanentemente uma multidão de néscios e tanto prestavam honras ao defunto como lançavam acusações contra aquele que, conforme se sabia, fizera-o perecer. Esse erro tão mentiroso tornou-se tão intenso que poderia ter feito cair em sua armadilha até mesmo os mais sensatos se não tivessem prudentemente trazido de volta à memória o que tinham ficado sabendo sobre aquele homem: além do fato de pouco antes de sua morte, como foi dito, ele ter cometido um assassínio — o que em si bastaria para impedir qualquer pessoa razoável de considerá-lo mártir —, a confissão que fez ao aproximar-se a morte deveria cobrir de vergonha o rosto daqueles que inventaram tal mártir, se algum sangue de homem justo corresse em suas veias. Como ficamos sabendo através de homens dignos de fé, mesmo durante seu derradeiro suplício alguns o convidaram a glorificar Deus confessando humildemente seus pecados, ainda que tardiamente; ele então confessou que, durante o tempo em que permanecera inutilmente esperando ajuda, sujara com seu sêmen a igreja na qual entrara com sua concubina para escapar a seus perseguidores e, o que é bem mais grave e horrível de se dizer, enquanto seus inimigos irrompiam sem que ninguém viesse em sua ajuda, renegou o Filho de Maria por não o ter libertado e invocou o diabo para obter sua libertação, mesmo que através dele. Os que o defendiam negavam esses fatos e diziam que tinham sido inventados por maldade, para lesar seu mártir. Mas a ruína de uma fábula inteiramente criada logo pôs fim a essa discussão. A verdade é sólida e adquire força com o tempo, ao passo que a mentira inteiramente montada nada tem de sólido, mas logo se desvanece.

A justa punição da severidade da Igreja exerceu-se primeiro contra o sacerdote que dera origem àquela superstição, depois o administrador do reino enviou tropas de soldados para rechaçar a multidão de camponeses, deter e encerrar nas prisões do rei aqueles que porventura quisessem permanecer onde estavam. Ordenou também que uma guarda armada vigiasse o lugar para expulsar a multidão de tolos que lá fossem orar e também para proibir o acesso aos curiosos. Depois que isso se fez durante alguns dias, todo aquele episódio de superstição forjada desmoronou totalmente e a opinião pública acalmou-se.

NOTAS

1. *Resolvemos recorrer ao emprego dessa palavra análogo ao da palavra metro, em sua dupla acepção de unidade e instrumento de medida.*

2. *"Glabres et garamantes"*: resolvemos não propor uma interpretação dessas duas palavras, que são apresentadas como um par. Os garamantes são um povo da África do norte, apresentado pelos autores latinos como entrincheirado numa região inacessível; Heródoto cita-os (livro IV, par. 174) sem qualquer indicação específica, mas imediatamente depois, no mesmo capítulo, descreve os maces, seus vizinhos, do seguinte modo: "Eles raspam a cabeça mantendo cristas, deixam crescer o meio de sua cabeleira, e raspam as partes da direita e da esquerda até a pele." (trad. fr. Ph.-E Legrand) É tentador imaginá-los como ancestrais dos "punks".
Quanto a "glabres" a escolha é ampla; a palavra significa, de fato, glabro, mas designa tanto aquele que raspa a barba, aquele que se depila, dando mostras de um gosto de "dândi", como o eunuco ou o homossexual.

3. *"Palpones"*: os que apalpam, acariciam, afagam, no sentido físico do termo; daí a interpretação: os que apalpam as roupas para roubar. O segundo termo, *"pusiones"*, designa crianças; no contexto de pátio de milagres em que nos encontramos, e para completar o par, pensamos nos meninos que roubam e traduzimos por "polisson". Outras hipóteses: *"flatteurs et nigauds"* [aduladores e basbaques], *"peloteurs et puceaux"* [sedutores e garotos virgens].

4. *Devizes era originário de Winchester.*

5. *Mathieu Paris explica de outra maneira a barba "longa": desde a invasão normanda, os homens dessa família recusavam-se a cortar a barba (Chronica Majora, t. 2, p. 419).*

Conclusão

Os textos que escolhemos refletem a imagem de Ricardo Coração de Leão tal como se depreende da leitura de seus cronistas; através das aventuras em que aparecem lado a lado, numa mistura quase hugoana, a glória e o risível, vemo-lo rei guerreiro, príncipe generoso, mas também personagem de reações imprevisíveis, muitas vezes marcadas pelo excesso: corajoso até a inconsciência, generoso e saqueador, direto mas às vezes maquiavélico, irascível e rancoroso, magnânimo também, sem freio nem medida em seus prazeres mas capaz de prodigiosos arrependimentos.

Pareceu-nos interessante dar ao leitor a possibilidade de comparar essa imagem com a que nos fornecem os historiadores modernos[1]. Por que nossos cronistas, com exceção de Geraldo de Barri, apresentaram sistematicamente todas as ações de seu rei sob uma luz favorável? Será apenas por chauvinismo, o que pode ser verdade com respeito a todos, ou por admiração de cortesão, o que pode ser verdade quanto a alguns cronistas oficiais?

Somos tentados a propor uma outra explicação, sugerida por algumas passagens com que a história não se preocupa.

Entre os excertos que apresentamos, há alguns textos que, de fato, mencionam os fenômenos celestes manifestados durante o reinado de Ricardo. Não há por que nos surpreendermos, pois eles estão sempre presentes nas crônicas e ocupam amplo espaço nos modelos antigos. Entre os ingleses, assim como entre os latinos, esses prodígios são sempre relacionados aos acontecimentos humanos; são a manifestação do "interesse" do poder divino pelos assuntos humanos ou por alguns indivíduos que recebem por esse fato um "status sagrado" particular. Parece-nos que é exatamente isso que ocorre com Ricardo, cujo destino entra nas intenções de Deus, assim como o de Enéias entrava nos desígnios dos Imortais.

A presença desses prodígios incita-nos a lançar um novo olhar sobre esses episódios "históricos".

As crônicas mostram-nos um rei versado em teologia, ansioso por ouvir o abade de Corazzo dar sua interpretação dos textos do Apocalipse; um rei protegido por Deus, que lhe comunica pela boca desse abade que sua expedição faz parte de Seus desígnios; um rei que participa do sagrado na medida em que um eremita da Terra Santa julga-o digno de receber uma cruz feita de um pedaço da cruz verdadeira.

Essas manifestações do sagrado envolvem o rei Ricardo pessoalmente; além disso, há acontecimentos que não concernem apenas ao rei Ricardo, mas aos reis da Inglaterra e a Ricardo enquanto tal. Referimo-nos à herança arturiana. Foi durante o reinado de Ricardo, em 1191, que se encontraram os ossos de Artur[2]; além disso, durante sua permanência na Sicília, Ricardo entregou a Tancredo a famosa Escalibur (vários de nossos cronistas o mencionam). Decerto a lenda ainda balbuciava: ainda não se sabia que a espada mágica já não estava no mundo dos homens, que, quando aqui estava, era um talismã poderoso e que Ricardo não conseguiria renunciar a ela sem ao mesmo tempo perder seu poder.

Essa lenda, organizada em sua forma definitiva depois do reinado de Ricardo, tende certamente a legitimar a realeza inglesa, tornando os soberanos ingleses herdeiros dos reis legendários ingleses, mas também, na medida em que a mesma "crise do sagrado" atingia todas as realezas ocidentais desapossadas dessa "função" pela autonomia e pela autoridade crescentes da Igreja e do papado, a ideologia monárquica inglesa propunha um sucedâneo de uma sacralidade cristã dificilmente acessível a partir de então pela santidade[3]. Assim, voltam a encarnar-se no rei as características sagradas — pagãs? — dos antigos reis; com seus atributos, a realeza reencontra seu caráter sagrado[4]. A referência constante às predições de Merlim, cuja validade alguns cronistas verificam confrontando-as com os fatos, permite a suposição de que, apesar de sua condição de clérigos, eles não renegam a herança pagã.

Essa continuidade convida-nos a buscar modelos mais antigos: esse rei que possui um caráter sagrado tão completo não seria o chefe ideal, em quem se encarnariam as três funções indo-européias tal como definidas por Georges Dumézil? Acabamos de ver que a função sagrada é totalmente assumida pelo personagem de Ricardo.

A função guerreira é profusamente assegurada; ela se evidencia particularmente no relato de Coggeshall sobre a tomada de Jaffa.

Poder-se-ia ver, finalmente, naquilo que comumente chamamos a "generosidade" de Ricardo o exercício da "terceira função": suas prodigalidades proviam às necessidades daqueles por quem era responsável, na Sicília, diante de Acre, na Terra Santa após a partida do rei da França; sua política, suas conquistas visavam proporcionar-lhe os meios necessários para cumprir esse dever; nisso empregou o dinheiro que obteve de Tancredo, e que sua irmã lhe devolveu, e todo o butim que recolheu em Chipre, sem contar seu próprio tesouro. Evidentemente é uma característica do cavaleiro perfeito, mas isso não nos parece contraditório: o rei-cavaleiro não tem também responsabilidade por homens ou vassalos, de quem é o "chefe"? E essa obrigação de subsistência não é herança da função do chefe indo-europeu?

Assim como para Tito Lívio, esse modelo teórico não foi para nossos cronistas uma referência explícita. Todavia, certamente ele influenciou sua apreensão do personagem de Ricardo, em quem encontraram a conjunção perfeitamente realizada das características que constituem, segundo suas categorias de pensamento, o modelo dos reis.

Mas há outros fatos através dos quais é possível tentar explicar que a história de Ricardo I da Inglaterra tenha assim, e tão depressa, se cristalizado em lenda.

Em muitos aspectos, em primeiro lugar, Ricardo é o oposto de seu pai, Henrique II. Ricardo foi um rei efêmero e ausente. Henrique II reinara por trinta e cinco anos, muito ativamente, e muitas vezes duramente; Ricardo foi rei por dez anos, mas a Cruzada, o cativeiro e depois ainda a guerra contra Filipe Augusto mantiveram-no distante da Inglaterra.

Henrique II pronunciara o voto de cruzado, mas foi Ricardo quem o cumpriu, e com maior excelência do que qualquer rei do Ocidente, pois, embora não tenha obtido resultados definitivos, foi o único a vencer o valoroso Saladino — outra figura que logo se tornou legendária. Um cavaleiro, um rei a serviço da fé e que venceu no Oriente aquele que retomara Jerusalém à cristandade: Ricardo tinha um histórico tão glorioso quanto o de Rolando ou de Guilherme de Orange, figuras épicas centrais dos séculos XII e XIII.

Esse rei vencedor, e poeta (o que, segundo a lenda, possibilita sua liberdade), tem finalmente em comum com os heróis das canções de gesta e do romance nascente uma outra característica de imensa importância simbólica: não teve posteridade, nisso semelhante a Rolando, a Tristão, a Guilherme ou a Perceval Galaad; ao morrer, foi sucedido pelo irmão, João Sem Terra: poder-se-ia imaginar figura mais diferente? Ricardo morreu único, incomparável.

NOTAS

1. Cf. *apêndice* Situação geopolítica de 1189 a 1199.

2. COGGESHALL, p. 36: Ora, naquele ano foram encontrados perto de Glastonbury os ossos do célebre Artur, outrora rei da Bretanha. Estavam encerrados num sarcófago muito velho em torno do qual havia duas pirâmides antigas sobre as quais estavam gravados caracteres que não se conseguiam decifrar por serem muito grosseiros e estarem danificados. Eis por que acaso se fez esse achado: escavava-se a terra naquele lugar para lá enterrar um monge que, quando vivo, manifestara grande desejo de ter nele sua sepultura; encontrou-se um sarcófago sobre o qual estava depositada uma cruz de chumbo; sobre a cruz havia a seguinte inscrição: "Aqui jaz o glorioso rei Artur, enterrado na ilha de Avalon." Ora, aquele lugar, antigamente cercado por brejo, chama-se ilha de Avalon (ou seja, ilha das macieiras).

3. *Cf. Jacques Le Goff, "Le dossier de sainteté de Philippe Auguste"*, in Notre Histoire n? 100, maio de 1987, pp. 22-9.

4. *A confirmação da existência de uma crença na sacralidade das pessoas reais talvez se encontre numa observação de Guilherme de Newburgh depois da morte de Henrique, o Jovem: ele menciona o rumor segundo o qual, após sua morte, curas milagrosas realizaram-se junto de seu túmulo, e o desmente, sem dúvida porque já não vê o caráter sagrado, portanto suscetível de operar milagres, do corpo real (Newburgh, p. 234).*

5. *A análise feita por Georges Dumézil de um episódio envolvendo os filhos de Guilherme, o Conquistador, corrobora essa leitura (Georges Dumézil,* Mythe et épopée I, *p. 589, Gallimard, Paris, 1984).*

Apêndices

Apêndice 1

Situação geopolítica de 1189 a 1199

A vida e as aventuras de Ricardo Coração de Leão só adquirem seu pleno sentido se localizadas em seu contexto histórico. Isto não pode limitar-se a uma descrição da Inglaterra, tratando-se de um rei que lá quase não permaneceu. Esse rei absolutamente "continental" envolveu-se nos assuntos europeus no mais amplo nível. Estes implicam a competição entre o papado e o Império Romano-Germânico para assumir a direção temporal e espiritual da cristandade, enquanto novas entidades políticas, mais modestas porém mais bem adaptadas, estão em pleno florescimento: as monarquias nacionais. A França de Filipe Augusto e a Inglaterra de Ricardo Coração de Leão, para afirmar-se, opõem-se uma à outra e organizam redes de alianças mutantes e complexas, em favor ora do Império ora do papado. Uma operação de grande envergadura parece reunir todas as forças centrífugas da cristandade num mesmo ímpeto religioso: as Cruzadas. Veremos que no próprio âmago dessa obra de salvação, na qual nosso herói figurou brilhantemente, as desavenças políticas permaneceram acesas.

A CRISE DO IMPÉRIO ROMANO-GERMÂNICO

O imperador romano-germânico apresenta-se como herdeiro de Carlos Magno, figura ideal do imperador na Idade Média. Sua lenda e sua lembrança são constantemente invocadas pelos imperadores romano-germânicos desde a *renovatio imperii* de 962, sob o reinado de Oto I, o Grande. Ora, durante o último decênio do século XII, o Império Romano-Germânico limita-se à união turbulenta da Alemanha à Itália. Encurralado entre esses dois pólos, o imperador é obrigado a escolher, pois não é capaz de conduzir abertamente uma política de autoridade para com os príncipes alemães e uma política de dominação para com as cidades da Itália.

Além disso, o Império é minado pela rivalidade entre duas famílias: os duques de Saxe e da Baviera (os Welfs ou guelfos) e os duques da Suábia ou Staufen (os Waiblingen ou gibelinos), adversários da Santa Sé, com quem disputam o *dominium mundi* no quadro da luta do sacerdócio e do império.

O fim do reinado de Frederico I, Barba-Roxa assiste a um recuo da autoridade imperial na Lombardia, mas a uma certa recuperação da Toscana. Difíceis por longo tempo, as relações entre Frederico I e o papa melhoraram após a dieta de Verona, quando o imperador se comprometeu a empreender uma Cruzada e a lutar contra os hereges. Ele partiu para a Terra Santa em maio de 1189 e naufragou ao atravessar um rio na Cilícia (sudeste da Anatólia) em junho de 1190. Deixou como sucessor um jovem rei de 24 anos, casado com Constança da Sicília desde 1186.

O reinado do jovem Henrique VI caracterizou-se por uma corrida incessante entre a Itália, a Sicília e a Alemanha, na tentativa de realizar uma monarquia universal.

A PRIMEIRA EXPEDIÇÃO À ITÁLIA (JANEIRO-SETEMBRO DE 1191)

Henrique I estava em plena guerra contra Henrique, o Leão, duque de Saxe e da Baviera, quando soube da morte de Guilherme II da Sicília, em 18 de novembro de 1189. Depois de uma paz rápida com Henrique, o Leão, (Tratado de Fulda, julho de 1190) e o anúncio da morte de seu pai, decidiu partir para a Itália, a fim de garantir uma base de operações na Alta Itália, receber a coroa e assumir a sucessão siciliana. Cumpriu os dois primeiros itens de seu programa às custas de concessões às cidades italianas. Após um violento episódio em Tusculum, foi consagrado imperador em 14 de abril de 1191. Como revanche, a Itália do Sul e a Sicília resistiram às suas tentativas de dominação.

A Sicília conheceu um período brilhante sob o reinado de Guilherme II (1166-1189), marcado por uma política exterior audaciosa e um grande dinamismo cultural (abadia de Monreale, cosmopolitismo da corte de Palermo). Ora, Guilherme II, casado com Joana, irmã de Ricardo Coração de Leão, morre sem deixar descendente direto. O único herdeiro legítimo dos Hauteville é uma mulher, Constança de Hauteville, filha de Rogério II da Sicília (1112-1154). Mas, em decorrência de seu casamento com o futuro Henrique VI, há o risco de que a Sicília seja submetida ao domínio do Sacro Império. Para impedir esse domínio alemão, os senhores feudais sicilianos elegem como rei o sobrinho de Guilherme II, Tancredo de Lecce, em 1190. Ele rechaça os alemães dirigidos por Henrique VI, que sofre também uma grave derrota diante de Nápoles, que sitia em vão em agosto de 1191; o jovem imperador retira-se para a Alemanha, quando sua esposa é feita prisioneira e entregue a Tancredo. De volta a suas terras alemãs, Henrique VI enfrenta uma revolta comandada por Henrique, o Leão, cunhado de Ricardo Coração de Leão, que reúne todos os senhores feudais da Renânia e da Vestfália.

A SEGUNDA EXPEDIÇÃO À ITÁLIA E À SICÍLIA

O papa Celestino III resolveu apoiar Tancredo contra Henrique VI, de modo que o ano de 1192 desenrolou-se num ambiente de guerra entre o papado e o Império. Mas o anúncio da morte de Tancredo, em 20 de fevereiro de 1194, devolveu a Henrique VI a esperança de conquistar a Sicília. Essa segunda expedição foi um sucesso, fazendo-o chegar a Palermo, onde foi consagrado rei da Sicília em 25 de dezembro de 1194. À sua coroação seguiu-se uma cruel repressão contra a ex-família real e um confisco feudal sobre a ilha.

Fortalecido por esse sucesso, Henrique VI tentou retomar em suas mãos a política oriental dos reis normandos da Sicília: promoveu o noivado entre Irene, filha de Isaac Angelus, e Filipe, seu irmão, na esperança de interferir nas brigas familiares dos Angelus. Resolveu também vingar o fracasso da Terceira Cruzada e recebeu a cruz em Bari, em 31 de março de 1195.

A VOLTA À ALEMANHA E O PLANO DE HEREDITARIEDADE IMPERIAL

A partida na Cruzada foi um argumento para definir sua sucessão. Como o Império era eletivo, havia o risco de que a Sicília escapasse aos Staufen, entregue aos acasos de uma eleição. Henrique VI empenhou-se por todos os meios em obter junto ao papa e aos príncipes alemães o princípio da hereditariedade, mas só conseguiu fazer com que fosse eleito seu filho no final do ano de 1196.

No fim de sua vida assistiu ao desmoronamento de sua obra frágil e impopular: Ricardo Coração de Leão e Filipe Augusto recusaram juntar-se à sua Cruzada, a Sicília revoltou-se em 1196-1197, depois a Itália, em 1197 (com apoio do papa). Constança expulsou todos os alemães da Sicília, adotando uma política de independência.

À sua morte, em 28 de setembro de 1197 em Messina, e à de Constança, em 27 de novembro de 1198, seguiu-se um período de anarquia na Sicília e na Itália e de recuo do Império nessas regiões.

O Império, por outro lado, estava dividido pelas disputas de sucessão que opunham dois imperadores, Filipe da Suábia e Oto IV, filho de Henrique, o Leão. O papa, inicialmente neutro, acabou por reconhecer Oto em 1200, mas a guerra civil prosseguiu.

A situação da Itália durante o decênio que nos interessa era, portanto, muito instável, em virtude das forças centrífugas exercidas sobre ela: o Norte, mais ou menos submetido à autoridade imperial, o Centro, sob a autoridade pontifical, e o Sul e a Sicília passando de uma dominação normanda (1061-1194) a uma dominação alemã (1194-1265).

Além disso, as cidades italianas, assoladas pelas rivalidades entre guelfos e gibelinos e à mercê das ligas e alterações de alianças, pendiam ora para o Império, ora para o papado.

O projeto de um Império universal entrou então em grave crise, ao passo que outra realidade política estava em pleno florescimento: as monarquias nacionais. Vejamos os dois exemplos mais significativos, a França e a Inglaterra.

A ASCENSÃO DAS MONARQUIAS NACIONAIS

A França de Filipe Augusto

Filipe Augusto, que reinou de 1180 a 1223, aumentou e consolidou o patrimônio real. Estendeu seu domínio territorial às custas dos grandes senhores feudais e instaurou uma administração e um embrião de fiscalização regular, com o dízimo saladino de 1188 destinado a financiar a Terceira Cruzada. Essa expansão do domínio real esbarra nas possessões continentais da coroa da Inglaterra.

Uma longa luta contrapõe Filipe aos reis ingleses Henrique II, depois Ricardo Coração de Leão e, finalmente, João Sem Terra, de 1180 a 1214. Inicialmente derrotado em Fréteval em 1194, ele triunfa em 1199 e obtém uma parte do Vexin normando e da região de Evreux em troca de seu reconhecimento de João Sem Terra. Sua vitória decisiva ocorre em Bouvines, em 1214, onde, graças ao apoio dos contingentes das comunas da França, esmaga a coalizão suscitada contra ele pelos Plantageneta e que reunia as forças de Oto IV e do conde de Flandres. O próprio João Sem Terra foi derrotado por Filipe Augusto em Roche-aux-Moines.

A Inglaterra de Ricardo Coração de Leão

Desde a conquista normanda de 1066 o rei possuía na Inglaterra um vasto domínio em comparação com aqueles dos senhores feudais, dispersos e limitados. O domínio real compreendia possessões diretas — o reino da Inglaterra — e possessões indiretas, no continente. Henrique II Plantageneta afirmou intensamente as prerrogativas reais (1154-1189) e instaurou uma monarquia centralizada.

Seu terceiro filho (resultado de seu casamento com Leonor de Aquitânia), Ricardo Coração de Leão, que reinou de 1189 a 1199, foi um rei particularmente ausente de seu reino. Foi educado em Anjou e na Aquitânia e, depois de sua ascensão ao trono (julho de 1189), consagrou-se à Cruzada. Esta foi precedida por uma trégua com Filipe Augusto (assembléias de Nonancourt, em 30 de dezembro de 1189, e de Vézelay, em 1190). Depois de numerosas peripécias, que veremos no quadro das Cruzadas, voltou à Inglaterra, em março de 1194, para pôr em ordem a situação e perdoar seu irmão João Sem Terra, que fizera intrigas durante sua ausência. Logo voltou ao continente para defender a Normandia contra os ataques de Filipe Augusto, com a construção do Château Gaillard, a vitória de Courcelles (28 de setembro de 1198) e a trégua de Vernon. Mas, depois de uma desavença com o conde de Limoges, sitiou o castelo de Châlus; foi sua última batalha, durante a qual foi mortalmente ferido. Morreu sem deixar herdeiros em 6 de abril de 1199.

Diante das pretensões reais e do florescimento das monarquias nacionais, o papado encontrou nas Cruzadas a oportunidade para afirmar sua autoridade e expandir a cristandade.

As Cruzadas e suas implicações

A organização das Cruzadas

A Cruzada era uma iniciativa pontifical, inaugurada por uma bula pontifical. Era colocada sob a autoridade da Igreja, simbolizada pela presença de um legado, que em princípio deveria garantir seu comando militar e espiritual. Seus participantes eram reconhecidos por certos sinais exteriores (uma cruz, uma senha) e gozavam de privilégios espirituais e temporais (indulgência e moratória das dívidas). Aos poucos foi sendo estabelecida uma jurisdição das Cruzadas. A Cruzada era, em princípio, reservada aos homens, na medida em que a virtude das mulheres podia correr perigo ao longo das peripécias de guerra. No entanto, as mulheres podiam fornecer subsídios à Cruzada.

O voto de cruzado era uma forma militar do voto de peregrinação a Jerusalém. Como todo voto, também este comprometia e devia ser cumprido dentro dos prazos mais breves. Vinculava até os herdeiros. Por isso Ricardo Coração de Leão assumiu o voto de seu pai assim que ocupou o trono.

O ímpeto religioso dos cruzados

A Cruzada constituía uma sacralização da guerra, era uma guerra santa, através da qual o cruzado emprestava sua força à vontade divina (*Gesta Dei per Francos*), ao contrário das guerras fratricidas que dilaceravam o Ocidente havia séculos, apesar das repetidas condenações e do movimento da Paz de Deus, bastante desgastado naquele final do século XII. A Cruzada pôde ser vivida, então, como um exutório à violência feudal; segundo o cronista Baudri de Dol, Urbano II declarou em 1095: "Parem de matar seus irmãos e coloquem-se antes contra as nações estrangeiras e combatam por Jerusalém." (*Recueil des Hist. de la Croisade, Hist. Occ.*, t. IV, pp. 14-5)

O apelo lançado em Clermont em 1095 por Urbano II teve repercussão considerável: multidões apressaram-se em participar dessa obra de salvação coletiva e os soberanos não tardaram em organizar exércitos de cruzados para ganhar a palma do martírio resgatando o Santo Sepulcro.

As implicações materiais das Cruzadas

a) Os itinerários

A "viagem" de Jerusalém comportava dois caminhos possíveis:

— por via terrestre, através do vale do Danúbio, da Sérvia, da Trácia, de Constantinopla e da Ásia Menor;
— por via marítima, com embarque em Marselha, Gênova ou Veneza.

b) Os Estados francos do Oriente

O primeiro sucesso das Cruzadas foi a constituição de Estados francos do Oriente, mais ou menos efêmeros.

Quatro Estados fundados em territórios tomados dos infiéis:

— o principado de Antioquia (1098-1268);
— o condado de Edessa (1098-1144);
— o condado de Trípoli (1102-1289);
— o reino de Jerusalém, estabelecido por Godofredo de Bouillon em 1099, subsistiu até 1291. Funcionava como uma espécie de "República feudal" dirigida por barões reunidos em alta corte. Sua defesa era assegurada por sírios cristãos, por indígenas e pelas ordens militares, os famosos hospitalários e templários.

Os grandes mestres do Templo eram então Roberto de Sablé ou de Sabloil, que ocupou o cargo de 1189 a janeiro de 1193 (foi amigo de Ricardo Coração de Leão), e Gilberto Arail ou Horal, de fevereiro de 1193 a 20 de dezembro de 1200.

O papado e Constantinopla divergem sobre a propriedade de terras reconquistadas aos infiéis. Nos Estados latinos do Oriente implanta-se um clero latino, em detrimento dos gregos.

Dois Estados fundados sobre os despojos do Império bizantino:

— o reino de Chipre, tomado em 1191 por Ricardo Coração de Leão de Isaac Comnenos, confiado a Guido de Lusignan em 1192. Em 1489 esse reino foi vendido aos venezianos por Catarina Cornaro;
— o império latino de Constantinopla, estabelecido por ocasião da deturpação da Quarta Cruzada em 1204 e que desmoronou já em 1261.

c) O florescimento do comércio

A segunda contribuição material das Cruzadas foi um crescimento das trocas comerciais entre a Europa e o Oriente latino. Os grandes portos italianos (Gênova, Pisa e Veneza) e, em menor proporção, os grandes portos provençais e catalães tiraram grande proveito das Cruzadas. Houve proveitos diretos, através da construção de frotas, do transporte e abastecimento dos peregrinos e cruzados; e houve proveitos indiretos mais importantes, com a abertura de novos portos, novas escalas e novas rotas comerciais. Além disso, em troca de sua ajuda naval em diversas operações militares, obtiveram importantes privilégios comerciais e jurídicos, e também a concessão de bairros inteiros (os *fondouks*) nas cidades conquistadas.

A dominação franca na Terra Santa permaneceu então basicamente costeira, por razões econômicas e militares imperativas: os interesses comerciais estavam concentrados nos portos e a dominação do interior exigia meios militares e demográficos superiores às possibilidades daqueles Estados frágeis e pequenos.

Cronologia das Cruzadas

Embora a Cruzada tenha sido um movimento quase permanente, distinguem-se tradicionalmente oito Cruzadas:
— a primeira de 1096 a 1099;
— a segunda de 1147 a 1149;
— a terceira de 1189 a 1192;
— a quarta de 1202 a 1204;
— a quinta de 1217 a 1221;
— a sexta de 1228 a 1229;
— a sétima de 1248 a 1254;
— a oitava em 1270.

As regras estabelecidas pela Igreja foram sistematicamente violadas no fervor da ação, principalmente durante a Terceira Cruzada.

A Terceira Cruzada

A Terceira Cruzada foi precedida de inúmeros apelos dos papas, já desde 1165, e de uma exortação pontifical à penitência geral. No Oriente, a situação tornava-se dramática, em virtude da pressão exercida por Saladino I, sultão do Egito (1171-1193) e da Síria (a partir de 1174), consolidado por sua vitória sobre os cristãos em Hattin e em Jerusalém (1187).

Com a tomada de Jerusalém, o papa decidiu promover uma nova Cruzada, da qual participaram os três principais soberanos da Europa: o imperador Frederico Barba-Roxa, Filipe Augusto e Ricardo Coração de Leão. O primeiro tomou a rota terrestre já na primavera de 1189 e naufragou na travessia do rio Selef, na Cilícia. Imediatamente seu exército se dispersou, foi um sério revés. O dois outros soberanos tomaram a via marítima, mas devido à grande rivalidade entre eles embarcaram em dois portos diferentes, o rei inglês em Marselha e o rei francês em Gênova. Passaram pela Sicília, onde Ricardo Coração de Leão comportou-se como se estivesse em um país conquistado e aliou-se a Tancredo de Lecce contra Henrique VI. Convém relembrar que o rei da Inglaterra era cunhado de Henrique, o Leão, principal inimigo do imperador. Ele esperava assim recompor a tradicional aliança dos guelfos e da Sicília contra os gibelinos. Depois nosso herói, em plena Cruzada, deu-se o tempo de conquistar Chipre (1191) antes de levar sua contribuição definitiva ao cerco de Acre (em julho do mesmo ano), que acabou redundando numa vitória. Ainda no mesmo ano casou-se com Berengária de Navarra. Pretextando uma doença, Filipe Augusto voltou à França e Ricardo Coração de Leão permaneceu como único chefe da Cruzada. Comandou várias operações militares vitoriosas (Arsuf, em 4 de setembro; Jaffa), mas fracassou em suas duas tentativas de retomar Jerusalém, em dezembro de 1191 e no verão de 1192. Firmou então uma trégua com Saladino, que renunciou a eliminar as colônias francesas da Síria e aceitou a presença dos peregrinos cristãos em Jerusalém. Ricardo Coração de Leão embarcou de volta em 9 de outubro de 1192. As rivalidades entre o rei da França e o rei da Inglaterra, as diversas operações militares de Ricardo Coração de Leão antes de chegar à Terra Santa e, finalmente, a trégua de três anos firmada com Saladino, o Infiel, foram alguns desvios do espírito da Cruzada. Mas o auge aconteceu no retorno da Cruzada, com a prisão de Ricardo Coração de Leão. Com efeito, lançado pela tempestade às costas da Dalmácia, Ricardo foi obrigado a tomar uma rota terrestre muito perigosa: as terras do duque Leopoldo da Áustria, que ele ultrajara por ocasião do cerco de Acre. Apesar de disfarçado, foi reconhecido e detido em março de 1193. Essa prisão foi um verdadeiro sacrilégio, pois todos os cruzados estavam sob a proteção da Igreja. No entanto, o papa Celestino III protestou de maneira muito branda e não participou das negociações para soltá-lo, que se fizeram entre Henrique VI, Filipe Augusto e João Sem Terra. Ricardo foi libertado em 4 de fevereiro de 1194, mediante um alto resgate, a denúncia de sua aliança com Tancredo, a promessa de fornecer tropas para uma expedição à Sicília em homenagem a Henrique VI. Compreende-se que naquelas condições Ricardo Coração de Leão e Filipe Augusto tenham recusado participar de uma nova Cruzada proposta por Henrique VI, um ano depois (março de 1195). O imperador enviou tropas ao Oriente, que retomaram Beirute já em 1197, mas a notícia de sua morte desmonta esse último avatar da Terceira Cruzada.

Referências cronológicas
• Imperadores romano-germânicos:
Frederico I Barba-Roxa 1152-1190
Henrique VI 1190-1197
Oto IV 1209-1218

• Reis da França:
Luís VII 1137-1180
Filipe Augusto 1180-1223

• Reis da Inglaterra:
Henrique II Plantageneta 1154-1189
Ricardo Coração de Leão 1189-1199
João Sem Terra 1199-1216

- Papas:
Lúcio III 1181-1185
Urbano III 1185-1187
Clemente III 1187-1191
Celestino III 1191-1198
Inocêncio III 1198-1216

O Império Plantageneta no Século XII

Itinerário da Terceira Cruzada

Os Estados francos da Terra Santa

Apêndice 2

Fontes

CRONISTAS

Ambrósio: Estoire de la guerre sainte. Histoire en vers de la troisieme croisade. Ed. G. Paris, Paris, 1897.
Geraldo de Barri: Opera, ed. J. S. Brewer, J. F. Dimock e G. F. Warner, Londres, Longman, Green, 1861-1891, 8 vol. (*Rerum Britanicarum Medii Aevi Scriptores*); in vol. I, *Symbolum electorum,* ed. J. S. Brewer, 1861; in vol. II, *Invectiones* (I-IV), ed. J. S. Brewer, 1863; in vol. V, *Topographia Hibernica. Expugnatio Hibernica,* ed. J. F. Dimock, 1868; in vol. VIII, *De principis instructione,* ed. G. F. Warner, 1891; *Expugnatio Hibernica. The conquest of Ireland,* ed. e trad. A. B. Scott e F. X. Martin, Dublin, Royal Irish Academy, 1978.
Raul de Coggeshall: Chronicon Anglicanum, ed. Stevenson, Londres, 1875.
Ricardo de Devizes: De rebus gestis Ricardi Primi, ed. R. Howlett. *Chronicles of the Reigns of Stephen, Henry II and Richard I,* vol. III, Londres, 1886.

Raul de Diceto: Imagines historiarum, ed. W. Stubbs, t. I, 1876, Londres.

Rogério de Hoveden: Chronica, ed. W. Stubbs, 4 vol. in *Rerum Britanarum Scriptores Medii Aevi*, Londres, 1868-71.

Guilherme de Newburgh: Historia Rerum Anglicarum, ed. R. Howlett, in *Chronicles of the Reigns of Stephen, Henry II and Richard I*, Londres, 1884.

Benedito de Peterborough: The Chronicle of the Reigns of Henry III and Richard I, ed. W. Stubb, Londres, 1867.

OBRA GERAL

Retto Bezzola: Les origines et la formation de la littérature courtoise en Occident, 3ª parte, Slatkine, Genebra, 1984.

Apêndice 3

Os cronistas

AMBRÓSIO

De Ambrósio, autor de *Estoire de la guerre sainte*, só conhecemos o nome — e essa obra, na qual ele se denomina nove vezes. Embora seu poema seja composto em honra a Ricardo Coração de Leão, Ambrósio não é nem inglês e nem do Poitou, e também não é clérigo. Diversos indícios e suas alusões a canções de gesta e romances do século XII escritos em francês levam-nos a pensar que ele tenha sido trovador e normando. Compôs a *Estoire* (história da Terceira Cruzada), em francês, após a libertação de Ricardo e antes de sua morte.

Ambrósio foi testemunha ocular dos grandes acontecimentos que marcaram a Terceira Cruzada: o encontro de Gisors, as festas de coroação de Ricardo em Londres, a viagem à Terra Santa através de Vézelay, Lyon, Marselha, e depois Messina, etc. Tudo indica que acompanhou Ricardo quase por toda a Cruzada, até a decisão do rei de voltar à Inglaterra.

Seu longo poema histórico de 12.352 octassílabos, rimando dois a dois, atesta um grande talento de narrador: a partida para a Cruzada, a descrição de Rodes, a chegada de Ricardo em Acre numa bela noite à luz de tochas, o ataque da dromunda, a tomada da Torre Maldita, ou ainda a narração trágica, permeada de imprecações contra o marquês de Montferrat, da fome dos cruzados diante de Acre, fazem desse texto um magnífico relato. Constitui também um testemunho incomparável sobre as motivações e convicções dos cruzados; contra o inimigo sarraceno, a luta é implacável: ele aprova o massacre dos dois mil e quinhentos prisioneiros de Acre ordenado por Ricardo, e só o repreende por ter chegado a imaginar que fosse possível um entendimento com Saladino, o valoroso inimigo.

Dessa *Estoire* conservou-se apenas um manuscrito. Ela foi traduzida para o latim para servir à memória de Ricardo Coração de Leão (*itinerarium... Regis Ricardi*), mas ao que parece não era conhecida por aqueles que, nos séculos seguintes, escreveram os feitos e a lenda de Ricardo.

GERALDO DE BARRI

Nascido em 1147 numa grande família meio normanda, meio galesa, do País de Gales meridional, foi um dos intelectuais de renome que cederam, no final do século XII, à sedução da corte angevina. De 1184 a 1194, aproximadamente, ocupou diferentes cargos como funcionário real, sendo sucessivamente capelão de Henrique II, secretário do príncipe João, conselheiro de Ricardo I, para quem foi manter a ordem no País de Gales, no início do reinado, antes de se ligar a Guilherme de Longchamp. Mas as ambições de Geraldo (inicialmente um bispado inglês, depois, em desespero de causa, o bispado galês de Saint David) se frustraram e, cheio de rancor e amargura, afastou-se da corte para voltar definitivamente aos estudos, provavelmente em 1194.

Sua obra foi intensamente marcada por essa experiência infeliz: do panegírico de Henrique II e de seu filho, em *Topographia Hibernica*, em 1188, ao acerto de contas de *De Principis Instructione* (cerca de 1199-1216), tem-se uma medida das desilusões crescentes que fizeram de um *curialis* zeloso, que buscava as boas graças dos príncipes em obras que lhes dedicava, um dos mais ferozes adversários dos reis da Inglaterra.

O príncipe que cristalizou esse desencanto certamente foi Henrique II, em quem Geraldo acreditara identificar a síntese ideal do erudito e do cavaleiro. Mesmo *De Principes Instructione*, que é um panfleto contra ele, deixa transparecer um fascínio persistente pelo *princeps litteratus* que é também conquistador extraordinário, que poderia ser o maior monarca de seu tempo se não tivesse sucumbido a todos os pecados. Mais ainda do que por Henrique II, no entanto, Geraldo foi fascinado por sua família e pelo trágico destino da dinastia angevina.

Ricardo não é o protagonista da história contada por Geraldo, mas tem o segundo papel; pois, se todos os filhos de Henrique foram os flagelos de Deus, a morte de Henrique, o Jovem, depois de Godofredo, e a inconsistência de João fizeram de Ricardo o instrumento último da justiça divina. Nem por isso ele se redime aos olhos de Geraldo, que não se cansa de repetir que, se Deus serviu-Se dele para punir um pecador, Ele desaprovava suas intenções e, depois, voltou-Se contra ele.

RAUL DE COGGESHALL

O abade Raul de Coggeshall, morto por volta de 1228, é autor de uma crônica escrita em latim, *Chronicon Anglicanum*, que se inicia em 1086, passa em três páginas à Primeira Cruzada em 1096, chega na página 13 ao casamento de Leonor e Luís VII e termina sob o reinado de João Sem Terra. Dessas duzentas páginas, cerca de sessenta referem-se ao reinado de Ricardo Coração de Leão.

Ele segue a tradição dos "analistas"*, mas silencia sobre os anos em que nenhum acontecimentos lhe parece essencial.

---

* Que segue o método "analístico", de elaboração de anais, ou seja, "o relato, ano a ano, de todos os acontecimentos que se desenrolam na parte do mundo cuja história resolveram contar" (cf. acima, p. 7, nota). (N. T.)

Para o relato das Cruzadas, utilizou informações fornecidas por testemunhas diretas, entre as quais cita nominalmente o senhor Hugo de Neville e Anselmo, capelão do rei. Inspirou-se também no *Itinerarium Regis Ricardi*, livro que é, por sua vez, a tradução da obra de Ambrósio.

Raul de Coggeshall não parece um historiador preocupado em escrever uma obra completa, mas antes um homem impressionado pela forte personalidade de Ricardo, registrando apenas o que lhe interessa. Em sua obra, Ricardo — que só ele e Ricardo de Devizes comparam freqüentemente com o leão ao qual o rei deve seu apelido — já é o personagem lendário, mais tarde tão popular. Não menciona sua infância nem sua juventude antes da coroação, e reduz sua vida a três episódios marcantes: a Cruzada e seus feitos guerreiros, o cativeiro na Alemanha, a morte diante de Châlus.

Essa admiração não impede Coggeshall de exprimir as críticas que certos episódios da vida e do reinado de Ricardo lhe valeram.

Em sua crônica, relatos surpreendentes, animados pelo senso da encenação, alternam-se com longas reflexões moralizantes sobre a humanidade, o peso dos pecados, a bondade de Deus ou sua onipresença. Sua linguagem é clássica; seu estilo bastante neutro, salvo nos relatos de batalhas, não é rebuscado e não segue o modelo sintático dos historiadores latinos.

RICARDO DE DEVIZES

Contemporâneo de Ricardo Coração de Leão, esse monge do convento de Swithun, em Winchester, compôs o *De rebus gestis Ricardi Primi* para responder ao desejo de seu antigo prior, que se recolhera à cartuxa de Witham: "Embora Deus, que sabe tudo, esteja convosco, acreditamos, e em vós, e que Nele tudo saibais, foi vosso desejo que, segundo me dissestes, para que minha obra vos apoiasse, eu escrevesse uma história dessa nova transformação engendrada por nosso mundo que transforma os quadrados em redondos. Desde que vos retirastes para vosso paraíso celular, pediste-me que reduzisse em vosso espírito o valor do mundo, apresentando melhor a vossos olhos sua instabilidade, e desejais manter presente a lembrança de um ser querido através de uma escrita que conheceis."

Sua obra conta, em setenta páginas, quatro anos do reinado de Ricardo Coração de Leão, de sua coroação, em 1189, à sua partida da Terra Santa, em 1192. É impossível saber quais eram os documentos de que dispunha, mas seu relato, bem informado, às vezes assume aparência de reportagem. Os retratos de contemporâneos são numerosos, armados com uma verve irônica e às vezes maldosa. Não se encontram nele vestígios da compunção comum aos outros cronistas. Ele não esconde simpatias nem antipatias. A admiração evidente que tem por seu rei não exclui o escárnio quando descreve Ricardo reunindo fundos para ir à Terra Santa. Também esboça um quadro cruel da Inglaterra e conta com animada ferocidade os massacres dos judeus.

Somos tentados a reconhecer em sua apresentação dos fatos uma forma de humor inglês *avant la lettre.*

Sua escrita distingue-se do conjunto de nossos cronistas; ele sabe recorrer às grandes frases narrativas, mas a elas prefere, com freqüência, um ritmo mais incisivo, mais próximo de Tácito do que de Tito Lívio. Gosta de usar frases curtas de construções insólitas assim como jogos de palavras. Tudo isso confere à sua obra um caráter insólito.

RAUL DE DICETO

Nasceu entre 1120 e 1130 e foi decano de Saint Paul em Londres, a partir de 1180. Sob esse título, como ele mesmo conta, participou da cerimônia da coroação em 1189. "O arcebispo de Canterbury realizou os ritos sagrados e, como na época a diocese de Londres não tinha bispo, Raul de Diceto, decano dessa diocese, assistiu o arcebispo na unção com o óleo sagrado e na crisma."

A obra da qual extraímos textos intitula-se *Imagines historiarum.* Ela mais lembra Memórias escritas por um homem político, ou pelo menos um homem introduzido nos meios políticos, do que uma obra de historiador.

Não é uma crônica exaustiva, nem uma obra de síntese como a história de Guilherme de Newburgh. Diceto trata de alguns episódios da história que ele conhece por ter participado deles ou por ter sido informado diretamente através de correspondências pessoais. Com efeito, dispunha de inúmeros documentos, que ele cita, quando os outros autores os evocam ou apenas os resumem. Talvez ele se envaidecesse um pouco dessa vantagem, e, quanto a isso, a discrição desprendida com que evoca sua participação na coroação parece-nos não se conciliar com a satisfação que transparece quando ele lembra a qualidade de seus nobres correspondentes. Em suas afirmações, parece independente do poder real, e o principal personagem, para ele, talvez fosse a Igreja cristã, que tem evocada sua participação no pagamento do resgate real; seu ponto de vista com respeito a Ricardo é o de um cristão que via em algumas de suas provações uma punição de Deus por seus pecados, particularmente as guerras que travou contra o pai.

O mais notável de sua escrita é provavelmente seu caráter clássico e neutro, que não atrai a atenção, talvez deliberado nesse memorialista.

ROGÉRIO DE HOVEDEN — BENEDITO DE PETERBOROUGH

Estes dois cronistas são bastante próximos um do outro. Rogério de Hoveden utiliza amplamente a obra atribuída a Benedito de Peterborough, chegando às vezes a copiá-la textualmente, ao longo de páginas inteiras. Por isso, apresentamos esses autores juntos.

A tradição atribui ao abade Benedito de Peterborough crônicas em latim, as *Gesta Henrici II et Ricardi I Benedicti abbatis*. Esse monge foi testemunha do assassínio de Thomas Becket, exerceu o cargo de chanceler de Ricardo e tornou-se arcebispo de Canterbury em 1174; não é autor das *Gesta*, mas apenas autorizou sua cópia. Atribui-se a obra a Ricardo Fitz-Nigel, tesoureiro de Henrique II e íntimo do rei, em vista dos dados de que dispunha. Essas crônicas estendem-se ao longo de seiscentas páginas e cobrem o período que vai de 1170 a 1192; a história do rei Ricardo ocupa cento e quarenta páginas.

Nascido, sem dúvida, no domínio de Howeden, a leste de Yorkshire, Rogério de Hoveden tinha o título de *Magister*. Foi erudito da corte de Henrique II, seguindo-o em seus deslocamentos e encontros diplomáticos; foi também pessoalmente encarregado de missões na Inglaterra, como relata em suas *Chronica* escritas em latim. Essas crônicas, que vão do século VII a 1201, ocupam mil cento e sessenta páginas, das quais quatrocentas referem-se à história do rei Ricardo.

Rogério de Hoveden e Benedito de Peterborough — a quem reservamos o nome que a tradição escolheu para seus cronistas — são ambos "analistas". Ambos são, também, historiadores de corte, o que explica duas de suas características.

Por um lado, são bem documentados. Tendo acesso aos arquivos oficiais, podem citar material de primeira mão; assim, as cartas e os textos de tratados são abundantes em suas obras.

Por outro lado, como personagens oficiais íntimos da corte, permanecem numa neutralidade pelo menos aparente, e raramente emitem julgamento sobre seus personagens; evitam qualquer comentário áspero, qualquer rigor excessivo com respeito à pessoa do rei, seja ele quem for. Chegam assim, às vezes, a apresentar um mesmo personagem de maneira bem diferente, conforme se refiram a ele antes ou depois da coroação.

São ambos eruditos, tanto em literatura profana quanto em literatura religiosa. Citam os textos sagrados, mas também os escritores latinos clássicos, seja literalmente, seja por simples alusões, que nos esclarecem a respeito de sua cultura e da cultura de seus leitores.

Sua retórica é clássica e retoma o modelo clássico das frases construídas segundo o mesmo esquema daquelas de Tito Lívio e de César: enunciado no início da frase das circunstâncias explicativas, sob formas sintáticas repetitivas, depois da ação principal, às vezes seguida dos objetivos visados. Conforme explicamos na introdução, não nos foi possível fazer uma tradução literal dessas longas frases.

GUILHERME DE NEWBURGH

Guilherme de Newburgh nasceu em 1136, de família anglo-saxã; foi cônego agostiniano em Santa Maria de Newburgh; é autor de *Historia rerum Anglicarum*, mas não era um historiador da corte. "Provavelmente nunca teve oportunidade de viajar, ou mesmo de freqüentar os meios, principalmente a corte real, onde se fazia a história que ele conta; portanto, tinha de trabalhar com fontes de segunda mão." (Retto R. Bezzola, *Les origines et la formation de la littérature courtoise en Occident*, Slatkine, Genebra, 1984, p. 119) As numerosas referências a uma "testemunha digna de fé" de nossos textos são, sem dúvida, conseqüência dessa situação.

Ele não é um cronista; na organização da narrativa, não segue a ordem cronológica, nunca indica sistematicamente a mudança de ano. Os acontecimentos são situados uns em relação aos outros; as datas são poucas (dezoito, para os nove anos cobertos pelo texto que exploramos); são assinaladas a propósito de acontecimentos aos quais ele atribui uma importância especial, seja no início do relato, seja, mais raramente, no final.

Apresenta os fatos de maneira sintética, e isso ocorre tanto para os prodígios que se manifestam com meses de distância como para episódios que se desenrolam ao longo de um período bastante extenso — que, aliás, ele não define com precisão, sem dúvida porque a duração, no caso, é menos importante do que o acontecimento, como por exemplo a "conjuração" de Guilherme Barba Longa.

Sua apresentação dos fatos tende a destacar suas causas, quase sempre os desregramentos dos príncipes que não respeitam a vontade de Deus ou suas leis. Esses próprios desregramentos são manifestação de um "pensamento superior" incompreensível para o espírito humano mas necessariamente presente, é uma questão de fé do tipo "deve-se acreditar". A lição da história é dupla: tudo o que acontece é um cumprimento da vontade de Deus; as maiores desgraças ocorrem aos homens por sua desobediência a Deus.

A situação de independência desse autor em relação à corte dá maior valor à admiração que ele expressa a respeito da bravura de Ricardo Coração de Leão e à defesa que faz do rei contra as críticas que possa ter suscitado. Estará defendendo Ricardo ou o rei da Inglaterra? O retrato de Henrique II e a comparação antecipada desse príncipe com seus sucessores levaria a escolher a segunda resposta. Poderíamos ver, então, nessa atitude de admiração o testemunho de um "nacionalista", grato pela glória conferida a seu país, mas que nem por isso perde o espírito crítico.

Sua escrita, às vezes elaborada, caracteriza-se por uma influência bastante nítida dos autores antigos, tanto na organização de certos desenvolvimentos como na própria estrutura das frases. Salústio e seu *Catilina* certamente estão presentes no episódio de Guilherme Barba Longa; Tácito e a descrição do estado de espírito em Roma após a morte de Augusto, no retrato de Henrique II ou nas aflições do exército dos cruzados no momento da partida de Filipe Augusto; Tito Lívio, enfim, nas análises de estado de espírito e no sóbrio desenrolar retórico das frases. A eloqüência sagrada anima certas reflexões sobre as causas dos acontecimentos humanos.

Apêndice 4

Índice dos personagens

ALAIS

Filha do rei da França, Luís VII, e de Constança de Castela, sua segunda esposa, ficou noiva muito jovem, em 1161, de Ricardo Coração de Leão; trazia como dote Gisors e Vexin.

Educada, conforme o costume, na corte de seu futuro esposo, teve provavelmente um filho de Henrique II, e o casamento previsto não se realizou. Henrique II quis casá-la então com João Sem Terra, mas esse projeto também não se realizou.

LEONOR

Leonor de Aquitânia (ou Eleonora de Guyenne) nasceu por volta de 1122. Era neta de Guilherme IX, de Aquitânia, chamado o Trovador. A corte da Aquitânia era conhecida por seu refinamento e pela importância que tinha nela a poesia dos trovadores.

Em 1137 Leonor casou-se com o jovem rei da França, Luís VII, trazendo-lhe como dote as regiões de Guyenne, Gasconha, Poitou, Marche, Limousin, Angoumois,

Périgord e Saintonge. Deu-lhe duas filhas, Maria e Alix. Acompanhou o marido na Segunda Cruzada (1147-1149). Na Síria, a rainha encontrou seu jovem tio, Raimundo de Poitiers, que se casara com a herdeira do principado de Antioquia. Leonor foi suspeita de má conduta.

Em 1152, foi repudiada por Luís VII, a quem não dera filhos, e casou-se, algumas semanas depois, com o futuro rei da Inglaterra, Henrique II. Teve com ele cinco filhos e três filhas.

No início, durante vários anos, participou com o marido no governo da Inglaterra e de suas terras continentais. Depois passou a residir permanentemente em suas terras de Poitou e da Aquitânia, contrariando a partir de então os planos do marido. Em 1170, fez com que seu filho Ricardo Coração de Leão fosse reconhecido solenemente por seus vassalos como duque da Aquitânia e conde de Poitou, terras pelas quais Ricardo acabava de fazer homenagem ao rei da França; além disso, em diversas ocasiões incitou os filhos a se levantarem contra o pai.

Em 1174 Henrique II mandou prendê-la, e ela só voltou à liberdade em 1189, com a morte do marido. Ocupou a regência enquanto seu filho Ricardo esteve na Cruzada e na prisão, mantendo para ele o reinado, levando ao fracasso as tramóias de João, seu filho caçula.

Em 1194, recolheu-se ao mosteiro de Fontevrault, de lá saindo com a morte de Ricardo para prestar ajuda ao filho João. Firmou uma paz sólida com Filipe Augusto, indo buscar pessoalmente para Luís, herdeiro do trono da França, uma de sua netas, Branca de Castela, futura mãe de São Luís.

Leonor voltou a Fontevrault, onde morreu em 1204, sendo enterrada ao lado do marido.

OS CONDES DE CHAMPAGNE

Irmão de Adélia de Champagne, terceira mulher de Luís VII, Henrique de Champagne era marido de Maria, filha de Luís VII e Leonor.

Seu filho Henrique era sobrinho, portanto, ao mesmo tempo de Ricardo e de Filipe Augusto. Participou da Terceira Cruzada e assumiu seu comando depois da partida do rei da Inglaterra.

Casou-se com Isabel de Anjou, herdeira do reino de Jerusalém depois da morte de sua irmã Sibila, em 1190.

Tornou-se rei de Jerusalém em 1192. Morreu na Terra Santa em 1197.

CONDE DE FLANDRES

Nascido em 1142, Filipe, conde de Flandres, era um poderoso vassalo do rei da França: seu feudo era mais extenso do que os domínios reais.

Deu sua sobrinha em casamento a Filipe Augusto.

Desempenhou papel importante nas relações diplomáticas entre os reis da França e da Inglaterra, particularmente nas negociações que permitiram a Ricardo liberar-se do compromisso de casamento com Alais, irmã do rei da França.

Morreu em Acre, em 1191, e sua morte foi uma das razões da partida de Filipe Augusto, que desejava aproveitar a ocasião para apossar-se de suas terras.

CONRADO DE MONTFERRAT

Originário do Piemonte, chegou a Tiro três dias depois de Hattin e conseguiu livrar a cidade de Saladino, em 1187. Participou do cerco de Acre.

Embora já casado com uma princesa bizantina, filha de Isaac, desposou Isabel de Anjou, herdeira do trono de Jerusalém depois da morte de sua irmã Sibila, em 1190. Ela foi forçada a deixar seu marido, Onofre de Toron, para legitimar a subida de Conrado ao trono de Jerusalém.

Por essa razão, ele entrou em conflito com Guido de Lusignan, viúvo de Sibila, que também pretendia esse trono. Acabara de ser reconhecido rei quando foi morto por membros da seita dos assassinos, em 1192.

DUQUE DA ÁUSTRIA

Nascido em 1157, Leopoldo de Babenberg foi duque da Áustria de 1177 a 1194.

Participou da Terceira Cruzada, quando teve uma desavença com Ricardo Coração de Leão, que o humilhou após a tomada de Acre. Em 1192, quando Ricardo atravessava suas terras, de volta da Cruzada, o duque capturou-o e vendeu-o ao imperador da Alemanha.

Recebeu os reféns ingleses que o rei da Inglaterra fora obrigado a entregar até o pagamento completo do resgate. Por isso, foi excomungado pelo papa. Morreu de gangrena, em 1194.

DUQUE DE BORGONHA
Hugo, duque de Borgonha, teve importante papel político. Em 1189, intercedeu junto a Henrique II e Filipe Augusto para levá-los a firmar uma trégua.

Companheiro de Filipe Augusto na Cruzada, foi encarregado de diversas missões na Sicília e na Palestina, e assumiu o comando do exército francês depois da partida de Filipe Augusto.

Morreu de doença em 1192, em Acre.

IMPERADOR DA ALEMANHA
Nascido em 1165, Henrique VI sucedeu a seu pai, Frederico Barba-Roxa, que morreu num naufrágio em 1190, no início da Terceira Cruzada.

Casou-se em 1186 com Constança de Sicília, herdeira do reino, mas só se tornou rei da Sicília em 1194, depois da morte de Tancredo.

Manteve prisioneiro Ricardo Coração de Leão, capturado pelo duque da Áustria quando atravessava suas terras ao voltar da Terra Santa.

Morreu em Messina, em 1197. Os príncipes alemães propuseram a coroa imperial a Ricardo, que recusou e sugeriu que fosse dada a Oto de Brunswick, filho de sua irmã Matilde e de Henrique, o Leão. Oto foi eleito imperador da Alemanha em 1198, sob o nome de Oto IV.

GODOFREDO
Terceiro filho de Henrique II e Leonor, nascido em 1158, aos nove anos casou-se com a herdeira da Bretanha, Constança, filha do duque Conan, já morto. Parti-

cipando das lutas de seus irmãos contra Henrique II, morreu na corte de Filipe Augusto em 1186, num acidente durante um torneio.

Deixou uma filha e um filho póstumo, Artur, que foi educado na corte da França por seu suserano Filipe e morreu assassinado em 1203, por ordem de João Sem Terra.

GUILHERME DE LONGCHAMP

Filho de um servo de Beauvais que fora buscar sua liberdade na Normandia, Guilherme de Longchamp foi chanceler de Ricardo quando este ainda era conde de Poitou.

Pouco depois da coroação do rei, tornou-se bispo de Ely, Grande Jurista da Inglaterra e legado pontifical para a Inglaterra e a Escócia. Enfrentou intensa oposição por parte dos barões e dos prelados ingleses, que acabaram por demiti-lo de sua função de jurista. Refugiou-se na França, em Paris.

Participou ativamente das negociações pela libertação de Ricardo, voltou para a Inglaterra com o rei, que lhe confiara missões diplomáticas, e morreu em Poitiers, em 1197.

GUIDO DE LUSIGNAN

Nascido em 1129, originário de Poitou, portanto vassalo dos condes de Poitiers, Guido de Lusignan casou-se em 1180 com Sibila, que se tornou herdeira do reino de Jerusalém em 1186, por ocasião da morte de seu filho Balduíno V.

Foi derrotado por Saladino em Hattin em 1187, perdeu Jerusalém e a cruz verdadeira. Feito prisioneiro, foi libertado por Saladino mediante a promessa de não mais combater os muçulmanos.

Ao voltar, foi suplantado por Conrado de Montferrat. Estabeleceu o sítio diante de Acre, mas não conseguiu tomar a praça e pediu ajuda aos reis da França e da Inglaterra. Foi encontrar Ricardo em Chipre, que o ajudou a conquistar.

Ricardo sustentou suas pretensões ao trono de Jerusalém, contra Conrado de Montferrat, que tinha o apoio de Filipe Augusto.

Uma conciliação garantiu a Guido de Lusignan o título de rei de Jerusalém, embora a cidade ainda não tivesse sido retomada de Saladino.

Depois da morte de Sibila, esse título foi atribuído a Henrique de Champagne e, em compensação, Ricardo cedeu Chipre a Guido de Lusignan, que se tornou seu rei.

Ele morreu em 1194.

HENRIQUE II

Nascido em 1133, Henrique II Plantageneta tornou-se rei da Inglaterra em 1154, sucedendo a Estêvão de Blois, genro de Guilherme, o Conquistador. Seu pai, Godofredo V, o Belo, chamado Plantageneta por causa do ramo de giesta* que levava no chapéu quando ia à caça, era conde de Anjou e do Maine; adquirira a Normandia ao se casar com Matilde, filha de Henrique I Beauclerc, rei da Inglaterra. A essas terras, Henrique acrescentou o condado de Poitou e o ducado da Aquitânia, por seu casamento em 1152 com Leonor, que acabara de repudiar o rei da França, Luís VII.

Estabeleceu uma ordem sólida no reino da Inglaterra, aumentando o poder real e organizando a administração. Enfrentou a oposição de seus vassalos e também da Igreja inglesa, cujos direitos foram restringidos por ele. Seu antigo chanceler, Thomas Becket, que ele nomeara arcebispo de Canterbury em 1162, defendeu os privilégios da Igreja e chegou a excomungar o rei. Este mandou assassinar o arcebispo em 1170, mas esse crime provocou a indignação geral e o papa obrigou o rei a penitenciar-se publicamente.

Teve várias amantes, sendo a mais célebre a bela Rosamunda Clifford.

---

* No francês *gênet*, daí *Plantagênet*. (N. T.)

Em várias ocasiões Henrique II lutou contra seus filhos. Encorajados por sua mãe Leonor, algumas vezes aliaram-se contra o pai e outras foram inimigos, mas sempre estimulados em sua rebeldia pelos reis da França Luís VII e, depois, Filipe Augusto, para quem seria vantajoso enfraquecer seu vassalo Henrique II, excessivamente poderoso.

Seu filho mais velho, Henrique, chamado o jovem rei ou Henrique, o Jovem, morreu em 1183; o terceiro, Godofredo, em 1186.

Henrique II morreu em 1189 durante uma guerra contra Ricardo e Filipe Augusto, secretamente apoiados por João Sem Terra. Foi enterrado em Fontevrault.

HENRIQUE, O JOVEM

Nascido em 1155, segundo filho de Henrique II e Leonor, foi escolhido pelo pai para suceder-lhe no trono da Inglaterra, uma vez que o primogênito, Guilherme, morrera havia três anos. Aos cinco anos, casaram-no com Margarida da França, que tinha dois anos, o que permitiu que Henrique II se apossasse do dote: o Vexin normando com Gisors. Henrique, o Jovem, deveria, além disso, receber a Normandia, o Maine e o Anjou, pelos quais fez homenagem a Luís VII em 1169.

Em 1170 foi coroado em Londres, mas o pai não se desfez de seu poder sobre a Inglaterra e não lhe deixou qualquer autonomia, sendo esta uma das causas das desavenças entre os dois.

Surpreendido pela doença em plena revolta contra o pai, morreu em 1183, aos vinte e oito anos.

JOANA DE SICÍLIA

Nascida em 1165, sétima da prole de Henrique II e Leonor, casou-se em 1176 com Guilherme, o Bom, rei da Sicília.

Em 1189, com a morte de Guilherme, Tancredo, filho de Rogério, tio de Guilherme, o Bom, mas excluído de sua sucessão, tomou o poder e prendeu Joana de Sicília. Vencido por Ricardo em 1190, libertou Joana e devolveu-lhe seu dote, que Ricardo gastou com a Cruzada.

Joana acompanhou o irmão à Cruzada. Segundo alguns, durante algum tempo Ricardo planejou fazê-la casar-se com o irmão de Saladino, que teria reinado com ela sobre Jerusalém.

Ela voltou ao Ocidente um pouco antes do irmão.

Em 1196 casou-se em segundas núpcias com o conde de Toulouse, Raimundo VI. Morreu em 1199, alguns meses depois do irmão.

JOÃO SEM TERRA

Nascido em 1166, João era o filho caçula de Henrique II. Como nada lhe coube na primeira partilha das terras, em 1170, era chamado João Sem Terra. Mas Henrique planejava casá-lo com a herdeira da Maurienne; em 1177 tornou-o rei da Irlanda, que acabara de conquistar, e deu-lhe vários castelos na Inglaterra e no continente. Com a morte de Henrique, o Jovem, Henrique II pediu a Ricardo que cedesse ao irmão o Poitou e a Aquitânia em troca da coroa da Inglaterra, mas Ricardo recusou.

Depois, João juntou-se a Ricardo e Filipe Augusto em sua luta contra Henrique II.

Depois da morte de Henrique II, as relações de João com o irmão tornaram-se difíceis. João aproveitou a ausência de Ricardo para tentar apossar-se do trono; entendeu-se com Filipe Augusto para pedir ao imperador da Alemanha que nunca mais soltasse Ricardo. No entanto, recebeu o perdão solene do irmão.

Em 1199, com a morte de Ricardo, tornou-se rei da Inglaterra. Em 1200, depois de raptar Isabel de Angoulême, perdeu seus feudos franceses. Em 1203 assassinou seu sobrinho Artur e, assim, perdeu a Bretanha. Em 1214 foi vencido por Filipe Augusto em Bouvines. Morreu em 1216.

FILIPE AUGUSTO

Nascido em 1165, filho de Luís VII, foi consagrado rei quando seu pai era vivo, em 1179, subindo ao trono em 1180. No mesmo ano casou-se com Isabel de Hainaut, que deu à luz o futuro Luís VIII, o Leão; casou-se em segundas núpcias com Ingeborg da Dinamarca, que repudiou no dia seguinte ao casamento, e em terceiras núpcias com Inês de Méranie, o que lhe valeu a excomunhão, uma vez que o papa não aceitou sua separação da segunda mulher.

Participou da Terceira Cruzada, decidida depois da queda de Jerusalém, mas voltou para a França já em 1191, após a tomada de São João de Acre.

Prosseguiu a luta iniciada por seu pai para enfraquecer a família dos Plantageneta, que possuía ao mesmo tempo a coroa da Inglaterra e extensos territórios no continente, constituindo assim uma ameaça à coroa da França. Em sua luta constante contra o rei da Inglaterra, estimulou as dissenções entre Henrique II da Inglaterra e seus filhos, depois entre João Sem Terra e Ricardo. Com a morte deste último, reconheceu João como rei da Inglaterra, mas em seguida entrou em conflito com ele e o venceu na batalha de Bouvines em 1214. Morreu em 1223.

SALADINO

Nascido em 1138, Saladino pertencia a uma grande família curda exilada na Síria.

Em 1171, derrubou o califa do Cairo. Em 1174, aproveitando-se da morte de Nur al-Din (Nuredin em nossos textos), conseguiu conquistar a Síria, além de uma parte do Iraque e da Arábia, desapossando os filhos de Nuredin, que mais tarde tentaram recuperar sua herança.

Depois disso, retomou a guerra contra os francos. Em 1185, casou sua sobrinha com Roberto de Saint-Alban, um templário renegado que prometeu entregar-lhe Jerusalém.

Em 1187 invadiu a Palestina e ganhou contra os cristãos a batalha de Hattin, capturando Guido de Lusignan. Em seguida tomou Jerusalém e uma parte dos territórios francos, o que deu origem à Terceira Cruzada.

Em 1191 não conseguiu evitar que os cristãos retomassem Acre e foi derrotado em Arsuf por Ricardo Coração de Leão.

Em 1192 sofreu nova derrota, em Jaffa, mais uma vez diante de Ricardo Coração de Leão. Firmou então com o rei uma trégua que deixava aos francos a quase totalidade do litoral e o direito de acesso aos lugares sagrados.

Morreu em 1193, pouco depois da partida de Ricardo Coração de Leão.

TANCREDO DE SICÍLIA

Tancredo, conde de Lecce, era filho de Rogério, irmão de Guilherme I, rei da Sicília, e pai de Guilherme II, o Bom, mas fora excluído da sucessão.

Em 1189, com a morte do rei Guilherme, Tancredo apossou-se da Sicília com apoio do povo siciliano, que rejeitava a herdeira legítima do reinado, Constança, filha de Rogério II, esposa do imperador da Alemanha, Henrique VI.

Em 1190, Tancredo devolveu a Ricardo sua irmã Joana, que mantinha prisioneira, juntamente com seu dote.

Ele morreu em 1194; Henrique VI, da Alemanha, tomou o poder na Sicília e mandou desenterrar seu corpo, para despojá-lo de todos os ornamentos reais.

REIS DA INGLATERRA

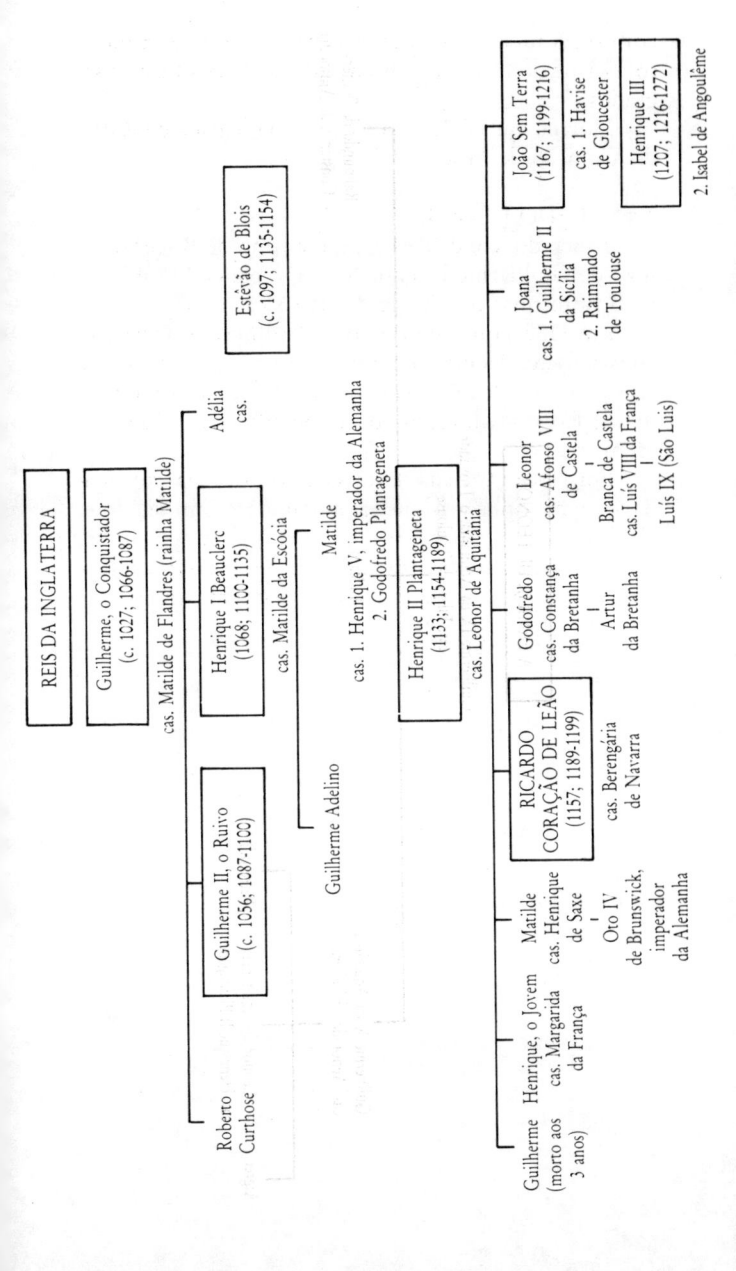

Guilherme, o Conquistador (c. 1027; 1066-1087)
cas. Matilde de Flandres (rainha Matilde)

- Roberto Curthose
- Guilherme II, o Ruivo (c. 1056; 1087-1100)
- Henrique I Beauclerc (1068; 1100-1135)
  cas. Matilde da Escócia
  - Guilherme Adelino
  - Matilde
    cas. 1. Henrique V, imperador da Alemanha
    2. Godofredo Plantageneta
    - Henrique II Plantageneta (1133; 1154-1189)
      cas. Leonor de Aquitânia
      - Guilherme (morto aos 3 anos)
      - Henrique, o Jovem
        cas. Margarida da França
      - Matilde
        cas. Henrique de Saxe
        Oto IV de Brunswick, imperador da Alemanha
      - **RICARDO CORAÇÃO DE LEÃO** (1157; 1189-1199)
        cas. Berengária de Navarra
      - Godofredo
        cas. Constança da Bretanha
        - Artur da Bretanha
      - Leonor
        cas. Afonso VIII de Castela
        - Branca de Castela
          cas. Luís VIII da França
          - Luís IX (São Luís)
      - Joana
        cas. 1. Guilherme II da Sicília
        2. Raimundo de Toulouse
      - **João Sem Terra** (1167; 1199-1216)
        cas. 1. Havise de Gloucester
        2. Isabel de Angoulême
        - Henrique III (1207; 1216-1272)
- Adélia cas.
- Estêvão de Blois (c. 1097; 1135-1154+)

A FAMÍLIA DE LEONOR

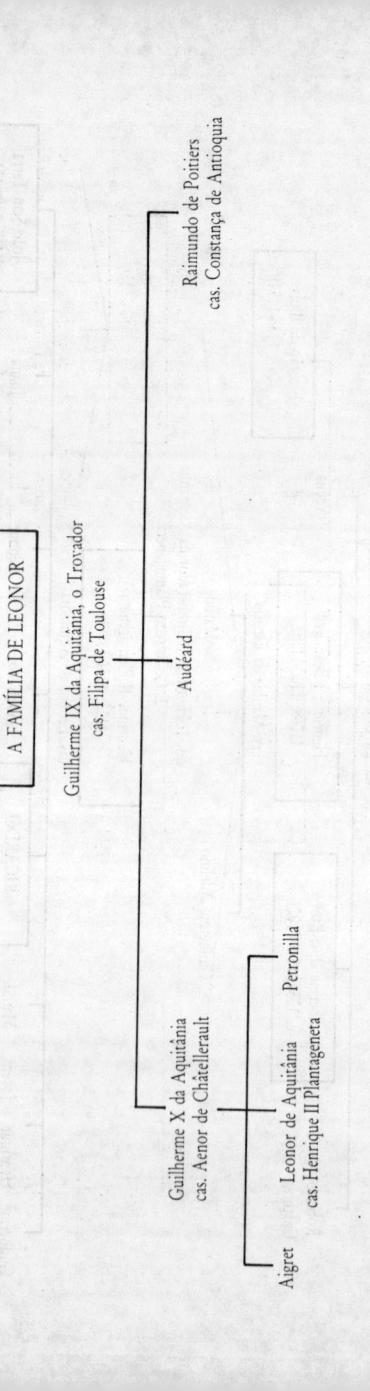

Guilherme IX da Aquitânia, o Trovador
cas. Filipa de Toulouse

- Audéard
- Raimundo de Poitiers
  cas. Constança de Antioquia

Guilherme X da Aquitânia
cas. Aenor de Châtellerault

- Aigret
- Leonor de Aquitânia
  cas. Henrique II Plantageneta
- Petronilla

REIS DA FRANÇA

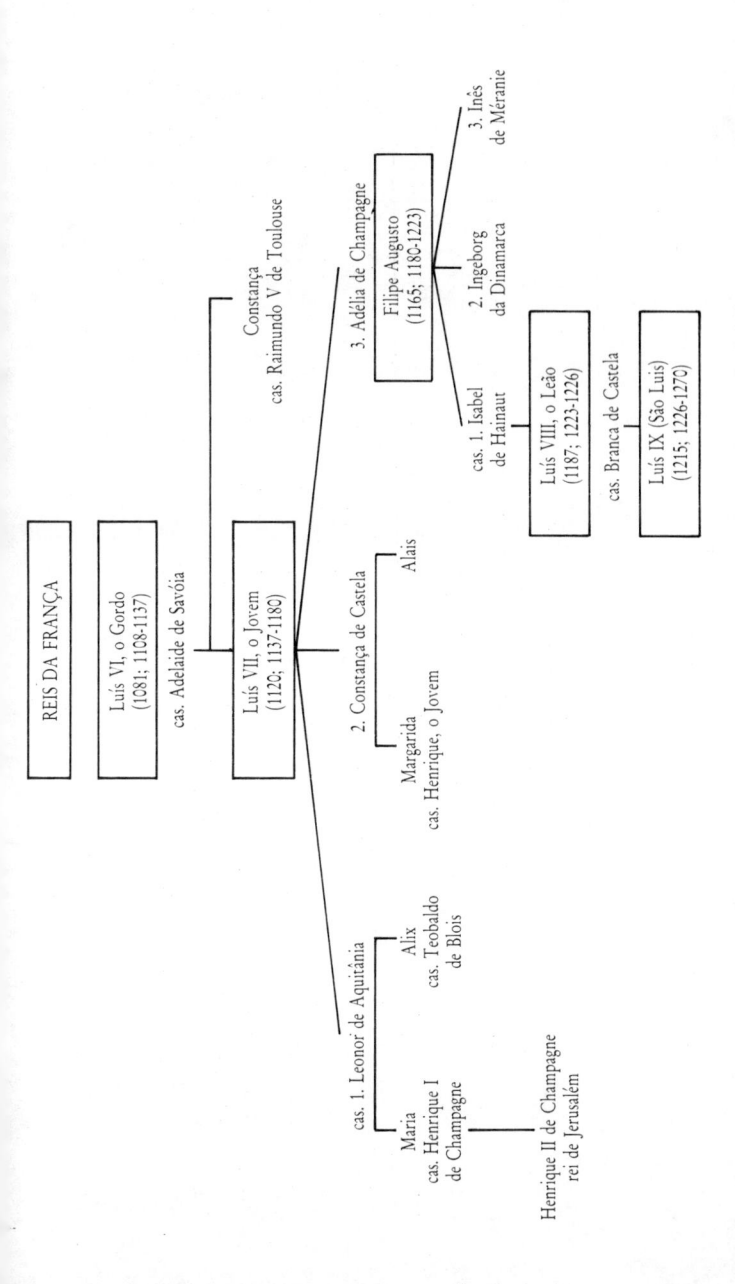

Luís VI, o Gordo (1081; 1108-1137)
cas. Adelaide de Savóia

Luís VII, o Jovem (1120; 1137-1180)

Constança
cas. Raimundo V de Toulouse

cas. 1. Leonor de Aquitânia
- Maria — cas. Henrique I de Champagne
  - Henrique II de Champagne, rei de Jerusalém
- Alix — cas. Teobaldo de Blois

2. Constança de Castela
- Margarida — cas. Henrique, o Jovem
- Alais

3. Adélia de Champagne

Filipe Augusto (1165; 1180-1223)
- cas. 1. Isabel de Hainaut
- 2. Ingeborg da Dinamarca
- 3. Inês de Méranie

Luís VIII, o Leão (1187; 1223-1226)
cas. Branca de Castela

Luís IX (São Luís) (1215; 1226-1270)

Apêndice 5

Equipe da edição francesa

Esta obra foi realizada a partir de uma idéia de Christiane Marchello-Nizia, com a participação de:

Michèle Brossard — inventário dos cronistas e apresentação dos textos;

Gisèle Besson e Michèle Brossard — coordenação dos grupos de tradução, seleção e agrupamento dos textos;

Gisèle Besson, Michèle Brossard, Mireille Demaules, Michèle Gally, Isabele Weill — tradução de Rogério de Hoveden e Benedito de Peterborough;

Jeanne-Marie Boivin — tradução e notas biográficas de Geraldo de Barri;

Gisèle Besson — tradução de Coggeshall;

Gisèle Besson e Michèle Brossard — tradução de Ricardo de Devizes;

Pierre Benedittini e Michèle Brossard — tradução de Raul de Diceto;

Michèle Brossard — tradução de Guilherme de Newburgh;

Pascal Bonnefois, Jeanne-Marie Boivin, Christiane Marchello-Nizia e Isabelle Weill — tradução de Ambrósio;

Pascal Bonnefois — tradução do Menestrel de Reims;

Michel Weill — tradução dos poemas;

Charles Vulliez, Nathalie Nabert e Christiane Marchello-Nizia — pesquisas de história, civilização e questões de vocabulário;

Marie-Anne Polo de Beaulieu — parte histórica em anexo;

Gisèle Besson — notas sobre os personagens;

Catherine Neveu e Magali Rouquier — trabalhos de datilografia e informatização dos textos.

A edição francesa contou com a ajuda do Centre de recherches Espace Temps Histoire da École Normale Supérieure de Fontenay-Saint-Cloud.

impressão e acabamento
yangraf
TEL.: (011) 296-1630
FAX: (011) 296-6096